新十日談

下

盛約翰——著

序言

我的理想就是有一間最簡樸的房子，當然它的地理位子必須是得天獨厚的。我曾經夢見自己住在一座小房子裡，而門外便是熱鬧的廣場，有一家大型超市的入口處，就在廣場的邊上。一個平時不喜歡應酬的人，卻渴望戶外的熱鬧，一個看似熱情開朗的人，卻有著自閉的性格。當人們忙著蓋豪宅的時候，在我的手裡卻捏著一個小小的內存檔，內存著《新十日談》。一向逃避世俗的自己，忽然想起了自己在上海上大學的時候，那天和一個女生約會，在熙熙攘攘的人群，看見有人騎著摩托車帶著女人兜風，我手裡卻拿著一本校刊，自覺囊中羞澀，感到了一種莫名的失落。

《新十日談》裡一百個故事，內容涉及到歷史、社會和情感等題材，這裡要著重講一下有關歷史題材的故事，因為我無法杜撰歷史，所以在本書裡講述的歷史故事和歷史人物，基本上就是引用別人提供的材料，我只是做了一些簡單的整理工作，至於別人的這些歷史材料是怎麼來的，我就不得而知了。我覺得這個不重要，關鍵是內容要真實、有趣就足夠了。

有句話是這麼說的：願你出走半生，歸來仍是少年。當自己已經是年過半百的時候，心裡依舊咀嚼著從前的時光，血脈裡流淌的血液印記著故土的烙印，自然就會孜孜不倦地寫著中國的故事。

二〇二三年二月二十五日寫於悉尼

目次

第 6 天

（一）

前面我們聽說過有關中國古代女性的種種遭遇，現在我們再來今天的中國女性面對的又是怎樣的生存環境。

話說三姑和村裡的幾個人一大早就出發了，他們這次的目標是鄉鎮的一所醫院，事先已經先採好了點，醫院的育嬰房就在樓上的右邊的第三個房間。到了醫院門口，司機和梅表姐等在樓下，三姑一個人手提一隻包裹，一溜煙地過入了醫院大樓，然後她直接進入了一個女廁所。當然，她去廁所不是要小解什麼的，而是把一套事先準備好的和那裡的護工一樣的衣服換上，便又若無其事地走了出來。她上了一樓，走出樓梯口，一眼就看到了右手邊上的那塊育嬰室牌子，便不快不慢地朝那個門口走去。忽然，裡邊的門向外一推，走出了一個護士，見她匆忙地走開了。此時，三姑先是故意走過頭，然後又打了個回頭，看了看左右無人，便推門進入了育嬰室。一看，裡邊有四五個嬰兒正睡在嬰兒床上，又看見靠牆的一隻玻璃罩裡也放著一個嬰兒，她快步走上前，匆匆一眼，發現是個男嬰，心裡一陣興奮，便不管三七二十一，拉開蓋子，把手伸了進去。嬰兒還很小，應該是個早產兒，才出生了幾天，托上去像一隻小狗的分量，又一轉身，把孩子貼在懷裡，便匆忙地離開了。她快速地下了樓，心想這下可以得手了。一見她手上抱著東西出來了，梅表姐也興奮地迎了上去，幾步路的工夫，嬰兒便轉移到了梅表姐手上。接著，她快快地走到了路口，向等在不遠處的司機招了招手，司機就趕快開車過來，把他們帶走了。又經過了一路的顛簸，他們回到了自己的村裡。

孩子一路不哭也不鬧，他才剛剛出生兩天，梅表姐的妹妹剛生了個孩子，現在，梅表妹要同時照顧兩個孩子，幸好，她奶水充足，兩個嬰兒都可以餵得飽飽地睡覺。過了兩天，司機就帶人來看「貨」了。那對夫婦長年不育，一看見那嬰兒乖乖地睡在那裡，一點哭鬧也沒有，便立刻喜歡上了。於是，他們付了兩萬塊錢，然後把孩子抱走了。

再說那天到了給孩子餵奶的時候，護士正準備去育嬰室抱孩子出來，當她推門入時，裡面的場景，一下子讓她傻了眼。那隻安放寶寶的隔離玻璃盒的蓋子向外掀翻著，裡邊的孩子卻不見了。她連忙問了其他的幾個當班護士，卻沒有一個人知道。她感到事情不妙，便立刻報告了院長。院長也嚇壞了，怎麼會發生這種事情？孩子的父母鬧起來，可要出大事的。於是，院長先向警方報了案。不一會兒，便有兩個警察來到了醫院。而躺在病床上的產婦左等右等不見自己的孩子出現，心裡便不安起來，她便自己起身去看。走出病房，只見過道上站著好幾個醫護人員，還有警察，她慌了起來，跑上前問自己的孩子在哪兒，那院長才不得不告訴她，孩子失蹤了。「什麼，孩子失蹤了？我的孩子呢，剛才還好好的，怎麼會失蹤？是不是誰抱錯了，快問問別人……」警察也向她做了說明，孩子可能是被流竄進來的人販子抱走了，最近出現了多起孩子失蹤案，他們正在追蹤調查。那產婦還沒等警察說完，心裡咯噔了一下，便昏了過去。醫院馬上對產婦進行救治，經過了搶救，那產婦才慢慢地蘇醒過來。她一邊痛哭，一邊怎麼也弄不明白，自己日盼月盼，好不容易生下了一個小寶寶，才出生兩天，竟會在醫院裡被人偷走。產婦只是哭鬧不停，要醫院找回自己的寶寶，要不她自己也不想活了。

再說有個叫彩雀的姑娘，初中沒畢業就輟學在家，她想像她的哥哥姐姐一樣去城市裡打工，可她的父母不同意，覺得她這樣年輕就早早外出，外面的世界太複雜，女孩子容易吃虧。彩雀無奈，只能待在家裡幫父母幹些農活。一晃幾年的時間過去了，到了彩雀十七八歲的時候，就有好幾戶人家來說親，可彩雀卻不願意；她不想這麼早結婚生子，她想自己應該走出去闖闖，賺點錢，將來也開個小超市或者一家小餐廳什麼的。她總想著，如果自己有了一家小超市，可以隨時吃自己喜歡的東西，要用什麼自己的店裡就有；或是一個小餐廳，想吃什麼自己就做，還有熟人來來往往，那該有多好啊。

彩雀懷揣著夢想獨自來到縣城，她記得小時候跟著大人來過這裡一次，以前在路上還可以看到毛驢和羊兒什麼的，現在公路上只有快速行駛的汽車和機動車。由於變化太大，使她感到有些不知所措，在外面晃了半天，到處打聽在哪裡可以找到工作。一直到了中午的時辰，她有點疲倦了，便進了一家餐廳。其實這樣的小餐廳正是她自己想要擁有的。她坐下後，點了一碗麵。正在她左看右看之際，忽然在她身邊又坐下了一個女人，這個女人不是別人，就是三姑。三姑一打量她，心中便有了幾分數——她從村裡出來，瘦弱的身材，明顯是發育不良造成的。於是，三姑和她搭訕起來，又藉機說自己的一個親戚開的工廠正要用人。接著，她又打起了電話：「阿慶啊，有個小妹要麻煩你照顧一下，剛出來的，還沒有見過什麼世面，全拜託你了。」這樣，她們走出餐廳，便一起去找人了。彩雀心裡很是高興，自己的運氣還真不錯，碰上了一個人，工作的問題就解決了：是一個什麼木材加工廠，一個月有七八百的收入。到了下午，便有一個司機來接她了。一路上，司機又不斷地打了好幾個電話，又這裡停停、那裡等等的，最後又告訴她，老闆不在工廠，要等一天。司機幫她找了一個住的地方，又付了房錢，叫她明天一早便要出發趕路。

第二天早上司機準時來接彩雀，帶她吃了早點後，車就向著她什麼也不知道的地方開去。一路坑坑窪窪地向著偏僻的地方駛去，彩雀有點疑心：這裡像個村子，哪來的工廠？於是，她想返回。可司機又稱要先去接一個人，那個人認識工廠的老闆。彩雀雖是半信半疑，也只好聽從他。沒想到一直折騰到下午，司機最後告訴她要找的那個人才剛剛趕回來，明天就可以帶她去工廠做工了。於是，她跟著司機又轉了好長一段路，直到天色快要黑下來時，這時他們來到了一戶人家門口。從外面望進去，裡邊昏暗而且破損不堪。聽到機動車聲，屋裡的主人賴氏匆匆地走了出來，彩雀只在車裡聽到司機對他說道：「來了，來了，準備好了嗎？」那賴氏從外面向車裡打量了一下，便回到屋裡，取出一包東西，遞給了司機，又道：「你點一下數，我是剛剛才湊足的。」司機便藉著從屋裡發出的一點弱光，點起了鈔票。大約過了五分鐘的樣子，司機叫彩雀下車進屋。見情形很不對，她便委屈地問道：「這是什麼了地方？」「進去就知道了。」司機連拉帶推把彩雀送了屋去，隨後就離開了。那賴氏四十出頭的一個窮光棍，沒錢娶媳婦一直單身，有人販子說只要付上一筆錢，就可以有女人送來，數目是一萬，最後講價到七千。賴氏湊借了一些，又賣掉了幾頭羊，湊足了錢，果然一個女人就這樣送來了，看樣子很年輕。雖然屋裡光線很暗，可他看得出彩雀才二十歲左右的模樣，又長得很不錯，自然歡喜。進了屋，賴氏便想抱她、親她，彩雀極力反抗，吵著要叫他放人。那賴氏也知道人家姑娘家遠道而來，人生地不熟，這事也急不得，便倒了茶水，哄她先吃了飯再說。賴氏在桌上放好了事先準備好的幾樣菜，讓她一起吃。由於飢餓的緣故，彩雀拿起碗筷，快速地吃了起來。飯後，她便要求賴氏叫回那個司機送自己回家。賴氏有點不高興，便道：「這裡便是你的家，你今後要和我一起過。」「什麼？我是去找工作的，他們騙了我。」彩雀爭辯道。「這個我不管。」賴氏又告訴她，這是他花了七千元把她買來的，叫她好好跟他過。彩雀聽了又氣又惱，更急著要離開。這下，賴氏便沉不住氣了，硬把彩雀推倒在床上，可她死活不從。那賴氏性飢渴太久了，此時早已五臟飛騰，便像餓狼一股撲上去把彩雀按在床上剝掉衣褲。彩雀本就是一個嬌小瘦弱女子，哪裡禁得住這種場面？那賴氏三兩下就把彩雀給強暴了。她失聲痛哭，見她還是個黃花閨女，賴氏又喜又憐，便向她說盡了軟話，表示自己今後會好好待她，絕不會虧待她。彩雀哪裡聽得進去？一直哭到第二天天亮。雖然彩雀時時想著逃跑，可這裡人生地不熟，又一片荒野，沒有車站，看不到郵局，也沒有電話，況且，門又是反鎖的。她本想出來找工作掙點錢，能過上自立的生活，沒想到就這樣被人拐到這個窮鄉僻壤之地，又叫天天不應，叫地地不靈。白天，她在這個黑乎乎破爛不堪的屋裡睡覺，晚上，她要被賴氏硬著過房事。就這樣，一天又挨一天，轉眼就幾個月的時間過去了。彩雀心想只能以後慢慢地找機會出去。見彩雀平靜了下來，又挺著大起的肚子，賴氏才對她放鬆了看管，又滿心歡喜，心想這不僅是自己的女人，花了一大筆錢買來的女人，還是給自己傳宗接代的對象，就連豬狗都有自己的下一代，自己要不是買來了這個女人，自己連豬狗的命運都不如。現在好了，自己到了這把年紀，總算有了女人，也有了自己的孩子。

到了第二年的夏季，彩雀生下了一個兒子。賴氏自然萬分歡喜，對彩雀更是百依百順。有時彩雀也想，這個男人也許是自己命中註定的，他對自己這麼好，什麼重的體力活都不讓自己幹，就是太窮了。出於母性的本能，她想先把孩子帶大一點再說。孩子的出生為這個可憐的家庭帶來了幾分歡樂。彩雀天天忙著帶孩子，做些農活，有時還得上山去撿些生火用的柴。雖然生活異常艱辛，可過了一年，彩雀就又生下了一個女兒。因為家裡實在太窮，她無力撫養兩個孩子。彩雀要外出打工掙錢，賴氏怕她跑，就不答應。等孩子又大了一些，彩雀堅持要外出掙錢，為了讓孩子過得好一些，賴氏最後不得不答應了。

彩雀帶著身上僅有的一點錢上路了，這是她四年來第一次外出。當她再次自由地踏上路途，她的內心有一種掙脫的力量，有一種改變自己人生的渴望。她承受了太多的壓抑、太多的委屈，而這種長期壓抑後所產生的爆發力使她有一種能面對任何嚴峻的力量。在新的城市裡，很快她就找到了一份家政的工作，不過和在農村的生活標準不同，必須把家打掃得一塵不染和把衣服洗好熨平，甚至把浴室和馬桶都擦得乾乾淨淨。她喜歡這樣的環境，在這種窗明几淨的室內，穿上乾淨整潔的衣服，宛如自己就是這家女主人的感覺。不過，她也會回到現實，有時拿出孩子的照片看上一眼，她儘量不去想她的男人，因為這是她改變命運的最大的絆腳石。不久，她便開始籌錢回去補貼家用。又過了一段時間的適應，她開始想找一份更自由的工作。一次，她抽空直接去了一家做家具的工廠，這個工廠的規模很大，有大量的存貨堆放在成品車間裡，而她的工作就是管好這些家具。其中有木床、木椅、木櫃子、桌子，還有價格不菲的雕刻家具。她要天天去把這些陳列的家具擦乾淨，她總是做得很仔細，她感到冥冥之中有一種力量在支配著她，她以前被拐時那個三姑就騙她要去一家木材加工廠，而自己如今卻直接就找上了一個家具廠，而且老闆陳默很是友善，這讓她既驚喜又感慨。老闆一開始並沒太注意這個搞衛生的農村女子，她瘦弱、嬌小，只有臉上的那雙炯炯有神的眼睛讓人覺得她有一種女人的伶俐。那天陳默剛送走一批來看貨的人，回過頭來看見彩雀正在那麼聚精會神地擦抹家具上的灰塵，便高興地走上前去表揚了她，又問她從哪裡來、今年多大了之類的話。雖然她已是兩個孩子的母親，可她的青春期才遲遲地到來，對工作的專注使她有種和別的女孩子看起來不一樣的地方，這也使陳默不久就對這個鄉村女子產生了一種憐愛之情。於是，陳老闆開始注意起她，有時也關心一下她。到了發工資那天，陳默還特意多給了她幾百塊錢，並問道：「多久沒有回家探親了？回去看看家人吧。」「我沒有家人。」這是她唯一的回答。彩雀謝過後走了，可她回答的這句話卻不斷地在陳默的腦海裡回想著。一般來說，這個年齡的城裡的女人在背後都有另一個女人即她的母親在指手畫腳，譬如該穿什麼樣的衣服、該找什麼樣的工作、該找什麼樣的男人、將來該有什麼樣的生活等等。可彩雀這種女人好像沒有這種受人指使下過日子的自然、純樸而又用心工作的態度，使陳默對她產生了一種親和力。

有一次陳默下班後特意帶她去吃飯，已是中年人的他體型開始有點發福，而帶在身邊的女人卻是一個弱小的不太會裝扮的女子看起來很有反差。別人很難想像這樣的兩個人會一起雙雙出入這種場合，彩雀更像是一個鄉下來的貧窮親戚或是和男主人私通的保姆；陳默倒不以為然，好像在盛宴上自己口裡含了一塊醬菜，別有滋味。他開始有意地向彩雀說些溫情的語言，面對這樣一個有勢力的男人，在這種華麗而又溫馨的場面，在彩雀的內心深處又一下子湧現了那晚她和男人一見面就要被強迫地接受了性交的場面，她的內心一陣刺痛，又激烈地使自己回到現實，面對這種充滿友善的情意，她的內心不由得開始躲避。她甚至有些困惑這個男人為什麼對自己會有這樣的態度，自己只不過是廠裡幾百個員工中最普通的一員而已，如果讓別的員工知道了這樣的情形，別人一定會對自己嗤之以鼻甚至嘲笑。

彩雀的舉止收斂得體，沒有一點風騷的味道，這也是陳默忍不住想拿下她的原因。陳默時常找機會帶她出入各種場合，並讓她改變一下自己的裝扮。彩雀穿上了得體的衣服，又經過了化妝師稍稍的裝扮，先是把她粗糙的眉毛修剪成彎彎柳眉，眼角勾出了一點層次，還有嘴唇的輪廓，面部又打了粉妝，這樣，她一下子就變成了一個嬌小柔婉、純美可愛的女人。當別的女人到了她這種年齡已開始需要濃妝豔抹的時候，可彩雀卻才剛剛綻放出那種青春的氣息，這一切，令陳默對她傾心不已，宛如一塊山石被雕琢成一件美玉。事實上，彩雀從來沒有想過要被一個男人追求，她早早地就認命了，出來也是因為被壓抑太久而要掙脫一下的感覺。而陳默也沒有想到在這個到處充滿誘惑的生活中，卻被一個沒有誘惑力的女人誘惑住了。陳默開始和彩雀談起了他們的未來，讓她做自己的生活伴侶，她不用再受苦受累，只要待在家裡做個家庭主婦便可；這是許多女人想要的生活，卻被一個從來沒有這樣想過的女人碰上了。不久，陳默娶了她，她又開始經歷了懷孕生孩子的過程，這一切，以前早就發生過，只是境遇不同。她想，如果隱瞞真相，就會傷害一個無辜的人；如果把真相攤開，她自己永遠就會是一個無辜的受害者。最終，出於女人的本能，她選擇了前者。

孩子很順利地產下了，陳默更是驚奇，一個小模小樣的女人，生產時比一個大屁臀女人還要順。產後，彩雀又過起了產婦的生活，在家裡給孩子餵奶，照看孩子，打理一些家中的雜事。每每端詳著新出生的女兒，使她不由得想起在家鄉的兒子小龍和女兒小蝦。新生的女兒取名叫李小湘，小湘和小蝦有三分相似，卻過著天差地別的生活。在她生前兩個孩子的時候，因營養不良，她沒有多少奶水。除了照看孩子，她還要時常去山上撿柴，吃的是米糠與薯乾片，時常一邊給孩子餵奶，一邊要在火爐邊拉風箱。而現在吃的是雞鴨魚肉，連買菜都有保姆去。整天有許多的時間躺在沙發上看電視劇，到時還有現成的飯菜為她準備好。她愈是過得舒服，小龍和小蝦的生活境況就愈讓她感到心碎。她總是想著，他們餓了沒有東西吃怎麼辦？是不是又坐在髒兮兮的地上啃著乾硬的薯條乾？而那個男人又總是忙著幫人打雜，賺很少的一點錢，勉強地度日。

小湘女一天天長大了，而且看起來聰慧、乖巧，這讓陳默滿心歡喜。奇怪的是他曾考慮不必要有下一代，他一直覺得人生只是一場痛苦的體驗。當他第一眼看見小湘女出生之際，他簡直不敢相信自己的眼睛，這隻像狸貓一般皺巴巴的小東西怎麼會是自己的孩子？可小湘女一天天變得可愛起來，當他看見彩雀抱著小湘女走在路上的樣子，他感到這場景是他生命中的動力，他變得愈來愈全身心地關愛她們母女。

彩雀的生活自然悠閒，那天她正帶著孩子去公園溜達，中午回家的路上順便去超市置些嬰兒用品。正當她推著嬰兒車走在街道的時候，她忽然發現了一個令她心驚肉跳的身影，再仔細一看，果然是三姑。雖然過去了許多年，當年也只是初次相識而已，可她還是能一眼就認出她：她的體型有點發胖了，可她那特有的走路姿勢，尤其是眉宇間的那顆黑痣。彩雀緊隨著她，那三姑也不知正在做什麼勾當，她哪裡知道有一雙復仇的眼睛在注視著她，更不會想到當年被她拐騙的女孩，如今在這個城市立足了，並正向她反撲。彩雀報了警，當巡警趕到時，她帶著他們指認了三姑，警員把三姑帶走調查。警局正為猖狂的拐賣婦女兒童的案子犯頭痛，現在有了這樣的線索自然不會輕意放過，便立即著手立案調查。彩雀也作為證人，向警察描述了自己的遭遇和經歷，公安人員根據線索一路追查，包括那個當年從醫院被抱走的失蹤男嬰。

雖然彩雀從來不為生計發愁，時常還有剩餘的閒錢，她有時會偷偷地寄錢回去，給她的兒女讀書、買衣和能吃上好一點的東西。可她的男人並不滿足，錢是進來了，可人卻找不著了。他不僅要錢，更要自己的女人。由於寄錢的單子上從來不留下地址，賴氏根本找不到她，想一定是她在外面有了人；畢竟自己又窮又老，她還年輕，當初她是極不情願住下來的，他有點後悔讓自己的女人出去。於是，他安置好了孩子，自己也出發了，他要去找他的女人。僅僅根據一張收款單是很難找到寄款人的，他不知道怎麼辦。他通過郵局查證，如願以償地找出了寄出的郵局，那是一個幾百里以外的縣城。即便去了那裡，茫茫人海，又怎麼找到彩雀？不過，他還是去了那裡。

縣城不大，卻還算繁華，尤其是比起自己的村子，這裡算是很發達了。難怪彩雀不願回來，如果在這個地方生活慣了，誰也不會再願意回去。他終於想出了一個辦法，他每天守在那個郵局的對面，等待著彩雀的出現。時間一天又一天地過去，有天上午，他一下子便認出了彩雀。在一陣狂喜之後又變得猶豫起來，他發現彩雀變了，變得漂亮了，看樣子好像是掙了不少錢。他想，難怪她不要自己了，自己這種樣子又怎麼配得上她？可她明明就是自己的女人，不能就這樣讓她把自己和孩子丟下，必須弄清楚她到底在幹什麼，為什麼從來不肯回來，也不留下任何聯繫地址。賴氏跟著她，直到了一幢漂亮的房子外面，見她進去了，他明白了，彩雀一定是有人了，而且還很有錢，怪不得她會變得這麼漂亮，怪不得她時常有錢寄回來。他想，現在又怎麼再把這個女人帶回去，因為家裡的孩子不能沒有母親。

賴氏一直在房子外徘徊，他不知道自己該怎麼做，一直到了差不多中午的時候，他發現彩雀推著一輛嬰兒車又出現了。他吃驚地看到彩雀帶著一個孩子上了一輛豪華轎車，有個男人幫他們上了車，就把車開走了……。「這個女人瞞著自己又有了個家？」賴氏咬牙切齒地想著，「不能就這樣便宜了她。她倒好，丟下自己，丟下孩子，獨自跟著有錢人享福。那個有錢人憑什麼霸占自己的女人，還為他生了孩子！難道我的孩子就不是她的骨肉？當初自己也是花了一大筆錢才把她弄到手的，現在哪能就這樣讓她跑了！」到了第二天，賴氏見那個男人出去後，就上前去按了門鈴。一見到賴氏的出現，彩雀不禁一陣慌亂，然後又說給他一筆錢讓他離開。賴氏死活不答應，硬要彩雀跟他回家，又說孩子們在家裡天天哭著要找媽媽，他才不得不出來找她。彩雀留下電話號碼給他，讓他先離開，有事再商議。

陳默突然發現自己的老婆近來變得鬼鬼祟祟，好像有什麼事瞞著自己，可她以前從來不是這樣。有時突然電話鈴響起，彩雀要躲著去接聽，這種情形令陳默感到非常不滿也是不能接受的，他覺得有事好商量，如果是這樣躲躲藏藏，就是不忠。每當陳默追問，她便一會兒說是表姐，一會兒是親戚，上語不搭下句。直到那次彩雀在哄小孩睡覺，電話放在了桌上，突然電話響了，陳默接了電話，對方竟是一個男人，這讓他氣上心來。對方又自稱是彩雀的男人，這使他墮入雲裡霧裡。自己明媒正娶的那個純樸的小女人，怎麼突然會變成別人的老婆？在陳默的追問下，彩雀知事已至此，再也相瞞不過，便向他講述了自己的親身經歷。陳默癱倒了，怪自己草率和這個女人結婚，沒有深究她的來歷。作為一個女人，她真的欺騙了自己；作為一個母親，她並沒有因為自己的生活好了，就忘記了以前的孩子，儘管是那麼作孽而生下的兩個孩子。他真的不知道去愛惜彩雀還是去恨她，自己創業多年，好不容易事業有成，可自己的婚姻卻是這樣地失敗。這種事情竟然會發生在自己的頭上，他怎麼也想不到，也想不通……

再說公安人員抓獲了一批人販子，根據三姑的交代，他們最終並查到了當年在醫院裡被三姑抱走的嬰兒，如今小孩已經八歲；當公安人員突然上門查找到了這戶姓朱的人家，他們驚恐萬分，生怕自己一天天養到這麼大的孩子會被帶走。這天，公安人員帶著小寶的親生父母出現在朱氏夫婦家中。一見到自己的孩子，生母便衝上前，一把抱住孩子就痛哭起來。孩子只是一臉的無奈，他哪裡搞得清楚到底是發生了什麼事？直到小寶要被帶走，那朱氏夫婦不禁大哭起來，這明明就是自家的骨肉，從小爸爸媽媽叫著長大，就這樣要被人帶走，一下子失去了生活的精神支柱，這以後的日子也不知怎麼過下去。小孩子也是死活不肯，雖然被強行帶走，他哪裡又能接受這個事實？自己的父母不是親生的，來的兩個陌生人才是自己親生的父母，又說小時候是被人販子拐走的。小孩子到了新家，雖然他的父母百般歡喜，可小寶卻一點也不開心不起來，他時常想念著把他養大的父母，對自己的親生父母卻有一種本能的抵觸。當然，小孩子也不好說什麼。他雖然年小，可也有一點懂事了。他只是保持沉默，任憑別人怎麼哄他，他一點也開心不起來。最終法院以強姦罪對賴氏進行起訴，他怎麼也沒想到，自己的老婆外出掙錢，結果不但自己的女人被別人占去了，還要被判刑。因為有了兩個孩子並鑑於他和彩雀共同生活了幾年，法官酌情量刑，宣判前讓被告做最後陳述。

「我一生貧困，由於沒錢娶媳婦，但我也是人，我也想要傳宗接代，所以我花了一筆錢，其中大部分是借來的。我終於娶了媳婦，我對她很好，我不知道她是被拐來的，我以為她沒有家、沒有地方住，所以就收留了她。直到現在，我們的孩子都這麼大了，還說我是犯了強姦罪，我不服……。」

法官最後宣判道：

「下面法庭正式宣判：賴根茂因犯強姦罪，判處有期徒刑五年，緩刑三年……。」

（二）

接下來我要講一個絕望女人的故事：新年過後不久的一個早上，太陽剛剛升起，范長江吃過兩隻饃饃，就提起行李要離家進城了。他的妻子楊蘭蘭手上抱著一對雙胞胎女兒，身邊站著一個六七歲的兒子，一起站在房前，目送著范長江。他的父母一起坐在門口，無奈地看著他，他母親的手在不停地打顫。范長江沒走幾步，楊蘭蘭手上抱著的兩個女兒就一起哭鬧了起來。聽到哭聲，他放慢了腳步，回頭看了一下妻子和孩子，還有他的父母，心裡一陣心酸，但他不得不繼續前行。他的兒子又一個人跑上門外路口的一個土堆坡上，望著父親離去的身影。范長江轉過身來，對著他的兒子范明大聲說道：

「快回去吧，等一會還要去上學，路上小心點。」

「爸爸，別忘了下次給我帶雙球鞋回來。」他兒子期盼道。

「好的，好好讀書，聽媽媽、爺爺、奶奶的話。」他叮囑道。

范長江邊走邊回頭向著他的兒子揮手告別，直到他兒子的身影消失在視野中。

送走了范長江，范明要趕去學校上學。由於營養不良，他的體型長得瘦小。每天去上學，范明要從一個山頭走到山坡下，再翻越另一個山頭，路途要走八公里，大約要花兩小時左右，才可以到達他要去的一所小學。空蕩蕩的校舍裡其實只有兩個老師，他們一邊忙著教學，同時還要打雜，買菜做學生們的午餐。學校看上去有些簡陋，幾年前還有三四十個孩子，現在只剩下了九個孩子。冬季樹枝枯黃，又有幾隻烏鴉在樹上飛來飛去，學生人數一少，使本來就簡陋的校舍更增添了幾分寂涼。那些流失的孩子，大都隨著他們外出打工的父母流向城市和外鄉。

樹木叢生的村子裡幾乎沒有什麼農田了，楊蘭蘭家被幾棵樹木圍著，在她的後院裡有一塊地，地上種著一些蔬菜和辣椒。楊蘭蘭三十歲不到，看上去體型纖瘦，不過她好像有使不完的氣力，她每天清早天不亮起床後，就要弄飼料餵棚裡的一頭耕牛和五六隻羊，還要打掃地上牲口的糞便，隨後就要背著竹籃，去山上弄些柴禾。這個時候她的孩子們還在熟睡，她可以騰出一些時間。當她把柴禾帶回家後，她已經有些犯睏了，不過這只是她一天忙碌的開始。她要生火爐準備做一家的早飯了，用土灶燒柴禾雖然比較麻煩，但比起用煤氣罐會省下不少錢。叫醒了孩子們起來後，幫他們穿衣、洗漱完了，在孩子們一起吃早飯的時候，她就要分別把孩子帶到在自家農田裡的一個角落裡的糞坑上把屎把尿。她的兒子去學校後，她就開始帶著雙胞胎女兒忙農活了。她要剝玉米粒，再磨粉和麵做饃饃。饃饃和小米粥是家裡的主食，還有自家醃製的酸菜、辣椒醬、乾蘿蔔片等。有時她也會在外面挖些野菜回來，偶爾有點葷菜，大人們一般都捨不得吃。楊蘭蘭還要照顧公公婆婆，他們年紀大了，行動不方便，婆婆又有腦栓，一隻手整天不停地顫抖。在她的公公婆婆照看她女兒的時候，她要提著水桶，到村裡的一個在山坡上段的池塘裡打全家的飲用水。山坡中段的池塘裡的水可用來洗菜，孩子換下的衣服、床單等可以在山坡底下的池塘裡洗，這樣做當然是為了有比較清潔的飲水源。

「阿蘭啊，要洗這麼多衣服？」一個村婦見她招呼道。

「下了幾天的雨，好幾天沒法洗衣服了，有孩子的，還有老人的。」楊蘭蘭答道。

「是啊，你真是夠辛苦的。」那個村婦說道。

又有幾個女人來這裡洗衣服了，她們邊聊邊洗。大概過了一個多小時，楊蘭蘭把洗完的一大堆衣服帶回家去。

從早到晚忙裡忙外，一直忙到太陽下山的時辰，她又要開始忙五六個人吃的晚飯了。一天不管有多累，她要把所有的事情都做完。當孩子們都上床睡覺了，她才有一點空閒的時間，不過每當這個時候，她會感到非常地疲勞，她只想合上一會眼。到了夜裡，兩個雙胞胎孩子還要哭鬧，她幾乎沒有睡過一個晚上的好覺。每天天不亮，她就要硬撐地從床上爬起來，然後就要面對各種繁重的家務和農活。

村子裡絕大多數都是老人和孩子，老人一般都在七十歲以上，孩子被人稱作「留守兒童」。在村裡，四十歲歲以上的還算年輕人，他們幾乎都是一些「沒有什麼本事」的人：有的在城裡打工的人，他們也沒有什麼技能，比如在洗浴中心幫人開開門鎖，遞遞茶水、毛巾的，或是在建築工地幫人打打下手的，雖然過得並不好，因為面子問題，死活也要待在城裡；有的甚至在城裡靠撿廢品為生；也有的幹起那種偷雞摸狗的事情，當然，他們一般遊蕩在大城市的陰暗處。至於從農村出來的年輕女孩子，洗浴中心、髮廊、餐廳是她們謀生的場所。

只有老人和孩子相守的村子，也看不到什麼生機，以前村裡的一個大池塘早已成了堆放生活垃圾的地方，又臭又多，沒人過問。垃圾場也成了小孩子玩耍的地方，當然，池塘上的蝴蝶與蜻蜓也早沒了蹤影。現在，隨著老人的漸漸離世，村口的墳地多了起來，更加令人感到一種荒蕪與落寞。中國人一直有「衣錦還鄉」的風尚，在外面升了官、發了財，在家鄉買地蓋房子是一件幸事。如今在村裡能夠蓋漂亮房子的是在外面做賣春的女子，做這種賣春行當的女人，以前是見不得人的，現在卻招人羨慕。

楊蘭蘭在這個破落的村子裡已經熬過了整整七個年頭，以前她和公公婆婆一起下地，能解決自給自足的吃飯問題，家裡還承包了近二十畝耕地，種植穀米、蕎麥、洋芋、玉米、豆子、葵花等。洋芋和葵花能賣錢，一年大約兩三千元，還能勉強過日子。不過現在不同了，一方面沒人種地了，另一方面隨著鄉鎮的發展，人們開始吃大米、白麵，那些可以賣錢的洋芋、玉米基本上沒人要了，生活就更吃緊了。楊蘭蘭的老公范長江每年只能返鄉一次，如果多回來一次，去掉路費和其他的花費，那麼他一年就沒有什麼積蓄了。他在南方的一個大城市做清潔工，不識幾個字，每天起早貪黑地工作，一年四季，無論颳風下雨。他的伙食基本上每頓都是泡麵，和另外幾個人一起擠在一個陰暗潮濕的地下室，唯一的休閒娛樂就是晚上睡覺前看一會兒電視。他把每月省下的錢會寄回老家去補貼家用，這些錢除了家人吃飯、生活雜費，還要用作老人的醫藥費、孩子看病的花銷、孩子的學費，還有買飼料和化肥等。他的心裡只有一個企盼，每年過年的時候，可以回老家探親，看看妻兒父母。

楊蘭蘭是村裡的外鄉人，早年也是外出務工，因為遇到了這個老實憨厚的男人，想有一個依靠，就住在一起了。懷孕後就和現在的男人一起回到了他的家鄉。她本來一心想著離開自己的家鄉，能夠在城市裡居住下來，沒想到婚後卻來到了一個更貧窮的地方。以前孩子少，他的父母又可以幹些農活掙點錢補貼家用；現在孩子多了，老人又體弱多病，不但不能幫手做些家務農活，還要照顧他們；本來就不寬裕的生活，又要養三個孩子，還有老人吃藥打針的錢。她兒子每天上學走好幾里的山路，鞋子容易壞，她兒子要她換新的給他，她都買不起。她時常感到身心疲憊，她甚至想放棄孩子一個人離開家；有了這種想法以後就會使她內心更加煎熬，她不知道自己還能夠撐多久。

村裡的有好幾戶人家常年沒有人住，原本村莊裡有近百戶人家，如今冒煙的不到二十家。周圍的房子許多門上都掛著一把把生了鏽的鎖，院子雜草叢生，有的房頂上也長出了樹枝和草。也有一些因各種原因留在村子裡的中年男人，他們幾乎都是光棍。村裡的女孩在長大了就想辦法離開這裡，也沒有女人願意到這裡來過日子；有的就是嫁過來了，不出幾年甚至幾個月就又消失了，有的還留下了自己的孩子。那些沒有家長照看的孩子，還未成年多半就開始四處流浪，成為看守所和監獄的常客。那些既沒有手藝，也不會幹種地這樣的農活的人，在村裡經常有人三五個聚在一起打牌，時常為輸贏幾塊錢爭得不可開交。因為沒有人種地，農田裡樹木和雜草叢生，原來花了很多人力、物力修建的水庫和用作養殖的池塘周邊長起了一大片高高的蘆葦，水裡長滿了水草，水裡的魚不斷死亡，和四周堆放的生活垃圾一起，方圓幾公里外都可以聞到刺鼻的氣味。

楊蘭蘭的雙胞胎女兒從小體弱多病，看病需要錢，婆婆幾年前就得了腦梗，在醫院治療後病情得到了控制，但因為昂貴的費用就中斷了治療，現在幾乎到了半身不遂的地步。就在她長期體力透支、貧憊交加的時候，村裡有來人告知她，她家的「低保」被取消了。楊蘭蘭聽了好像被當頭一棒，她要去村委會討個說法。村委的人向她解釋道：

「你們家領了好幾年了，現在要把名額留給最困難的人。」

「村長家的親戚，有好幾戶都拿『低保』，他們的條件比我好多了，住的是新建的寬敞明亮的房子，而我住的是幾十年前蓋的土坯房。我家的老人現在生活都不能自理，還要治病呢。」楊蘭蘭爭辯道。
「我也沒辦法，『低保』戶是由村委會決定的。」村委的人說道。
「你們這樣做，還讓不讓人活了？」楊蘭蘭吼道。
整年的勞累加之貧困，又沒有人關愛，她開始打孩子，對老人發脾氣，周圍的人也開始躲她。他們更怕她向他們借錢，事實上別人也是過得緊巴巴的日子，雖然他們時常會聚在一起賭博、喝酒。
孩子們身上穿得破破爛爛的，除了整天吃饃饃又沒有什麼別的吃的東西，生病時也沒有錢帶他們去醫院看病。她覺得自己實在太累了，對不起自己的孩子，自己整天像牛馬一樣勞作，又沒有什麼希望，出生在這裡，自己的孩子將來也不會有什麼前途。她曾經也有過離開她的家鄉去城裡打工，改變生活的夢想，可事實上自己的夢想沒有實現，生活卻變得更加艱難，沒有人可以幫助自己。長期的艱難度日使她早已身心疲勞，她想如果要擺脫這種狀況，她就要丟下孩子獨自離開這裡，找一個好一點的人家——哪怕只要不這麼累，哪怕只要住上乾淨整潔一點的房子，哪怕自己或是孩子生病了，有人可以陪她一起去醫院。可是沒有，什麼也沒有。自己才二十七歲，要像老媽子那樣照顧三個孩子，還要像老牛耕地一樣忙農活，還要面對生活不能自理的公公婆婆。生活本來就貧困，老人卻又沒了「低保」，她想放棄，不想繼續這樣折磨自己的身心了。自己是一個女人，年輕的女人，不該承受這樣的命運。她終於狠了狠心，離開了家，丟下了孩子和老人，一個人外出去了。五光十色的繁華城市更讓她感到自己的生活如同在地獄一般，她想如果她能再一次留在城裡打工，她相信自己的命運可以就此改變，可以過上好幾倍、幾十倍的生活。她不想再回去了，她要離開那個破敗的村落，離開那些冷漠的人，像從前那樣重新追夢。孩子們的身影時時縈繞在她的心裡，還有老人的無奈的神情，他們根本無力照看她的三個孩子。她覺得自己生下他們就是過錯，當初就是因為自己年紀太輕，涉事不深，才導致了現在的窘迫，生下這些孩子又不能好好地撫養他們，把自己的人生也賠上了。她在城裡逗留了幾天，掙扎地想著自己到底該怎麼辦，是回家繼續承受這種沒有盡頭的苦難人生還是像村裡的其他出走的女人那樣一走了之？

幾天以後，她還是無精打采地回到了家。幾天的時間孩子變得更加瘦弱和邋遢，鍋裡什麼吃的東西也沒有，孩子哭著要媽媽。這幾天婆婆用借來的掛麵和地裡的一些蔬菜來餵飽孩子。為了幫助家裡幹活，她的兒子也輟學了好幾天，家裡的牲口棚也沒人打掃。她癱軟在家裡的床上，婆婆自言自語地責備道：

「生了孩子，哪有丟下不管的呀？」

「我天天累死累活，以前還能種點東西賣點錢，現在地不能種了，連個『低保』也沒了，又有那麼多張嘴要吃飯，就你兒子掙點那點錢，能養活一家人嗎？」楊蘭蘭哭訴道。

「是我兒子沒用，所以我有病都不去醫院看了。」她婆婆說道。

「實在沒法過下去了，乾脆就喝農藥自殺算了。」楊蘭蘭哭泣地說著。

她的婆婆也體諒到兒媳生活的不易，但她什麼也幫不了兒媳，她自己的病情也在不斷地惡化。孩子們整天要吃要喝，看看這幾個可憐的孩子，她想如果自己沒有把他們生出來該有多好，生出來真是害了他們。她晚上開始做噩夢，她夢見了她的男人在責備她，她也不斷地在自責，無論是生活上、精神上還是體力上，她覺得自己實在撐不下去了。最後，她去村裡買了一些魚肉，做好飯菜後，孩子們一搶而空，並在臉上也露出了少有的笑容。自從過年的時候這樣吃過，幾個月桌上沒有大碗的魚肉吃了。楊蘭蘭把家裡剩下的最後幾百元錢放在桌上，留下一封遺書，就帶著三個孩子一起離開了——

兩天後有媒體報導：

二〇一九年四月上午十一時許，四川省攀枝花市米易縣二十七歲的楊某某背著她的兩個雙胞胎女兒，懷裡抱著大兒子從當地的彩虹橋跳下。長子七歲，雙胞胎女兒兩歲。母子四人遺體被打撈出來，他們的屍體緊緊地擁抱在一起，令人悲痛不已……

和不斷發生的什麼「學校砍人事件」、「毒食品事件」、「打壓維權事件」、「幼稚園虐童事件」一樣，人們同樣列舉出近年來所發生的類似令人唏噓的事件：

二〇一六年十一月二十四日下午，甘肅省康樂縣一個二十八歲的農婦，用斧頭砍死了自己三至八歲的四個孩子，料理後事後，一週後其丈夫在林子裡被人發現已服毒身亡……

二〇一八年一月，湖南省新化縣一個母親帶著兩個幼兒投湖身亡……

二〇一八年八月二日，在福州一個貧困的母親，為救病中的孩子，裸身抱著孩子在街頭呼救，那聲嘶力竭的呼喊，像一把鋒利的刀子，扎在人們的心上……

（三）

一個女人和別人同歸於盡的故事：在一個夏日的中午時分，在伏虎山區的一個村派出所裡，此時有幾個民警正在房間裡吹著風扇、抽著煙聊天。突然，有一個中年男子闖了進來，只見他滿面鼻青眼腫，頭上還沾有血跡，一見到民警，他就上氣不接下氣地喘著大氣。一個警員吃驚地問道：

「怎麼啦？」

「快，有三個歹徒上了公車，然後……然後，把一個女司機強姦了。」來者氣喘吁吁地說著。

「什麼，有人在公車上強姦了女司機？」民警吃驚地問道。

「不是……不是，他們上了……上了車，後來就把女的拉了下去。我看情況不妙，就試圖阻止，結果被他們暴打了一頓。」來者急忙解釋道。

「那車上還有其他人嗎？都沒有出來制止？」民警問道。

「車上坐著不少人，除了我，沒有人敢出聲。女司機被拉到了樹林裡，當時我被打得暈頭轉向，只是隱隱聽到女司機在叫『救命』。後來女司機回到了駕駛室，我也硬撐著爬起來上了車。可女司機卻突然翻臉不讓我再乘車，她說我有傷不能再搭車。看她有點發瘋的樣子，我只好下了車，隨後就在路邊繼續等待其他路過的車輛。」來者敘述道。

「那三個歹徒也上了車？」民警問道。

「是的，他們一起上了車。」來者答道。

根據公車的線路，派出所的民警立刻通知了縣公安局。由於案情重大，縣公安局接到報案後，立刻組織公安人員，並調動武警一起趕往事發路段進行追捕罪犯。

女司機今年二十四歲，名叫王婷，在鄉鎮的公路上開車已經好幾年。沒想到這天在開車中途，上來了三個年輕人，年紀都在二十歲出頭，他們上車後就東張西望，看樣子就像是社會上的小混混。王婷繼續開著車，有一個個子高一點的還走到女司機的旁邊，用一種輕佻的眼光打量著她，隨後就走到他的兩個同伴面前，嬉皮笑臉地問道：

「這個女司機長得怎麼樣？」高個子鍾某問道。

「長得好看。」張某說道。

「很有味道。」馬某說道。

「機不可失，車到站還有一段路程，把她弄下車玩玩怎麼樣？」鍾某問道。

「平時吃飯都成問題，沒有錢玩女人，這個女人很難得。」張某說道，心裡充滿著飢渴。

「抓住會被判刑的，再說車裡的人這麼多？」馬某有點擔心地說道。

「怕什麼，幹了就跑，誰要阻止就先收拾誰。」鍾某說道。

他們在車裡搖搖晃晃地走到了駕駛座旁邊，對著女司機叫道：

「停車，停車，我們要在這裡下車。」

「你們要去哪裡？到下一站還有十多分鐘。」王庭說道。

「停車，停車，聽見沒有？」他們大聲叫嚷道。

王婷只好減速停車，然後打開前門讓他們下車。

「我們有點事需要你幫一下，跟我們一起下車吧。」張某對著女司機說道。

「你們趕緊下車吧，我要誤點了。」王婷感到他們不懷好意。

鍾某走到駕駛座，一把把王婷拉起來，然後向外猛拽。王婷見勢不妙，一面大聲呼救，一面拚命反抗。他們三個一起又拉又推，幾下就把王婷拖下了車。

「救命啊！……救命啊！」王婷拚命地叫喊道。

此時，有一個中年男子劉某也跟著下車，試圖阻止他們。

「你們放開她吧，她還要開車呢。」劉某說道。

「滾開，再多管閒事就打死你！」鍾某威脅道。

「你們到底要她幹什麼，她又不認識你們。」劉某說道。

劉某的話音未落，就被他們拳腳相向，而此時車裡坐著的十幾個人，個個坐在自己的座位上，什麼反應也沒有。劉某被打蒙了，倒在地上動彈不得，看著女司機被他們拖走，便對著車裡的人使勁喊道：

「你們，你們為什麼不站出來？這種事你們也看得下去？」

「社會風氣不好，又不是我們造成的。」一個中年女人大聲說道。

「長得太漂亮了，不該在偏僻的山路上開公車，遲早會出這種事的。」一個中年男子大聲議論道。

很快，他們就把王婷拉到幾十米外的樹林裡，硬生生地把王婷給輪姦了。在這個過程當中，車上所有的人透過車窗，像觀賞影視劇一般地看著外面發生的一切。

過了十幾分鐘的樣子，王婷從樹林中跑了出來，她滿臉污垢，衣衫凌亂，邊哭邊跑向停在那裡的公車，上了車，她嚎哭著，看著那些無動於衷的乘客，哭叫道：

「你們為什麼不幫我？為什麼不幫我？……」

王婷坐到了駕駛位上，發動了公車，然後轉向被打傷的劉某喊道：

「你下車吧，我不能拉你。」

「為什麼，我想救你有錯嗎？」劉某急切地問道。

「你傷得不輕，如果有個意外再賴在我身上，我不是賠死了？」王婷繼續喊道。

「可我買票了，我有權坐車，我受傷和你沒有關係行了吧？」劉某爭辯道。

劉某堅持不肯下車，正僵持著，車裡的那個中年女人又發話了：

「你快下車吧，我們還有事呢，不要再耽擱大家的時間了，我們進一次城很不容易的。」

「快下車吧。」車裡有人附和道。

那三個小混混見事發時無人敢站出來，心裡充滿了得意，還在車上興致高揚地談論著強姦的滋味。最後，劉某忍著身上的傷痛，滿心委屈地下了車。公車又啟動了，王婷打開了收錄機的錄音按鈕，這臺收錄機是她平時在路上播放音樂給乘客聽的，現在她想用來做「黑匣子」。公車繼續行駛在山路上，三個小混混卻不停地談論著王婷的身體，包括她的胸部、臀部和膚色。王婷忍者屈辱，堅持著開車，此時，沒有人知道她心裡在想什麼。

王婷高中畢業那年，就去參加了的高考，她報考的是省裡的一所理工科大學。考完後她覺得自己考得不錯，可是結果考分卻很低。情急之下，她想去查閱自己的試卷。她向有關部門提出異議，要求查看自己的試卷。結果最後她得通知，她的考分核查過了，沒有問題。其實她不知道，她的考分很好，只是被人掉包了，別人用她的考試成績上了那所大校，而她辛辛苦苦在縣城讀的高中白讀了，家裡的錢也白花了。高考失利後，不得已她只能去大城市打工，後來她考取了開計程車的牌照。幾年後，她回到了農村家鄉，並以開公車謀生。她本打算開幾年公車，等有了儲蓄，就買一輛私家車開出租，這樣掙錢比較多。

王婷一邊繼續開著公車，腦海裡卻湧現出她曾經經歷的往事。她想起了自己在讀小學高年級時，她的班主任是個年輕的男教師，他曾經利用個別輔導，經常觸摸她的身體。後來她發現這個表面上看似斯文的男教師，利用同樣的手段，對班裡許多女生都下過手，只是她們太年幼，又被老師威脅過，所以沒有女生敢出聲。到了她上初中時，有一個教語文的女教師，動不動就對學生進行體罰，因為她成績比較好，所以一直沒有被體罰。可當那個女教師後來自己開課外輔導課後，要求班裡的學生都報名參加。因為要交一筆費用，王婷覺得自己的學習成績不錯，為了不增加家裡的負擔，她就沒有報名參加。從此，女老師就經常給她的語文成績打低分，還在上課的時候羞辱她，可她的母親並不知情，還以為她的學習成績退步了。

本來她以為以前的一切不公與屈辱都過去了，她可以在社會上通過自己的努力和打拚過上自己想要的生活。可此時，她萬念俱灰，自己在光天化日之下被幾個歹徒強暴，車上的乘客卻如此地麻木不仁，她想著要和這一車的人同歸於盡，好在那個相幫自己的男人已經被自己趕下了車。現在，要讓讓歹徒和冷漠的乘客成為她的陪葬品。

她看起來異常平靜，只是凌亂的頭髮和被撕扯過的衣服令她看起來顯得有點異樣。她繼續開著車，在拐了個彎以後，公車就要向山坡下行駛了，而此時路段的左側是劈山開的路，右側是百丈懸崖，汽車在加速，在她看似平靜的臉上，眼睛裡淌著晶瑩的淚水。鍾某似乎有所察覺，大叫道：

「開慢點，開慢點，你想幹什麼？」

王婷自顧開車，車速愈來愈快。鍾某發現了她的意圖，衝到她的身邊，撲向前搶方向盤，頓時，車上的人驚恐萬狀地叫「救命」。王婷咬咬牙，一腳油門，公車像一支離弦的箭向山崖下面衝去，直接墜到山崖下幾十米深處的一個坡地，然後翻滾並起火爆炸，車上的十七個人無一生還。

當警車趕往事故現場，只見山下殘破的公車裡冒著黑煙，四周是橫躺的屍體和散亂的雜物。在整理現場遺物時，警方發現了那臺收錄機，並取出了裡面的磁帶，通過播放那盤「黑匣子」磁帶，警方瞭解到事發時公車裡人們的語音和公車墜崖後劇烈的爆炸聲。報案人劉某得知消息後，聯想起自己被女司機趕下車的場景，不禁情緒崩潰地大哭起來……

（四）

一個女司機的遭遇：一點也看不出她死前被人凶殺的任何痛苦表情，連法醫都無從解釋。在遭受這樣驚恐死亡的人，在屍體上留下的面部表情常常是令人恐懼的。只有那些平靜而安詳地死去的人，才能在死後的面部表情上這般祥靜。她死的那天，正是大年三十的傍晚，本該早早回去和丈夫與兒子一起吃團圓飯的。就在她送走了最後一個客人準備回家的路上，車被一個小夥子攔了下來，儘管車上的指示燈明示著車已載客，可小夥子似乎一眼就看見車裡並未載客。她先是打量了他一下，一個二十出頭的帥小夥子。她本來是想今天不再做任何生意了，她想，如果是和回家的方向一致相同，那麼就再做一筆生意。多一筆，好一筆。過年了，生意雖然比平時好做，可花銷也比平時大得多。

「能不能帶我去匯水鎮？」小夥子問道。

「匯水鎮？一百多里啊，大年三十晚飯時間，不想跑那麼遠，如果你肯出雙倍價，我就帶你去。」李景風說道。

「雙倍價是多少？」小夥問道。

「一百六。」李景風回答道。

「一百六太貴了。」小夥說道。

「隨便你，反正我不想再跑了。」李景風說道。

雖然有些不情願，可那小夥子還是上了車。此時，李景風想著，一定要多賺點，省得兒子在學校裡讓別人瞧不起。自從兒子從普通中學轉到了所謂的貴族學校，他們夫婦心裡就是一個念頭，自己這輩子沒出息，被人瞧不起，但要讓兒子進最好的學校，讓兒子從小就高人一等。這樣，小孩子的零花錢也從以前的一天五元變成了現在的三十元。這還不算，為了比得上別人家的孩子，他們的兒子也穿上了各種名牌衣服。還有同學之間要相互請客比排場，雖然這一切遠遠超出了他們的能力，可他們還是死撐著，並以此聊以自慰。只要讓別人以為他們家裡很有錢，這樣別人就不會小看他們的兒子，而且小孩子平時出手也必須像富家子弟一樣，吃喝穿戴花銷一律講派頭。

忽然，天上就陰陰地下起了小雨，而且道路變得泥濘，這樣，她不得不把車速放慢。

「這樣下去我今天沒法吃年夜飯了，真倒楣。」李景風不由得說道。

從後視鏡上看了看後座的小夥子，見他面無表情，低頭不語。可李景風哪裡知道，這小夥子十萬火急地去匯水鎮不是為了別的，而是要去竭力爭取他的女友回心轉意。他近來總是找不到他的女友，他覺得今天年三十他的女友一定會在家吃年夜飯，他想要見到他的女友，並和女友好好地談談。可他也做了最壞的打算，由於女友的態度一直都很堅決，這次，他是身藏了一把尖刀。因為太愛女友了，他的女友不能屬於別人，他早就這樣想過。在他們剛認識時，當她躺在他身上休息的時候，看著她安詳地閉著雙眼，他心裡就暗暗想著：「你太美了，你是我的，你不可以離開我，不然的話我會殺了你。」當時他還以為自己在跟自己講「笑話」，可現在他明白那不是「笑話」。雖然他的女友聲稱自己有了新的男友，和他在一起不合適，可這並未讓他死心。只是前些日子他又沒了工作，這使他變得更加坐立不安和氣急敗壞。此刻在車上他什麼都不想，只想著要早早見到他的女友小麗，讓她回到自己的身邊。女司機一路上囉哩巴嗦地抱怨著，可他根本無心去聽。

「不行，不行！」說著李景風突然停下了車，又堅決地說道，「路況太難走，再加四十元。」

「什麼，什麼？」他有點生氣地說道，「車費已經加倍了，再要加錢？不加，不加！」

「你想想今天是什麼日子！現在又突然下雨，你要麼加錢，要麼下車。」李景風還是堅持地說道。

「下車？下車你讓我怎麼回家？已經付了雙倍的錢，你一定要把我送到那兒。」他有點發火。

「是不是沒錢了？沒錢還想擺闊，擺闊是要付代價的，我看你也不配擺闊……」李景風挖苦道。

「你說什麼？你說什麼？老子什麼也不是，也輪不到你這個開計程車的臭婆娘來教訓我，小心老子對你不客氣，快開車！」他憤怒地命令道。

李景風回頭瞟了他一眼，這個眼神使他想起了他女友的眼神，那麼相似，連表情也一模一樣。於是，他失去了理智，他直感到這個女司機像他的女友小麗一樣在拒絕自己的要求，而且看不起自己，還要羞辱自己。於是，他暴怒起來，冷不防地拔出了身藏的一把尖刀，狠狠地向她刺了幾刀。頃刻，血流滿車，李景風沒了反應。而他，此刻卻一動不動地坐在車後，抽著煙，喃喃地說道：「對不起，小麗。」

時值大年夜的傍晚，此刻的鄉間小路，天上飄著濛濛細雨，幾乎家家都在準備著年夜飯。以往這個時辰，他和小麗一起過除夕，可此時眼前卻躺著一個剛剛被他殺死的冤魂。他根本不知道自己為什麼會把她殺死，僅僅是因為要加錢的緣故嗎？還是她看不起自己？如果小麗沒有提出和自己分手，如果前些日子自己沒有失去那份工作，那麼，即使自己被人輕視，也不至於動刀殺人。他覺得走到這一步，已經沒有回頭路了。於是，他推開車門，消逝在黑夜之中。此時，李景風流盡了身上的血，可她還有一點意識，她有點後悔自己所做的一切。她想到了丈夫和兒子還在等她回家，可同時她又感到有一個人要去殺她的女兒，而她為了保護自己的女兒，她把自己的身體壓在了女兒的身上。於是，尖刀向她身上刺來，而在她身下的女兒，使勁地叫著她「媽媽」。看見罪犯跑了，女兒得救了，她心滿意足了……。小麗在年三十晚沒有等到阿宇，他說好要來的，卻始終不見人影，也不接電話。她以為他想通了，同意和她分手了。雖然心中有點不安，可還是和家人和現任男友在一起過了一個熱鬧的年三十。

在睡之前，她又給阿宇發了一條短訊，可始終沒有回音。她有點心生蹊蹺。在睡夢中，她夢見了自己在跑，後面有人在追，就在她快要被追上時，突然有一個女人來救她。那女人可愛極了，像自己的保護神，此刻，她被驚醒了。她有點毛骨悚然，可她馬上又睡下，她很想知道接下來會夢到什麼。終於，夢又開始了，她對著那個女人叫「媽媽」，不停地叫她「媽媽」，又看見她渾身是血。她想起來了，那個女人是為救自己才挨的刀子。她又驚醒了，可她覺得故事還沒有完，因為一切太真實了。她繼續睡下，希望夢再繼續。不久，那女人又出現了，她突然發現那個受傷的女人並非自己現在的媽媽，而她卻倒在自己的懷裡，吃力地說道：「女兒，不要難過，每一個媽媽在自己的孩子受到危難的時刻，她們都會這樣做。」而她聽了大哭起來，拚命叫道：「媽媽！媽媽！」

第二天醒來，她想著這個夢境，從來沒有一個夢像這樣有始有終，而且還能分段做，太不可思議了。她想著，夢中的女人到底是誰？小麗是個在生活中有悟性的女人，她想到了自己的前世人緣。真是這樣神奇嗎？人可以通過做夢，夢見前世的親人？不過，她還是半信半疑。當然，她誰也沒有告訴。轉眼就到了元宵節，集市上熱鬧非凡，有各種各樣的小吃、宮燈和猜迷遊戲，還有各式小百貨。她興致勃勃地玩著，忽然就感到一陣暈眩，隨後便失去了知覺。她夢見她的前世媽媽帶著她逛元宵夜，給她買了很多好吃好玩的，可過了節後，她被她的媽媽帶到了一個陌生人哪裡，那陌生人要把她帶走，她拚命地哭著要媽媽，可她的媽媽還是離她而去……

迷糊中，她忽然被一陣門鈴聲驚醒，可那並非門鈴聲而是手機。她清楚地記得睡前手機處於關機狀態，她頓時驚恐不已，心想：「媽媽不要嚇我，女兒害怕。」於是，她不敢再睡，直到第二天天亮，她才迷糊地睡著了。

沒人相信她手機關機會有鈴聲，都說她忘了關機，或是睡夢中的錯覺。可是，有一天晚上，她做了一個更恐怖的夢。她夢見一具屍體，屍體開口告訴她，她是她的媽媽，被她的男友殺死。隨後她邊跑邊哭，又是一陣電話鈴聲把她驚醒，這次她再也沒有搞錯，電話是關機狀態。

聯想起小宇突然消失和近期鎮裡發生的一件凶案，警方正為這樁無頭公案煩惱不已，小麗直接向警方說明了情況。

事後小宇被警方被捕，出於好奇，她去看了被害人的屍體，她一眼看見屍體的面部和她夢中的女人一模一樣，她頓時就昏了過去……

（五）

一個農村女子的遭遇：外面的大雨下個不停，張一豐只能一個人待在潮濕的出租屋裡。一想到老癟，張一豐就壓制不住內心的火焰，他想給老癟兩個嘴巴子。如果老癟給自己低頭認錯，這樣他就可以放過老癟，不然的話，他就要放一把火把老癟的廢品收購站燒了，就算把老癟也燒死了，也是活該。

連續不停的雨水，讓他遲遲不能動手。那天要不是肚子餓到了要飯的地步，他也不會去行竊一隻陰井蓋，他知道弄不好被城管逮住，又是被一頓暴打。以前他在路邊擺個小攤，也要像老鼠躲貓貓似的跑來跑去，最後他不得不放棄擺攤。

在他離開家鄉前，他父親把省下來看病的錢給他買了一張進城的車票，張一豐曾暗暗發誓自己一定要在外面混出點名堂來。可是天不從人意，他沒想到如今自己落到了要殺人的地步，不是去殺什麼貪官污吏，而是廢品回收站的老瘸。那天他把好不容易弄來的陰溝鐵蓋去廢品回收站賣錢，老瘸以廢鐵的半價收購，理由是偷來的東西一律半價收購。雖然張一豐火冒三丈，可也拿老瘸沒有辦法。現在，張一豐只等著雨一停就去老瘸那兒放一把火。

看起來大雨不會停止，天色一點轉晴的跡象也沒有，路面上又到處是積水，連走路都很困難。這樣的氣候令居住在地下室的林奕姑娘擔心不已，她已經有一個多月沒有找到工作了，她想像這樣的狂風暴雨的天氣有誰會招聘人員？這樣一天天下去可怎麼辦？雨再這樣繼續不停，說不定就連這個地下室也會被淹沒，如果是發生在夜間，連人也會被淹死。可她轉眼又想，如果某個公司真缺人，此時恰恰是個好時機，沒有那麼多的人擠在一起，被人挑肥揀瘦的，像挑牲口似的。於是，林奕姑娘打起傘，冒著風雨，在蹚水中堅難地走著。

路很難走，有的地方積水很深，她一不小心踩到了一個凹陷處，水立刻就進入了她的雨鞋，連褲腳也弄濕了。不過她還是想著找工作的事，她擔心這樣狼狽地去見人，別人會不會很討厭？因為雖然自己很著急，別人可不著急，走投無路的人看多了，誰都會麻木。忽然走到一個路口，路前被一堆雜物擋住了，她不得不繞開走。可她剛又走了沒幾步，只覺得腳下一滑，頃刻間她的整個身體便掉進了一個洞裡，只聽她「哇」的一聲便消失了。流水的衝力很大，她的整個身體隨著湍急的水流在下水道急速地滑著，她感到自己就要沒命了。水大口大口地嗆入她的身體裡，她很難受更感到痛苦，她想到了自己的親人，又意識到自己很快就會死去。

林奕姑娘滑入的下水道口，那陰井蓋正是被張一豐偷走的那個。他並不知道自己已經成了一個間接殺人犯，他還是一心想著怎樣去報復癟老頭。他總想著去癟老頭的回收站去弄點現金，隨後再放一把火把回收站燒了，要叫他嘗嘗痛苦的滋味。

天轉晴了，路上的潮水也慢慢退去了。這些天張一豐一直躲在自己的住處，他感到肚子很餓，又哪裡也去不了，所以他只能整天賴在床上。當天色暗下來的時候，他才從床上爬了起來，並按他事先計畫好的一切開始行動了。他帶好了作案工具，鬼鬼祟祟地來到了回收站附近。他心裡發起慌來，也有點猶豫，可他的肚子也在「咕咕」地叫。於是，他在路邊找了一隻破鐵皮桶，然後放到牆下，又一腳踩上後，便順勢翻入了牆內。

院子裡一片狼藉，看起來什麼值錢的東西也沒有，他又直入屋內，開始了翻箱倒櫃。在一隻抽屜裡，他找到了一些零錢，看看再也找不到什麼值錢的東西了，於是，他就在床上澆了一小瓶汽油，拿出了打火機點然了床鋪，隨後就飛快地離開了。

他直接去了一個飲食小攤，要了幾樣吃的，便大口大口地吃了起來。他邊吃邊想著：「誰叫你砍我的價，這下叫你損失殘重，這個老不死的，今天沒有燒死你，算你命大。」等他吃飽了以後，在夜色下，他四處溜達起來。當他路過一個路口時，那裡已被警戒線封了起來，他還隱約記得就在前幾天自己在這個地方拿掉了一個陰井蓋。出於好奇，他邊向人打聽起發生了什麼事。那人原本和他是同行，夏天的時候專門去撿些飲料罐到回收站去換錢，到了冬天，他們便沒了收入來源，於是，不是閒著，便是做些偷雞摸狗的勾當。當他得知有個女孩幾天前因暴雨時路過此地而消失時，他不禁深深地打了個寒顫。他心裡明白這事是由於自己所致，也許公安人員正在調查此事，一想到沒準老瘸知道此事後會懷疑到自己，他感到害怕起來。

當他回去睡覺的時候，他愈想心裡愈想愈害怕，他彷彿看到了一個女孩的可怕的屍體。在他很小的時候，他就在河邊看到過一具女屍，這具屍體不是別人的，而是他自己母親的，她是跳河自殺的。他也從來不敢問他的父親他母親自殺的原因，只有他外婆無意間透露過一點信息給他，說是他父親那次打了他母親，她一時想不開就跳河自殺了。他心裡怎麼也弄不明白，還在他這麼小的時候，她就棄他不顧而自殺了，她對他父親到底有什麼如此的深仇大恨而一定要選擇自殺，這對於他來說始終是一個謎，一個內心深處永久的痛，也因此他很小就棄學並開始到處流浪了。

林奕姑娘的屍體過了很久才被人找到，別人都說她倒楣。似乎只要一下大雨，這樣的事總會發生，不是哪裡突然地陷了，甚至連整輛車都墜入了無底深淵，就是這裡有人掉進陰溝裡被水沖走了。當林奕姑娘的屍體找到後，警方便通知了她的家人。她母親開始並不相信自己的女兒會出事，可當她目睹女兒的屍體時，她當即就昏死了過去。

她短暫的一生經歷了好幾次劫難，可謂命運多舛。當年她還是一個小學生時，就差一點被鄰村的人姦殺。而那罪犯不是別人，正是張一豐的一個叔公，他是一個孤寡老人，一直借住在他的兄長也就是一豐的爺爺那裡。那天夜裡，他正從鄰村的一個人家喝酒路過，一眼就看見林奕姑娘獨自坐在自家門口外的不遠處的一個矮牆上。此時天色已晚，因為她出門時忘了帶鑰匙，外出回家後進不了門，爺爺奶奶又去了親戚家，於是她只能傻坐在家附近。正當她在獨自發愣時，只見張老頭嬉皮笑臉地向她走來，而且趁著夜色還想抱住她，可她躲得快，拔腿就跑。張老頭也不顧臉面，對她緊追不捨。林奕慌忙地跑著，心想，這老頭發瘋了，難道他這麼大年紀了還想強暴自己不成？她愈想愈慌，卻不慎在跑進一片農田時被一塊石頭絆倒，於是她倒在了地上，又拚命地在地上爬了幾下。此時張老頭也追了上來，一下就撲到了她的身上，便死命地拉拽她，任她尖叫，張老頭還是得逞了。一想到林奕會去告他，於是張老頭起了殺心，林奕只是苦苦哀求，並哭著說道：要是事情傳了出去，自己也沒臉做人。張老頭想想也是，又警告林奕道：他自己已是一把歲數，也不怕什麼槍斃、坐牢、說出去會被人當笑話看，叫林奕保持沉默。她含淚答應，就這樣被人白白糟蹋也不敢聲張。雖然林奕恨死了張老頭，好在張老頭的家在鄰村，平時很少有機會遇見。就在林奕姑娘上初中的時候，不幸又一次降臨到她身上。那天在她去上學的路上，她被一輛疾馳的摩托車撞飛出好幾米遠，很快她就被送去一家醫院搶救，雖然命保住了，卻做了脾臟切割手術。可她並不知道這個手術給她帶來的災難，直到她在報考大學前的一次正規體檢時才被告知她少了一隻左腎。醫院的工作人員問她是否做過腎切除手術，她回答說沒有，身上的疤痕是以前出車禍後做的脾臟切除手術，怎麼會連腎臟也不見了呢？會不會是檢查出了問題？之後，她又去了一家大醫院檢查，得出的是同樣的結果。於是有人就告訴她，她的腎被人偷了，一定是在她在做那次脾臟切除手術時，有不良醫生偷偷地摘取了她的腎，然後就高價賣給了別人。林奕姑娘有點絕望了，她不知道怎麼辦。她父母帶她去告那家曾經為她做手術的醫院，可因為時間過了太久了，醫生流動性很強，又拿不出直接的證據，最後也是不了了之。誰知好不容易上完了大學，卻在一場暴雨中死於非命，而且還是鄰村的一個混混因盜竊公物所致。

那天瘸老頭正拉著一車的回收物往回趕，當他發現自己的回收站已被燒成了一片焦土他簡直不敢相信自己的眼睛。他實在想不出起火的原因，也弄不清是不是有人縱火，他還是報了警。經警方現場的初步勘查，係有人故意縱火，火情從屋室的床頭開始，並使用了助燃劑，因此警方懷疑係報復性質。當警方查看到那隻還未被處理掉的陰井蓋時，他們很快聯想到那起有人墜入陰井身亡事故。警方的追問提醒了瘸老頭，他把收購這個陰井蓋的經過告訴了警方。不過警方不能確認是偷盜者縱火，警方只是把盜竊陰井蓋的人列入嫌疑人名單，不過誰也不清楚嫌疑人的真實姓名。同時警方也在查找有關陰井蓋被盜以後的處置部門，連警方也不清楚到底歸誰管，是市政府、環衛局還是社區？沒有一個部門稱歸自己負責；又試著聯繫建設局、交通局，最終也沒有一個明確的歸屬。為了息事寧人，最後還是市政府先找人修復路段，再查找事故責任人。

再說張一豐因害怕警方追查便從城裡跑回了家鄉，他父親只是獨自守著一兩畝地和幫人打些零工過著貧困的生活，也無法供給他什麼。他父親才不到五十歲，看起來已經像個老人的樣子，雖然在心裡希望兒子早點成家，可他也無能為力，只能過一天算一天。不久，張一豐又和幾個同村的年輕人一起去南方的一個城市討生活去了……

（六）

一個離家出走的女人：自從桂芸的母親離家出走後，她就想著自己快點長大也好早一點離家出走，那年她才八歲。她父親是個酒鬼，掙不到什麼錢，卻還喜歡賭錢。每當他喝得醉醺醺地回來，她們母女就驚恐不已，不知道他又會把她們打成怎樣。她母親早已被打得渾身是傷，桂芸也不例外。在忍無可忍的情況下，有一天，她母親在她父親的飯菜裡下了鼠藥，幸好有鄰里及時發現，她的父親被醫院搶救活了。當然，她母親也不敢再家裡待下去了，最終，她母親丟下孩子，選擇了逃離。桂芸在家沒有東西吃的時候，她要帶著妹妹到山上挖野菜吃。就這樣，靠著一點點政府的救濟糧，桂芸和她的妹妹勉強度日。村裡很窮，女人們都一個個地離鄉出走了。到了桂芸十四歲那年，有個年近四十的光棍邱某給了她爹二千五百塊錢，她爹就把桂芸賣給了這個光棍做老婆。

活了半輩子終於娶到個黃花小姑娘，邱某自然歡喜不已，次年，桂芸便生了個女兒。邱某平時靠跟著別人打些零工掙點錢，沒活幹的時候閒在家裡，和她的父親一樣，喝多了回到家裡總愛發酒瘋。桂芸本來就不想跟他過日子，總想著離開這個一無是處的男人；可是身邊有了孩子，而且，很快肚子裡又有了一個。就這樣，桂芸在痛苦中掙扎了好幾年，到了日子實在過不下去的時候，她四處打聽母親的下落，最終，她見到了自己日夜想念的母親。此時她的母親，也是別人家的媽媽，她和她母親斷斷續續地聊了一陣。

「你走，你能去哪兒呢？」她母親問道。

「我不管，反正我是過不下去了。」桂芸說道。

「你現在又有了兩個孩子，你走了他們怎麼辦？」她母親問道。

「那你走的時候有沒有想過我們怎麼辦？」桂芸反問道。

「你這個人真不懂事，當初我不走，你爸會殺了我，我是沒有辦法才走的呀。」她母親回答道。

「可我現在也是實在過不下去了，孩子整天沒吃的，他還要喝酒，勸他就打人，事後總是道歉，到了下次就再這樣，我實在過不下去了。」桂芸說道。

桂芸述說了自己的遭遇，她母親也沒有什麼辦法，只是答應她為她另找一戶人家，反正，村裡村外，想娶老婆的男人多得是。不久，她母親就把她帶到了一戶人家。這男人姓范，二十七八歲，是她母親的遠房親戚，不過看起來要比邱某年輕能幹，桂芸很快就住到了范某的家，這年桂芸二十一歲。

桂芸和范某同居了沒多久，就又懷孕了。她打算好等生了孩子以後，就外出打工掙錢。養孩子是需要花費的，沒有孩子都過得這樣苦，有了孩子以後日子就更不好過了。范某也是沒有什麼正當收入，偶爾跟人跑運輸掙點外快，不過抽煙、喝酒、賭牌樣樣沾染，唯一的好處就是不打老婆。生下女兒後，好不容易等孩子長大了一點，就在她準備和人一起外出打工時，桂芸又懷上了一個孩子，她想把孩子拿掉，可范某怎麼也不答應，他希望桂芸能再生一個男孩。不過，因為日子過得實在太苦，桂芸還是偷吃了打胎藥，可事與願違，肚裡的孩子怎麼也打不掉，沒辦法，到了第二年的春天，桂芸就生下了一個男嬰，這讓范某一家喜出望外，終於有了可以傳宗接代的男孩出生了。這樣，桂芸不得不守在家裡繼續帶孩子，這一晃就是過了四五年的光陰，這年桂芸已是二十六歲了。村裡的老人也死了一個又一個，一群披麻戴孝的人在一個角落裡把老人的棺材埋了，這人的一生就這麼算完了。「唉，這人的一生不就是為了吃口飯嗎？」村裡的人這樣歎道。桂芸覺得一生累死累活就是為了吃上一口飯，這人生就如同牛馬，在她的骨子裡她是很不甘心就這樣的，她堅持想著要到外面去打工，掙了錢可以養孩子，讓他們過得好一點，至少不能像自己過得那麼沒意思。

桂芸終於進城打工了，看見城裡人出門開小車、吃飯上餐館，她感到人家過的日子和自己的多麼不同。可是在小城裡轉來跑去，也找不到什麼工作可以做。聽說去大城市可以做保姆，包吃住還有工錢拿，於是，她花了身上幾乎所有的錢，買了火車票，獨自去了南方。到了大城市，令她感到眼花繚亂同時也讓她無所適從。她既沒有住處，也沒有錢吃飯，一個人在車站逗留，向人打聽哪裡有人需要保姆。有人建議她去找家政介紹所，她根本聽不明白別人的意思，也找不到想去的地方。於是，她見到路人就打聽，在問路的過程中，桂芸遇上了一個小夥子李某，由於年齡相仿，李某也是外來打工的，而且老家離她的家鄉不遠，這樣他們很快就相戀了。不久，桂芸就找到了一份做保姆的工作，她很感激李某。隨後，他們租了一個小房子，便一起過起了日子。

雖然兩個人的收入都很微薄，可對於桂芸來說，這是她有生以來初次體驗自由戀愛的感覺，她感到生活很自在，沒有人拖累她，也沒有人壓迫她。可自己畢竟先後和兩個男人生活過，又生過四個孩子，她感到李某不應該這樣和自己永遠地生活在一起，自己應該多打工掙錢。李某雖然知道桂芸以往的經歷，可他又能怎麼樣呢？他一個從貧困地區出來的青年，掙著一份微薄的工資，他想，有誰會看得起自己呢？又有誰會願意跟自己過日子呢？雖然桂芸的年紀比自己大一點，又為別人生過孩子，可她心底好，長相也不差，又不嫌棄自己，他也就認了桂芸。不久，桂芸又懷孕了。此時，桂芸因把李某帶進了房東家玩，被房東發現後辭退了，這樣，她一下子沒了收入。為了多掙一些錢，李某不得不丟下桂芸去別的地方打工了。

桂芸一個人留在家中，沒過幾天她就又出來找事做了。她一個女人家整天在路上轉悠，一臉的迷茫。那天有個朱某正在街上買東西準備回老家，他無意中發現了桂芸，見她一個人正垂著腦袋無精打采地在一處空地坐著，便上前和她閒聊了起來。

「小姑娘，你是在等人嗎？」

她只是斜看了一眼，又搖了搖頭。

「那你是迷路了還是怎麼樣？我可以幫到你什麼？」朱某關切地問道。

「可以啊，我肚子有點餓，我能向你借點錢嗎？」桂芸突然問道。

「走吧，小姑娘，我帶你去吃東西吧。」朱某說道。

朱某看見這樣一個水靈靈的女人獨自在外，便靈機一動，說是可以幫她找到工作，便臨時又多買了一張車票，把桂芸帶回了自己的家。隨後，他又對村裡的人謊稱桂芸是自己的未婚妻。就這樣，桂芸便在朱家住了下來。對這個「路邊撿來」的女人，朱某也不敢怠慢，幫她買了幾件新衣服，又給她吃好用好。見桂芸安心地住了下來，他就準備和桂芸操辦婚事。她生過好幾個孩子，還從來沒有體驗過婚禮的滋味，當她試穿起新娘的大紅綢緞衣時，她感到幸福極了。到了婚禮那天，村裡敲鑼打鼓地來了許多人，新人拜了天地、父母，最後夫妻對拜，隨後熱熱鬧鬧地喝了喜酒，一場婚禮算是辦完了。就這樣，從此他們就和和睦睦地生活在一起了。桂芸的肚子慢慢地大了起來，可她明白，這肚子裡懷的孩子不是朱某的而是李某的，只是自己懷孕不久，就跟朱某同居了。不久，她又生下了一個兒子，中年得子，朱某滿心歡喜，又翻造了房子，一家三口，過起了日子。孩子一年年地在長大，每天看著孩子，桂芸又思念起孩子的生父李某。她明白，孩子一天天長大了，父子長相差異也愈來愈大，怕是以後瞞不下去了。於是她和李某取得了聯繫，並希望母子一起回到他的身邊。這幾年，李某一個人漂泊在外，也想有個家，得知自己的女人和孩子住在別人家裡，別人還把他們母子當成妻兒養著，於是，他和桂芸商量好了，等有機會，李某就去桂芸那裡，帶著他們母子一起逃離。

村裡本來就是男人多女人少，光棍多姑娘更少。村落裡倒是有間破屋，裡頭到有幾個女人，不是寡婦就是無家可歸者，她們住在此地，靠男人的光顧收點錢財。這天，邱某從外鄉回來，他沒有直接回家去，而是急匆匆地先去了那間破屋。他敲了門，隨後走出一個衣服襤褸的中年婦女，伸手示意讓他先交錢。那女人把邱某帶進房間，裡面有一張不怎麼結實的木板床，亂糟糟的被子，散放著絳色乳罩，地上有木盆、開水壺，有用過的衛生團，還有撕開的煙盒，角落裡堆滿吃剩的速食麵袋。邱某忙著脫下褲子，因為長年在外做苦力活，他的身體有些損傷，連脫褲子也不是很利索。女人邊脫衣服邊見這情形，便問道：

「你行嗎？」

「少廢話，老子就是來幹的。」邱某說道。

隨後，他用力地爬到了女人的身上，幾經努力，他終於將身上的東西送入了女人的身體。雖然沒有太大的快感，不過總算還是做了一次，他已經記不得多久沒有做這事了。邱某穿好衣服後，臨行前還放了一句話：

「小心點，過幾年我回來看孩子。」

那女人聽了，嘻嘻一笑，露出一口殘牙，然後說道：

「去你的，老不死的，就一隻鴨子的錢，還指望別人幫你生孩子。」

邱某走了，他身上沒有多少錢，不過他還是想早點回去見到他的兩個女兒。桂芸離家出走那麼多年了，邱某和她的兩個女兒邱菊、邱花也已初長成人了。自從桂芸離家出走後，邱某不得不時常外出打工，和兩個女兒也是聚少離多。她們從小跟著老人過，除了上學，就要幫著忙農活。到了她們上初中的時候，調皮的男生知道她們的父母都不在身邊，只有老人和她們一起過，便對她們起了歹念。幾個男生趁老人外出忙農活時，就強行闖入她們家，先後把她們姐妹姦污了，她們也不敢聲張。從此，男生就時常闖入她們家，任意對她們實施性侵。後來，有兩個霸道的男生，就把她們姐妹倆長期霸占著。這天，當邱某匆匆趕到家，不想一推開門就見自己的女兒和一個男生睡在床上。見有人進來，那男生撒腿就跑。邱某追了幾十米，正氣急敗壞地往回趕，此時又發現另一個男生正慌忙從自己的小女兒的房裡跑出來。邱某見狀，便憤怒地從地上撿起一塊石頭又向那個男生追去，追了一會，也沒有追上。邱某又氣又急，心裡更加怨恨當年桂芸離家出走。兩個女兒都讓人白白糟蹋了。他心裡又火又不甘，他決定一定要找到那兩個臭小子，把他們抓起來判刑。不過最後他想好了，要麼讓這兩個小子的家長賠款，要麼就去報警。

桂芸和范某所生的一女一兒范玉和范強如今也到了上小學的年齡了，范某也要時常外出打工，兩個孩子有他老母照料。村裡的留守兒童很多，好在他們姐弟上同一所小學，雖然學校離家有好幾里路，孩子們總是結伴而行。那天在去學校的路上，一路上有個男生尾隨著他們，於是，他們姐弟倆走走停停，留意起那個總是跟在後面的那個男生。這男生也是和他們同村的，雖不認識卻也有些面熟。此時他不是去學校，他輟學好一陣子了，長期父母不在他的身邊，從小他就變得孤僻、自卑。看到在他前面去學校上課的姐弟不時地回頭看自己一眼，又好像在悄悄地在說著自己的壞話，於是，他開始感到很生氣。又走了一段路，看到范玉用警惕的眼光好像提防著他，他由生氣變成憤怒，他順手撿了一條樹枝，他想走上前狠狠地抽他們幾下。范玉見他手執樹枝向他們逼近，出於保護弟弟的本能，她便厲聲向他質問道：

「你跟著我們幹什麼？你敢打人我就去你家告狀。」

「告狀？你去告呀，打死你也沒有人來管我。」那個男生說道。

說著，他就一把把范玉拽拖到了林子裡。范玉邊反抗邊叫，那男生又一下子把她按倒在地，使勁地掐住了她的脖子，不一會兒，范玉就一動不動了。事後，他把范強帶到了一個偏僻處，正想下手時忽然聽見有動靜便丟下范強跑了。公安人員把那個男孩逮捕後，他們怎麼也弄不明白他殺人的動機是什麼。

李某聯繫上桂芸後，就以表弟的身分暫住到朱家。朱某見是老婆家的親戚，便硬是好酒好菜地款待，生怕自己的老婆在娘家人面前丟了面子。到了夜裡，桂芸讓朱某獨自去睡，並藉口要和久未相見的表弟聊聊家常。朱某倒也不介意，獨自去後房睡了。哪知李某和桂芸久未雲雨，到了深夜，見朱某沒有什麼動靜，兩人就幹了起來。住了兩天，李某便告辭了。他們商量好了，等朱某外出之際，李某就帶著他們母女悄悄地逃離朱家。

那天，朱某到處找不到妻兒，他急得快要發瘋了，他不知道發生了什麼事，四處打聽消息。有人告訴他，在車站見到了他的老婆和孩子，跟著一個男人。這使他想到了李某，可他不明白，他們為何不辭而別。朱某愈想愈覺得不對勁，於是他報了警，聲稱自己的老婆和孩子遭人綁架了……

（七）

一個餐廳侍應的悲劇：翠花到城裡做的第一份工作是一家餐廳的服務員，每月工資六百元包吃住。每月能掙六百元是個令她心動的數目；所謂包吃，便是做菜剩下的下腳料，員工可以享用；至於包住，其實就是餐廳打烊後，在樓廳裡的空地上隨便打一個地鋪就是晚上睡覺的地方。不過這樣倒也方便，起碼用水、上廁所不成問題。總算可以賺錢了，以前看到別人去城裡打工，她心裡不知道有多癢癢。從翠花記事以來，她從來就沒有買過一件像樣的衣服，到集市的攤位裡，即便看到很便宜的衣服她也沒有錢買。看到別的小姐妹在城裡找到工作後，每年回來總是穿得漂漂亮亮的，像城市裡的小姐，那腳上是亮鋥鋥的高跟鞋，就是洗個頭髮還要用什麼露、什麼劑的，令她羨慕不已。還有她們從城裡帶回了的各式各樣的化妝品，口紅的顏色特別鮮豔，畫眼線的彩筆也很精緻，可這些都需要錢啊。過去由於自己年齡還小，父母不敢讓她出去謀生，女孩子家太年輕出去很危險，所以到了初中畢業了，她才和表姐一起來到這座城市，沒想到一下子就找到了工作。她的心情好極了，從此這輩子再也不要去下地了，那種光著腳、戴著草帽的樣子，實在叫人感到不是滋味，只有像城裡人一樣的生活才是美好的生活。

在實習了幾天以後，翠花就正式上崗了。她的工作其實很簡單，按照服務生寫的單子，去廚房拿準備好的菜式，再送到桌面上給客人。等到一桌客人吃完了，再把桌面收拾乾淨。那些可以寫單的服務生都是幹了好一陣子端盤子的活才有資格上桌面為客人寫單，而目前翠花的工作只是在餐桌和廚房之間來來回回地跑跑腿而已。

每當華燈初照，餐廳便開始忙碌起來。那晚，翠花還是照樣送餐到一間包房裡，那一桌全是男人，他們說話很大聲，包房裡煙霧騰騰，客人的吃相也很難看。當他們正吃上興頭，見翠花進來，手裡端著一式菜，又看不出什麼名堂，有人便問道：「叫什麼？」她以為別人在問她的名字，就像前些日值班經理問她那樣，便隨口答道：「叫翠花。」「翠花算什麼菜？」客人追問。「是我的名字，你不是剛才問的嗎？」她向客人這樣說道，弄得客人莫名其妙。這也就算了，更可氣的是在最後準備上甜品的時候，小姑娘居然當著客人的面逐個數人頭，那樣子很惱人，客人大叫：「你數什麼？」翠花一聽，大聲地回答道：「我屬（數）狗。」這下真的把所有的吃客都激怒了，他們立刻叫她賠不是。翠花感到很是委屈，他們問，自己答，憑什麼要給他們賠不是？

可這事情並沒有完，等客人散席後，翠花收桌子時發現一張座椅上有一部手機，她拿起一看，那是一部看上去很名貴的手機。隨後，翠花把手機交給了當班經理。不過幾分鐘工夫，就有客人回過頭來找手機，值班經理把手機交還了客人，並告訴客人手機是翠花發現的。帶著醉意的客人不但沒有道謝反而說手機被弄壞了要求賠償一部新手機，翠花忙為自己申辯，可客人卻不依不饒。當班的經理不得不叫來了總經理，為了討好客人，總經理一邊怒斥翠花一邊向客人賠不是，最後客人撂下狠話，要麼賠錢，要麼讓翠花陪睡。

翠花萬萬沒想到，這份工作才幹了沒幾天就遇上這樣的事，而且總經理明明知道是別人的蠻橫無理，卻幫著客人講話。她想離開不幹，可她的表姐告訴她外面的工作很不好找，於是她就提出向表姐借錢，可表姐說她沒有這麼多錢借給她，讓她自己想辦法。翠花感到孤立無援，她很失望，又一夜未眠，但她還是希望會有人幫她。誰知到了第二天領班就告知她，總經理說了，她將半年沒有工資，扣下的錢用作賠償客人，除非她被那個客人包一個月。

翠花聽後一陣暈眩，她感到絕望而又無助，於是她慢慢地上了飯店的頂層，其實她並沒有真正想去跳樓，她想用這種方式使別人向她讓步。可她沒有料到，此時下面圍觀的人群愈來愈多。

街上的人群漸漸地就愈圍愈多，人們似乎忘記了他們本來該去做的事情，駐腳看起了熱鬧。此時，翠花木木地站在樓頂的平臺邊緣處，她衣服不整，頭髮也有些凌亂，她似乎什麼也顧不到了，只是滿心地委屈。但她也意識到如果自己就這樣跳下去，就會血肉模糊，可她又想到別人對她的蠻橫與冷漠。隨後，她的腦子裡出現了一片空白。下面圍觀的人愈聚愈多，老半天仰頭瞅著也不見個動靜，有個男人忽然向她叫道：「尋死也要做秀啊，回家去吃安眠藥。」人群裡也有人嘀咕道：「快上去勸勸她吧。」「消防隊馬上就到了。」此時，有個中年婦女突然衝她叫道：「小姐，想跳就快跳，我還有事呢。」下面的吵嚷聲使她什麼也聽不清，不過她感到跳不跳不再是自己的事了，而是大家的事了。見她還是沒有什麼反應，那女人也急了，又高叫道：「小姐，快點呀，等消防隊上來了，你就跳不成了。」此刻翠花還是一動不動，像個泥人，她含著眼淚，覺得下面的人都在催她去死。「鬧事，是和對象鬧事吧？嚇唬誰呢？」那女的好像來了勁，非得跟跳樓的人過不去，又一次拉開嗓門，像表演一般吼道：「是不是不敢跳？跳下來，我把包裡的五千元償給你。」有人聽了，又跟著起鬨起來。翠花感到渾身乏力，但她還是用力一蹬腳，一下子便墜入地面。「噢！」所有的人都一聲尖叫，隨後衝上前去圍觀。此刻消防隊員才剛剛趕到，她躺在地上臉朝天，看到擁簇的人頭，她把自己的臉捂上，希望自己快快死去。幾分鐘後，又來了一輛救護車急急地把她送去了醫院……

翠花被送到醫院時已經氣絕了。看熱鬧的也散了，人們多了一個可談論的話題。不久，在當地的媒體上引發了一場關於自殺的討論：自殺是否是懦弱的表現？於是，喧囂的城市更加喧囂。有人說，自殺是懦夫行為，人生沒有過不去的坎；有人說，自殺是勇敢的行為，不認同的人誰敢去試；有人說，自殺是對現實絕望的無耐選擇；有人說，自殺是對命運不公的反抗；有人說，自殺是對生命的漠視，是自私的行為；有人說，自殺是一種解脫，是苦難的終結，要尊重別人的選擇；有人說：死要為國捐軀，重於泰山……

（八）

一個荒唐的換伴遊戲：這所俱樂部有點非同尋常，不是什麼單身俱樂部，名義上是交友，實際是在做「換伴遊戲」。據說西方早有了，夫妻之間的激情消退了，男人覺得別人家的妻子嫵媚動人，女方覺得別人的老公溫情脈脈，於是，他們玩起了換伴的遊戲。俱樂部成員都是些白領紳士，有的還是社會精英。據說，有的會員做了這種遊戲之後，還各自與自己的配偶交流心得，他們覺得這樣很好，大家很滿足，互相品嘗了別人家的「私房菜」，夫妻之間的情感也消除了以往的那種冷淡。

張白靈是該會的會員，其實他知道他的女人根本不會去玩這樣的遊戲。由於他的年收入不斷增長，他覺得他不能再和徐菁菁這樣無聊地生活下去了。雖然他想和她分手，可他還是有點怕她，不知為什麼，其實還很怕。怕她會鬧，也怕她死纏。總之，脫不了身。這也是他加入這個俱樂部的原因，他心裡有個計畫，通過換伴遊戲使她轉移感情，而且又有「把柄」在他手上，使她一點反擊的餘地都沒有。不過，他知道，實施起來會有一定的難度，因為這還涉及到另外一對夫婦。於是，張百靈把他的朋友彭懷遠也介紹入會，並開導他，他不一定會有什麼損失，卻可以占到便宜，彭懷遠信以為真。

人總是有貪婪的時候，而且會變得很幼稚。現在，他們倆都是換伴俱樂部成員，和其他的會員交流多了，他們也慢慢變得開通了。那天週末，他們又在俱樂部，商議著具體事宜，張百靈告訴彭懷遠，他的妻子見過他幾面，對他印象不錯，加之他妻子雖然脾氣不好，卻很容易動情。於是，他們喝了幾杯後先一起去了張百靈的家。他們坐了一會兒，張百靈藉口去買些啤酒。於是，他走了出去，他去彭懷遠的家，他知道彭懷遠的妻子李崢在家，而且他也見過她，覺得她楚楚動人，無論如何要比徐菁菁有味道。一路上，張百靈往彭懷遠的家裡趕，而且心裡狂跳不已，他想到李崢，雖然比自己的老婆矮一點，可是肉墩墩很有欲感。他想著，和她見了面，面帶笑容地和她坐在一起交談，他就可以撫摸她，並讓她也撫摸自己，興奮之極，這種感覺和自己的妻子早已蕩然無存，那種性生活只是一種毫無情趣的習慣。

張百靈剛剛離開幾分鐘，徐菁菁便拿出水果來招待彭懷遠，而彭懷遠對著徐菁菁放肆地打量起來，她有點不好意思，她坐在離他不遠的地方。看到徐菁菁那雙刺繡的白襪子很漂亮，彭懷遠想上去撫摸徐菁菁的腳，可他又有點擔心，心潮卻在狂奔。他壯了壯膽，伸過手去摸了摸許菁菁的腳，又拉了拉她的襪子。徐菁菁感到有點吃驚，覺得彭懷遠在跟自己開玩笑。最終，彭懷遠再也忍不住了，一下子跪倒在徐菁菁面前，而她警告彭懷遠不要這樣，張百靈馬上就要回來。可彭懷遠卻告訴她，張百靈正在去他的家，他的妻子在等張百靈。徐菁菁聽了，又氣又急，可是她被彭遠懷抱住了，她通紅著臉，軟了下來。

李崢開門後，見到張百靈，而彭懷遠卻不在一起，便問他怎麼回事。張百靈說進門再告訴她。李崢讓張百靈進了門，又緊張地問他，彭懷遠到底出了什麼事？張百靈一聲不吭地坐了下來，貪婪地看著李崢。因為著急，李崢也顧不上張百靈的表情，而張百靈坐到了李崢的身旁，又轉身一下子抱住她。李崢用力推開張百靈站了起來，堅定地問自己的男人在哪兒，出了什麼事？於是張百靈不得不告訴李崢，彭懷遠和他的妻子徐菁菁混在一起，是彭懷遠讓他來的。李崢聽了，簡直不相信自己的耳朵，荒唐之極，聞所未聞。可張百靈此時什麼也顧不上了，他一定要和李崢親熱，因為這個機會是用犧牲自己的妻子換來的。儘管張百靈早有預謀，不過他真的迷戀上了李崢，他向李崢表明了自己的心意，希望李崢接受他。此時李崢又氣又急，氣的是自己的男人用這種手段來應付自己，急的是面對這個如狼似虎的男人，自己怎麼才能招架他。接著張百靈趁李崢不備緊緊地抱住了她，又把她按在地上。李崢死活不從，並出手打了張百靈，並說要告他。張百靈被打出了牙血，他忍者疼痛，拚命地把李崢拉進屋，一邊強行親熱，一邊說著軟話。沒有多久，李崢就大哭起來，她知道她終於反抗不過這個男人，而自己的男人又在背後指使著。

李崢強忍著悲痛，她要彭懷遠給自己一個明確的交代，為什麼要讓別的男人來這樣欺負自己，而他又為什麼要去占有別人的老婆，難道他不要自己了？就算如此，他也不可以這樣對待自己。李崢滿心憂憤，又百思不得其解，自己的男人到底在外面發生了什麼事，難道是自己的男人勾引了別人的老婆，為了抵罪，就允許別人來糟蹋自己？她本來想立刻報警，不過，她並沒有這樣做。

彭懷遠和徐菁菁親親熱熱之後，他感到自己好像是占了便宜，徐菁菁的人高面靚，女人風情十足，比起自己的老婆，有味多了。就是不明白這個張百靈為什麼要玩這種遊戲，還把自己拖下水。事後，他也生怕面對自己的妻子李崢；又一想，自己的妻子會不會像徐菁菁那樣，很容易地就接受了另一個男人的勾引？如果是這樣的話，唉，那女人真的是太可怕了，太靠不住了。想到這兒，他內心一陣冷笑。他終於回到家，戰戰兢兢地打開了門，只見李崢一臉委屈，開口便問：「你們之間到底是發生了什麼事？哼，是不是你讓他來強姦我的？哼，我要去告他。你是不是強姦了他的老婆？哼，哼，你跟我一一講清楚……」「老婆，你先別生氣，事情並沒有那麼嚴重。」「什麼？我被強姦，這事還不嚴重？夠他判十年、八年的了。你到底欠了他什麼，才會做出如此下三濫的事情？哼！」「老婆，我的好老婆，天底下哪有男人會捨得讓別的男人來強姦自己的女人？只是我們先在交友俱樂部，喝了一點酒，也許是多喝了一點，張百靈說他現在很想離開他的老婆，但又怕她要死要活，因為她以前有過一段短暫的婚史，以前她一直相瞞，直到臨近結婚張百靈才知道，雖然他們還是結婚了。不過，張百靈現在還是覺得難以接受許菁菁以前有過一段婚史，於是就讓我想想辦法。又說西方流行什麼換伴遊戲，只要大家玩玩這種遊戲，也許他就可以最終解脫許菁菁了。於是，他硬拉著我去他的家，剛坐下後，他又藉口要出去買些飲料，你知道，那時候我已經半醉了，迷迷糊糊把他的家當作了自己的家，把那個女人當作了你，就發生了不該發生的事。我根本不知道他會來這兒，我上了他的當，老婆，我對不起你。」見李崢平靜下來，彭遠懷才暗自歎了一口氣。

再說張百靈這邊，在他強行對付了李崢之後，他想：這下可好了，終於可以擺脫徐菁菁了。自己並不是不愛她，可是，她以前的這個污點，總讓自己的內心隱隱作痛。他也試著去化解自己的這種想法，可在她的婚史上，自己是她的第二任丈夫，這使他內心總是有所不甘。加之她的易爆的性格，也使他久積難忍。不過，要是真的讓她去愛上別的男人，心裡倒也不是滋味，但也沒有再好的辦法了。張百靈強行和李崢雲雨了一番後，令他感到回味無窮。對於所發生的一切，徐菁菁倒是比較平靜，開口便對張百靈道：「你也犯不著用這樣的手段來對付我，讓別的男人來勾引自己的老婆。這樣的男人我也不想再堅持了，反正，我破罐子破甩，誰撿到就讓她占個便宜。我也不會去對誰再付出什麼真情真意，對於男人，我算是看透了。」

就這樣，張百靈和徐菁菁分居了，而彭懷遠和李崢這邊，夫妻雖然不再爭吵，卻也開始了分床冷戰。彭懷遠得知張百靈夫婦已經分居，便趁機又去會合了徐菁菁幾次，其實她並看不上彭懷遠，也算是對她丈夫的報復。不久，李崢也看出了苗頭，想想自己遭人強姦，心裡還窩著氣，自己的男人又開始和那個女人幽會，她終於忍無可忍，最後向公安局報了案。

最後，這兩個男人被捕之後又雙雙入獄。公安同時也查處了那個換伴俱樂部。在這個故事裡，沒有一個人是贏家。

（九）

一個洋女人的中國之行：飛機降落在延安的南泥灣機場後，在下飛機的旅客中有個金髮女郎引人注目，她叫南茜，來自美國加州，她在孔子學院學了兩年的中文。在一個中文電視節目中，她看到了中國人集體打腰鼓的壯觀場面，又聽說那裡是中國的「革命聖地」延安，出於對打腰鼓的興趣和對「革命聖地」的嚮往，於是就不遠萬里來到了延安。

南茜從機場搭車去延安文化局，那裡有一個負責人顧主任迎接她，那是南茜事先聯絡好的。由於南茜說著一口不錯的中文，所以她和顧主任的談話並沒有問題。

「給你添麻煩了，顧主任。」南茜說道。

「不麻煩，歡迎你來到延安並隨時為你效勞，就是說有不方便的地方可以隨時和我聯繫。」顧主任說道。

「太好了，我到這裡來，主要是想學一下打腰鼓，你可以為我安排一個學校嗎？」南茜問道。

「我們這裡沒有專門教打腰鼓的學校，不過我給你安排一個打腰鼓的大師來教你，他是當地有名的人物。」顧主任答道。

「太好了。」南茜說道。

當車路過寶塔山時，顧主任指著遠方說道：

「看，那裡就是寶塔山，它是我們延安的象徵。」

「啊，真好看，以前我在電視裡看到過，這裡是中國的『革命聖地』，好像麥加聖地。」南茜讚歎道。

「這個你也知道？」顧主任吃驚地問道。

「我是在美國的孔子學院學到的。」南茜回答道。

「學腰鼓在安塞，那裡才是腰鼓的故鄉，在那裡打腰鼓傳承了兩千多年。」顧主任說道。

「真是了不起的文明古國。」南茜說道。

沿路可以看見一片廣闊的農地，地裡長著密密的玉米和高粱。大約有四十分鐘的路程，他們就來到了安塞縣。在縣中心的一條主商業街上，顧主任找到了他為南茜預定好的鼓鄉賓館。南茜在賓館落腳後幾分鐘，顧主任帶著南茜，往目的地駛去。在遠處的一個山坡上，矗立著一個紅色的巨型腰鼓，大約有二三十米高，那是鼓鄉安塞的標誌物。

離開賓館幾公里後，路面就變得坑坑窪窪。車在環山公路上爬坡，從山腰的公路上俯視，可以看見遠處重疊的山巒，山坡上是層層綠油油的梯田，頗為壯觀。同時，在有些光禿禿的山坡底部，還有一個個拱形房門窯洞，那是當地人在山腳下挖取黃土後而形成的民居。南茜驚奇地觀望著，好像來到了一個奇特的世界。

在車轉過幾道彎道後，眼下突然出現了一個溝地，在山溝上的黃土坡上，那裡生長著不太稠密的樹和草，地上有一群白白的山羊。有一個拄著一根光禿禿樹枝的中年人，他頭上裹著白手巾，他應該是羊的主人，此時他對著遠方用陝北腔高聲地唱道：

羊肚子手巾三道道藍
咱們見個面面容易拉話話兒難
一個在山上吆一個在那個溝
咱們拉不上話話兒招一招手

這曲調高亢悠婉，忽隱忽現地傳到了南茜的耳邊，此景此刻，她卻聽得幾乎要流下眼淚。車在山路上不斷地盤旋，道路的一邊是山坡，另一邊卻是鑿開的黃土崖壁。一路上山路顛簸、塵土飛揚。

他們終於到了一個村莊，來到了村衛生所，那裡有幾間連著的平房，外牆上刷了白色，牆上有打腰鼓的彩色剪紙畫。衛生所門前的空地上是曹大爺平時教別人打腰鼓的地方。

「曹大爺，這是從美國來的南茜姑娘，她想拜你為師學腰鼓。」顧主任又向南茜介紹道：「這位就是曹大爺，今年七十九歲了，他從小開始打腰鼓，八歲那年他打腰鼓第一個觀眾竟然是毛主席，他還參加過電影《黃土地》的拍攝。」

「曹大爺，見到你真是太榮幸了。」南茜激動地說道。

顧主任讓曹大爺先展示一下打腰鼓，於是老人家就精神抖擻地打了起來。老人頭紮白手巾，身穿白衣服，留著白鬍子，腰上綁著紅色的腰鼓，雙手拿著繫著紅絲巾的鼓槌，輕快而有節奏地邊打邊跳起來。

看到老人這把年齡，打起腰鼓卻那麼輕鬆自如，南茜按捺不住興奮的心情，馬上就想開始跟著曹大爺學。曹大爺教了她腰鼓的綁法和鼓槌的拿法，南茜「咚咚咚」地打了一會，接著曹大爺就教她學小墊步、小纏腰、大纏腰，隨後又示範了雙跳十字步、馬步橫移等。

拜見了曹大爺後，顧主任就把南茜送回了賓館。賓館的閉路電視裡，播放著紅軍在延安時期，部隊的士兵在開墾南泥灣荒地和婦女用手搖紡車紡線的「大生產運動」紀錄片，以及以陝北民歌形式改編成的〈東方紅〉等曲目，那些家喻戶曉的頌歌，都是歌唱領袖毛澤東的，還有陝北當地的有西北特點的「信天遊」歌曲等特別節目。

次日一早，南茜自己打車來到了村衛生所外的練習場地，只見曹大爺已經在那裡打腰鼓了，在一旁還有一個敲大鼓的和一個打銅鈸的人，在「咚咚鏘鏘」的聲浪中，曹大爺邊跳邊打鼓，場景好熱鬧。

南茜繫好紅色的腰鼓，兩手各持一根著繫著紅綢帶的鼓槌，開始練起了打鼓的手勢。練了一會兒，她就有點急不可待地想跟著曹大爺學步伐。聽說曹大爺教外國人打腰鼓，有幾個村民們紛紛來這裡看熱鬧，男人們頭裹白手巾，還有理著光頭、身穿土布馬褂的小男孩，他們看著一個身穿中式服裝的洋女子揮舞著手臂練習打腰鼓，跳著不協調的步伐和打出零碎的鼓聲，覺得有點滑稽可笑。其實要學會這門看似簡單的玩藝兒，也是要下些苦功和相當的練習。

中午開飯的時候，曹大爺邀請南茜去他家吃飯。大約走了幾分鐘的路，在一個田地旁，有一個簡陋的紅磚舊房子，這裡就是曹大爺的家。門簾是一塊舊塑膠布，房間裡陰暗潮濕，牆的四周貼滿了舊報紙，除了一張三面靠牆的炕床，還有一個舊櫃子和兩把椅子，牆角處有一個灶臺，灶臺上有些陳舊的鍋碗和裝了油鹽醬醋的瓶子，灶臺旁堆放了一些用來生火的樹枝。南茜打量著屋內，心裡充滿了吃驚，可是面對這個樸實的老人，她儘量使自己表現得很平靜。

南茜坐在一張舊椅子上，曹大爺開始生火做飯。生了火以後，曹大爺到屋外的一口水窖裡打水。由於乾旱少雨，沒有自來水，所以在雨季時，家家戶戶都在水窖裡存水。南茜發現地上爬著螞蟻和蟲子，身上感到一陣雞皮疙瘩。

曹大爺在爐灶邊一邊抽著煙袋，一邊向灶臺下加樹枝燃燒，不一會兒，大鍋裡的玉米疙瘩就煮好了。曹大爺拿出一些自製的辣椒醬，就和南茜隔坐在灶臺上吃了起來。看著曹大爺大口地吃著，南茜好奇地問道：

「曹大爺，怪不得你的身體那麼強壯，是經常吃這種食物的緣故吧。」

「唉，閨女，讓我這樣稱呼你吧，除了這個，也沒有其他的東西可以吃了。我們這裡太偏僻、太窮了，我唯一的兒子去了很遠的城市打工，沒有年輕人願意待在這片黃土地，這裡除了腰鼓，就什麼也沒有了。」曹大爺說道。

南茜硬著頭皮吃著碗裡的玉米疙瘩，對曹大爺的過去產生了興趣。

「那你小時候給毛主席表演打腰鼓，還拍參加過電影《黃土地》，這些都讓人很羨慕啊。」南茜說道。

「給毛主席表演那回我還很小，還不懂什麼事，不知道他是國家領導人。後來的歲月腰鼓就沒人打了。到了十年前拍電影時，導演讓我表演一下，他們覺得很好。鄉政府就把所有會打腰鼓的人召集起來，大家一起參加表演。因為動作不整齊協調，導演就讓我帶領大家一起排練。大約排練了十多天，導演滿意了，就開拍了。」曹大爺說道。

「那您看到電影裡自己的表演，心裡感受如何？」南茜問道。

「我沒有看過那部電影。」曹大爺回答道。

「為什麼？為什麼不去看看電影裡自己的表演？」南茜好奇地問道。

「這裡出門交通很不方便，別人也不會來放映，就沒有看。」曹大爺答道。

南茜為曹大爺感到非常遺憾。吃完了午飯，曹大爺把床整理了一下，就讓南茜在床上先休息一下，然後再去練習打腰鼓。他自己要去農地裡除雜草，為種莊稼做準備。

「曹大爺，廁所在哪裡？」南茜問道。

「閨女啊，這裡哪有這個？在房子後有個茅房，地上有個坑，在那裡就是啦。」曹大爺說道。

南茜無奈，去了茅房，在空間狹小的地上是幾塊舊木板，木板間隔的一個縫口下就是糞坑了，裡面臭氣熏天，到處是蒼蠅和蚊蟲。

回到屋裡，南茜一個人靠躺在床頭的牆上休息，她突然看見有一隻蜥蜴正爬在牆上，又發現房頂上有一處破損嚴重，可以隱約看見外面透進來的光線，她想如果外面下雨，裡面就會漏水。

在屋裡待了一會，看見門外曹大爺一個人在地裡幹活，南茜堅持要幫曹大爺一起下地幹農活。農田就在房子後面，大約有兩三畝，曹大爺拿著鋤刀在地裡除雜草，南茜把除下的雜草堆在田邊。曹大爺告訴南茜：

「把發酵過的玉米秸稈和雜草混合在一起，到了冬天可以給家裡的黃牛做飼料。」

「喔，原來是這樣啊。」南茜說道。

從地裡回到家後，南茜看到曹大爺好像有點累了，於是她就說道：

「曹大爺，你好好休息吧，我明天上午再來學打腰鼓。」

「好吧。」曹大爺說道。

第二天上午南茜過來時，她帶了些外面買的羊肉夾饃和糜子麵油糕，曹大爺有點不好意思地說道：

「買這麼好的東西給我吃，真是讓你破費了。我兒子回來看我時，也會帶這些東西給我吃。」

「這些都是你們當地的特產，所以就在賓館下面的店鋪裡買了帶過來，不少來這裡旅遊的人早上都在排隊買。」南茜說道。

「謝謝你，閨女。其實我平生有兩個心願，一個是看一看《黃土地》這部電影，還有一個就是把打腰鼓傳到國外去，看來你一定可以幫我實現第二個願望。」曹大爺說道。

早飯後，他們就一起去練跳打腰鼓了。正好曹大爺的侄兒曹三也在那兒，他們就一起跳著打腰鼓。曹三還向南茜展示了傳統的打法：踢場、背觀音、老盤龍、腳擦等部分套路。他是村裡少有的沒有出去打工的中年人，也喜歡打腰鼓，經常和曹大爺一起打腰鼓，有機會還和鄉村裡的人一起在空地上給旅遊者表演掙點錢。不過，現在很少有年輕人學這個了，因為太辛苦，有的年輕人學了幾招，就虛晃地打鼓，夾雜著流行舞姿來向外人表演掙錢。

因為到了播種的季節，除草以後就是犁地了。曹大爺打完腰鼓以後，他就跟著他家裡唯一的一頭老黃牛後面，用犁耙在地裡鬆土。出於好奇，南茜也試著跟著曹大爺一起犁地。曹大爺告訴她，犁好了地以後，就要在地裡插莊稼苗了。雖然平時幹農活非常累，可曹大爺身體非常強壯，一有空閒就打腰鼓。

那天快到中午的時候，曹三氣喘吁吁地跑來跟曹大爺說道：

「快，快去我家，川娃子要生了，我這就去找舅媽她們。」

說著就飛快地跑了。曹大爺告訴南茜：

「侄媳婦要生孩子了，要去他們家幫忙。其實這種事男人也幫不了什麼忙，都是女人的事。」

南茜非常震驚地問道：

「生小孩不去醫院嗎？」

「女人生孩子和母牛下牛犢一樣，接生的幫一下就可以了，從來不去醫院的。城裡人都去醫院，你們美國人也是那樣吧？」曹大爺告訴她。

「可是，在家裡……在家裡生產，要是遇見了難產或是產後大出血什麼的，都有生命危險的。」南茜說道。

「閨女啊，我們這裡交通不便，去醫院又要花不少錢，所以從來不去醫院。也有不幸出人命的，聽天由命啦。」曹大爺說道。

「有病也不去醫院？」南茜有些吃驚地問道。

「我這輩子還沒有去過醫院，有個咳嗽感冒的，去衛生所買點藥就可以了。」曹大爺回答道。

一直等到晚飯後，川娃子感覺肚子痛了，為了避免血污弄髒床鋪，曹大爺在床上先鋪上塑膠布，再在產婦身底墊幾個吸水的灰包，曹三在孕婦背面夾住她的雙臂，幾個女人忙著燒水做準備。南茜在屋外等著，先聽到屋裡的產婦一直不停地尖叫著，看見旁邊有一個小屋，裡面有灰暗的燈光，又發出奇怪的聲響。她走過去一看，原來裡面有一頭毛驢，牠正被蒙住雙眼不停地繞著磨麵的石磨拉磨。南茜覺得驢子有點可憐，那邊的房間裡產婦的聲音聽起來更加令人感到撕心裂肺。

終於等到見了嬰兒的頭，接生的用力一拉，再用幾滴白酒把剪刀擦一擦後，把嬰兒的臍帶一剪，再用毛巾在嬰兒身上擦一擦就完了。川娃子終於順利地生了一個男孩，曹三和曹大爺都很開心，這是曹家的血脈。見到他們母子平安，南茜總算是鬆了一口氣，可她的心裡為這裡人們的生存方式感到悲涼。

由於晚間沒有下山的機動車，曹大爺只得安排南茜在村衛生所住一晚。路上，南茜好奇地問道：

「為什麼你的侄媳婦叫『川娃子』？」

曹大爺歎了一口氣，就告訴南希說：

「她還年輕，才不到二十歲，她不是本地人，兩年前是從四川那裡被人販子販來的，男方付了一筆錢給販子後，就強行把女方鎖在屋裡做自己的女人了。唉，這樣做很是不道義，可是，這裡太窮，當地的女孩子都嫁到縣城裡去了，男人過了三四十歲的打光棍的人還很多，為了傳宗接代，就只能委屈了那些女孩了。」

「那麼她們不會去報警嗎？」南茜問道。

「有的女人被拐來後不久就跑了，也有的因為捨不得孩子就留了下來，川妹子去年生了一個女孩後就留了下了，現在又生了一個男孩，也許她開始不願意，後來覺得侄兒人不錯，就沒有跑。」曹大爺說道。

南茜一個人躺在衛生所裡的沙發上，她幾乎一夜沒能合眼，腦子裡一直想著「川娃子」的故事，她向上帝禱告，希望上帝眷顧這片黃土地。

一晃幾個星期過去了，南茜基本學會了打腰鼓的基本套路，她現在有一個願望就是能和腰鼓隊一起參加集體表演，像她在電視裡看到的那樣，幾十個、上百個人一起跳，還有敲鑼打鼓吹嗩吶的，那氣勢磅礴的場面會令她陶醉不已。

為了滿足南茜的願望，曹大爺召集了鄉村裡的腰鼓手，和南茜進行了一場又一場的彩排。終於等到了一次表演的機會，南茜穿上紅色的絲綢馬褂，和鄉村裡的男男女女腰鼓手，在藍天白雲下的黃土地上，翩翩起舞打腰鼓，同時鑼鼓聲、嗩吶音樂聲響徹雲霄。在熱烈的跳躍舞步時，大地上捲起了層層灰土，好似一群野牛在黃土上狂跑，令人亢奮不已。這種由古代戰鼓演變而成的腰鼓舞蹈，如今成了樸實、貧困的農民喜聞樂見的一種娛樂。

為了實現曹大爺的心願，南茜特意要帶他去縣裡的一家電影院看電影《黃土地》，其實這部電影在這裡經常上演，只是曹大爺沒有機會過去。那天，曹三駕著一輛三輪機動車，帶著曹大爺和南茜，下山去縣中心的電影院。曹大爺心情還是很激動的，雖然以前也在電影院看過電影，可這次能在電影裡看到自己帶領鄉親們一起表演打腰鼓的場景，使他感到萬分欣喜。

在回家的路上，曹大爺感激地說道：

「真沒想到，我的人生的兩個最大的心願，都由我的一個洋閨女幫我實現了，我此生沒有什麼遺憾了。」

南茜心裡一直有一種好奇，在這黃土地上，當年到底發生了什麼，而使這片貧瘠的土地成了中國革命的聖地。為什麼解放後的農民，依然生存這樣艱難。這些農民現在的具體生活，在電影裡卻沒有任何展示。於是，她開口問道：

「共產黨來了，說是你們被解放了，那麼如果沒有解放又會是怎麼樣呢？」

「解放不解放我不知道。以前紅軍來了，聽說是打了敗仗逃過來的，就是後來人們說的『長征』，來的人大都是十幾歲的娃娃兵，身上破破爛爛的扛著槍炮，有好幾萬，加上本地的紅軍，一共大概有五六萬人馬，領頭的是毛主席。這裡是個窮鄉僻壤，一下子來了這麼多的兵，沒有那麼多糧草，大家基本上都餓著肚子，也沒有衣服穿。不過當地的地主、鄉紳倒楣了，當兵的搶他們的錢財和女人，沒收了他們的土地，敢反抗的都被槍決了。後來建立了蘇維埃革命政府，錢幣上是列寧的頭像。為了解決糧食和穿衣問題，士兵們就自己開荒種糧食，女人在家用自製的紡織機織布，慢慢地基本解決了吃飯穿衣的問題。他們需要大量的軍費，就在南泥灣一帶種植了大量的罌粟用來製造大煙，再到外面去換錢，這樣慢慢地解決了軍費。」曹大爺告訴她。

「就是那個在電影裡所宣傳的南泥灣，當時紅軍把荒地改造成了良田？」南茜問道。

「是的，後來這裡的寶塔山上的寶塔，成了革命聖地的象徵，腰鼓變成了革命的腰鼓、勝利的腰鼓。共產黨建立政權以後，我們都分到了一些土地，說是解放了，不再受人剝削壓迫了。不過沒過幾年，土地又被收回去了，還搞了『人民公社』，組織大家集體勞動，吃『大鍋飯』，後來搞砸了，弄到大家夥兒飯也沒吃了。到了鬧饑荒的時候，就餓死了好多人，有的人還偷偷地和別人換自己病死的孩子吃，可慘了。」曹大爺說道。

幾天以後，南茜準備離開延安回美國了，她和曹大爺告別，並在他家又一起吃了玉米疙瘩南瓜湯。臨別時，南茜給了曹大爺五百美元，希望他可以請人修一修漏雨的屋頂。曹大爺堅決不肯收，又說道：

「我教別人打腰鼓是傳承這個民間藝術，不能收錢的，再說我把你當自己的閨女了，你對我那麼好，我真的捨不得你離開。」

南茜聽了淚留滿面，動情地說道：

「曹大爺，你要保重身體，以後有機會來中國，我再來看望您，我會把學會的打腰鼓在美國教別人一起打，他們一定會非常喜歡的。」

門外的一棵樹旁拴著的老黃牛，似乎也感到南茜要離開了，發出了「哞——哞——」的叫聲。南茜走過去，撫摸了牠幾下，又拍著老黃牛的身體向牠告別。

在從延安南泥灣機場飛往上海的途中，南茜聽到了一首廣播裡播放的以陝北民歌形式創作的頌歌〈山丹丹開花紅豔豔〉：

一道道的那個山來呦一道道水
咱們中央紅軍到陝北
一杆杆的那個紅旗呦一桿桿槍
咱們的隊伍勢力壯
山丹丹的那個開花呦紅豔豔
……
毛主席領導咱打江山
毛主席領導咱打江山

南茜的心情一直不能平靜下來，她明白，打腰鼓確實很美，陝北民歌很美，還有陝南的古都西安，那裡有秦朝的兵馬俑，打腰鼓和兵馬俑都是馳名中外。可無論是西安的兵馬俑還是延安的寶塔山，都是帝國的象徵。南茜覺得打腰鼓背後的故事是那麼的沉重，一種她一生中從未體驗過的沉重……

（十）

一個女人轉嫁的故事：阿丫面對病床上不省人事的劉老伯，內心充滿了悽楚，同時她也為自己的命運深感擔憂。她希望劉老伯不會就這樣匆忙地離開人世，她想再好好地照顧這個男人，她甚至後悔自己以前沒有那麼盡心盡力，至少時常有些心不在焉。現在，面對已經昏迷的劉老伯，阿丫突然發現自己對劉老伯還是有一種愛意的，她回想著劉老伯善良的品行和溫順的笑容。可是，眼前的劉老伯已經陷入了深度的昏迷之中，阿丫愈想愈傷心，無論如何，他還是自己的丈夫，雖然他們有著祖孫輩的年齡的差距，雖然他們基本上只是名義上的夫妻。

阿丫是五年前來到臺灣的，那時經同鄉會的人介紹來相親的。相親的過程很是簡單，劉老伯是一名臺灣的退役軍人，由於年輕時生活窘迫，就一直單生到老。阿丫為了能去臺灣定居，她很快就答應了這門親事，也不用像在大陸提親那樣，女方家先要收受男方家裡的一筆可觀的彩禮。

到了臺北，阿丫跟著劉老伯租住在一個陳舊的社區，在這個社區裡，住著許多像劉老伯這樣的單身退伍老兵。要不是有大陸的女人願意嫁過來，劉老伯基本上就會一個人過一輩子，所以遇到了阿丫，劉老伯似乎有了年輕人的感覺。每天早上他和阿丫一起吃早飯，然後他們一起逛街買東西或是去附近的公園走走。他和阿丫說說自己年輕時的故事，尤其是他在戰爭歲月的經歷。到了晚上他們一起吃晚飯，然後一起看電視聊天。和一個異性過著形影不離的生活，這種生活狀態，是劉老伯和阿丫以前都未曾體驗過的。看到阿丫年輕的身影在自己的眼前晃來晃去，劉老伯就會發自內心的喜悅，他自己也不得不暗自感歎道，真是糟蹋了這個女人了。

時光一天天地過著，阿丫很快就感到這樣生活很無聊，自己年輕的生命好像就是為了陪伴這個男人安度晚年。不過她也沒有辦法，這樣的生活至少要維持六年，才能在臺灣定居，可是到那時自己已經整整三十五歲了。周邊的流言四起，說什麼女的一拿到居留權就跑掉，就算不跑也會給老頭帶綠帽等等。其實阿丫也有想過等自己有了居留權，就應該尋找屬於自己的幸福，自己用六年的青春陪伴他，無論自己將來做怎樣的選擇也是無愧於他了。

「以後我真的跑了，那你怎麼辦？」阿丫在公園裡散步時問劉老伯。

「以後的事就以後再說吧，從前我們在戰場上打仗，從來不去想以後的事，誰也不知道自己有沒有明天。」劉老伯回答道，沒有一絲的擔憂。

「不知道什麼時候自己也會有一個孩子？」看到公園裡的孩子在玩耍，阿丫不禁歎道。

「當年大陸淪陷後，那時剛剛打完內戰不久，我也是想結婚生孩子的，可是，是金日成這個瘋子，發動了韓戰，隨後我又不得不隨著大部隊，以『志願軍』的名義，開赴朝鮮戰場。後來在戰俘營熬了幾年，最後我選擇了去臺灣，也有人選擇了回大陸。」劉老伯說道。

阿丫沒有什麼文化，也不懂什麼歷史，不過對於像史達林、毛澤東、金日成、杜魯門、麥克・亞瑟、彭德懷這些和韓戰聯繫起來的名字她也開始熟悉起來，這是劉老伯經常和她講述的話題。戰爭對於阿丫這種年齡的人來說似乎很遙遠，可對於劉老伯來說，戰場上那些血肉橫飛的場面，那些隆隆的轟炸聲，彷彿一切就發生在昨天。

眼下面對已經昏迷了一個多星期的劉老伯，阿丫感到有點絕望，醫生已經先後給她發出了兩次病危通知，叫她為老人準備後事。阿丫在悲痛與絕望中掙扎，她甚至連自己也沒有想到，她對劉老伯充滿了愛意，她希望劉老伯能挺過來，自己再好好地伺候他、孝順他，再能看到他那溫和的笑容。阿丫希望上天再給她一次這樣的機會，否則她會遺憾終生。

那天凌晨，劉老伯的心臟終於停止了跳動，不久劉老伯的遺體就被送進了醫院的太平間。在醫院守候劉老伯的阿丫早已身心疲憊不堪，可當阿丫提著行李獨自離開醫院的時候，她那苦澀的心突然又變得空蕩蕩的，她彷彿失去了人生的寄託和目標。回到了公寓房，阿丫就倒在了床上，她雙目呆滯，不吃不喝，孤零零地面對著空蕩蕩的房間。

辦完了劉老伯的喪事，阿丫不得不獨自回大陸，鄰居的王振大伯幫她退了租住的房子，雖然合同期還未滿，因為特殊原因，仲介基本上還回了所有的押金。那天一大早，王振大伯把車停在公寓門口，幫阿丫運行李去機場。

「阿丫，真是對不起你啊，只差半年的時間你就可以在這裡申請定居了。」看著一臉憔悴的阿丫，王振大伯歎息道。

「我的父母年紀大了，也需要我去照顧，可惜劉老伯走得太匆忙，不然我也是可以再好好地照顧他的。」阿丫傷感地說道。

「你真的很善良，我早就看出來了，上天一定會保佑你今後的人生。」王振大伯說道。

「這裡的老兵，一生基本上都是在孤獨中度過，好在現在有大陸來的女人過來，可以彌補一下他們人生的遺憾，我本來也是為了定居而來的，瞭解到老兵們的過去，也看到了他們的純樸和善良，後來我覺得能夠照顧劉老伯，也是一件善事，也就心甘情願了。」阿丫說道。

「你是來自福建哪個縣的？」王振問道。

「莆田。」阿丫答道。

「我有一個堂弟在福清，離你住的地方不遠，有機會幫我打聽一下。他的名字叫王成，比我小兩歲，今年應該七十三歲了。當年在朝鮮戰俘營裡，他選擇了回大陸，後來就一直渺無音信了。」王振囑託道。

「好的，我一定幫你尋找，現在通過電腦找人比較方便，我回去以後去當地派出所打聽一下也許就可以尋找了。」阿丫答應道。

「那太好了。」王振有點喜出望外。

在臺灣的桃園機場，王振和阿丫各自提著行李，他們一前一後地走著。就在他們走到行李托運處時，一個工作人員竟然毫無顧忌地打量著王振問道：

「你好，是帶著年輕的太太一起回大陸探親吧？」

「不是，是戰友的老婆，她老公剛剛去世不久。」王振回答道。

「是這樣啊。」那個人又直直地盯著阿丫看了一眼，又道，「現在來了不少的大陸女人。」

托運完行李後，阿丫告別了王振，她一個人過了海關以後，就在候機室坐下休息了。

阿丫無精打采地坐著，她不知道回去後怎麼和別人交代，自己出去了那麼多年，連居留權也沒有搞到，就這麼兩手空空地回來了，而且還成了一個寡婦。

阿丫一閉上眼睛，就夢見了自己和劉老伯在一起，劉老伯走路跌跌撞撞的，而自己小心翼翼地攙扶著他。突然的一個廣播聲把夢中阿丫驚醒，阿丫的內心充滿了悽楚。自從劉老伯離世後，阿丫隔三差五地就會在夢裡見到他。在劉老伯死後的第七天，那晚阿丫半夜醒來上廁所，就感覺有個黑影在她的眼前，她每走一步，那黑影就退一步，她停下，那黑影也不走動。阿丫打開了衛生間的燈，那黑影就消失了。阿丫從小就聽說過，人死以後的第七天，也叫「頭七」，死人的鬼魂會回來和自己的親人告別，然後他的靈魂就會去另一個世界。

阿丫回到家鄉以後，她整天思念著劉老伯，只要一想起以前劉老伯對她的好，她就會悄悄地傷心流淚。不過她要打起精神幫助父母幹農活，她想要不是劉老伯突然去世，自己就可以在臺北做一份全職的工作，時常寄一點生活費回來，父母就不用上了年紀還要在地裡辛苦地幹農活了。她現在心裡有一個信念，就是一定要幫助王振老伯尋找他的堂弟王成，她相信王成一定還健在。一般當過兵的老人，他們的身體都比較好，有的八九十歲的退伍老兵，身體還很硬朗，精神還很抖擻，這一定和他們年輕時從伍的經歷有關。她想在戰場上九死一生的戰士，應該是得到了上天的眷顧。

阿丫每次出門去福清，她就會一個村一個村地去當地的村派出所走訪，最後她終於找到了一個符合年齡和退役老兵身分的人，老人叫王成七十三歲，是一個參加過「抗美援朝」的退伍軍人。阿丫確認了王成的身分後，一天上午，阿丫就去村裡尋找王成了。過了村口，阿丫加快了腳步，當她走到王成的住所時，眼前是一幢非常簡陋的房子，在房子的前院，有一個行動遲緩的老婦人。

當老婦人看見來了一個陌生的年輕女人，就問道：

「你是鄉鎮裡的幹部嗎？我家的『低保費』落實了嗎？」

「大媽，我不是鄉鎮裡的幹部，我是打聽王成老伯是不是住在這裡，他有一個在臺灣的堂哥託我來尋找他。」阿丫說道。

「臺灣的堂哥？我不知道，也沒有聽他提起過。」大媽感到有些莫名其妙。

「是這樣的，當年他們一起在朝鮮戰場上，後來一起進入了俘虜營，王成大伯回來了，他的堂哥王振大伯去了臺灣，從此就不能再有任何聯繫了。不過現在可以聯繫了，所以很多人就開始尋親了。」阿丫繼續解釋道。

「人都老成這個樣子了，還尋什麼親呢。當年因為懷疑他是臺灣特務，被審查了好幾年，後來連退役津貼也不發了。」老婦人搖了搖頭，又說道，「他一大早就去鎮裡的集市了，還帶了一袋家裡樹上採下來的梨去賣。」

「這樣啊，那我去集市看看，說不定可以找到他。」阿丫說著，就告別了她。

阿丫在熙熙攘攘的集市裡穿梭著，不停地打量著路過的每個攤位，特別是尋找有沒有賣梨的老人。她匆匆忙忙地邊走邊尋找，卻沒有找到賣梨的老人，她懷疑自己是不是走錯了地方。正想找人問問，忽然間，不遠的地方有些騷動，好像有一群人在圍觀什麼。阿丫走過去一看，原來是幾個城管正在驅趕一個老人，在老人的面前，地上放著一地的梨。只聽見老人對著幾個穿著黑色制服的城管大聲呵斥道：

「你們誰敢動老子的梨，老子當年在朝鮮戰場上和美國人打過仗，給我滾開，小心老子對你不客氣。」

老人看上去很瘦弱，精神氣卻很足，城管也不敢太靠近他，只是對他嚷嚷道：

「在這裡擺攤都要繳納攤位費，你不可以隨便在路邊放攤位，這是上面的規定。」

「你們看過電影《英雄兒女》嗎？那個在陣地上對著指揮部高喊『為了勝利，向我開炮』的英雄人物的原型就是老子。現在老子生活困難，不得已出來賣幾個梨，還要繳納什麼攤位費？」王成怒斥道。

圍觀的人愈來愈多，聽了老人的這番話，大家都幫著老人說話。阿丫擠到老人跟前，親切地問道：

「請問你是不是王成大伯？」

「我就是，你怎麼認識我？」王成有些詫異地問道。

「這些梨我都買下了，我們邊走邊聊吧。」阿丫說道。

聽了阿丫的話，王成老人遲疑了一下，就收起了自己擺在地上的梨攤。看見城管和圍觀的人群散開後，阿丫就激動地問道：

「王成老伯，你還記得有個叫王振的堂哥嗎？」

「王振，他不是早就去了臺灣了嗎？」王成心裡一驚。

「他現在還在臺灣，是他委託我來尋找你。」阿丫繼續說道，「他告訴我當年朝鮮戰爭結束後，他去了臺灣，你回到的大陸。」

「沒錯。不好意思，剛才的事讓你見笑了。」王成有些羞愧地說道。

「沒什麼，都是生活所迫。那年我嫁到臺灣，也是生活所迫。」阿丫安慰道。

「當年在戰俘營，大多數人選擇去了臺灣，我一時受矇騙，就回到了大陸。因為當過美軍的俘虜，從此就過上了不光彩的生活。我表哥王振在臺灣過得怎麼樣？」王成問道。

「他現在領著退役軍人津貼，一個人生活，以前他是我的鄰居。在我住的那個地方，許多退役老兵都集中居住在那裡。以前他們都是單身，現在有不少大陸的女人嫁過去，我也是其中一個。不過我的丈夫前不久病逝了，所以我就回來了。臨行前王振大伯囑託我來尋找你，他說如果聯繫上了，他會回來看望你。」阿丫敘述道。

到了這年的十月，天氣正直秋高氣爽，已是白髮蒼蒼的王振老伯終於回到了他闊別了四十多年的大陸。

王振在村口的一棵大杏樹下見到了在那裡等待的王成，見面時，他們彼此打量了一會，回憶著對方年輕時的形象。阿丫在一旁注視著他們，她想，他們是兄弟、是戰友也是戰俘。他們沒有顯現出過分的激動，寒暄了一陣後，王成就帶著王振在村子裡轉悠，共同回憶著他們年輕時的往事。

當他們回憶起「抗美援朝」時，王成首先唱道：

雄赳赳，氣昂昂，跨過鴨綠江。
保和平，衛祖國，就是保家鄉。

接著他們一起合唱道：

中國好兒女，齊心團結緊。
抗美援朝打敗美帝野心狼！

接著阿丫也唱起了她熟悉的電影《英雄兒女》主題曲：

烽煙滾滾唱英雄，

四面青山側耳聽，側耳聽。
晴天響雷敲金鼓，
大海揚波作和聲
人民戰士驅虎豹，
捨生忘死保和平。
為什麼戰旗美如畫？
英雄的鮮血染紅了它。
為什麼大地春長在？
英雄的生命開鮮花。

王成情不自禁地哭訴道：

「老哥啊，電影裡的英雄原型就是我呀。那天在無名高地，全營的戰士打到最後只剩下我一個人了，我用無線電發報機對著指揮所高喊：『為了勝利，向我開炮。』當時一個炸彈在我身邊爆炸，我當場就被震暈了，後來就去了戰俘營。」

「電影裡描述最後那個戰士用一根爆破筒和敵人同歸於盡了。」阿丫說道。

「那當然是為了宣傳，『保家衛國』是宣傳。歌裡唱得多動聽，可我從戰俘營回來後，就夾著尾巴做人了，後來連『志願軍』總司令彭德懷也被打倒了。還是你聰明，去臺灣，選對了路。」王成說道。

「為了保住朝鮮的那個『金家王朝』，中國的『志願軍』戰士為此付出了一百萬的生命代價。煉獄般的歷史，經阿丫這麼一唱，變成了讚美共產黨的聖歌。」王振含著淚水說道。

「學校裡教的，大家都會唱。」阿丫回答道。

阿丫從劉老伯、王振和王成老伯的故事中，瞭解到「抗美援朝」的許多的歷史的真相。

在大陸期間，王振老伯的行程大都有阿丫陪伴。

當王振老伯準備返回臺灣時，他突然對阿丫說道：

「以前我不明白你為什麼要來臺灣，我發現在這裡一個普通人很難過體面的生活。大伯願意擔保你去臺灣，你已經在臺灣生活了五年多，放棄有些可惜。我們領了結婚證以後，再過不到一年的時間，你就可以在臺灣申請定居了，到了臺灣以後我們可以分開居住。」

「就算住在一起也沒有關係，你們都是值得尊敬的『志願軍』老兵，就當我是照顧你們老兵的『志願者』。」阿丫大大方方地說道。

第二年的春天，阿丫又回到了曾經待過的老兵集中居住的那個安靜的社區。

第 7 天

（一）

今天是我們第七天的故事開始，我來帶頭講一個有關情感類的故事，不過因為作者是以第一人稱的敘述方法，所以請允許我在這裡借用作者的口吻來講述他的故事吧。

鳳就要在此地長眠，陪伴她的也許只是幾隻常年「哇哇」亂叫的烏鴉。她曾是個偷渡客，檔案裡沒有她在英國的任何紀錄。在這片茂密樹林、險峻地勢的環境中，鳳將成為一具永久的無名屍。

山路陡峭，只要稍不留神，就會車毀人亡。天色忽然暗了下來，車在顛緩地盤旋著。在這條可雙向行駛的車道，卻連單向行駛也有困難，路又陡又窄，又是泥石路，在盤繞的道上，似乎每過一個彎口，就會冒一次迎頭相撞的危險。幸好，此時此路，似乎無人光顧。

鳳是個來自中國的農家女子，沒有讀過多少書，卻是個依順的女人。她會不厭其煩地照顧別人，而且樂在其中，像是個天生的護士。也許正是因為她的這種秉性，使她寵壞了男人。面對男人任意地發脾氣，為所欲為，她始終能逆來順受。似乎女人那種與生俱來的嫉妒、任性、好勝與抱怨的性情與她無緣。鳳不算漂亮，但只要她稍稍化個妝，卻有幾分姿色。應該說，大多數年輕女子都會有幾分姿色，而男人的占有欲卻往往使他錯過了他應該選擇的女人。只是初戀情人的笑靨，會長年縈繞在夢中，使之成為永遠也揮之不去的傷痛。

車終於駛入了一段公路，危境似乎過去了。這些年來，雖然和鳳生活在同一個屋簷下，但內心早已開始迴避她，常常和她保持沉默，似乎她的一舉一動都會令我厭惡。走到了這一步，應該說該分手了斷了，可我又說不出口，或者說自己沒有勇氣向她表示，也許就像當年自己沒有勇氣向脈脈含情的戀人表白那樣。再說，我也不堪忍受鳳再去順從別的男人就像她順從我那樣，這實在讓我受不了，這樣也會是一種持久的磨折。

天色黑了下來，過了這段公路，車又轉到了盤山路段，顛顛簸簸，像是回到了原來的路段，又繞進了剛才我埋葬鳳的地方。我似乎被一隻無形的手牽住，怎麼也掙脫不了這個地方，也許是鳳的陰魂在作怪。當我在她用的茶杯裡下藥的時候，我的神經也在錯亂。算了吧，就此甘休吧，或者就讓我替她喝下這杯毒藥，既然生的世界已經沒有了那種使人亢奮的激情，與其這樣死氣沉沉地苟活著，不如讓我永遠地睡著吧，也免得因為殺人罪而鋃鐺入獄，在鐵窗中殘度餘生。可轉而又想到，當年曹操被人追捕時，一口氣誤殺了他所躲避的那家所有男女老少，繼而又道：「寧我負天下人，不可天下人負我。」於是，我下了毒手。喔，人性為什麼會是這樣，我曾經擁有一顆多麼慈悲的心，在情感的世界裡，就算是自己承受傷害，我也會為了成全別人的幸福，心中恪守著「寧人負我，我不負人」的箴言。

車，終於停在了家門口，我突然感到恐懼，就在幾個小時前，是我把鳳的屍體從床上抬起，然後裝進車裡離開。現在，我要獨自面對這空蕩蕩的屋子。屋裡的寂靜使我顫慄，我打開了房間裡所有的燈，然後呆愣地坐到了床邊。也許，我並沒有太多的悔意，心裡卻朦朧地纏著一種快意，這種感覺似乎來自一種事先的期待。我躺在了床上，不由得想起這些年來和鳳相處的日子，就連這些沒沒無聞的家具，也都見證了我和鳳的共同生活。我很疲憊，渾身發冷，而且恐慌，覺得自己也該是活不久了。本來，我該有個家，也該有自己的孩子，只可惜在鳳懷孕的日子裡，因為我內心迷戀著那個見過一面的女人。原諒我，她不是一個普通的女人，她是天使，也是魔鬼。為了能讓自己走近她，體面地走近她，我卻狠心地要鳳把那個小生命除掉，雖然鳳很不情願，可她又無法拒絕。

夜已是深了，再過幾個小時，白天所發生的一切就變成昨天的事了，而殺人的事件也將像古典小說裡「武松殺嫂」的那一幕成為過去。難道真的是只有除掉了鳳，我才能實現自己的所謂的願望嗎？可是，如果不這樣做，那豈不是實現願望的希望都沒有了嗎？而我的生命也將永遠這樣灰暗下去直到消亡。我感到鳳的亡靈此時就在這個屋子裡遊蕩，我變得毛骨悚然，耳邊隱隱傳來她悲泣的哭聲。我似乎從床被推了下來，我跪倒在地上，惶恐地坦白道：走到了這一步，我沒有別的選擇，請你先不要發出陰森森的冷笑，本來應該是我去死而不是你。當然，我知道你是非常愛我的，當初也真是你的這種坦誠的愛，才打動了我。你曾說過讓我們相伴五十年。相守五十年聽起來總感覺是一種精神桎梏，好似孫悟空被壓在山下五百年那般。可我們還是走到了一起，不是五十年，而僅僅是幾年而已。如果今天死的是我而不是你，那麼，你就會懷念我，直到你的生命終極，永遠處在悲傷的纏綿之中，就像我時常會不知不覺地讓時空倒流，依然沉湎於初戀情人的音容笑貌。如果你能幸運地再組成一個家，而你心中思念的和夢中相會的還是我，那麼你的處境不是重蹈了我的境地：雖生猶死。現在，我是多麼希望在你臨終之時你並不知道我所做的一切，當你用無力而又悲怨的眼神看我最後一眼時，我心如刀絞。我甚至不忍心告訴你我對你的情感變遷，卻讓你在生命的最後時刻知道了我是殺害你的凶手。你知道，我選擇了讓你為我而死，並不是我對你毫不留戀，因為假如當我們突然面臨一場危難，而兩者之間只能有一個生存下來的話，我會毫不猶豫地讓你生存。可是上天沒有給我這樣的機會，只讓我選擇棄你而去。可我不能讓你這樣活著，不能讓你去投入另一個男人的懷抱，因為我已經飽嘗過嫉妒的滋味。記得當年我情竇初開時，面對移情別戀的她，在我的心裡總會感到一陣抽搐，繼而又泛起一陣嫉妒，雖然這種嫉妒即而變成一種高傲、一種野心。

請你安息吧，鳳。我會時常懷念你，雖然你並不是我曾經的夢中情人，可你卻是第一個真正走進我的生活的女人，真正和我徹夜同眠的女人，在同一個屋簷下共同生活的女人。一個男孩從懂事以來就一直會產生性幻想，而這是最隱祕而又最令人亢奮的，和一個女人在一起做最想做的事情一直是我潛意識的願望，而你就是那個成為我實現這一切的角色。我也曾懷疑自己是否適合和一個女人朝夕相處，因為我有太多的怪癖，是你最終給了我自信和勇氣，能夠和一個女人真正地生活在一起。雖然不久以後我就感到了乏味，我常常悄悄地問自己怎麼辦，可我還是和你共同度過了這些年的時光，直到我邂逅了黛。

當我面對黛的笑容的那一剎那，我一下子發現那是一張我尋覓太久，跌跌撞撞並為之受盡磨折的夢幻般的、飄忽不定的容顏。我曾經深情地渴望過，那時少年情竇初開，卻沒有勇氣面對，也沒有語言，只能用一雙脈脈的眼睛告訴對方，打量著她那嫣然的笑靨、欣喜的目光和那豐潤的面容。而每當相遇時，卻總是心跳臉紅、不敢抬頭，只是內心備受煎熬。不過這一切只是一種純粹的精神嚮往，沒有任何雜念。人性的情感歷程猶如唐詩宋詞元曲，由宏偉到悲壯再到滑稽。不是嗎？最初的失意後，繼而我又為愛瘋狂過，她有著一雙水靈靈的眼睛，柔美的五官曲線。可我初涉情場並不知曉愛的玄機，心花怒放和苦苦追求並沒有留住那縹緲的夢幻，只是在分離的時刻後，我獨自沮喪而又麻木地徘徊在霓虹燈下，詛咒著人世間的一切，而周圍的人流和事物和自己毫無關係。後來在生活中再次重演了邂逅相逢，然後是傾心，雖然內心有種不安的抵抗，卻還是成為了愛情的俘虜。不過當我知覺她心中的彷徨，也許是出於自卑和絕望，我抑制住心中的不捨，堂而皇之地給了她一番「高貴的教訓」，她有著一雙明眸和筆挺的鼻樑的女人，嬌美中蘊有純樸，溫情中含有任心。情感演繹到這種境地，難道不是滑稽嗎？

我一直在心中默默地思念著黛，你真美啊，你在哪裡？黛擁有萬種風情，微微凹陷的眼睛呈顯出西方少女的印記，飄逸的黑頭髮感受到東方人的親近。我在內心以堂吉訶德式的表白告訴她：「我的聚寶盆，我要牽住你的雙手，假如你願意救我，那麼，我就是你的了。不然的話，也就隨你的便吧，反正，只要我一死，也就隨你的狠心，了了我的心願。至死屬於你的，哭喪著臉的騎士。」可惜，騎士心中的杜爾西內婭只是一個養豬的鄉下少女，而黛，卻是個混血兒、棄兒，又是個流鶯。據說她生父是個美國人，母親是馬來華人，從小被寄養在外面，長大後便像吉普賽女郎那般到處漂流。沒有關係，我的天使，我對你無比仰慕，並願為一吻而死。讓我用餘生的熱血，像環繞在極地海島周圍的暖流，使島嶼四季如春。不管我的靈魂是否墮落，可這一切也許正是再生的契機。

我的心在顫抖，黛將相約而至。這裡是一座西班牙式的旅館，室內有居家的溫馨。如果黛將成為我的女人，我將為她營造一個最燦爛的房間，而我就住在她旁邊的小屋裡，日日夜夜地守衛著她，窺看她那飄逸的倩影，那該是一種怎樣的心花怒放啊！

她敲門走了進來，她的裝束非常得體而顯雍貴。她說她有些累想先洗個澡，然後轉身給了我一個嫵媚的眼色。她驚豔無比，長長的鬈髮撩撥起我的春意，凝望著她的風情，我幾乎啞口無言。

當她穿著浴衣走出來時，我彷彿看到了一幀天使沐浴後的景致，白色的浴衣裡綻露出乳白的迷人誘惑的肌膚，我坐在床頭幾乎不敢動彈，彷彿在窺視著一個女人的春光。她從容坐到了我的身旁，身上散發出一種令人陶醉的氣息，隨後她摟住我的脖子，並在我的臉上不斷親吻。

吮吸著她的氣息，體驗著她吻遍我臉頰的喜悅，喔，天使啊，這是一種怎樣的至高無上的溫柔體驗啊。我完全地陶醉在這種溫情之下，像一個乖乖的孩子任她使喚。而後，她又坐到了椅子上，拿出了一堆白粉，並問我會不會吸。我搖搖頭，可她卻很狡黠地對我一笑。我腦子裡意識到那是什麼東西，可我對她一點抗拒也沒有，感覺她沉浸在極樂世界之中。

我的心已被迷惑，眼前的黛是天使還是魔鬼？也許是兩者集於一身吧。在她吸食完以後，她便取掉身上浴衣，然後一絲不掛地躺在床上。我的心在狂跳，身上的熱血在沸騰。我曾翻山越嶺，一重又一重，為了那片白雲下的平原，我攀援了很久，可眼前卻還是重重的山巒。眼下我彷彿天馬行空般來到了一片依山傍水的平原，怎不叫我依依稀稀如臨夢境，這是一種怎樣的不可思議啊！偶然的邂逅，夢境般的相逢，又像是西征的僧人，歷經了不可思議的磨難，最終才取得了真經。

毫無疑問，為了攬住她的芳心，僅僅是幾個月的時光，我傾其所有，為了這個瘋狂而又冷酷的女人，我很快就染上了毒癮。曾把她當作依託精神的聖殿，自己卻成了殺人的魔鬼。在毒品的支撐下，亢奮與過度已使我心力交瘁。雖然我沒有理由將黛殺死，只能讓自己過量地服用毒品來逃避現實，不省人事地永遠地睡著。喔，我又依稀看見了初戀情人那可愛的笑靨……

（二）

在上面的故事中，我們看到了人性，不過一般而言，我們都沉湎於愛的深邃，下面我們來看看一個少年和少女在他們情感中的獨白。

一個少年的心聲：征服美少女，本是男人的天性。只是回想起自己還是少年的時代，遇見了心儀的美少女，雖然心裡天天在企盼，可因為太幼稚，從來不知如何面對。直到如今，每每回想起來，還是無限惆悵與留戀。當然，也有慶幸的感覺。那就是如果當初真的有膽量像野小子那樣去挑逗她，那麼無論如何，心中應該也就沒有了恐怕到死也會在夢中流連的情人了。再說，自己年少無知，而且一無所有，因此也難免落得從被人愛慕到令人嫌棄的下場，而自己卻永遠活在嫉恨之中，又總是想著為什麼自己對她那麼全心全意，到頭來卻落得這樣失落的下場。每每追問是誰過錯，又得不到答案。而答案要在十年甚至更長的時間才會有，那就是太年輕了。因為當初從來就沒有故事的開頭，也就是那個令人夢寐以求的相約，而只有探視對方含情脈脈的眼光，這個故事看起來結束了，沒想到卻在心底留下了永遠的烙印。不知為什麼，在以後的歲月裡，似乎只要有這種邂逅，就會繼續編織愛的錦緞。想起來，只有非常傻的女人，才會問她的男伴，在遇上她之前，是否愛過別的女人。就好像問一個旅行者，除了這個城市，你還去過其他地方嗎？可是，每一次相逢後的結局都是相似的，那就是從鍾情到失意。這樣，數量上的上升似乎使自己遊歷了許多愛的城堡，卻從來沒有一次成為那裡的主人。不說了，想必別人也有類似的經歷，還是讓我們面對今天吧。

是的，我已不再年輕，因為時間從來不會滯留，不知不覺，光陰已經流失了十年，又十年。雖然連自己也不敢相信，不敢面對，無情的歲月令人驚訝地改變了每個人的外形，從鬱鬱蔥蔥變得凋零枯萎，有的甚至失去了生命。當然，時間同時又使新一代的生命蜂擁而至，源源不竭，像太空中誕生的新的星際，使宇宙生生不息。自己的旅程，也早已從學校到社會，從本地到外地，直至從本國到國外。無須熬每一次不堪回首的經歷，就說我第一次見到宋允兒說起吧。當她微微地轉過身來，臉上帶著一絲禮儀的笑容，她的目光端莊而又謙卑，這是韓國女人的特有風采，也許從那一刻起，我就失去了自我。怎麼說呢？當始料未及地遇上了一個令人陶醉的對象時，心情就開始緊張起來，行為拘謹起來，無論從語調上還是肢體語言上，呈現出來的一切都是虛假的。這倒不是虛偽，而是一種本能的表現。我開始謹慎地和她談話，雖然內心處在一種壓抑著的興奮狀態。很快她就追問我的年齡和婚姻狀況。一個初次相識的女人，這樣迫不及待地想瞭解對方的年齡和婚姻，一定是有企圖的。當然，我並沒有告訴她真實的情況，我只是告訴她，我曾有過一段婚史，現年三十二歲，我故意報低了十歲。「哦，你還那麼年輕啊。」她似乎有點詫異。即使減掉十歲，我還是比她要大好多歲，這是我的尷尬，可我為之喜出望外。不過，就算她是一個測謊器，這一實一虛的回答，想必很難讓她做出正確的判斷。慢慢地，她告訴了我她的家庭成員，甚至一點愛的經歷。只是說她和那個戀人相處了許多年，不過還是分手了。為什麼許多美麗的女人，讓人追得要命，最終還是讓男人放棄呢？也許真的太累了，真的再也受不了了。其實，無論她有什麼樣的經歷，當這樣一個尤物突然展現在自己的眼前時，心動之餘，便是著迷。

我對允兒朝思暮想，可為了配得上她，或者說儘量可能地取悅於她，除了我對她的渴望是真實的，其餘都是偽裝的。畢竟，我的年齡對於她來說是太大了。如果她隨從了這樣的男人，那麼她命中註定會長期地守寡，這是一個一開始就要面對的殘酷現實，加之對方父母的極力反對，這又造成了很多傷害。況且，我之前有過婚姻，又會讓她一輩子難以走出那個陰影。因為年歲的差距，在我面前她就永遠是小孩，我要永遠遷就她、寵她，這倒並不難，可女人愈寵愈驕，像個被慣壞的孩子，這日子又怎麼過？不過，這也算不了什麼，只要看見她那楚楚的倩影，一切愁雲會隨風而逝。況且，企盼的願望使人感到充滿著生命的活力，儘管心靈時常會顫慄，儘管時常會情緒焦炙與不安，儘管會有許多的猜疑、困惑。

不久，我們漸漸有了肢體上的親密。只要有機會，我就會一次次地和她親吻，以此傾注我的全部熱情，在彼此氣息的交換中，令人感覺有一種征服與順從的相融乳。在我的記憶裡，從來沒有過這樣的憐香之吻，要是遇上個冷美人，親吻常常只是蜻蜓點水般。我總是這樣地貪婪，我想把這短暫的時光變成永恆。我想拋開全世界的一切而去擁有這個女人。當然，這只是一種癡心妄想。她雖然有點順從，卻會給我一些暗示，可是，我太陶醉了以至於有點忘乎所以，我什麼也沒有聽進去，忽視了她的心願。

我只是一意地念及著不要有意外的情敵出現，如果在她身邊同時出現了富有的單身漢或是浪漫的西人，這一定會使她迷失方向，也會使我在嫉妒與不安中焦慮地度日。事實上，由於對未來的不可確定性，我在追求允兒的同時我似乎在等待，等待著我們能共同走上一個軌道，那就是淡淡的柔情卻保持永久。當然，這需要時間與信任。而她不久就會回韓國，所以我感到這是我的難處所在，萍水相逢，天各一方，又怎麼建立起愛的互信與持久。看著允兒的倩影，我發自內心地喚了一聲「老婆」，這是一種情不自禁表露的內心渴望。「『老婆』是什麼意思？」她不禁問道。如果我真實地告訴她，我怕會把她嚇跑。和情人交往，總要充滿著驚喜與浪漫，而男人總是這樣迫不及待，總是恨不得把剛剛鍾情的女子一下子占為己有。我只能笑笑，說道，「『老婆』就是親密女人的意思。

隨著時間的推移，我和允兒發展得並不順利。國籍的不同，年齡的反差，文化的差異，加之男女之間的謊言和猜忌，使我感到雖然和她近在咫尺，卻又天各一方的感覺。我想就此罷手，可內心的渴望和她偶爾的召喚，使我像擁有一匹戰馬、手持長矛、身佩盔甲的騎士，無悔地衝鋒。終於，我不幸倒下了，受了傷，為了癒合傷口，我採取了暫時迴避的態度。雖然如此，我並不想當一名逃兵，因為即使不能擁有，也要留下一段美好回憶。也許是我的優柔寡斷，也許是我背著沉重的心理「十字架」，雖然我陷入了癡迷，但我沒有得到期待中的回報。有一天，我終於發現，再也沒有了她的音訊，甚至沒有留下任何一個理由。是的，愛不需要理由，也許理由就是相逢時的眼緣和電人的感覺。可是，離別總歸要有一個拒絕的理由吧。我沒有後悔我的愛，只是每每念到時心會隱隱作痛，也因此會對她不時地呼喚。也許，失去了這次機會，我只能永遠在呼喚中懷念，不會再遇上那樣的可人。我時常地歎息，時光的流失使我青春不再，使我步入死亡的明天。

當然，我還活著，我要繼續我的旅程，在有限的生命時光裡，感受無限的愛。不管我走到哪裡，無論是在沙漠、戈壁還是青山、綠水，從前的戀人，總會把你呼喚。

一個少女的獨白：我一眼看見這個身材高挑而略顯靦腆的男人就感覺好奇，他看起來年近四十，英俊的臉膛吸引著我的視線，他說他是中國人，在澳洲已經很多年了。談話中，我順便問他幾歲了，結過婚嗎？其實，我問這些只想和這個陌生人的外形對上號，就像在野外遇到一隻小動物，如果不知道牠的名稱，一定會很不甘心。

對於對上號的男人，我開始對這個很會獻殷勤的男人琢磨起來。他為什麼獨來獨往？身邊有什麼女人？做什麼職業？就算是欣賞一件藝術品，如果那件東西有個標價，那麼我就會在能力範圍內考慮要不要出這個價。當然，對於一個陌生而又多情的男人，女人的第一步就是小心防守。他舉止溫文爾雅，不像是那種粗魯的男人。除此之外，又能看出他有什麼特別的魅力呢？

一個獨來獨往的中年男人，看上去有四十出頭，可他卻說自己才三十出頭。如果是這樣的話，那麼他一定是過於老相了，也許這和他的職業有關吧。不過，我並不清楚他從事什麼職業。他還充滿羞澀地告訴我他離過婚，離過婚的男人對於我並沒有什麼影響，甚至還會暗自慶幸，受過這種傷害的男人，也許會更加體諒情感。

於是，這個奇怪的中國人時常出現在我的面前。漸漸地，那種與生俱來的抵觸的情緒化解成了一種善意，為了瞭解他的內心，我開始和他談個人興趣愛好。一般只要打開這個話題，多少能瞭解這個男人的修養與內心世界。可他看起來對於這個問題很不屑，卻告訴我他最喜歡帕格尼尼的小提琴曲，而且自己也玩過這個。喜歡古典音樂的男人，內心應該比較自閉吧，而他看上去卻一點也不是這樣。當我繼續問他喜歡看哪類書籍時，他竟出乎意料地告訴我他從前寫過許多詩。喜歡寫詩，讓人的感覺是多愁善感而又很浪漫。這樣，我心裡對他有些敬畏同時也感到捉摸不透。

他幾乎每次來看我都會帶上一件禮物，這使我心存感激，不過，這種赤裸裸的行動使人感到他有些自卑，激烈地想贏得一個女人的心。當然，他是一個慷慨的男人。我感到似乎沒有理由把他拒之門外，可我實在又不想輕易地陷入情感的泥潭。

他總是貪婪地吻我，甚至有些迫不及待。看來他真的對女人很飢渴，於是，每次我都要叫他平靜一點。不過，他從不強求，這也許是他的尊嚴吧。男人的愛總是充滿著縱欲，而女人需要的是愛的真摯。縱欲是無邊的，所以他向我表達得再多，我也有些無動於衷。縱欲的男人往往無從收斂，以至於拋家棄子，甚至把身邊的女人謀害，這種事例難道還少見嗎？因此，我又怎麼會輕易地委身於一個令人不安的男人。儘管我感受到了他那火一般燃燒的熱情，但是，我要冷卻。喜歡上一個男人和想要嫁給他並為他生兒育女，把他作為終身依託有時很難相一致。所以，我害怕，我非常地害怕我會陷入情網。要知道，就算對於一件心儀的首飾，女人都會對它朝思暮想，更何況是一個心儀的男人了。因為他將是一生的託付，他必須是謙卑地拜倒在自己的腳下。可是，他雖然彬彬有禮，卻多情而又自負。況且我現在的處境是流落海外，從事著充滿著危險的侍應工作，為了一份可觀的收入，我還必須忍辱地堅持著。如果我的心就這樣掉以輕心地被他俘擄了，最後受傷害的當然只是我自己。有時我只想離他遠一點才感到安心，我可以不改初衷，帶上一筆血肉錢漂洋回國。不過，即使他是我的命中可人，就算是冷落他一下又何妨？他以為他英俊、又格外地慷慨就能輕而易舉地贏得所有女人的心，那麼他是錯了。鍾情於一個人可以發生在無論何時何地，卻很難把一生託付給一個自負而又輕浮的男人。況且，我的家境不好，又沒有特別的好運，所以，出國謀生當作一條希望之路，可這種謀生的手段令我自己也瞧不起自己，又怎麼讓對方臣服於我，並鍾愛我一生？如果沒有了這種信念，我寧可一輩子孑然一身，也不會委身於一個陌生的異國男人。雖然他口口聲聲表示著他的愛意，即使他出於某種目的而把「愛」掛在口上，那麼在我迷茫的時候，我也會情不自禁，也會獲得滿足。

自從自己懂事以來，期待與失落就從來沒有停止過。只是任何一次「遭遇」我都能安然無恙。只可惜，我現在的心境有些不同，我的內心開始變得愈來愈掙扎。也許是在本國那麼些年，似乎生來就很難和周圍的男人相處，他們憨厚而又固執，很少有那種電影上的浪漫，所以我隱隱感到總有一天我會遠走高飛，在國外找到一個既有風度又彬彬有禮的男人。難道這個男人就在眼前？特別是在他深情地擁吻我的時刻，真的，我有一種少女初戀的感覺。我本以為這只是我的一種錯覺，不過，這個中國人真的有他溫柔體貼的一面，卻又有自負輕浮的一面。正是他的這種怪異的秉性，令我對他既渴望又不安。我擔心自己無謂地錯過，又害怕最後受傷的是自己。因為過去每次在情感波濤的掙扎中，我每每會想著死了算了，這樣才能給對方造成一種打擊。儘管我明白那樣很傻也很不值得，卻又不能自拔。所以我現在要學會愛護自己，不再為了別人而傷害自己。因此，這種邂逅對我來說應該是浮雲掠過而不是癡心纏綿。

怎麼才能讓他懂得我的內心呢？儘管他看起來俘擄過不少女人。可是，總以為這樣居高臨下地對待女人，又以為花時間與耐心就會有收穫，這倒是詩人般的想像了。謝謝你，親愛的人，我出國時買的是雙程機票，現在時間已過了大半，我和你的相遇也許真的感動過我，可是，不知為什麼。我還是選擇了沉默。因為我不想奢望，就讓我們的相逢變成煙消雲散的往事，留在生命中的一段苦澀而又甜蜜的回憶。

(三)

下面講的是一個失意者的獨白：和初戀的情人做個了斷，這是我多年的夢想。因為往事過去太久，除了心中不滅的愛意，什麼信息都沒有。你有你的家，你的生活。當然，我有我的。雖然我有我的，可往日的愛意總是牽動著我的記憶和夢境，只是因你而起。唉，要不是自己當初太過害羞而遲遲不敢行動，也不會被他趁虛而入，使你為他的漂亮所迷倒。這到底是誰的錯呀！記得我還在上初中的時候，你就不知不覺地引起了我的注意，不久，我發現你也在注意我，因為彼此的注意不加掩飾，慢慢地也就證實了彼此的感覺。雖然從來沒有說過一句話，也找不到任何說話的機會，就確定了彼此的愛，不僅如此，而且，身邊的同學也會發現這個祕密，這是何等的神奇卻又是何等的無奈與煎熬。就這樣，一年又一年，直到高中畢業。離開了中學，我便上了一所體育學院，雖然離開了中學，可是從前的歲月依舊歷歷在目，只是，在你身邊有了個他。你們總是形影不離，偶然也會讓我撞見，當我面對你們在一起的時候，雖然我的內心充滿了嫉妒，可我還是小心翼翼地看你一眼，我似乎還在傻傻地等待你像以前一樣的回應，一望深情的目光無論多遠都能感知。可是，從此你再也沒有正視我一眼。不過，我一點也不恨你，因為我沒有他那麼成熟，雖然他比我才大幾歲；也沒有他那麼漂亮，我對自己的外表信心不足。我遲疑了太久，從來沒有向你正面表白，雖然你似乎用心地給過我好幾次機會，可我那時實在太過靦腆了。最終讓他先入為主，我自己又有什麼可以怨恨的呢？冬天來臨了，那年，我結識了雅。雅是一個水靈靈的女生，和我同年，當然和你也是。我們一起出去溜冰，一起去看電影，一起逛街。在公園裡，我還強吻了她。其實這是我真正意義上的初戀，不過那時我還不明白。其實我內心並不懂什麼是戀愛，只會一心一意地思念，見到了她就興奮，不見她就苦苦思念。當然，這樣的愛是遠遠不夠的，可雅是個不僅漂亮，而且是個比我老道的女人，她總是覺得我太天真，甚至有些幼稚，畢竟，生活的環境很是不同。最終，還是因為偶然發現在她身邊除了我，還有別的男人，我不知所措，只會耍孩子脾氣，於是，雅就毫不留情地離開了我。僅僅是幾個月的戀情，就這樣匆匆地消逝了。那晚，我輾轉床頭，月光照在我的床上，我第一次嘗到了徹夜失眠的滋味。雖然戀情結束了，可我對她的思念與渴望卻與日俱增。從此，我看見了月亮會想起她，看見了太陽會想起她，看見了鳥兒會想起她，看見了白雲會想起她。就這樣，我變得愈發多愁善感，也變得愈發抗拒周圍的一切。不過到了第二年的寒假，我們師生去外地旅遊，就是這樣的一個偶然，我和莉姐妹相識了。在我看來，莉是一個絕好的佳人，她的妹妹遠不如她。不知哪裡來的運氣和勇氣，居然很快地和她們交上了朋友，並且還一起合了影。於是，心中充滿渴望的同時，想到要為自己復仇。我要帶著莉，展現在雅的面前，讓她心生嫉妒，那該是如何地解恨啊！

雖然有時偶爾也會看見你的身影，你總是面無表情或是若無其事。當然這也難怪，因為他總是在你身邊。我真的不明白你當時的心裡是怎麼想的，儘管我很能揣測別人的心理，可我不能明白你那時的心境，因為你留在我腦海裡有太多的記憶，有些情景堪稱叫絕。那時每次的相遇，你總會含情脈脈地注視著我。記得有一次在課間，你突然在走廊裡發現了我，而你當時正在和一個高年級男生說話，此刻你卻像閃電般地躲開了他。謝謝你，謝謝你把這個最深情的記憶留給了我。到了高中剛剛畢業後的那個暑期裡，我明白再不出手的話一切就會變得都太遲了。我就託了一個認識你的男生向你傳達我的愛意，長久的心願一下子就要變成現實，我真的無法想像如果你答應的話，我會激動成什麼樣子，雖然那是一種累積多年的彼此間的渴望，自然也是你我生命中最初也是最純潔的情感嚮往。不過，結果卻是你婉言拒絕了，理由是在你身邊有了另一個人，這個人待你很好。我聽了以後，沒有感到吃驚，也許是長久的等待已經讓我早已習慣了我無法擁有你。雖然只是一個不幸的消息，我卻並不感到震驚和絕望，理由很簡單，因為我依然深深地愛著你，無論發生了什麼變化，可是我對你的愛意一點點也沒有變。要知道，我從十四歲起也就是剛上初中不久，我就對你一往情深，一直挨到了高中畢業。這一點，你應該也是清楚的。

我和莉的相愛同樣是一場難堪。不過，那時我已經明白一點戀愛到底是怎麼回事，我會變得欲擒故縱，表現出一種玩世不恭的態度。莉覺得我很世故，也很可怕，不過，這並不影響她對我的情意。只是，她早有歸宿。正當我打算和莉一起去刺傷雅時，我卻又苦酒重喝。莉的男友也是一個非常英俊的男子，莉對我有點誤解，並感到有點恐懼的時候，她又怎麼會棄她的男友而跟隨我呢？這個奇怪的女人，居然用了我想用的手段報復了我，她把她的男朋友帶到了我的面前。不過還好，出乎所有人的想像，我不驚不悲，禮貌大度地面對一切。事後，莉感到我深不可測，認為我是個情場老手。太多的歲月過去了，不過我至今仍然記得，那是我的又一個不眠之夜。連續的打擊似乎註定我沒有戀愛的福分，我在考慮自己的出路在哪裡，失敗的經歷讓我明白，我必須出人頭地。於是，我選擇了退學，因為我不想做一個「武夫」，只有改變自己的境地，才能讓對方崇拜自己。

在同齡人大學畢業那年，我終於考上了一所文學院。文學青年似乎是才華橫溢的象徵，也是理想與前程的標誌。我一邊讀書，一邊很快就寫起了小說。每次一寫到你，我就會淚流滿面，相反，寫到後來的那些戀情，那些痛苦的往事，卻給我帶來了許多快樂的回味。似乎很久沒有你的消息了，其實你家離我家並不遠，我從樓上下來，大約走不過五分鐘，就可以看見你住的那個地方。儘管不知道是哪一間，可大概的位置我是可以確定的。有一天突然聽說你和他分手了，他是從我身邊把你搶走的那個人，要不是他，你非我莫屬。當初，你一定被他的外表所迷惑，說實話，他的外表確實可以滿足少女的虛榮心。可僅僅只有四年的時間，你們還是分手了。我忘了當初我聽說你和他分手時我的心情是怎樣的，不過，我卻清楚地記得當初你選擇了他，拒絕了我。我就在心中祈禱，如果有一天，有一天你和他分手了，那時，也該輪到我了。可是現在，真的輪到我了嗎？你消逝得無影無蹤。而我，卻依然在期待和你相逢。你和他分手了，而我也每每在戀情中失落，只是你在我的心中依然如故。那麼，如果我在你的心中愛意猶存，就讓我們重新開始吧，也許這樣更好，因為我們都長大了。

在文學院裡，別人總把我當作研究生或是老師。確實，校園裡的同齡人，都在讀研究生。無論是哲學系、歷史系還是中文系的，他們說起話來，總是一套又一套，所謂很有「思想」，可是在校刊上卻讀不到一篇像樣的小說。寫的無非是雜文與遊記，文字可謂華麗，卻讓人過目而忘。而我寫的第一篇短篇小說，卻收穫了不少。得到了不少人的刮目相看，而我心裡也是有點得意，不過我明白，為了那篇可憐的文字，我蒙受了多少心靈的創傷。不久我便和班上的一個女生好上了。因為是同一個班的，有更多的機會聊天與跳跳舞。也許是對愛太渴望了，當她來到我的身邊，當我摟住她跳舞的時候，我似乎激情四溢。可是，這樣的過程才持續了幾個月，當我偶然間遇見後來被學校公認為校花的女生時，我仰慕、渴望，進而為她傾倒。我一直以為自己在情感世界歷練過許多，可面對校花，我像是又回到了稚嫩與膽怯，儘管我在她面前裝得很老道，可事實上，追求她的男生太多了，包括男教師，即便我有三頭六臂，也只不過是大分母裡的一分子。不過，我很快就冷落了班上的那個女生，因為愛，我知道她受了很多的傷害。

文學院並不是我一開始想像的那樣有趣，很多的課程讓我感到非常地無聊，所以後來我經常曠課，有時甚至連續曠課一個星期，和幾個朋友一起抽煙、喝酒，還沒日沒夜地打麻將。直到了畢業那年，事實上很多的同年人先後結了婚，至少也有了穩定的女朋友。不過，我心裡討厭這樣的人生，太俗。可自己一無所有，處在非常窘迫的境地。畢業後我沒有去一家報社工作，儘管那是一個很難得的機會。因為突然有了一個更好的機會，去國外讀書。於是我忙著辦理各種證明，籌錢，補習外語，甚至學習廚藝。我能成為一個廚師嗎？我沒有想過，不過，為了在國外有一門生存的手藝，還是要去學。整整忙碌了一年時間。當有人問我在忙些什麼的時候，平生第一次有了一點出人頭地的感覺。那時候的心境，似乎只要離開這個令人抱怨的地方比什麼都好。

記得離開大陸前不久，有一天，我突然看見了你的背影。因為太熟悉了，雖然彼此相隔著一條馬路，我還是一眼就認出了那是你。你那時好像已經結婚了，手裡推著一輛嬰兒車，旁邊還有一個比你矮的男人。我似乎什麼都明白了，你真的和那個從我身邊把你迷走的那個男人分手了，可是，還是沒有輪到我。我對你的愛一點也沒有變，如果你再次答應我，我還是會激動得暈過去的。為什麼會是這樣的？是傷心的迴避，還是生活的無奈？你還這麼年輕，你的倩影依然動人，為什麼要急急地走這一步？如果在你身邊是個令我自慚形穢的男人，那該另當別論。感覺上他又老又醜。就在這條路上，多少次的邂逅，每每注視著對方，默默地愛著。直到你被那個人迷走，才刻意迴避對方。為什麼如今會變成這個樣子：一個已為人母，一個卻要遠走高飛。你的背影終於消失了，可我萬萬沒想到，這是我一生中所見的最後一面。從少年時代最初的情感綻放，已經整整過了十二個年頭了，可我對你的心情依舊，而你，只是不斷地光顧我的夢鄉。

我要遠走高飛了，祝你好運！

真的，在國外並沒有曾經想像的那麼浪漫。雖然國外比較平等，貧窮也不會受到歧視。不過，美麗的西方女孩和我雖然在同一所大學讀書，我和她們並沒有實質性的交往。至於亞洲人或者說兩岸三地的中國人，我一個窮學生，靠假期打雜工掙點生活費，又回到了自卑的境地。不過還好，夢，依然是中國夢。在夢裡，頻頻出現的還是你。我心中依然有一種嚮往，就是有一天和你再相會。在國外，大學畢業後一開始沒有順利找到工作，一個偶然的機會幫一個房產公司老闆做銷售，那幾年房產正火熱，銷售很好做。賺了一點錢，我就自己註冊了一家房產公司，沒想到就這樣發了起來，很快成了富翁。其間，我也回過幾次大陸，每次回去，都會在我們曾相逢的路上走走，因為太匆忙，什麼事都沒做。有一年想回來做點什麼，當我走到你曾經住過的地方時，那裡卻變得人去樓也去。整條路段改造，舊房子一間也不見了。可是你，也一定隨著拆遷的大潮，搬去了新居。你過得好嗎？要是當初我們能夠在一起，那麼現在你真的「夫」貴榮華了。一切是你的過錯，你當初的錯誤選擇。

有一天黃昏的時分開車在路上，忽然就想起了過去，想起了你。可再一想，那是三十年前的情景了。真的嗎？一樣的黃昏，一樣的季節，一樣的思念，時光卻流失了三十年……

（四）

一個愛的縱欲和悲劇，姐姐的獨白：天底下的男人沒有一個是好東西，包括他，這個我一心一意深愛多年的男人。我曾以為我是多麼幸運，他不僅外表英俊，而且又會掙錢。只要我向他開口，即使他手頭上有時很緊，也會讓我達到目的。我知道，他寵我。他不僅對我慷慨，對我家人也是如此。我總喜歡帶上妹妹和他一起出去，時常他買東西給我，也會多一份給我妹妹。這樣的好男人，竟然也做出了這種傷天害理的事。我憤怒，我痛苦，我根本不想活了。他居然對我妹妹下手，我百思不得其解，他為什麼要這樣做？同時，我也怨恨起我的妹妹，這個平時裡對我言聽計從的女孩，居然不顧自己的姐姐，和她的姐夫上了床。這件事，把我從幸福的頂端推下了痛苦的深淵。我失去了最愛的人，也失去了最親的人，對他們兩個人的愛與恨，使我感到萬箭穿心。他們到底為什麼要這樣做，為什麼不顧我的存在，幹出了這等不恥的勾當。就算他在外面有外遇，也許，憑藉一個女人的聰慧，我定能化險為夷，還是把他牢牢地拴在手上。我早已把他看作生命的一部分，在這個世界上，只有這個男人讓我傾注了全部情感寄託，也不敢想像如果沒有了他，我結果會怎麼樣。因為不敢想，所以總是麻醉自己，我是他的唯一，他對我情有獨鍾。還是一句話，我很幸運，此生和他相遇，我從一個無比驕蠻的少女，慢慢變成了一個害怕變老的女人。可他也在變老，當他討厭自己頭上慢慢出現了白髮時，我卻「幸災樂禍」，我內心深處當然只有一個願望，就是此生和他一起相伴。

現在我還能做什麼呢？妹妹總是躲著我，因為每次碰面，我就抑制不住大發雷霆。可我不敢向他濫發脾氣，哪怕是他有錯在先。他雖然對我萬般體貼，用心呵護，可是，他自尊心旺盛，絕不能容忍別人對他指責。現在，我再發火，或是再任性，或是再賭氣，都是沒有意義了。當然，我也有一點怨恨自己，為什麼每每和他在一起，總喜歡帶上自己的妹妹。也許我太單純了，太不瞭解男人了，以至於有了這樣的後果。雖然他們還有臉面苟活，可我卻失去了生活的勇氣。每一天的日子都處在痛苦的洶湧波濤之中，無法釋懷。畢竟，一個是丈夫，一個是妹妹，他們居然都不顧忌我，幹出了這樣的事，我只有去死，讓他們也活在深深的痛苦之中。我不忍心去傷害自己的妹妹，儘管她這樣傷害了我，我也沒有勇氣去殺掉自己的丈夫，儘管他變得如此可惡，可我卻有勇氣結束自己的生命，帶著怨，帶著恨……

男人的懺悔：陶紅啊，我的陶紅，你怎麼就這麼傻呢？怎麼就這麼想不開呢？難道你不知道你是我的唯一嗎？雖然你從來沒有提及過是不是我外面有女人，可是我在每年的情人節卡片上會告訴你「你是我的唯一」。我沒有騙過你，你不是希望我愛你一輩子嗎？可是你卻這樣丟下了我。是的，你實在不能原諒我和你的妹妹陶蘭的那次出軌。雖然這些年來，我幾乎是看著陶蘭長大，並把她當作自己的妹妹。可一時所犯的糊塗並不意味著我對你的愛有所改變，難道你不知道我對你向來百依百順，從前是這樣，現在也是如此。當然，我給過陶蘭許多小恩小惠，可她是你的妹妹呀。那晚，陶蘭順路送我回家，我讓她上去坐一坐，誰知進門後，我居然不顧做姐夫的尊嚴，想和她親熱。她只是驚慌，並沒有任何反抗。只要她當時稍作反抗，或示意一些厭惡的表情，我潛意識裡知道我就會收手，因為我畢竟是一個很顧及尊嚴的男人。也許朦朧中，我只是好奇地想藉機試探一下。沒想到她居然任我左右，一個男人到了這個份上，就是十頭牛也拉不住的。我激烈地占有了她，也許因為是你妹妹的緣故，我又對她萬般憐惜，只想以姐夫的身分，以後對她多關心一點，其他的想法什麼都沒有。她匆匆地離開了，一言不發。我感到有點悔意，畢竟，我失去了應有的尊嚴，露出了魔性。我只是思量著怎麼去彌補這一切。我要對你更好一點，同時也要更好地去關心這個小姨子。畢竟，她還只是一個剛剛出爐的女孩子。看得出來，當我的手伸向她的時候，也許是出於緊張，也許是出於這些年來我對她小恩小惠的回報心理，當姐夫在她面前毫不掩飾地一改從前的紳士形象露出獸性的那一刻，因為怕拒絕而使姐夫的臉面掛不住，就這樣她順從了。喔，可憐的人兒啊，一時縱欲的我又怎麼對得起你們這對姐妹花？

現在，你離開了這個世界，帶著無盡的悲傷與怨恨。可是，這又是多麼地殘忍，只是因為我和你妹妹「犯了一次過錯」。陶紅啊，你是我的唯一，在你生前沒有變，死後也沒有變。那麼，我該怎麼辦？我該怎麼辦？……

妹妹的述說：姐姐，我是冤枉的。那晚送姐夫回家，他讓我進去坐坐，可是，進門的時候他突然打了個趔趄，我怕他因為喝了酒而摔倒，就順手扶了他一下。可是，他卻就此死死地拉住我，又對我說道：「我對你姐姐很好，可她性很冷淡，姐夫也很喜歡你，你能幫幫姐夫嗎？」我並沒有太懂他的意思，他說「幫幫姐夫」我當時以為是要我替他在姐姐面前說些什麼，我就勉強點了點頭，沒想到他以為我答應了他，就抱住我要我為他做那個事。我一下子驚慌不已，可他接著又說：「姐夫對你好不好？你就幫我這一次吧。」我沒有反抗，是因為我確實把他當作自己的親人，同時我也知道姐姐雖然非常漂亮，可脾氣很不好，一般人是受不了的。我當時不知怎麼的，一下子對姐夫憐憫起來，就這樣，在他連哄帶拉的情況下，我就「幫」了他。我知道這件事要是讓姐姐知道了，大家的日子都不會好過。完事後，我就匆匆離去，心想，就這一次，讓姐夫占我便宜，也算是我這些年來他照顧我對他的回報。我又意識到這是對姐姐的感情傷害，因此我想，就這一次，我不說出來，讓這事不了了之。

可是沒想到，我「幫」了姐夫這一次，姐夫在我面前就變成了另外一個人。他居然對我得寸進尺，就連姐姐也在場的時候，他居然也會背著姐姐，趁沒人注意的時候突然地親我一下。還說什麼我現在還沒有男朋友，就再「幫幫」他吧。雖然我有點不情願，可是，每次他找機會纏住我要做那事，我都滿足了他。就這樣，我一直想告訴姐姐所發生的一切，一來讓姐姐對姐夫好一點，也多「幫幫」他，二來我也不想涉足你們倆之間。這對姐姐很不公道，對我也是一種傷害。因為即使我還沒有男朋友，可我也不能這樣隨便地幹這種見不得人的勾當。可我又很難向姐姐開這個口，看她整天有點稀裡糊塗，生活得無憂無慮的樣子，我實在不忍心向姐姐「告發」。都怪我自已心太軟，本來第一次就應該拒絕他，因為讓他得了手，他又怎麼會善罷甘休？每次做完事後，他便說道，再也不用哀求姐姐了。

最擔心、最可怕的事終於還是發生了：那天他剛剛闖入我的房間，姐姐就來到了。這一幕，令我無地自容。我想解釋，可是，一切無濟於事。姐夫灰溜溜地跑了，而姐姐卻發瘋似的嚎哭不止。沒想到，從此我們姐妹倆再也無法和睦相處，直到那天，卻突然傳來了姐姐已割腕自殺。這霹靂的噩耗，使我也痛不欲生。是我害死了姐姐，姐姐一定對我無比痛恨。可是，我是那麼地無辜，我也是一個受害者。自從被他糾纏上了，我時時生活在內疚與掙扎之中，我甚至也想到過死。現在，我是多麼地痛恨他，給我們家庭帶來了如此大的災難。希望姐姐在天之靈保佑我，讓我有勇氣活下去。因為父母已經遭受了巨大的打擊，他們絕對經受不住失去他們所有兩個女兒的打擊。

（五）

一段戀情的遭遇：據說大約是在一百五十億年前，一場亙古曠宇的大爆炸產生了宇宙。在宇宙中，無數的星系團裡有個銀河系，多麼美麗的名字，它讓我們仰望無際的星空，想像最浩瀚的天空。而我們所見到的星光，也許是上世紀或是上上世紀從無比遙遠的外空傳來。因為在我們的銀河系（就算是我們的），有幾顆美麗無比的星球，最絢麗的是那顆帶有光環的土星，可惜它本身只是一個氣團。大約四十七億年前所產生的那湛藍的地球，這才是我們年輕的人類的家園。難道人類真是宇宙中的孤獨者嗎？雖然我們從來沒有停止過期待發現其他的文明星球。在地球上的北美洲，有片叫加拿大的國土，每年冬季，那裡就是萬里冰雪和廣袤的光禿禿的樹林。我在多倫多這個城市生活了近二十年，即光流逝了二十年。

眼下，多倫多已是冰天雪地。我凝視窗外，思潮像四月裡融化的封雪，川流不止。順姬在期待，美蓬在等待，我陷入了迷茫。順姬來自首爾，到多倫多才三個月左右，我和她相逢，為她傾心。我和美蓬相識多年，也煩了我多年，她遙在曼谷，是個有一半華人血統的泰國少女。美蓬面容姣好，一雙大耳朵有點「招風」，但不欠福相。順姬有一種韓國少女特有的清新氣質，這種氣質來自地理上的寒流，可惜她眉宇間有點「斷裂」，像是冰河膨脹在地面上留下的裂痕，加之一雙小耳朵，似欠福相，可她絕對是個五官秀美、身段絕好的女人。因為如此，和美姬陷入了一見鍾情，可畢竟我已不再是翩翩年少，而似地球那樣步入了中年，這樣，我面臨的挑戰就更大。雖然很多女人喜歡成熟富有的男人，可順姬是個屬羊的女人，那就意味著她會著迷於美少年啊。不過還好，在千里之外，還有個屬兔的美蓬期待著我。

和順姬相識不久，就送給了她一枚鑽戒。就在要給她前的最後一分鐘，我的內心還在激烈地猶豫到底要不要這樣做，我擔心這樣的行為會令她感到尷尬，畢竟，鑽戒象徵著永恆的愛啊。結果是出人意料，她感到非常地意外和驚喜，戴在手指上，邊看邊自言道：「呦，我要結婚了。」多麼純情的韓國女人啊，以前當我送給美蓬一枚戒指時，她只是微微地仰起頭，示意給我一個溫馨的親吻。

內心開始感到不安和恐懼，是沉迷於順姬的新的戀情還是執守於美蓬的舊愛？這是一個兩難的選擇。不過，順姬到底是怎樣的心思，我一點也不清楚。就像我們觀望宇宙，卻無法知道它的中心在何方？它到底有多大？如果我是一隻老虎，那麼美蓬便是一隻兔子，而順姬是一頭羊，老虎發現了羊兒，一定會撲向牠，羊入虎口才能飽餐一頓啊。追求比自己年輕很多的女人，和年輕的女人結伴可以延年益壽，如同人類把地球糟蹋夠了，就要開發太陽系以外的殖民地，以此苟延生命。

到底是自己變了心呢還是大腦裡的化學物反應所致，難道愛情的保鮮期才幾百天的工夫？海誓山盟統統只是自欺欺人的謊言。論外表，美蓬風姿依舊，可她太自私，不會關心別人，一切只求自己的爽快，很少顧及別人的感受。然而順姬不但頭腦敏捷，還有一種對人感恩的情懷，初識不久，她就勸我注意理財，哪怕是為了她，也不要亂花費，難道這不讓我感動嗎？

大雪在不停地飛舞，遠方的美蓬又好久沒有了音訊。也許我心中又有所戀，再也懶得理她。是的，只要每月花銷的錢到了手，她就不會再來煩我了。雖然如此，情感就像宇宙之光反射那般反反覆覆。難道愛的世界裡，只能是唯一？多愛了一個，就意味著會有一個自己所愛的人被自己所傷害？這又是一種怎樣的不情願啊？不由得回憶起少年的時光，因為被愛所遺棄，多想用新愛去報復舊愛，讓舊愛妒嫉與悔恨。可惜，還未來得及實現這樣的目標，新愛也匆匆地離開了。留在心中的只是一片迷茫和望著天空時對過去的懷戀。青春就是這樣，似乎是為了失去心愛的人而隨光流失。

按照慣例，每年聖誕，就要離開嚴寒的多倫多，去溫暖的曼谷和美蓬相會。臨行前幾天，我告訴順姬我要回中國。「你為什麼要回中國？」她詫異地問道。我不知道她在擔心什麼？也許是我們才相識不久，需要心靈的補充和瞭解還很不夠。「我會很快就回來看你的。」我有點居高臨下地告訴她。

經歷了飛機在地球上空遨遊了十幾個小時，從萬里冰封的北美洲大陸來到了熱氣飛揚的佛教國度，從荒漠人煙的寧靜世界，為了心上人，像候鳥遷移那般，來到了人群熙攘的噪雜世界。下了飛機，身上脫下的冬裝足足比隨身行李還要多許多。真沒想到，因為心中有了順姬的緣故，心裡已沒有了對美蓬那種朝思暮想和久別重逢的那種激情，剩下多的似乎是舊愛與怨情的混合。出了機場，一眼就看到了美蓬的身影，她依然身姿綽綽和風情迷人。我和她相對一笑，心中暗自讚歎這個迷人的冤家。很快，她把我拉上了一輛計程車，坐下後，她又在我臉頰上吻了一下，說道：「新年快樂！」我只是打量著她，這個癡情的女人，眼角上隱約顯露出一絲皺紋，我拉著她的手，心中唸叨：「這是我的女人啊。」

我們還是投宿在以前住過的地方，放下了行李，我就迫不及待地要與美蓬雲雨一番。她有點勉強，我卻不停地撫摸著她有點豐腴的身材，心想：我怎能夠放棄這顆自己多年努力在上面耕耘的衛星，去追尋那遙遠不定的星光呢？我雙手托擁著美蓬那南北半球般的豐胸，又經歷了奇點，暢遊小銀河系，騰放出億萬顆生命的細胞，如同母宇宙孕育出子宇宙那般壯麗。

順便拜訪了在泰國工作多年的老同學，曾在國內彼此相識對方的情人，可如今似乎又都和泰國女人有淵源，這是一種什麼樣的宿命啊。我遠在加國，而他卻成了一個口操流利泰文，心繫佛教的國王子民。我們都曾無限忠於自己國度的偉大領袖，以他的豐功偉績而把他比作太陽。所以我們到了國外，很難對它國的領袖產生敬仰之心，因為太陽系裡畢竟只有一顆光芒四射的恆星。

當太陽西下夜幕低垂後，便是地球上耗子出動的時候。當然，這個時辰，貓也出動了，還有那些有條件白天睡覺、晚上出動的那般叫「夜貓子」的女人。美蓬便是如此，白天，對她來說是睡覺的時間，晚上，待她睡夠醒來，便是她想法子怎樣去逍遙地度過每一晚。她每每喜愛和幾個朋友一起買醉，可她又是一個生性冷淡的女人，很多美麗的女人也許是因為太自愛而導致性冷漠。生活並不富庶的東南亞人，他們過著夜夜笙歌式的生活，於是，濃郁的佛文化裡又滲出泛泛的性風尚。

短暫的相聚後又是分離，只有互動的情感心繫對方，就像星光把無限的宇宙聯姻。匆匆地離開，又匆匆地回來，行程如同光的反射。生命在流逝的過程中又到底做了些什麼呢？離開了熱力四射的嘈雜的世界，回到了寧靜的北美，此刻天上正飄著的大雪，路邊是忙碌的清雪工人，小孩子在興高采烈地玩雪球。汽車在雪地上行駛著，終於又回到了時常想離開卻又想早點回來的家，好像只有睡在自己睡慣的大床上，才是最安心的休息。

一躺在床上，便想起了順姬，這個來自高麗國度的女人，據說只有中國古代帝王，才能享有那個國度進貢的美女。如今，這個畢業於藝術系的美少女，只是為了一份豐厚的收入，千里迢迢，來到多倫多做浴場的一名按摩侍應。那些女侍應，個個身懷絕技，姿色不俗的便會成為那裡的紅人。城裡的白人、阿拉伯人、亞洲人，每每挺著大肚腩，喝得醉醺醺，來到浴場，接受佳麗的「洗禮」。

「和你在這裡相識，我覺得沒有臉面？」順姬歎息道。「職業無妨，唯情動人。」我告訴她。她又歎了口氣，搖搖頭。畢竟，我又回到了順姬的身邊，美蓬的身影還沒有在腦海中退逝，此刻便拉著順姬的雙手，又把她抱坐在身上親吻，情不自禁地而又不計後果地道出了溫情的言語。雖然此刻感到自己有點虛偽，可畢竟還是希望這頭「羊」能入「虎」口，並安排她日後的生活和怎樣處理美蓬這頭「兔子」的「善後」。這一點，我是一個誠實而又溫情的男人。也許太陽系以外的男人並沒有這樣的約束，他們可以在不同的星系擁有自己的伴侶，沒有婚約的束縛，這一點地球上的男人很是不幸。

到了該婚而未婚的單身女人，杯中物時常是她們的伴侶。況且，高麗女人善喝烈酒，於是，我帶了幾瓶烈酒給她。既然我喜歡她，但又沒有時間陪伴她，那就讓她在半醒半醉中度日吧。我時常幻想著，順姬如能真的嫁給我，我會帶她去旅遊世界喝全中國；她對中國充滿了好奇，而且談吐高雅。這一點是美蓬遠遠不及的。可是，我真的能這樣放下美蓬嗎？這樣不僅傷害她，還有她的家人，一個感情上和生活上突然失去依靠的女人，遭受的致命打擊卻來自自己的心愛之人。

「情人節」忽然到了，我有點不知所措，我並不知道她是否上班。因為工作忙，我有兩個星期沒有去見她了。是赤裸裸地帶上一束玫瑰花去她那兒？真有點丟人現眼；還是讓這一天像平常的一天那樣「溜」過去？不過最後，我還是帶了一瓶上好的威士卡去見她。櫃檯小姐告訴我，順姬今天不上班。於是，我支支吾吾地把東西留在櫃檯，讓她轉交給順姬。「要告訴她你的名字嗎？」櫃檯小姐這樣問道。「不用，她知道的。」我覺得她多問的話。我回頭獨自走在路上，心中不免產生許多猜忌。如果有別的男人也讓她心儀，她會怎樣選擇呢？如果戀人是一顆燦爛的星星，而我卻像是一顆若隱若現的星辰。不過，我還是貿然地把手裡的禮物留在了櫃檯，可我不知道，當櫃檯小姐把東西轉交給她時，她會非常尷尬呢還是喜悅？我心中無數。

事後當我問起順姬是否收到那份禮品時，她卻回答道：「我一直疑惑是誰送的。」也許她是故意這樣說，也許她真的不知道。可我當時聽了，簡直不敢相信自己的耳朵。「你真的不知道嗎？」我重複地問道，希望她會改口。此時，我的心裡只是思忖著，為什麼她和我連這點靈犀都不存在？既然我不是她心目中最好的，那我就做個逃兵吧。我也沒有理由去消耗她的青春，況且，如果她真的執迷於我，對我來說就會陷入一種兩難的境地。在情感上，我又一次成了迷途的羔羊。可遠在天邊的美蓬又能給我帶來什麼慰藉呢？

雖然我對順姬朝思暮想，不過我還是過了近兩個月再去找她。可惜，再也沒有了她的身影。我陷入了孤獨之中，那是一種中年男人衰亡之中的孤獨，又後悔沒有對順姬窮追不捨。雖然偶爾會想起美蓬，可我和她的情感只似乾涸的溪流，河道猶在，卻再沒有了潺潺的流水。為了水源，難道我又該流浪？雖然在暴雨的季節裡，乾涸的小溪也會又湍湍流水，可那畢竟只是一種假象。

情感的爆發好似宇宙的膨脹，在奇點的大爆炸後，宇宙迅速紅移，擴大。再到有一天，它不再擴大，而是坍縮，繼而死亡。

（六）

一個和舊情人邂逅的故事：再次偶遇歐陽，是我人生中最大的驚喜！耶誕節一到，我便一個人先回了上海，自然要去拜訪一下老同學。趁著一個傍晚的時辰，我有點忐忑不安地向目的地走著。畢竟又是好些年沒有回來，周邊又有了不少變化。小時候可以去吃豆漿、油條的小店顯然不見了，更有甚者，大樓下以前許多低矮的樓房也一下子消失殆盡，矗起了冰涼而又安靜的商廈。我來到了那幢熟悉的大樓，快步地踏著樓梯，急切地想和老同學相會。終於到了他家門口，找到了門鈴，按了幾下，卻沒有聽到什麼動靜。我有點失望，一定是此時他不在家。忽然，從裡面傳出了聲響，幾秒鐘後，門打開了，一個陌生的中年婦女問道：

「找誰？」

「李克勤。」我說道。

「你是？」她又問道。

「我是他的老同學。」我告訴她。

幸好，她還是放我進去。

「誰呀？」又一個聲音傳了出來。

「克勤媽，我是天恩。」見到克勤的母親我說道。

由於克勤的母親行動不便，她被那個中年婦女攙扶著，她已不再是從前那個每次見到我就會招呼我進去，然後給我端茶的那個母親了，她已變成了看起來生活一點也不能自理的老人了。

「我認識你，但是記不得你的名字了。」她有點吃力地說道。

我聽了有點難過，一方面她是看著我從小長大的，此刻已經叫不出我的名字，另一方面，光陰無情催人老得這麼厲害。

聽了我們的對話，那個傭人才向我說道：

「克勤早已去了泰國，一年才回來一二次。」

「噢，是這樣啊。」我有點吃驚地說道。

因為克勤的母親行動很不便加之口齒不清，沒坐多久，我便告辭了。離開了他家，我一下子變得很茫然。本來期望能夠遇上老同學，就算他不在家，也可以聯繫上。一下子是這種情況，我變得沒有目標地走出了這幢大樓。對於我來說，這可不是一幢普通的大樓，它是我夢繞魂牽成長的地方。我忽然想一個人走到樓上，在走廊窗臺邊站一會兒，抽支煙，俯視蘇州河，一定會有許多感受和收穫。於是，我又轉回頭，又慢慢地上了樓。此時，樓梯的過道上很靜，可光線卻不錯。當我正在繼續上樓時，剛到一個樓梯轉口，突然有個胖乎乎的婦人正和我迎面走下，我也沒太留意，只顧低著頭往上走，可此時我卻發現這個半老徐娘卻沒有繼續往下走，而是停了下來，用不尋常的目光死死地盯著我。出於禮貌，我先移開了目光。沒想到她突然向我問道：

「你是不是天恩？」

「你是……？」我一下子摸不著頭腦。

「我是歐陽芳。」她對著我說道。

「歐——陽——芳！」我在心裡唸叨。

我驚愕，我除了驚愕，還是驚愕！

一個美妙少女，一個令我情竇初開的女生，一個曾讓我一見就臉紅心跳的姑娘，怎麼就變成了這般模樣。雖然我也知道我自己已不再年輕，可偶爾還是有人會誇我看上去很年輕，也會有女人誇我長得帥，當然，那是一種男人的成熟美。況且，就連我的未婚妻足足小我二十歲，別人也看不出什麼年齡懸殊。可眼前的歐陽，竟會是這般叫人嚇一跳的模樣。我們相視了一會，她顯得有點胖，笑得很富態，但也有點令人厭惡，一種本能的厭惡。

回想起當年的歐陽，她從小就是一個美人胚子。毫無疑問，大人們見了就誇她，女生們會嫉恨她，而男生們會極力地在她面前表現自己。她是個獨生女，父母都是高級知識分子，又彈得一手好琴，所以她在同學甚至老師眼裡的地位就不言而喻了。我和歐陽的情感昇華，或者說彼此向對方洩露情感，是在上中學時去工廠參加勞動的那一段時期開始的。那時候學生都要參加一段時期的工廠勞動。記得我在樓上跟著一個老師傅幹活，而她和另一個女生在樓下。有天中午吃飯休息的時候，歐陽和那個女生一起上來玩，她口裡吃著軟糖，見了我，便從口袋裡掏出一包，大方地遞到了我的面前。我一手把整包接過來，便吃了起來。事後我發現我錯了，她原本只是讓我挑一顆，而我卻全部拿走，事後當然很後悔。

「歐陽對你真好！」同組的一個男生叫了起來。

後來我們彼此有點隨意起來，她可以隨時用眼睛瞪著我，而我也不示弱，也盯著她看。彼此目光毫無顧忌地停留在對方的臉上，看誰先把目光移開。如果她對我發一下狠，我會覺得渾身發軟，這是我第一次被女生征服。直到後來，到了高中畢業以前，她去了美國，聽說是三藩市。那時能出國的人稀之又稀，對國外更是一無所知。當然，有一點是知道的，那就是美國是高度發達的資本主義國家，而中國是貧窮落後的社會主義國家。歐陽臨行前到學校來和我道別，她和我在學校的樓梯口說「再見」，我一言不發，卻淚如雨下，只是隱隱地聽她哭訴著，到了美國就給我寫信。

以後的事，自然是我天天在盼望她的來信。可是一個月過去了，又一個月過去了，半年過去了，一年過去了，從來就沒有收到她的來信。可我還是在等。甚至看到別人手裡拿著信，我也會神經質地盯著那封信，生怕那是她寄給我的。就像一個意外失去孩子的母親，因為精神打擊太大，以至於把別人手上的孩子看成自己的一樣。我在家裡也給她寫了無數封信，而且每次寫信，我的淚水就止不住地流下來。

我和歐陽一起下了樓，在路上沒有目標地行走著。此刻，我只感覺自己像個夢中人，無非又一次在夢中演繹著心中的懷念。夜色下，千里迢迢回到國內，又遇上了早我十年就出國的歐陽，這個曾使我變得害羞的女人，又使我在痛苦中無限期等待的女人。如今就這樣邂逅，我的神情還是難以回到現實。我們一起漫步在共同成長的道路上，各自敘說著自己的經歷。

「到了美國，就沒有再給國內的朋友聯繫過，包括你。因為國外的環境和國內的大不相同，沒有人可以供養我，我語言不通，四處找雜活幹，還要讀書，整天疲於奔命，我曾一度想離開那兒回來，別忘了我是一個在國內嬌生慣養的獨生女啊。後來上了大學，每個假期都要找活幹，這樣一年又一年，內心離國內的人愈來愈遠，可只有在夢中，真的，常常回到學校和成長的地方。」

我更多的時間似乎是笑著聽著，她很快又告訴我她的生活近況。她有兩個女兒，丈夫是洋人，對她非常好。自己已很少外出做事，只是一個典型的家庭主婦。生活也算是基本上無憂無慮。我也告訴她我曾經在澳洲結過婚，有過一個男孩，也許是所謂的「七年之癢」吧，終於離了婚。後來過了很多年單身生活，又一直忙於工作，沒有一個固定的伴侶。直到前不久，才和一個比自己小二十歲的女人訂了婚。

「如果說女人十八是朵花，那麼到了三十就犯難了，到了四十出頭就更沒人要了。而不像男生，十八歲幾乎一無所有，三十歲才有點型，到了四十出頭，如果事業有成，似乎才是青春的開始。出入在身邊的女人往往是二十出頭，就是這樣，同樣歲數的女人變成了被忽視的人，而男人卻風華正茂，甚至才剛剛開始『談戀愛』。」

其實我非常認可歐陽所說的一切，那麼今天我對歐陽的情感又算是一種什麼情感呢？曾經愛過，哭過，又分離過，不時地夢中相會過。這樣的邂逅又意味著什麼呢？還是不邂逅的好，永遠在心中保留著一個姣好的初戀少女，而不是撞見一個巫師變法似的令人厭惡的女人。

我們又相約各自帶上自己的家人吃頓飯，我爽快地答應了。可是不知為什麼，當我的未婚妻來了以後，我卻沒有和她赴約，做了一次「逃兵」。就這樣，不期而遇，又相約不赴。就算是一種當年她相約卻沒有履行的行為的報復吧。不過，請你相信我歐陽，我還是在心裡掛念你的，祝你幸福！

（七）

一個死了丈夫的年輕女人，她和她周圍人的各自表白：

老六的歡喜：

這樣的女人一見就叫我流口水，像日本電影裡的女明星啊！更重要的，她有一顆善良的心。她的老公不久前病死了，這個生前福分過滿的男人，把揮霍不掉的福分讓我分享，我這是交了八輩子的好運。就是看看她那傷心的樣子，就令我愛得魂不守舍，我哪有想過要去娶一個女人回來，自己能養活自己就已經是萬幸了。樓下的那個做揑腳的女人，偶然也會去摸她一把，我的福分就此為止。而現在有這樣一個標致的女人做起我的老婆，我還是不敢相信自己會有這個福分。不要說我自己不相信，就連身邊的人也沒有一個會相信。就好比是一個窮人，一下子成了億萬富翁，你說，叫我怎麼去保管這筆巨大的財富？從來就沒有一個人會瞧得起我，偏偏這個岳母像是老眼昏花，因為那天她看見我在精心照料病床上的父親，她見了就誇了我幾句，說我是個有孝心的好男人，又問我成家沒有。我被她問得臉紅紅的，又一時心血來潮，向她侃侃說道：「我會一直這樣照顧老人，現在父母都快八十歲了，再過二十年等我到了六十歲後，到那時我會笑著送父母上路。」沒想到她女婿那時正值病危，不久便死了。當然我也有不順心的時候也會想到匆匆了結此生。幸好沒有勇氣去死，才能得到這樣一個女人，你說讓我怎麼去愛她、疼她？想到自己也許比那個武大郎強一點，可她一點也不比潘金蓮差。就這樣過吧，反正她有個兒子，也就是我的兒子，如果能和她再生一個最好，不生也好。總之，這樣的福分不知從哪裡飛來。不過我還是先不要太過於激動，因為我還是不敢相信自己竟會有這檔福分。如果她只是在失去了自己的男人後，由於過分悲傷而使她變得六神無主，又在她媽媽的操縱下委屈地嫁給了我，而婚後又不願和我親暱，哪怕是一點點，我也不該去生氣，至少在結婚證上，這個女人是我的媳婦。只要看看那張證書，在我的相片旁是這樣一個天下無雙的美人兒，那就夠我滿足的啦。至於夫妻間的那一點事兒，只要我不說出來，別人哪裡知道實情。別人還以為我們是夜夜相擁而寢，讓他們也饞得要死。我的小名叫「阿六」，說我是「老六」娶了個「祥林嫂」，呸！祥林嫂有這麼標致嗎？啊喲喲，這個傷心的寡婦，就讓我來替代你的那個男人吧，哪怕你根本不情願。嘿嘿，她最終成了我的女人，嘿嘿，我的女人！每每想到她本該是別人的老婆，就會有一種偷腥的感覺。

兒媳的獨白：

我怎麼能夠再好好地過日子？我根本就不知道怎麼過。自從老公離我而去，我天天以淚洗面。婆婆沒了兒子，就愈發看重孫子，我甚至連罵一下兒子的權利也沒有了。我只能整日整夜地回味我們以前相伴的時光，愈是回味就愈是渴望，愈是渴望就愈是痛苦不已。婆婆又總是哭泣著讓我不要離開她，離開這個家，還說只要我願意，我就永遠可以在這裡住下去。失去了國慶，我們兩個女人是最痛的，也是最不能釋懷的。只要我還住在這個家，對於婆婆來說，兒子的家就在，至少孫子和兒媳都在。婆婆當然是疼我的，她把我視作最親的親人，不僅僅我是兒媳，還是她孫兒的母親。也許婆婆擔心，我搬出去住以後，她不僅失去了兒子，還會失去兒媳和孫子，這可是她晚年生活的最後的依託。婆婆甚至說，只要我願意為她送終，她的所有財產也將歸我。言外之音，婆婆過去把我當兒媳，現在更願意把我當成女兒。是的，她是愛我的、疼我的，哪怕是為了她的兒子，哪怕是為了她的孫子，我也願意接受這種情感。事實上我現在最大的痛處就是我怎麼去面對以後的生活，女人畢竟是需要一個依靠。國慶就是這樣一個男人，他自信、剛毅，寵我無以復加，就是在婆婆與我之間，他明確地袒護我，使得婆婆在我面前小心謹慎。因為婆婆愛她兒子，怕和我有了矛盾令他不快。不像許多男人那樣無所適從，國慶明確地不許別人把我抱怨。當然，我也不是小孩子，家中本來無大事，國慶在外奔忙，我更願意照顧婆婆。所以，我和婆婆幾乎沒有矛盾。可是國慶走了，留給我不盡的傷痛，而且無法面對。現在，我活在兒子和婆婆中間，內心又思念著國慶，我也不想在兒子面前流太多的淚，我也不願整天在婆婆面前哭喪著臉，我更不願意讓單位的同事天天像看到小寡婦似的投來異樣的目光。我，無所適從。

婆婆的願望：

我這個苦命的女人啊，我的兒子年紀輕輕就被病魔奪走了生命，白髮人送黑髮人，叫我怎麼不傷心欲絕？我那可憐的孫子啊，奶奶的心頭肉啊，奶奶盼望永遠和你住在一起，可奶奶最擔心的是你媽媽在不久的將來又嫁給了另一個男人，而我的寶貝孫子也要叫那個男人「爸爸」。一想到會發生這樣的事，我就心如刀絞。兒媳畢竟還年輕，而且如花似玉，這一點我怎麼會不知道呢？為了讓兒子幸福，不管有多少看不慣的地方，我都會裝著沒有看見。畢竟，兒媳不同女兒，對女兒責備幾下不是一回事，可兒媳就會鬧出風波，況且，每每她輕聲地叫我一聲「媽」，叫得我滿心歡喜，更別說自己的兒子有多偏袒她。孫子更是奶奶的命，為了孫子，別說讓兒媳照顧我，就是反過來，讓我做她的傭人，我也心甘情願啊。可是兒子走了，用什麼方法留住兒媳的心是我的心病。我答應兒媳，只要我們還住在一起，我們就是一家人，而且，將來這份家產也歸她所有。兒子沒了，可是我可以天天看看孫子，看看兒媳，這是我最後的人生安慰。可是親家母倒好，我把她的孩子看成自己的孩子，可她卻沒把我的兒子當成自己的兒子，女婿屍骨未寒，這個沒有人性的女人，就要為我兒媳再找婆家，這還不算，還打算讓我的孫子跟別的男人姓。天底下哪有這種母親？雖然兒媳表明不會發生那樣的事，可她們畢竟是母女，不久的將來，兒媳一定會聽從她的母親，把我的孫子跟了別人姓，讓我喪子又絕孫。多麼狠毒的婦人啊，我絕不會讓她的企圖得逞！

媽媽的心聲：

陰謀，一切只是個陰謀。我的女兒太善良，做了人家的兒媳，難道她兒子死了要我女兒殉葬不成？我女兒不僅如花似月，更是善良本分。她婆婆以房產做誘惑，煽情為手段，要讓我的女兒永遠住在她家，永遠守寡，不再嫁人，這是何等用心！她兒子又不是我女兒害死的，我辛辛苦苦把女兒養大，做了她家的兒媳，為她家傳宗接代，生兒育女。本來期望女兒終身有個依靠，哪知女兒命薄，孩子才幾歲便守了寡。我一定要讓女兒從悲傷中走出來，重新生活。可她的婆婆老奸巨滑，想把我的女兒的青春做陪葬，並誘逼雙下。我當然不能袖手旁觀，使她的陰謀得逞。我一定要為我的女兒再找婆家，哪怕對方的條件不怎麼樣，但人品好、忠厚、身體好便可。不然的話，條件再好，身體不行一切只會泡湯。只要那個男人會疼自己的老婆，也不求富貴，女人青春易逝，加之又要帶上一個自己的孩子到別人家，我這個做母親的當然希望她找到歸宿，愈快愈好，讓女兒走出痛苦，重新擁有自己的生活，這點要求不過分吧。可她婆婆只為自己著想，表面上好像對人無比慷慨，心底裡卻自有盤算，難道要讓我的女兒跟隨這個老婆子一起消耗生命，天天無聊地打發時間？她倒好，兒子沒了，還有孫子，把我女兒當成打發時間和照料孩子的工具。我的女兒太善良，從來不會把別人的心思猜透，還一味地順從她，毀了自己。女兒啊，在這個世界上對你最無私的、最疼你的不是別人，只有我這個媽媽。媽媽也老了，不能幫你一輩子，所以那個「阿六」他不但可以照顧好他的女人，還可以照顧好我的外孫，我直覺對他這個人很放心。人家又沒有結過婚，雖然一事無成的樣子，卻合我的心意。弄個精明的男人，一時也許會得到那麼一點好處，可是，靠不住啊，如果再生一個，以後再鬧什麼離婚，那我的女兒這輩子真的完了。所以女兒聽媽媽的沒錯，雖然他不怎麼吸引女人，可經歷過生活上如此打擊的女人，更需要這種自卑、踏實、對女人一心一意不悔地付出，「阿六」便是這種男人，正適合你，我的女兒！

（八）

一封寫給楊姐的信：

世上有很多事很難講清楚，尤其是男女之事。譬如說我，我明明是個受害者，可你自始至終，一心認定我是個壞女人、狐狸精。如果我真是個狐狸精，那麼那兩個男人就是受害者，或者說是所謂的好人。我也很想是這樣，成全你的想法，可我並不想永久地沉默下去。這樣雖然解了你的心頭之恨，可那畢竟不是事實的真相，這樣你會變得可憐。我絲毫沒有貶低你的意思，在我心目中，你以前是我的楊姐，如今依然如故。只是你極不情願，因為你認為首先是我導致了你的離婚。我們在你婚前就是好朋友、好姐妹，後來我又是你弟弟的女友，也許正是這些理由，你對我的憎恨是無與倫比的。雖然我以前一直把你們當作幸福的一對，可是後來我慢慢注意到了，就在你們相愛的時段，每次只要我在場，雖然他很少正面打量我，卻常常注視我的腿腳，我想也許他是個戀腳癖吧，那打量的目光是貪婪的。直到你們結婚後，我慢慢和楊廣交往起來，其實和他的交往還是很不錯的，他雖然沒有什麼大志，卻在許多小事情上還是滿能幹的，加之我和你的那份情義。我想這樣也好，我們以後不僅是朋友，也是姑嫂。真的，我真是為這樣的存在從心底裡感到高興。也許是你常常出差的原因，王浩有時候會覺得空虛，他也會時不時地打電話和我聊天，當然，純粹是聊天而已。那次你去廣州出差，時間比較長，那天王浩突然打電話給我，說你今晚就會回來，讓我去你家一起相聚。我就興致勃勃地趕到了你家，那天本來是叫楊廣一起去的，他事前告訴我他要去看你的外婆，說她不慎跌了一跤骨折住院。於是，我就獨自來了。可當我按了門鈴後，王浩開門笑嘻嘻地說你馬上就到，讓我先進來坐坐。進了屋，看見桌上放了一桌小菜，心想，你應該馬上就會到家。可是，過了好一會，依然沒有見你回來，王浩說：「咱們邊吃邊等吧。」我有點猶豫，他說：「沒有關係，都是自家人。」就打開了那瓶杜松子酒。我的酒力本來就不好，邊吃邊聊，不知不覺多喝了一點。此刻，楊廣正好打來電話，我說：「你姐姐馬上就回來，你要不要過來？」他說不過來了，叫我早點回去。就這樣我突然覺得暈乎乎的，後來，我不知道怎麼就和他上了床。我是真的不知道怎麼會這個樣子，可事也湊巧，那天你在此刻回來了。事後我才知道是王浩撒謊騙我過去，他本以為你還要過幾天才回來，可真的就發生了讓你撞見的那一幕。我羞恥難辯。楊姐，我知道是我錯了，你千萬要原諒我的糊塗。可是，最終你還是和王浩離了婚，都是我的原因，我怎麼也不能原諒自己。自然，我也不敢見楊廣了。

一個是你的老公，一個是你弟弟的女朋友，他們兩個搞在一起了，這對你們姐弟的傷害，我是可想而知的。楊廣後來來找過我，他問我為什麼要這樣做，我有口莫辯，就說我對不起他，以後不要再見了。他死活不肯，他說他不計前嫌，只要以後無事就好。他說，他太愛我了，不能沒有我。雖然我也愛他，心裡傷痛極了。可是，事情弄到這個份上，我沒有了其他的選擇。從此，我陷入了難以言語的痛苦之中，我也感到了你對我的恨與憤怒。可王浩倒也將錯就錯，他坦言第一眼見到我起，就愛上我，只是礙於你的存在，他雖有心卻不能有所舉措，他甚至說他和你睡在一起時，想的卻是我；他說他常常在心裡呼喚我的名字，只恨自己是你的丈夫，可我又是楊廣的女友。他說他總是想著有一天拉著我私奔，去一個遙遠的無人知曉的地方。他真的來找過我，還向我下跪求我，聲淚俱下。我不是沒有一點不動心，我不想錯上加錯，更不想再次傷害你，也不想傷及楊廣，畢竟，我們曾是最好的朋友，親如姐妹，楊廣是我愛過的男友。我沒有答應他，我叫他死了那條心，因為造成了現在的後果，我無比後悔。於是，我離開了這裡，去了南方的一個城市，做了一名餐廳侍應。

每天看著吃吃喝喝的人群，我臉上一點笑容也露不出來，經理幾次批評我，要我笑對客人。我只能勉強地笑，直到遇上了兵。兵和其他男人不一樣，他對人說話很和氣，就是桌上有人過分的行為，他也會勸他們收斂一點。我還是那樣，一點笑容也露不出來。有個客人就很不高興，說我是冷美人，一定要笑一笑。為了滿足客人，我勉強地笑了笑，這樣，引得滿桌的人哄堂大笑，而兵卻沒有笑，只是安慰了我一句：「委屈你了。」我強忍著淚，我心中有天大的委屈與傷心，可是兵怎麼就能明白這一切呢？當我再次看到兵和一群人來吃飯的時候，兵見我就笑了笑，問道：「不是本地人吧？像你這樣的人離開家鄉討生活，一定有難言之處吧。」我含著淚水，點了點頭，他遞了一張名片給我。過了三天，我打電話給他，也許是我太寂寞了，也許是太想擺脫以前的情感，我對兵毫無設防。很快，我就墜入了愛河。兵是個善解人意的男人，他從不問我我不想說的事，除非我自己想告訴他。慢慢閒聊中，我發現了一個令我昏厥的祕密，他和你們姐弟都認識，而且有業務往來。天哪，上天可真會捉弄人。兵什麼也不知道，他蒙在鼓裡。終於讓楊廣知道了我和兵的關係，於是，楊廣再次纏上了我。我很愛兵，而且對楊廣一點好感也沒有了。可楊廣逼我妥協，不然就把我的過去告訴兵。我太愛兵了，我像是熱鍋上的螞蟻。就這樣，和楊廣在賓館裡約了幾次會，每次滿足了他，我就求他不要再見面了。可是，楊廣不肯，繼續威脅。楊姐，我不是個壞女人，如果讓你知道楊廣還纏著我，你一定會認為是我這個狐狸精在勾引你的弟弟，我又怎麼為自己辯解？

楊姐，不管你認為我有多壞，有多麼對不起你，可你也是一個女人，我現在愛著自己的男人，他也非常疼愛我。可是，我被楊廣這樣侵犯著，有苦難言。如果讓你知道了，你還一定認定我背著自己的男友去勾引你的弟弟上床，你一定會氣憤地把一切告訴兵，也讓我嘗嘗當初你嘗過的滋味，我想你會這樣做的。如果你這樣做了，我真的只有死路一條了……。我的命運好似電影中瑪甘蕾，被人誘姦卻落得個蕩婦的罵名……

（九）

一個年輕媽媽的臨終的告別：蓓蓓奄奄一息地躺在病床上，拉著她丈夫的手，有點吃力地說道：「親愛的，你可知道我以前一直就擔心你會背著我和另一個女人在一起，她會躺在你的懷裡，而你會那樣溫柔地對待她。雖然我嘴裡從來沒有對你這麼說過，可我作為一個女人心裡的擔心是時常會出現的，你懂嗎？所有這一切的擔心，也許只是我太想守住這個家了，守住你和我們的那雙女兒。不過現在，我卻想告訴你，親愛的，我是多麼希望有一個女孩子真的能夠像我以前想像的那樣，她會倒在你的懷裡，使你陶醉，我的身體在發涼，呼吸也愈來愈困難，真的就要離開你了。我曾經是一個多麼驕傲的女孩，後來跟了你，我一直是很滿意的。因為滿意，反而會生性多疑怕你有外遇，而你總是聽了會發火。也許是因為你覺得我太多疑，也許是你覺得你對我那麼好，我不該這樣不信任你。可是你要明白，我不僅是你的妻子，我還是一個女人。所以女人一輩子都活得很辛苦，如果跟了一個什麼事也幹不成的男人，那麼這個女人的一生就被毀了。如果跟了一個讓女人感到風風光光的男人，無論結婚多少年了，無論在別人看起來這個家庭有多麼幸福美滿，可作為一個女人，她一方面為自己的幸運感到慶幸，同時也會擔心自己的境地，擔心老公會變心，擔心自己的孩子會不如別人家的，擔心自己的父母會生病。總之，一輩子似乎在擔心中度過。現在好了，我也許再也不用擔心你了，儘管我是這樣地捨不得你。等我走了以後，你就會時常地懷念我，而我永遠年輕、美麗，而且我們的愛也會昇華，沒有人能夠代替；就算你有了新歡，沒有了我的嫉妒與干涉，更會讓你懷念起我，所以，這是悲劇中的一點安慰吧。親愛的，我除了對孩子和父母的擔心，最擔心的就是怕你娶了一個待你不好的女人，沒有像我這樣愛你，我又怎麼能夠安心於九泉之下？親愛的，不要悲傷，來世再續情緣。讓孩子們進來吧，我有話告訴她們。」蓓蓓深深地吸了一口氣，待女兒進來後，她伸出雙手，一隻手拉住大雙，另一隻手拉住小雙，心裡忍受著難以言語的悲痛。可她還是憑藉一個母親的力量，控制住自己的情緒，讓女兒在記憶中留下母親最慈愛的神情。「大雙，小雙，媽媽的寶貝女兒。」剛要開口，辛酸使她泣不成聲。「你們知道嗎，媽媽得的是什麼病？媽媽曾經給你們講過《花仙子》的故事，花仙子從天上下來，和人間的人家組成了家庭，並有了兒女，然後有一天，花仙子的爸爸要把他的女兒招回天上，因為花仙子得了病，只有回天宮才能治癒。媽媽以前怕你們和爸爸傷心，沒有告訴你們，其實你們的媽媽也是花仙子，媽媽得了病，只有回天上才能治好。等媽媽治好了病，媽媽就會變成一個阿姨，再回到你們身邊。所以，當你們有一天看見爸爸帶回了一個阿姨，其實她就是媽媽變的。所以你們一定要叫她媽媽。明白嗎？寶貝。不要為媽媽的離去傷心，聽爸爸的話，總有一天，媽媽還會回來的。」看見女兒相信了，蓓蓓才放下了心，又讓女兒出去，叫了自己的爸媽。「爸爸、媽媽，女兒今年才三十四歲，女兒還年輕啊，女兒多想陪伴在你們身邊，可是，不知為什麼，女兒沒有這個命。小時候，女兒以為，我們的家永遠會那個樣子，父母永遠會是那個年紀，永遠不會變老，而女兒永遠會是一個孩子，一家人會永遠這樣生活下去。後來，女兒慢慢長大了，才知道每個人都會長大、變老。而如今自己也成了母親。歲月匆匆，你們已是花甲之年。正當女兒可以孝敬之時，卻飛來橫禍。女兒從小就是你們的掌上明珠，可惜，女兒的生命危在旦夕，女兒也不忍心讓你們來送別我，更不忍心讓你們肝腸寸斷。不過，所有的生命其實都是曇花一現，只是有的會更早地隕落，結果都是一樣的。女兒有幸成為你們的女兒，女兒有過最快樂的童年時光，女兒也嫁了一個好夫君，並生下了一對女兒。也許，是女兒的使命在這個地球上完成了，所以要去另一個世界接受一項新的使命。雖然這樣看起來很殘酷，可一切都是身不由己的，一切都是要聽從命運的安排。女兒升天以後，還是可以盡孝盡愛，女兒在天之靈可以保佑父母健康、長壽，保佑夫君和女兒逢凶化吉。所以，女兒雖然離開了你們，可是，冥冥之中，女兒依然和你們相伴。所以此刻最大的心願就是女兒走後，你們不要過度悲傷，這樣女兒才能安心地走，難道你們不想讓女兒一路走好嗎？好了，爸媽，該讓我朋友進來了，你們先到外面去吧，讓我和她們好好聊一聊。」蓓蓓的兩個朋友傷心地進入了病房，看見她們，她露出了一絲笑意。「雅雲，莉萍，真高興還能看見你們。詠藝還沒有來，恐怕我等不及了。我一生有過你們三個知心朋友，無論相隔多少年，內心的思念是不會停止的。詠藝是我的中學同學，最好的同學，從小就和她朝夕相處，像親姐妹一樣。後來她嫁到了國外，我一直擔心洋鬼子會欺負她，不過她過得很好。你們是我的大學同學，記得那時我們常常一起在圖書館看書，一起出遊，一起為彼此的情感出謀畫策，你們還記得嗎？那些歲月的時光不管過了多久，永遠也不會忘卻，因為那是人生中最珍貴的記憶。我很安心，每個人都生活得不錯，有個幸福的家庭。只是一年又一年，歲歲年年人不同。雖然因為各自的原因，有時會很長一段時間沒有聯繫，可是無論在什麼環境中，無論在天南地北，總是會和自己的丈夫，和自己的母親，甚至自己周圍的新朋友，談起自己的過去，談起和你們相伴的點點滴滴。有時還會找出那些老照片，與他們分享我們曾經的快樂時光。我總是在想，人生為什麼會是這樣？似乎一年比一年過得快，小孩子在天天成長，而我們變得不再年輕。可是，最爛漫的時光難道不是從前我們在一起的那段光陰嗎？所以，自己做了母親，為了生計總是忙碌不止，不過心裡總是有個企盼，希望有一天自己的孩子長大了，她們獨立了，不再需要父母事事牽掛的時候，到那時，我們再相會，再一起過過無憂無慮的快樂時光，像從前少女時代那樣，拋開一切，去天涯海角盡情地暢遊。可是，雅雲，莉萍，這個心願我再也無法實現了。就讓我在天上，就像你們在人間一樣，相互祝福吧。不要為我難過，心平氣和地面對一切吧。因為今後的歲月，也許每個人還要面對很多這樣的生死告別，這也是人生的一個組成部分，不是嗎？好了，讓所有的人都進來吧，大家一起說說從前的快樂時光。」

兩天以後的凌晨，天還沒有亮，蓓蓓在睡夢中辭世。就像她出生時那樣，那天的黎明是這樣地靜悄悄……

（十）

一個男人的情感色彩：四周一片靜謐，面對遠山，我的心情鬆弛起來，又把珊的名字呼喚。我取出鑰匙，心中隱隱期待著。這只是一座還未完工的房子，還不屬於任何人，可在我的心裡，好像是我和珊將要住的房屋。我一打開門後，急切地進入了裡邊，而後就停了下來，輕輕地和珊說道：「喜歡這裡嗎？」我又走上了樓梯，上面也是空蕩蕩的。我看了幾個房間，忽然就轉身問道：「喜歡哪間？」珊總是喜歡住在市中心，可在我的心目中，我應該把她帶到這裡，遠離嘈雜的市中心，和我一起體驗鄉村般的生活。她一定會喜歡這裡的，不用天天趕時間上班，做個悠閒的家庭主婦，我們有個孩子，還有小狗、小兔子，外面的空地很大。

雖然我一人獨處，我的女人應聘在異國他鄉從事著她的音樂教學工作。珊曾是她的一名學生，剛到悉尼需要有人照顧，我見到她後，就熱情而又康慨地照顧她。這對於一個初來乍到的人來說，彷彿是找到了一根救命稻草。我那時把她當作女兒一樣看待，在心裡卻默默地叫她「小寶貝」。我請她在中國城吃飯，去賭場玩，還給她賭資。看起來她玩得很開心，我以為她對我有好感，那天在去了海洋館出來後，在走過一個水塘邊，我突然拉著她的手，幫她走下一個臺階。她忽然意識到了什麼，就又掙脫開了。走著，走著，一陣涼風吹來，我輕輕地摟住了她，問道：

「涼嗎？」

「不涼。」又走了幾步，她說道，「老師在想你呢，你不想她嗎？」

「老師是個好人，也是個傻瓜，竟把這樣迷人的女生引到了自己的丈夫身邊。」我坦白地說道。

這樣的談話，自然是向珊交了底。說實話我並不敢褻瀆珊的情感世界，總有一天，她會站在世界頂級的舞臺上演奏帕格尼尼的《D大調第一小題琴協奏曲》，而我又算什麼呢？我的魯莽終將會引起她的鄙視，因而也羞辱了自己的女人吉。儘管我對吉的感受有點不在乎，因為在心中對珊的好感把對其他的感受沖散了。我並沒有機會聽珊演奏，可她告訴過我她最喜愛的曲子是帕格尼尼的《降E大調第一小提琴協奏曲》。的確，這時而激昂時而憂傷的旋律聽起來令人浮想連篇。彷彿看見了王子復仇的情懷，接著是在水中漂浮著娥菲利婭那具美麗的屍體，還有許多未完成的心願和一個人在彌留之際向著神父懺悔場景……

一個女人能夠時常沉浸在自己的藝術世界裡其實是很美的，傳出隱隱優揚的琴聲，總會令人覺得迷醉；又似飄來的一縷咖啡的清香，使人倍感清馨。沒有去玷污那塊美玉，陶醉在讓她覺得我很崇高的心理也很不錯。就在我慢慢淡化這個非份之想的時候，有一天，珊突然約我喝咖啡，我想，是不是學校有什麼演出請我去觀看，其他我也沒多想。她好像是憔悴了一點，沒想到她竟然告訴我她要賣掉她的小提琴。她告訴我她的那把提琴是德國製造的，音色非常純，尤其是那根G弦上的發聲尤為動聽。她說她的父親正住院做手術，需要一筆錢。唉，人在無奈的時候首先就會想到賣掉自己最心愛的東西，那把提琴買來時價格不菲，可又能賣多少錢呢？她需要五萬美金，希望這把琴能買三萬美金左右，還得向我借剩下的部分。我想勸她不要賣掉琴，我明白失去了提琴對她意味著什麼。可如果不賣掉琴，就意味著我將拿出這筆費用，這對我來說並不困難，可也不是輕而易舉。如果她救父心切，又真捨不得賣掉那把琴，我想她應當做我的情人才是，除非她心有所屬。

「這樣吧，我出五萬美金買你這把琴，當然，你不能沒有琴，有一把合適的琴才能演奏出自己的水準。你先借我的琴用，等你以後有演出合同了，再把琴贖回去。」我告訴她。

「這樣最好，可我不能讓你白白地付出，老師不在你身邊，我可以陪你。」她平靜地說道。

一個女人為了救父，就違心地奉獻自己的身體，珊哪，珊哪，如果我這樣趁人之危，我還配愛你嗎？其實我是很想得到她的，就算不能得到她的肉體，也要深情地一吻。可她落難了，就等於斷了我的非份之想。因為我真的不想讓她在心裡鄙視我，就算是占有了她，對她來說也是一種虛偽的應酬，這當然不是我要的，我要的是一種可以生長的情，可以隨時間的流逝而不會磨滅。

「珊哪，說實話一個男人對已經擁有的情感會變得麻木，對可望不可及的幻情癡迷不已。其實很多男人，尤其是一個成功的男人，一個讓女性會產生衝動的男人，在他的心裡，時常是三種情感的混合，或者說是黑色，有紅黃藍合成的黑色。藍色的是對過往情人的不安與愧疚，那個為她付出了青春而最終一無所獲的女人，她漸漸孤獨地老去，就連基本的生存也發生了困難。紅色的是他對家庭的那份責任，對婚姻制度的維護，以及對下一代的養育。最後是黃色，是一種充滿色情的情感，可以是肉體上的，也可以是精神上的。愈是得不到，愈是渴望的那種。」不知為什麼，我這樣向她和盤托出。

「這麼說，你和老師的感情是紅色，對前女友的是藍色，而你現在沉迷於黃色？」珊直截了當地問道。

「年輕時想做唐璜，卻不幸成了奧涅金。」我也許在故弄玄虛。

「你知道林徽茵為什麼沒有選擇徐志摩嗎？」珊問道。

「我想理智終將為情感付出代價。」我明白她的意思。

那晚分手的時候，珊用奇怪的眼神笑看了我一樣，我想了半天，想不出那笑容的含意。

又收到了一個未接電話，只要是隱號的一定是莫的。昨天還在暗自慶幸她終於想通了，有一個多月的時間沒有來打攪我了。她明明知道我不會接聽她的電話，可她還是時不時地打電話給我。那次不小心接聽了，一開口，她便說道：「榮，我需要你的幫助。」我頓時心煩透了，冷笑了一聲，回答道：「我也遇到了麻煩。」接著就匆匆掛了。為了防止她的再次打擾，我又關了機。這就是我和莫的現狀。我不願再幫助她，是因為我想讓她自立，雖然這很難，除了一張漂亮的臉，她並無什麼專長，她應該會找到一個男人，重新生活。可這並不是一件容易的事，況且，她已近半老徐娘，重新嫁人談何容易。其實，吉的容貌和身材都不如莫，用吉取代莫，我並不後悔。當她明白了我有冷落她的意圖時，她真的變成了一個怨婦。她開始整天沒完沒了地給我發信息，有時一天竟有十來個。我想她是瘋了，為了防止意外，我一方面不再理睬她，另一方面我答應給她經濟補償。我並沒有把錢一下子給她，她太會花錢，我還是定期轉帳給她，數目是以往的一半。雖然她還是時常發短信給我，可並沒有像以前那樣多要一些。我的考量是如果把錢一下子給她，她一定會很快花完，然後就陷入了困境，在人財兩空的境地中，她可能會走上絕路。這當然是我最擔心的。讓她有錢慢慢花，她可以慢慢地找到合適她的工作，同時她也可以遇到自己心儀的人。話雖如此，有一次在夢中看見有男人在追求她，心裡就很不是滋味，醒來後想想自己其實對她還是有感情的，畢竟相愛了近十年。可腦子裡總會出現她蠻不講理的時候，也許是以前的經歷，凡事她總是懷疑別人騙她，哪怕是一件小事也會如此，相處那麼些年，為她付出了不知多少，難道還會為了一點蠅頭小利而欺騙她？可她的第一反應每每如此。我當然在做澄清的同時也產生了反感。雖然每次都原諒了她，可我也在思考，我和她到底是否合適？平時聚少離多也許還能維持，長期生活在一起彼此一定不會快樂。是的，她很需要我，無論在情感上還是在金錢上。她可以過著無憂無慮的生活，這是我願意給她這種生活，像小豬一樣地活著。女人應該就是這樣活著，不用去工作，白天睡睡覺，晚上找節目。不知從什麼時候開始，也許是無端的爭吵在心裡留下的陰影，我不想再和她這樣下去了，我的心開始對別的女人敞開。可真的要放下她也並不容易，她的美貌擺在那兒；只是壞脾氣讓我感到受罪，我最受不了的就是女人對男人的呵斥，當然她還沒敢這樣對我，可是稍不稱心就露出那種令人厭惡的神情是我不可容忍的。我喜歡順著我的女人，除非她是我的女神，哪怕心受磨折，也會滿心喜悅。

可是沒想到，在我明確了我不可逆轉的態度後，她真的變成了另一個人。她開始不斷地檢討自己，我的偶然的一個回覆竟會令她感到喜出望外。不管我有多冷淡她還是堅持發短信和打電話，我不接電話也從不回信。說實話在我心裡還是牽掛著她，擔心她沒有錢花。可不知為什麼，只要一看見她發來的短信，我就會立刻發怒。短信的內容時常是救助的，我決心不再幫她是因為我知道我不能永遠幫她，否則只會給她一個錯覺：我還會資助她。我也難以想像她靠什麼維持生計，有時候我想我真的很過分，就這樣丟下她，她有再多的不是，我也不能這樣傷害她。她依然死心塌地地乞求我，沒有任何自尊可言。可是一想到她帶給我的心理傷害，我就又無所謂了。說真的，吉從來沒有和我正面衝突過，從來沒有。也不是說她有什麼好脾氣，可是只要我一發火，或是一抱怨，她就突然地冷靜下來了。像吉這樣的女人，也許是可以和我相伴終生的。

雖然是一種自願的救助，可珊的無聲無息也會令我感到不滿。至少也因該偶爾給我一個問候，或是講述一下她父親手術情況的進展。為什麼女人都是這樣？所有的男人只是被用來利用的，只因為是她們天生來到這個世界上就要被男人無條件地幫助，她們是弱著的化身，而傻乎乎的男人總為自己扮演所謂的強者而甘自作踐，又常常在無法得到正面回報時用虛幻的尊嚴來麻痹自己。唉，多麼高尚而又可憐的男人啊。事實上女人只要浪漫的情調，並不需要浪漫的情懷。只有男人，才會把喜歡的對象永遠在心中咀嚼，又有幾個女人能在婚後依然會眷戀著曾經的情懷？當然，在我的潛意識裡，好像只要彼此浪漫過，就會是人生寶貴記憶的一部分，永遠值得在心裡珍藏。可是到頭來打開她們記憶的盒子，裡面卻是一片空白。也許這不是她們的自私，她們本能地把所有的一切獻給了她們的後代。

暑期的時候，吉要回來了。那晚，我去機場接她，本來珊也要去的，可她那天正好有事。當我見到吉一手提著琴一手拉著行李箱風雅地走出來時，我趕忙迎了上去，並沒有久別重逢的那種喜悅，她也是如此，一切只是在一種無形的模式操控下。是的，我和她是夫妻，擁有絕對的交配權，而她是不可違背地接受，還有生育下一代的義務。

我們回到了自己的公寓，其實我平時並不長住在此地，她每天要練琴太吵，我喜歡住在郊外，看看林子和野鴨，尤其是幽靜處的涓涓細流，會使我感到愉悅。我們去樓下的餐廳吃了飯，便回房休息了。

看吉的背影，她似乎胖了一點，當她躺在了我的身旁，我緊緊摟住她，又急著想和她完事好讓她早早入睡。「我愛你。」我輕聲地告訴她，這是一種關愛，也是一種麻醉。平時我很少或是幾近沒有這樣的表白，愛，對於男人來說是一種激情的呼喚，對於女人來說也許是一種守候的渴望。

本想在假期裡多陪陪吉，可因為去市中心的路太遠，加上惡劣的交通狀況，我工作又忙，無法天天回去。不過還好，吉的朋友多，她從不會感到孤獨。我很自閉，不喜歡應酬，尤其討厭晚宴，先是等人，然後是等上菜，席間為了不冷場還得找話題，吃點東西又不盡興，總之是受罪。

週末的時候吉要請她的兩個以前的學生，其中一個是珊，還有一個我不認識。有好一陣子沒有見到珊了，有時我會去想她，除了她也沒有別的女人可以去想的了。在我的內心深處，有一個奇怪的癖好，像酒鬼離不開酒一樣，總要有一個可以去迷戀的對象，她可以充當騎士心目中的女神；不然，就像是生命裡沒有了渴望，不但無趣，而且更易轉輾難眠。

加班一完我就趕回去了，是珊開的門，吉和她早就在做菜了。珊看上去又瘦了一點，這和吉正好相反。還有一個學生要參加演出不能來。很快我們三個就圍坐起來，吉打開了啤酒。平時她們都很少喝酒，她們都沒有酒力，可正好是珊的生日，所以就乾了起來。

「生日快樂！」我先舉起了酒杯。

「來，為我們中國的莎拉——張乾杯。」吉說道。

「一個藝術家，整天被合同牽（簽）著走，有意思嗎？」我有些疑問。

「表演當然需要簽約，不然成了街頭藝人了。」珊說道。她喝了幾口，感覺她有心事。

「中國的學生，對西方古典音樂的理解與表現力和西方的演奏家還是有距離的，所以需要像珊珊這樣走出國門，不斷地提高自己的境界，這很重要。」

「老師就會說老師的話，高雅藝術註定你是寂寞的。」我隨口說道。

「喜歡就好，有時練琴久了，晚上一閉上眼睛腦子裡全是旋律，一會兒帕格尼尼的，一會兒柴可夫斯基的，弄得我精神恍惚。」

沒喝幾口吉就滿臉通紅，珊的酒力好一點。我平時很少喝酒，不過酒力還不錯。在吉去上廁所的時候，我問了珊她父親的手術後的康復情況，她說恢復得很好，多虧了我，她在想辦法湊錢還我。我說我不是這個意思，我並不等錢用，叫她不要放在心上。

很快，她們倆都喝得有點迷迷糊糊了，還沒等切生日蛋糕，珊去了洗手間，出來後說了聲「對不起」，就進入了一間睡房。吉用的是主人套房，裡面有自己的衛生間。又過了一會，看到吉好像也有點支撐不住了，我勸她回房間休息，隨後就扶她進入了睡房。她和我說了聲「對不起」，很快她就睡著了。見她們都醉倒了，此時我的心變得惶恐起來，又在吉的身邊坐了一會，我就準備離開了。我輕輕地關上了房門，珊的房門也緊緊地關著，我像著了魔似的，又輕輕把珊的房門擰開。看樣子她睡得很沉，我退了出來，輕輕地拉上門，便去了珊剛用過的洗手間。看見放著的牙刷和杯子，我想是她用過的就也用了起來。接著，我的心開始狂跳起來，我又進入了珊的房間。如果她此時醒了，我想也沒有關係，她不是曾經暗示我為了報答我可以獻出自己的肉體嗎？這是我的性格關係，不喜歡那種赤裸裸的交易。我坐在了她的床邊，她很安詳地呼吸著，她的嘴唇少了一點血色，卻更有原汁味的感覺。我輕輕地迎了上去，用嘴貼住她的雙唇，開始一邊親吻她一邊和她交換氣息。呼息的氣味很醇，也許是酒精的作用，我很貪婪，好像要把她的氣息全部吸入。她的氣息注入了我的身體，很快就溶進了我的血液，像蛇牙注入毒汁那樣，我的身體開始軟化，接著高潮來臨了。隨後，我慢慢地鬆開了她的雙唇，帶著她的氣息，輕手輕腳地離開並關上了房門。

離開的時候，全身鬆了一口氣。我達到了所有的目的，一切做得這樣完美，我既保住了自己的形象，又滿足了自己的渴望，真是兩全其美啊。可是那個事件給我留下的後遺症是我常常沉溺於幻想之中，好像所有內心隱祕的渴望都能實現。每每入睡後，如果沒有珊的影子，似乎就難以進入夢鄉。每天一醒來，尤其是在自己的衛生間漱口，總會聯想起用珊用過的牙刷。出門後開車行駛在鄉間的路上，會輕輕地把她呼喚……

第 8 天

（一）

一個令人感到震驚的悲劇故事：深夜，馬家輝悄悄地從床上爬起來，他用事先準備好的尖刀，一口氣連續殺死了四個熟睡中的同寢室同學，然後就逃離了現場。等到天大亮的時候，由於五個人同時缺席在課堂上，輔導員怒氣沖沖地去寢室找他們，心想：這幾個人一定是昨晚通宵打麻將，所以上午連課都不想去上了，真是無法無天！這次，一定要處分他們幾個。他邊想邊走，到了寢室門外，他就推門進入，只見裡面還是一片昏暗，還有一股強烈刺鼻的怪味。他連忙打開了燈，頓時，就被眼前的景象嚇呆了。

「怎麼會這樣呢？怎麼會這樣呢？」輔導員不斷地自言自語道，他簡直不敢相信自己所看到的場面。警察很快封鎖了現場，顯然，這是一起故意凶殺案。可是，案情卻撲朔迷離，是誰會將四個學生殘忍地殺害？作案的動機和目的又是什麼？雖然犯罪嫌疑人很快就被鎖定，可還是沒有人敢相信，同學之間會發生這樣的凶殺事件。當一具具屍體被抬出寢室時，有人不禁哭泣道：「學生在學校接受高等教育，怎麼會培養出這樣的殺人惡魔？」

馬家輝殺完了他們，便開始了他的逃亡之旅，可是無論他藏身何處，他覺得那四個鬼魂總是尾隨著他，而且個個面目猙獰。他也不敢合眼，無奈之下，他只能面對他們，進行一個個地怒斥一番。他首先對著張同學——他的家境優越、長相出眾。

「是的，是男生都會多少在心裡嫉恨你，你自己也知道這些，就因為你有一張漂亮的臉，就可以為所欲為了嗎？幾乎所有的女生都為你著迷，難道漂亮的臉對女生就如此重要嗎？不管我的品行如何上乘，也不管我的學業多麼優秀，女生都不為我所動。只要你一出現，她們就立刻變得風騷起來。也不管是什麼場合，不顧別人的感受，只是一股腦兒地癡迷於你，無論是同年級的還是低年級的甚至是高年級的女生。可我也是男生，我也渴望愛與被愛。可在你的眼裡，像我這樣的男人好像根本無權去愛。就連班裡最不起眼的女生，動不動就會受你一番奚落的那個，我想贏得她的一點好感，卻被你當作可笑之事來加以當眾嘲諷和挖苦，我只能苦笑。雖然我的自尊受到了極大的傷害，可在你眼裡，像我這樣的人壓根就沒有自尊的感覺。平日裡為你打飯和洗衣，就會得到了一些錢財，這本來是一種公平交易，可我還得像個奴才似的對你言聽計從，有時稍不留神，就會換來一頓拳打腳踢。這還不算，你還要當著你喜歡的女生的面，故意刁難我，讓我去做那些冒險而又無聊的事，來顯示你的權威，並以此來博得美人的一笑。反正美人和我無緣，我也就不計較自己體面的損失，以贏取你的無上的尊容。我的暫時的屈辱，使你輕易地把她征服，然後就隨意地拋棄。到了那時，我想我的機會就來了。雖然我的長相毫無可取之處，但化腐朽為神奇是我人生的唯一機會。我再也忍不下去了，她們一個個被騙受傷害，喪失了貞操和名譽，結果對我的態度還是冷若冰霜。這個時候，我的心裡防線澈底崩潰了，我只有拚死一搏了。就像一個窮人，在商店裡買不起任何東西，連撿破爛的機會也不給他，那麼，他只能去拚死做強盜了。那天在學校的樓梯口，你還是像以前那樣，用那種居高臨下的姿態和聲音對我發號施令。我本來就不欠你什麼，為什麼要事事對你俯首貼耳？我不加理會地裝作沒聽見，沒想到你過來就給了我一巴掌。此時，真巧她也在場。雖然我對她從來不敢懷有非分之想，可我意識到，只有一刀殺了你，才能挽回我的臉面。從這一天起，你就上了我要殺掉的人的名單上了。」他對著姓張同學的影像說道。接著，他轉向了姓江同學——他的父親是個公安局長。

「其實我平時很懶得和你說話，只是屈服你的淫威。你總是喜歡在我面前喋喋不休，好像我是你廢話的垃圾桶。還動不動就對我一通呵斥，好像除了你自己，別人都沒有自尊心。每每你下了一步好棋，我就好像有義務般的要對你喝彩一番；即使走了一步臭棋，也要講些好聽的理由，似乎犯錯也是理所當然。一切只是為了維護你的自尊，而別人卻毫無自尊可言。每當在街邊看到一個美女，你對她狂吹一陣口哨後，我也得一起應和，不然的話就冷落了你的感受。隨後我又只得和你一起，發出一陣喝彩，好像也得到了一種調戲的滿足。可我清楚，在你的內心，你在鄙視我，因為我根本就不配有那種像你一樣對女人的反應。就因為你是幹部子弟，所有的樂子隨你所欲，可我不行，因為在你心目中，我不僅是個奴才，而且卑賤無比。難道只是有錢有勢的人才配有七情六欲？而我這種人，出身貧賤，外表又不伶俐，就不能有任何的本能反應？如果女方覺得受了侮辱，回敬了幾句難聽的話，這個時候，我這個奴才的角色就要發揮保護主人的義務，我要強迫自己，對著那些美女破口大罵一番，用最下流的詞彙去攻擊她們。我當然明白，接下來會發生什麼。她們會毫不顧忌地用我的長相進行尋開心，什麼「牛鼻子」、「豬眼睛」、「小丑」，我恨不得上去給她們兩個巴掌，可是我得忍住，因為這是你需要的結局。為了討好罵我的女人，聽了她們對我的辱罵，你就狂笑起來，笑得放肆而又極具侮辱之意。我每天就是在這樣的環境下忍辱苟活，我想，在我忍無可忍之際，便是你的死亡之時。」馬家輝繼續說著，意猶未盡。

此時，方同學的影子出現在他的眼前，他曾是學校的學生會主席，他似乎也要討個說法。

「別說是過去，就是現在，我都感到對你有一種懼怕的感覺。畢竟，在這些年裡，我似乎也習慣了這種感覺，好像不被你教訓一下，身上的骨頭也會發癢。你這個陰險而又虛偽的傢伙，對上你會討好老師和校領導，對下你總是一副趾高氣昂的樣子，好像將來的官路已經為你鋪好，誰都不敢得罪你，否則就沒有太平日子過。就是在女人面前，明明你對人家愛得要死，也偏要裝出一副一本正經的樣子，以談工作為名，讓別人屈服在你的淫威之下。像你這樣的人，將來到了社會上，就是狗官一個。那次我交上了入團報告，無論是憑學習成績還是平時表現，我都不比別人差，況且，我既無錢賭牌，也無能玩弄女生，可不知道為什麼，你偏偏阻止我入團。還有，在那次期終考試的時候，我幫了一個同學作弊，當時，監考老師毫無察覺，可事後你卻打了小報告，最後讓我和那個同學一起參加補考。我幫他，是因為在生活上他照顧了我；而你自己，我親眼看見在考試的時候，你在下面翻書。最後，你得了獎學金。我當時也想去報告，最後我沒有這樣做，因為沒人會信我，反倒還會被認為是在嫉恨你。是的，你最後騙到了那個女生；在我眼裡，她是校院最清純的一個女生。聽說為了能夠得到她，學生會的老師也在為你創造條件。只可惜那個靚麗清純的女生，被你這種人給毀了，這比那些在寢室裡，幾個男生同時褻瀆一個女生還要令人心痛；前者是被蒙在鼓裡的，後者是那個女生的淫蕩。反正，這些年來，你們的行為哪像學生？簡直就是一群流氓，可你們卻活得有滋有味；而我，卻在貧困、欺凌、歧視、奚落中掙扎地過著每一天。當那個純潔無比的女生最終在你主持的一個班會上，流露出對你的讚美和充滿愛意之時，你就在我的死亡名單上了。」馬家輝說著，轉眼看到了最後被殺的那個姓翁的同學，他們是同鄉，而且家道一樣貧寒。

「其實殺你我是於心不忍的，可是想來想去，我的內心還是不能原諒你。我們境遇相似，在別人的眼裡，我們都是一文不值的人，生來就是他們的奴才。可是，奴才也應該有點自己的主見吧，在什麼場合該做什麼事、不該做什麼事。你他媽的好像甘於自我犯賤，明明和你毫無相干的事，你也要去丟人現眼。比如那男的讓你為他擦皮鞋，就算擦得很好，也犯不著再去為他的女人去擦；如果是你想趁機聞聞她的腳氣，那也就另當別論。可你，不是把伺候人當成一種謀生手段，而是當作張揚自己個性的表演。事後那些娘們還奚落地罵你一句，你便覺得比得到什麼褒獎還滿足，你這個受虐狂！本來我們還可能僥倖贏得別人的一點點尊敬或是憐憫，因為你的這番德行，我也被你拖累，我也將永無翻身之日。要知道一個人做一時的奴才沒有關係，這叫養晦韜光；可你打心眼裡就想一輩子這樣活著，你這個沒有一點上進心的賤人！那些欺負我們的人，還拿你作為榜樣，只要我偶爾忘記了自己的境地，做出了一點點有點尊嚴的舉動，別人就會覺得我大逆不道，對我倍加欺凌。殺了那些欺凌者和奴才，這個世界才有公平和尊嚴。現在我要慷慨赴死了，讓那些蔑視我的女人為之一震，也讓那些被傷害的女人解恨，從而對我產生敬仰之情。我到底和你還是有所不同，不到生死關頭，很難體現誰是真正的男人。」

馬家輝繼續在潛逃路上，其實他早已做好了死的準備，可不知為什麼，他並沒有自殺的打算。在他的心裡，他要把這件事情鬧大，他想向世人澄清自己並非因精神錯亂或是一時衝動而殺害了同學，一切只是出於一種反抗。也讓死者的家屬明白，他殺人的理由。幾天以後，馬家輝被捕了，人人都說他是殺人惡魔，沒有人在乎他的自白，他知道自己犯下的罪行，只求速死。

（二）

一個年輕人的悲劇故事：這裡是一條坑坑窪窪的道路，來來往往的運輸卡車掀起飛揚的塵土好似戰場上的滾滾硝煙，每次空空的卡車進去，又滿載而出，就這樣，每天上演著這樣的場面。除了運載的卡車外，還能見到一種私家車不時地進進出出。這可不是普通的私家車，而是驃悍地叫「悍馬」的特長四輪驅動車。在一般人看來，這長長的「悍馬」車，宛如一家沒有翅膀的私家飛機，極盡奢華。更令人不可思議的是，車裡兩排寬敞的座椅上，常常坐滿了那些年輕貌美的女子。毫無疑問，這車主便是大名鼎鼎的礦主，俗稱「煤老闆」。煤老闆顧名思義，靠煤礦賺錢：煤挖得愈多，挖得愈深，錢就賺得愈多；錢賺得愈多，就愈張揚；張揚得愈大，就愈有面子。煤老闆也有擔心受怕的時候，如瓦斯爆炸或是透水，出了人命不但要賠錢，還得坐牢。所以，只要煤礦一有事故，不論大小，就會招來許多媒體車。被困在井下的礦工在漆黑中等待著救援，可在地上老闆的接待室外排起了長隊，排隊的都是那些媒體人。要說煤老闆平時出手大方，遇事靠錢擺平，大事化小，小事化無。

在此當下，老闆的一位律師顧問正忙著甄別隊伍中那些記者的來頭，按照他們的來頭大小，分別發放不同數目的錢財，叫「封口費」。來頭大的幾十萬，來頭小的幾萬乃至幾千不等。收了別人的封口費，老闆就可以大膽地隱瞞事故，再給受害人家屬一定數目的賠償了事。這樣，煤可以繼續再挖，如果再出事，同樣的情景又會重演。

話說大多數這樣的煤礦都處在窮鄉僻壤，生活在這裡的孩子，要走出大山唯一的一條出路就是能去城市裡讀大學，將來能留在城裡工作做城裡人。可是山裡的孩子大都家裡太窮，他們連基礎教育都難以保證，因此上大學好像只是說說而已；更多的孩子還未到成年便去了外面打工，做農民工。就連這裡的煤老闆，同樣也沒有讀過幾年書，憑著膽識與魄力，有了一定的開採技術之後，便自己也承包一個小煤礦就幹了起來。雖然安全隱患很大，可白花花的銀子，使他們也顧不上別的了，反正，要真有個三長兩短，花些銀子擺平了事罷了。

話說有個叫小宇的年輕人，是個在山區裡為數不多的一個念完高中又上大學的人。倒不是他家富裕，他一家老少，種地的種地，外出打工的打工，父母和兩個姐姐把全部的積蓄用來供他一個人讀書。他是家裡唯一的男孩，也是傳宗接代的苗種，當然也是全家的希望。雖然出生在山溝溝，小宇還真不同其他的孩子：一般農村裡長大的孩子，他們只知道掙錢蓋房娶媳婦；他是有點理想的，他要報考新聞系，立志做一名新聞記者。這樣，在全家的供給下，他終於完成四年的學業，畢業後被分配到離他家鄉不遠的一個省城裡，做了一家報社的見習記者。其實，記者的收入比一般普通的教師或者其他什麼公司的職員收入還要少，但他們油水多，他們可以「自創」：隨著媒體車隊走南闖北，每到一個單位做「採訪」，不用開口，什麼「伙食費」、「差旅費」、「關照費」等少則幾百，多則上千。他初次收這些錢時還有點不好意思地推託，可對方還不幹。不收費表示不友善，不友善就會有「負面報導」，這可是誰家都不願的事，誰家企業也不會因小失大。

不久前，又有一個煤場開工了，而且生意紅火。按理開一個煤場要打通許多個關係戶，還要上上下下搞到幾十張「許可證」方能開工，可這上下打點一要用錢，二需費時，如果不開工，哪來銀子鋪路？於是煤老闆急於開工。這天小宇到了報社，拿著剛到手的駕駛照，開了一輛公務車，便直奔那個煤場。他一路心潮起伏，想著：到了那裡以後，開口要多少錢？他不停地琢磨著，心裡有一種自己就要出人頭地的感覺。

就在不久前，在市裡的那家電視臺，搞什麼「相約在今晚」，他充滿信心地報了名。為了上電視臺，還花了三千多元做了生平第一套西裝。終於站到了絢麗的舞臺上，面對強烈的燈光和主持人，眼前又是「一串」令人目不暇接的女嘉賓，他告訴自己要鎮定，要沉著。接著回答了女嘉賓們提出的各種各樣的問題，包括「什麼工作、多少收入、有無車房、家庭背景、興趣愛好、情感經歷、未來展望」等所有這些有關「民生」的問題。在他小心翼翼地回答著每個問題時，只見亮著的燈被一盞盞地熄滅。當最後只剩一個女嘉賓留燈時，他的情緒有些失控，利用了最後機會煽情了一把：

「我來自山區，是個山寨娃，但是通過努力與勤奮，大學畢業後做了一名記者。我一定會繼續努力，做一個有影響力的資深記者。」

最後留燈的女嘉賓也毫不含糊，開門見山：

「以你現在的條件，一無背景，二無財力，怎麼能指望你帶來美好生活？」

「美好生活當然需要靠自己努力奮鬥，古人云：『修身、齊家、治國、平天下。』所以我覺得還是先成家，再立業。」小宇侃侃而道。

「對不起，虧你還是一名記者，難道你不知道現在是一個『沒有英雄的時代』，而是商業社會？你所提的一切只是『忽悠』而已。」女嘉賓道。

燈全熄了，僅僅一會兒工夫，希望變成了失望，他頓時覺得自己一文不值，感覺自己當眾出了醜。於是，他明白了，什麼「相約在今晚」，只是一場公開的「釣金龜」現場而已！

車向著煤場開去，當他看到塵土高高飛起的時候，他有點緊張，畢竟這是第一次單獨行動。一路上他想著，如果能拿上幾百上千的也不管用，能夠拿上幾萬才好，起碼也要三五千吧，不，至少要個一萬吧。不然的話，自己就算白來了。做記者的收入本來就不怎麼樣，如果沒有這樣額外的收入，誰會願意做這份差事？又想到自己在那個相親會上的遭遇，使他感到羞愧難當。

車停了下來，下了車他便找接待處。見到了工作人員，他先取出證件自報了家門，便在一旁坐了下來。接待的人說此刻老闆不在，須稍候。在等人的空檔，他站起來朝牆上張望，打量牆上的「許可證」。

「這裡有情況。」接待的人向老闆的律師顧問發話。

「查查他的證件是否有假。」對方回話。

「沒錯，是個記者。怎麼辦？」接待的人問道。

「不要急，再查查看，記者證上的公章單位是什麼？」對方發話。

「是……是什麼《北方日報》。」接待的人答道。

「看看清楚，是不是新聞總署？」對方問道。

「不是，不是……」接待的人答道。

「給他一點顏色看看。」對方發話。

接待的人放下電話，便去找來了幾個打手，上來不再問話，而是凶神惡煞地把小宇拖到了門外牆腳下，一頓痛打。小宇還未來得及求饒，便被打得口吐白沫、七竅流血，後來被人送去醫院，結果竟不治身亡。

又有煤場出事了，雖然不是瓦斯爆炸，也不是透水事故，可新聞單位消息靈通，很快，在老闆接待室外面，又排起了長隊……

（三）

一個捐獻者的故事：上午一大早，客戶就不斷地有電話進來，周梅芳連連接了幾個電話後，正要去泡一杯咖啡，忽然就聽見電話鈴不停地響著，她提著咖啡杯，匆匆地接了電話，只聽見電話那頭傳來急切而又沉定的聲音：「您是周梅芳女士嗎？是這樣的，我們醫院正有個患淋巴腫瘤的小女孩，她今年才十五歲，雖然經過了幾個月的化療，但她的癌細胞繼續擴散，所以院方決定為她做異基因造血幹細胞移植手術。」「呃，是這樣啊？這樣吧，回頭我讓會計再跟你聯繫，看一下能捐出多少錢。」「太感謝您了，周女士。事情是這樣的，做移植手術需要志願者捐獻骨髓，而根據血液中心的檢測，您的血樣和患者的七個點位有六個匹配。也就是說，如果您願意，就請到醫院和我們聯繫，做進一步檢測。如果可能的話，我們需要您為她捐獻骨髓。當然，這完全是一種自願行為。不過，病人家屬願意為捐獻者提供三十萬元的酬謝費用。好吧，請您仔細地考慮一下，然後儘快和我們取得聯繫，我們的電話號碼是……。」周梅芳沒想到一大早就接到這樣的電話，她的心頓時亂了起來。是啊，如果自己能夠挽救一個少女的生命，那是一件大善事。不要說是一個人的生命，平時就連一隻小鳥，甚至一隻昆蟲遇到了險境，如果讓她發現了，她也會充滿熱情地去營救牠們。就說有次在上班的路上，忽然看見一隻貓正在追捕一隻掙扎的鳥兒，她便毫不猶豫地驅趕貓兒，試圖把鳥兒從貓的爪下救出。可是，由於鳥兒胡亂地掙扎，本來已經把貓兒趕跑了，卻又在遠處鳥兒被貓截獲。因為沒能成功地救出那隻鳥兒，周梅芳的心痛了好幾天。可眼前不是一般的救助，要在自己的骨髓中抽取大量的血去救助一個素不相識的人，雖然值得，可自己畢竟年過三十，為了事業還是單身，而父母已年邁，自己是家裡的頂樑柱，自己的這個行為會得到父母的支援嗎？

不過，救人要緊，當天下午完成了公司的業務，周梅芳便匆匆趕往醫院，她想先和患者見上一面，再談具體的捐獻事宜。當她看見病床上的孫燕，一張清秀的臉部卻因為化療而毀了頭髮。周梅芳坐在她旁邊，拉起了孫燕的手。「阿姨，您真的願意救我嗎？」周梅芳含著熱淚，堅定地點了點頭。此時，孫燕的臉上露出了自從她進入醫院以來的第一次笑容。「阿姨，如果我有救了，這輩子您就是我的親人，我一定要報答您。」周梅芳當然理解孩子的心情，便說道：「是上天註定我們有緣，孩子，你放心吧。」周梅芳離開了病房，便和醫生一起去做了進一步的血樣檢查。

毫無疑問，這個可憐的女孩的形像一直在周梅芳的腦海裡盤旋。不是嗎？人和人之間有各種緣分，有的有愛的緣分，有的同姓同宗，有的名字一樣，有的甚至臉長得相像，甚至是看不見的血型相配。周梅芳忽然覺得這個女孩子的臉似曾相識，但想來想去又和任何一個認識的人聯繫不起來。雖然如此，可她還是心裡一直唸著，她覺得這個女孩很像一個她以前所見過的誰。因為小女孩幾乎沒了頭髮，這樣，她更像一個男人的影子。不過，她實在想不起來到底是誰。幾天後，複檢的結果告訴她，血樣匹配，進一步證明了她是最理想的捐獻者。具體手術日期，院方會另行通知。為了不讓父母擔心，周梅芳還是決定先瞞著他們，等做完了這一切，再把這件事告訴父母。不久，院方來了通知，讓她在本月底的某一天做移植捐獻手術。雖然小女孩的家屬寫了書面保證，一旦手術成功，三十萬的酬謝費馬上會轉到她的帳戶上。可是，周梅芳並沒有向他們提供自己的帳號，她並不想把救助小女孩的行為變成一種買賣。可是就在臨近手術的前一天，周梅芳腦海裡突然跳出了一個人的名字：孫繼海。憑她的直覺，孫燕應該和孫繼海有什麼關係，她愈想這種感覺愈強烈。於是，她向自己的父親打聽起孫繼海的家庭情況。不料，她父親詳細述說了孫繼海的家庭人員情況，並不斷流露出當年在孫繼海手下的種種遭遇。雖然一切已是事過境遷，可一提起當年的往事，她父親還是充滿了不滿與仇恨。她早知道父親和孫繼海是一對積怨很深的人。為了進一步證實情況，她向醫院要了孫燕的詳細家庭成員情況。果真如此，自己所要救助的孫燕竟然是孫繼海的孫女！這同樣令她感到晴天霹靂，她怎麼可能犧牲自己去救一個仇人的後代呢？於是，她向院方做出了聲明，她拒絕做移植手術。

說起她父親和孫繼海的積怨，周梅芳也是一腔怒火。當年，孫繼海是她父親所在工廠的副廠長，而她父親是一名車間的主任。那年工廠裁員，她父親沒想也被列入裁員名單。本來按照勞動部門規定，如果被裁員人員中，配偶已是下崗者，便不在裁員範圍之內。可當時她母親不但下了崗，而且還患有慢性腎病，而她還正在讀高三，正準備考大學，一旦她父親被裁，她家裡所面對的後果不堪設想。因為孫繼海不滿她父親和他的一個死對頭關係不錯，所以他藉此機會，竟不顧裁員規定，公報私仇把她的父親裁掉。她父親曾帶著她一起去工廠向孫繼海求情，說妻子患有慢性病，女兒又要上大學，自己本屬照顧範圍之內。誰料孫繼海當著他們父女，狠狠地說道：「世上該可憐的人多了，我管不了那麼多！」周梅芳也向他哭道：「叔叔，求求你幫幫我們吧。」誰知他頭也不回地離開了，她父親更是氣憤地說道：「你這樣以公報私，總有一天會有報應的。」而此時，只見孫繼海又回過頭來，再次不屑地看了看他們。雖然十多年過去了，可這個場景使她終生難忘而且充滿了仇恨。「報應」這兩字似乎就呈現在眼前，她又怎麼肯為孫繼海的後代去捐獻自己的骨髓呢？

由於周梅芳的突然變卦，這使醫院不知所措，想和她溝通一下她的想法，她卻拒絕回答。小女孩的病情在繼續惡化，做爺爺的孫繼海立刻想到是不是捐獻者想要多拿一點酬勞，他便向周梅芳打去了電話：「周小姐，我是患者的爺爺叫孫繼海，只要你願意，錢我們好商量，我們可以再加二十萬，這樣總共是五十萬……」「我不缺錢，我也不缺德，這全是你的報應。」周梅芳直截了當地斥道。孫繼海聽了一頭霧水，但以他的人生經驗告訴他，應該是事出有因。於是，他向院方瞭解了這個周女士的生活背景和家庭情況。當他得知周梅芳乃是以前廠裡的職工周志強師傅的女兒時，他幾乎癱倒在地。世上竟有這樣的巧合？原來一切的緣由全是因為當年自己的作孽。他控制不住地嚎啕大哭起來，眼看自己的孫女危在旦夕，唯一的生存希望又因為自己的關係而落了空。他不敢再向周梅芳求援，只是深深地悔恨當初自己的行為。

不久，周梅芳收到了一封孫燕用顫抖手寫來的信：

「親愛的梅阿姨，我不知道你們大人之間的是非恩怨有多深，當我第一次見到你時，我就感到你是上帝派來救我的天使。你那麼美麗、自信而又無比善良。毫無疑問，你是我生存的唯一希望。我深深地感激你愛心，並在心中暗下決心，將來一定要以自己的努力與愛心回報社會。可是因為不巧，爺爺曾經傷害過你們的家庭，我只能替爺爺向你道歉。我並不能乞求你再對我做些什麼，可我真想活下去。我才十五歲，就這樣讓我死去，我真的很不甘心。當然我不會怨你，這也許對你來說是對我爺爺最好的懲罰。可是，阿姨，我是多麼地無辜。」

周梅芳讀著信，她的內心矛盾極了。她捐獻骨髓，救孩子一命，本是她的心願，可為了孫繼海這樣的人收益，她又很不甘心。孫燕豆蔻年華，她實屬無辜。想來想去，終於在一個大雨瓢潑的夜晚，周梅芳還是去了醫院。當孫繼海聽說周梅芳在醫院時，他便立即趕去，在周梅芳面前跪了下來。周梅芳並沒有理會他，只是告慰孫燕，她決定為她捐獻骨髓，並祝願她早日康復。

在周梅芳的家外，有一個行人的休息處。那裡時常會聚集許多鍛鍊的中年老年人。可有一個老人每天來此，可他從不做什麼，只是每天在附近來坐一會兒。有一天，周梅芳的父母正準備一起出去，突然被這個老人擋住去路，他長跪在他們面前，這便是孫繼海老人。他不敢乞求他們的原諒，卻深情地向他們道歉。周志強還是把他扶了起來，說道：「萬事皆有因果相報，過去的事就讓它過去吧。算你幸運，我們有了一個這麼善良的女兒，換了別人，能成嗎？……」周志強也哭了起來，他為自己的女兒感到無比自豪。

（四）

一個有關植物人的故事：董詠梅每天上下班，都會穿過人民廣場。在廣場中間，總會看見各式各樣的人：有大人帶著小孩玩的，有情侶溜達的，有坐在路邊休息的外地人。還是在幾年前，每當她看見別人家的小孩子，便心生羨慕。不知什麼原因，她有過三次流產經歷。作為一個女人，她整年整日生活在痛苦之中，也深感對不起自己的丈夫，他可是他們家得三代單傳。直到四年前，那年她和丈夫結婚八年之際，他們終於有了自己的孩子，而且還是個男孩，小名阿龍。這樣，一家人算是過著平靜而快樂的日子。周永康本是一名大學教師，應該說社會地位一點也不差，可是，夫妻倆都在努力地工作，而物價卻在不斷地攀升，總讓他們夫婦感到每月入不敷出。終於，他辭掉了學校的工作，決定下海。他向妻子保證，一定會讓她住上二百平方米的三室二廳房。於是，他開始經營起一家小餐館，又通過自己的人脈關係投資一些房產。果然，生活不久就有了起色。他想著，幸虧當初及時下海。那時突然辭去大學老師這個工作時，又有多少人在等著看自己的笑話。沒過二年，他們便住上了一個繁華地段的三室二廳房，不久，又有了一輛進口車。這樣，無論如何，周永康認為自己算是一個成功人士了。那些還在大學裡教書的同事，又怎麼能和他比？因為自營餐廳，每到晚上，總有朋友到店裡吃吃喝喝。那晚，和一個老朋友喝得高興，一直喝到凌晨。朋友想打車回去，周永康哪裡肯從？又不顧自己已有幾分醉意，硬是開著自己的進口車，把朋友送回賓館，就在回家的路上，在一個十字路口，突然就和一輛急駛的卡車相撞，周永康當場昏死過去，隨後便被送入醫院搶救。

當董詠梅聞訊趕到醫院時，看到自己丈夫的頭上包裹著層層的紗布，還有面罩和幾條輸液管。由於顱腦破裂，為了止血，又進行了幾次開顱手術。僅僅是幾個星期的時間，董詠梅已被折磨得不成人樣。周永康在醫院一住就是整整六個月，他成了沒有感覺和思維的植物人。就像照顧一個老年癡呆症病人一樣，吃、喝、拉、撒全要別人照料，而且，一點也不能疏忽。請護工打理，這種特殊護理不比一般，她總感到不滿意，不得已，她只能辭掉護工，白天由她的公婆來照顧他們的兒子照顧，下了班，她便接手照顧。

周永康出院回家後，由於他父母年邁，自身行動也有不便，而董詠梅每天一下班，便匆匆往回趕，照顧孩子和植物人狀態的丈夫。到了她實在頂不過來後，她又不得不再請一位護工幫忙。這樣，她才感到有機會喘口氣。這次似乎請到了一個得力的護工，做起事來一絲不苟，更可貴的是他對這類特殊病人有著極好的護理經驗，這叫董詠梅稍稍感到鬆了一口氣。據說這位得力的護工以前人家也是一艘遠洋輪上的大副，因為不幸在一次事故中坐甲板上掉入船底，差點丟了性命。他在家養傷期間，跟著自己的母親一起照料患有老年癡呆症的父親。他父親過世後，護理特殊病人便成了他的職業。況且，幹這一行收入要比一般的護工收入多好幾倍。

每天一上班，董詠梅就等著早點下班，可以接替護工守在周永康身邊。想起從前穿過人民大道，看到別人家帶著孩子，就會覺得自己很對不起他。好不容易有了孩子，而且又有了房子和車子，卻又遭此不幸，老天真會捉弄自己。看著別人夫妻有說有笑的樣子，誰會明白，自己這樣匆匆趕回，面對的卻是一個活死人。在她內心深處，湧出了一絲隱隱的疲倦與恐懼。難道就這樣一直下去嗎？自己又能堅持多久？一個女人，每天除了身心疲憊地忙碌，沒有一個可以訴說的人，卻要面對一具不是屍體的屍體，這種苦楚誰能明白。夜深的時候，有時董詠梅實在忍不住了，便向著不省人事的丈夫哭訴，求他快快醒來，這樣下去，她實在要精神崩潰了。可是像這樣一天又一天，甚至過了一年又一年，一切是那樣地無望。就連護工王力群看在眼裡，也深深為她感動。這個女人，因為夫妻一場，要承受的壓力和痛苦非一般人能夠理解，也不由得同情地向她說道：「我知道，以前在大學裡，他是你的老師，所以你們不僅是夫妻愛，還有師生情。可是，沒有人能夠知道，他什麼時候才能醒來。你已經堅持了這些年，你不僅是他的妻子，你還是阿龍的母親，更是一個還年輕的女人啊！看你長年這樣憔悴，我一個外人也看不過去啊。」一席話，說出了她的軟肋，不禁使她痛哭起來，內心的壓抑終於可以爆發出來。面對眼前一直盡力護理的男人，面對一顆憐憫的心，她就像一個溺水的孩子，忽然抓到了救命的稻草，她本能地撲向他放聲痛哭起來。他也不斷地撫慰著她，而他，這個男人已經不再是個護工，而是一個呵護她的天使。

這是一個陰冷的下午，董詠梅撐著雨傘，穿過人民廣場，一步一步地走向家裡。見別的情人共打雨傘，她忽然感到自己的心境起了很微妙的變化。她似乎不再害怕回家，隱隱回到了從前的感覺。那時，每天下班，她會匆匆趕回家，因為她知道周永康會在家裡做飯等她。雖然那個時候因為自己還沒有孩子，心中很是煩惱，可有人在家等自己的感覺卻是這樣地美好。可如今那個等她的人是王力群，一個和她一起努力照顧自己丈夫的男人，他真誠、善良，而且憐惜自己。也許周永康真的不會再醒來，不過讓自己每天要面對這兩個男人，心裡還是有種說不出的滋味。

在整整昏迷了三年多後，有一天周永康忽然聽到了董詠梅的聲音，這聲音似乎來自天邊，可他卻不知道為什麼會是這樣。又不知過了多久，他似乎又聽到了妻子的說話聲，雖然這聲音聽起來有點扭曲，可他堅信那是妻子的聲音。只要聽到這個聲音，他就感到很平安。漸漸地，他似乎能夠經常聽到她的聲音，而且這種聲音愈來愈清晰。他想向著聲音傳來的地方看去，可眼前只是一片黑暗。他想向著那個聲音呼叫，可是他怎麼也做不到。有一天，他聽到了好幾個人的聲音，有男的、女的，還有小孩子的吵鬧聲。忽然，他聽見了哭聲，可他不知道為什麼會有這樣的聲音。接著又聽見有人朝著這個孩子說話，這聲音是妻子的，而且對著那個孩子叫「阿龍」。阿龍停止了哭聲，卻還在抽泣，他忍不住朝著他們看去，卻什麼也看不見，但有一絲光亮，他似乎明白抽泣的孩子就是自己的兒子阿龍。於是，他又朝著聲音傳來的地方去感覺，他感覺到董詠梅在和一個男人說話，有時是談他們之間的事，有時也會談到自己。尤其是到了晚上很靜的時候，他感到董詠梅在為自己　身，為他換衣服，可他同時也感到這個男人在一起幫她。一個為他翻身的同時，另一個為他換上了乾淨的衣服。待他們忙完了自己的事，他感到他們倆相依偎在一起。他很傷心，卻又說不出話，就連眼睛也睜不開。這樣，他似乎明白了家裡的一切變化，自從他長期昏迷後，是妻子一直在照顧自己，應該有好幾年了。當初真的沒有選錯這個漂亮而又善良的女人，後來有了阿龍，他對自己的生活一直是充滿信心的，而且時常感到滿足。自從自己出了那場車禍，他記得很清楚，他就什麼也不知道了。直到自己再能聽見開始，妻子在不斷地照料自己，卻有了另一個男人。還有阿龍好像長大了許多，他很想再看看妻子，看看兒子，還有那個男人到底是誰？

有一天，阿龍突然奔向董詠梅向她叫道：「媽媽，媽媽，爸爸的眼睛在動。」聽到這個消息董詠梅一陣狂喜，飛快地來到了周永康的身旁，對著他叫道：「你真的醒過來了嗎？你真的還能醒過來嗎，你快快睜開眼睛看看我吧，看看阿龍吧，我等這一天已經等瘋了。」聽到妻子邊哭邊叫，他用盡全力，睜開了眼睛。「你能看見我嗎，你能看見我嗎？」她還是極力地叫著。他想說話，卻說不出口，只是流下了淚水。「你哭了，你會哭了，真是太好了，你終於真的醒過來了。」董詠梅滿心歡喜，可驚喜之餘，她也想到了王力群，這個似乎是站在自己背後的男人。現在，她要面對兩個男人，一個是從昏迷中醒來的丈夫，另一個是漫漫黑暗中給予自己支撐的男人。她忽然感到迷失了方向，要是周永康真的站起來了，她又該怎麼面對？

事實上現在已經不同以前，董詠梅和王力群的一舉一動周永康都看在眼裡。就算是他們刻意地掩飾，也逃不過他的眼睛。他開始慢慢說話，慢慢鍛鍊自己的肢體。可是，王力群一出現，他就變得憤怒與暴躁。這一切明擺著，他容忍不了這個和妻子一起照顧自己的男人。於是，王力群向她告辭，而此刻董詠梅才感到，這些年來，患難與共的情感已是令她刻骨銘心，她對他已經是依依不捨。不過，她還是冷靜地接受了現實，繼續照料著自己康復中的丈夫。他已經沒有了從前的那種樂觀和善解人意的秉性，而是變得消沉、易怒。董詠梅似乎愈來愈不能面對他。有一次，在董詠梅幫他進食之後，又為他擦洗，隨後她正準備離開。可是，周永康卻一把拉住了她，艱難地說道：「我們……睡在……一起吧。」董詠梅聽了一愣，不由得說道：「我很累，我要好好地休息一下。」說罷，她關上了燈，離開了。

周永康堅持康復鍛鍊了幾個月，似乎一點進展也沒有，雖然兒子是他唯一的慰藉，可是他感到自己的人生變得毫無希望，他很清楚自己的妻子為他所做的一切付出，可是，如今自己變成了這個樣子，而且還要繼續拖累她，他又怎麼能再向她索取什麼？她已經做得夠好了，可是，難道自己還要拖累別人活著？看得出來，自從那個護工走後，妻子的神情也憔悴了許多，自己是別人的累贅啊。想到這裡，他無奈地拄著拐杖又走了幾步，可是，又不慎跌倒了。當他再次爬了起來後，他用力推開窗門，用盡全身的力量，從窗口一躍而下……

（五）

一對孿生兄弟的悲劇：阿峰和阿濤是一對雙胞胎兄弟，他們從小一塊兒出街，一塊兒上幼稚園，又一塊兒上小學和中學。這年，他們的父母終於離異。可不知為什麼，他們都選擇了對方喜歡的那個孩子，雖然在外人看來他們幾乎沒有什麼差別。從此，峰峰跟著他母親，沒過幾年，他母親又嫁人了。所以，他被獨自安置在一個弄堂裡的房子最上面的一個閣樓裡。整個房子樓上樓下有四戶人家，每家有一間房，沒有廁所間也沒有廚房，只有一個共用的水龍頭在樓底的過道上。這樣，峰峰要在門口本來已經連走路也不方便的地方再放一個煤爐。生爐時要拿到樓下，等煤燒紅了再提到樓上。峰峰住的是一個最小間，大約六七個平方米，除了放一張床和一個寫字臺，就連站的地方也很有限了。

八十年代的學生，崇尚詩文。生活窘迫的阿峰，為了出人頭地，一心想成為一個詩人。靈感似乎總是源源不斷地湧來，因此，他愈寫愈多。又在大學的詩社裡，很快混了個社長。可誰也不會想到，這些詩，讚美的詩、豪情的詩就是出自於這樣一個生活最窘迫、最潦倒的陋室裡。不過常言說得好：「山不在高，有仙則靈。」

每月幾十元的生活費付了水電煤，加之抽煙，朋友相聚還要拿出幾瓶酒，所以在慷慨了幾天之後，剩下的日子誰也不知道他是怎麼過下去的。那般浮躁而又多嘴的人，在享用了該享用的東西之後，不會拿出任何資助，倒會叫嚷著：「阿峰啊，月頭幾日過得像貴族，接下的日子過得似乞丐。」他倒好，對什麼事，無論大小，一概一笑了之。阿濤時常會給阿峰帶點煙酒過來，有時還有牛奶、水果什麼的，這對阿峰來說可謂雪中送炭；可也有斷供的時候，那就是阿濤又被警察給抓了。雖然阿濤跟著父親過，可他卻很少回家。男孩子一旦到了成熟的年齡，加之家庭破碎，那麼和父親的關係也就名存實亡了。因為阿濤不是獨立生活，所以他幾乎沒有什麼零用錢。他和阿峰不同，他性格剛烈而又機智，不像阿峰那樣，戴著一副近視眼鏡，一臉文弱書生的樣子。阿濤身上透露出一種混跡江湖的氣息，他雖年少，可在獄中、獄外，已經歷練了好些年頭了，每次刑滿，為了生活，便又會重操舊業。

這次阿濤犯案被抓，倒不是在行竊時，而是在銷贓時，他居然把一件上好的進口皮衣去舊貨店當賣，別人一看，便馬上警覺起來了：這樣的年紀，一副不正經的樣子，當賣這樣的衣物，不是偷來才怪！於是店主報了警。因為是慣犯，每次被抓就得坐牢。這樣，阿峰的生活也受了影響。可是這次，更嚴重的事情發生了，警方在查找贓物時，在阿峰住的地方也找到了幾件贓物：一瓶洋酒和一雙皮鞋。這樣，阿峰也被警察帶走了，並且因「窩藏罪」而被關押。

出獄的時候，阿峰被剃了個光頭。因為他平時戴著眼鏡，斯文相很濃，可現在看起來卻很滑稽。不過，他再也不能回學校了，本來就孤獨無助的他，於是更加苦悶，並整天無所事事。從此，他天天睡大覺，把僅有的生活費用來喝酒與抽煙；每每想著心中的失意，慨歎自己的遭遇，只能埋頭寫詩。本來在大學裡，雖然一無所有，可還是有些詩社裡的女生對他青睞，這是他最得意的事情。因為如此，就連那些平庸的青年教師對他也產生了嫉恨，甚至用考試總評不及格來懲罰他。有時候阿峰真想再回到牢裡去，雖然那裡沒有人身自由，可他本來就過著孑然一身的生活，又沒有足夠的生活費，在裡邊至少不用為日常開銷操心，而且遠離世俗。

月初的時候，他去他母親那裡取一些很少的生活費。這樣，第二天先睡了一個懶覺，起來後，他可以去吃一盆香噴噴的炒麵了。已有好些人在那裡排著隊，阿峰在佇列中，眼睛盯著鍋中的麵。做麵的人看起來很有架勢，他每放一些油或其他調料時，都會揮舞著一把長長的勺子，像是表演一般。阿峰想著，做一個炒麵師傅也不錯，至少生活不會像自己這樣狼狽潦倒。雖然內心躊躇滿志，其實只不過庸人自擾而已。正當他胡思亂想之際，便輪到他取麵了。盛麵的人用一雙長筷子一叉把麵移入盤中，正好有一棵大菠菜夾在麵裡，又在空中掉了下來，剛好落在了盤子中央。一聲噓聲，隊伍中發出了羨慕的聲音，因為這一大鍋炒麵裡才只有幾棵這樣的大菠菜，誰都想得到一點菜。

阿峰吃了一大盆麵，轉身便回家又無所事事了。因為有犯罪的紀錄，他不能再上大學了。他想去找一份工作謀生，結果還是一個鄰居同情他，幫他找了一份工廠門衛的工作，工資雖然不高，可比起以前吃了上頓沒下頓的日子，不知道要好多少。這樣，他每天上班、下班，偶爾去他母親那兒走一走。雖然他母親似乎比以前過得好多了，房子比以前大，裝修得也很好，可他母親的怨氣並沒有消逝。她總是抱怨他父親，什麼以前沒有過過好日子，現在也因為是他父親對孩子不負責任才造成這樣的後果。當然，他父親也有怨言，天底下沒有這樣做母親的，只顧自己幸福，從不關心孩子，就連孩子出事坐牢，她也不聞不問。兩頭都是抱怨對方，阿峰早已習慣了這一切。在這個世界上，在他的心目中只有詩歌是最美好的。看門衛本是件很無聊的工作，尤其是值夜班，誰都怕辛苦。阿峰倒好，別人不幹他幹，他白天睡覺，晚上可以在值班房裡看書寫詩。門房雖小，可自己的家也不比這門房大多少。有一天夜裡，他正在潛心寫詩，忽然發現外面有些動靜，他本能地警覺起來，便走出小心地細看。很快他發現有人在偷廠裡的銅絲，一大捲銅絲很沉，那人正吃力地把銅絲抬到自行車後座，然後推著就走。阿峰手持門衛用的警棍，只要輕輕一擊就可以制服對方；不過他馬上想到，如果把他抓住，那他必坐牢無疑，而那傢伙的身影，又使他想起了阿濤，他存心放了他一馬。因為廠裡好幾次少了銅絲，又抓不到人，於是便怪罪於看門的阿峰值班時睡覺，他被工廠開除了。

這下阿峰又無所事事了。正當他萬念俱灰之時，卻有一個驚喜傳來。那年，全市大學生詩歌比賽，阿峰意外地得了一等獎。全市幾十所高校，人才濟濟，想要在優秀人才中出類拔萃，絕非易事。就連他曾就讀的大學也高興了，獲獎人為名氣平平的大學添了光彩。可學校一打聽，原來阿峰早被除名，只是阿峰繼續用了學校的身分而已。從此，那些阿峰從前的同學和朋友都叫阿峰「詩人」，這個稱呼可是他求之不得的，他也想藉著這個榮譽去報社或是雜誌社找份差事，哪怕就是做了校對的工作也好。這樣，別人看起來他自己也會覺得體面。可是他並沒有成功，這令他感到做一個詩人其實非常地無奈，燃燒的思想、天賦的靈感，還有神經質的敏感，在困頓的世俗中，天天經受著煎熬。時光荏苒，以前學校裡的同學畢業以後，都有一份體面的工作，而自己卻一無所有，也看不到什麼希望。從小家裡就鬧不愉快，到了成年，從來沒有向女生示過愛，只是把自己的激情與追求融入詩中。他一直想有個機會好好地戀愛一次，那個天使一般的女人，什麼也不計較，只知道愛他和喜歡讀他的詩，可這樣的女人從來沒有出現過。有一天下午，阿峰正躺在床上抽煙，因為他門微開，隔壁的小女孩走了進來，問他一道數學題。小女孩緊坐在他身旁，使他有種本能的衝動，他根本無心看題目，而是借勢把小女孩靠在自己的身體上面。他激動不已，他從來沒有這樣沸騰過，又不自覺地把自己的手也伸入了小女孩的身體裡。不巧，這一切被門外的一個人察覺，別人推門進來發現了一切，隨後就報了警。這樣，阿峰立刻被捕。後來，阿峰以「流氓罪」被判入獄二年。

這可以說是他人生的第一次「性」經歷。為了這次衝動的慰平，卻付出了慘重的代價。他想著，如果正像有人罵他那樣「不是人」，因為自己欺負了一個小女孩，那麼他願意變成一隻小鳥，只要在異性面前展示一下自己美麗的羽毛，也許就可以得到對方的認可；或是一頭公鹿，經歷一番廝殺，也許自己勝利了，就可以取得配偶。而自己為什麼偏偏是人類呢？人類自詡萬物之靈，並訂出許多的法律，其中和未成年人做愛就要坐牢。他想著，出獄後，無論如何要去嫖妓，哪怕借錢，就算是犯法地抓住要坐牢也要讓自己做一次真正的男人。只有做一次真正的男人，才能對得起宇宙中的自己。自己是宇宙中的地球上的人類的一員，一個非常偶然的生命，偶然到幾乎不可能的程度，要是上代、上上代、上上上代任何母系中或父系中婚姻生活出一點點陰差陽錯，自己便就不存在了。更何況早在幾千年前兵荒馬亂的戰國年代！只要有一個祖先在戰場上戰死或是在秦朝幾十萬修築長城的苦役中因勞疾而死，難道還會有今天的自己嗎？不會的。因此，我們不能輕易去捕殺一條魚或是一隻昆蟲，因為偶然的一次放生，也許是拯救了牠無窮無盡的後代。

他想利用這兩年的牢獄生活好好地讀些書，可在獄中連起碼的自由也沒有了，不僅時常要被管教訓斥，還要對付各種獄友。如果他一本正經地讀書，一定會被人捉弄和欺負得不行。雖然在外面是自由的，可又處處不在約束之中，就連衣食住行都有個規範。比如自己不想穿衣服走出去，那麼一定會被人抓起來並送進精神病院。他想著就把自己的命運交給上帝吧，如果上帝要讓自己的餘生生不如死地苟活著，那麼請便吧。如果上帝還沒有放棄自己，不管歷經了如何的枉然，最終也會留下一些人類可讀的詩篇，那麼，自己會執著地活著。

在他出生時，便是雙胞胎，然而，在兩個兄弟四隻腳慢慢行走的過程中，家庭卻走向了破裂。他們從小沒有得到多少來自父母的關愛，而是父母之間無休止的爭吵的場景，留在心中的只是一片破碎的記憶。阿峰最終考上了大學，圓了青春中最初的夢想。從此，出人頭地的野心也慢慢滋長，並以許多在逆境中成材的名人為楷模，希望自己有朝一日也能脫穎而出，並不知不覺地愛上了詩歌，而且一發不可收拾。孤獨而又激蕩的心伴隨著燃燒的青春，並產生了許多在自己看來是不朽的詩篇。忍受過別人多少的誤解與嘲笑，可他還是這樣走了下來。最終他的詩篇獲了獎，他覺得至少自己用生命的激情所換來的文字，並不是一文不值。可惜，在他一次不經意的偶然的衝動下，釋放了一下與生俱來的並被壓制已久的本能，卻把他的前程引入罪人的歸宿。從此，名譽也就被毀了，雖然名譽在他看來只是人類的虛榮的奢侈品。在牢獄之中，別人把自己看成秀才、詩人，看成一個本不屬於這裡的物種；可獄外之人，振振有詞地被人咒道：「這樣的人，就該在獄中度過一生。」

獄中的生活令他感到內心掙扎，好不容易熬到了出獄，可方方面面的歧視與壓力，使自己活在恥辱的烈火之中。出獄後的自由和歡樂很快就被現實的困頓所籠罩。他聯繫上了阿濤，久別相聚，兄弟對坐竟無言可述。他們只在小房間裡抽了好一會兒煙，可這煙錢也是從別人口袋裡掏來的。這些事本來就算不了什麼，這些年阿濤就是這樣過來的，只要他靠上誰，不一會兒，他的手準能伸進別人的口袋裡。無論是在小攤位上，在公車上，或是在候車站、醫院的候診室，搞點小錢實在是易如反掌。可他知道，這種小把戲是發不了財的，因此也改變不了命運。當然，也有失手被捕的時候。因為前科太多，一旦被抓，就算只偷了幾毛錢，也一樣被送進牢裡。如果說，阿峰還有人稱他為「詩人」，那麼阿濤該是「神偷」了。就是這樣，這對孿生兄弟潦倒地生活著。

這天到了下午的時候，兄弟倆一起排隊買炒麵吃。就在他們面前幾個人的位置上，有個衣著講究，並掛金戴玉的漂亮女人。「這個女人很有錢。」阿峰悄悄地告訴阿濤，「但她也很愛吃這裡的炒麵。」他邊說著邊打量著她的身影。她的手那麼纖纖，又低頭盯了她的腳丫子，因為是夏季，涼鞋裡的雙腳看得一清二楚。這個女人的腳皮子也很嫩，又白，極為性感。阿峰正胡亂地想著，又見那個女人提著麵，「噔噔」地離開了，並朝著斜對面的一幢樓走去。「這個女人就住在那兒嗎？」阿濤問道。阿峰點點頭，隨口說道：「她可能住在四樓七號，有次打公用電話，聽她告訴別人這個號碼。」

吃了麵，阿濤就走了。阿峰還是一個人躺在床上看書，近來他非常熱衷於柏拉圖、蘇格拉底和尼采的著作，也許是他找到了什麼共鳴。而此時阿濤卻一個人閒逛在路上，他本能地搜尋目標。雖然他和父親同住，因為很少回家，事實上他像一個無家可歸者，常常睡在車站，或是非常便宜的旅店。而這些場所，又是他出手的好機會。此時，他突然產生了一個念頭，他想去看看剛才遇見的那個買炒麵的女人家是什麼樣子。於是，他走到了那幢樓樓下，抬頭一望，一共有六層。雖然處在熱鬧地段，可樓的背面卻非常幽靜。於是，他走上了樓，看看那女人住的地方，又聽了聽裡面的動靜。他知道，這種樓相對比較安靜，如果是撬門而入，容易驚動鄰居，而且又搞不清楚裡面的情況。於是，他又跑到樓下，順著水管一直向上爬到窗口，輕輕一推便從窗口而入。這樣看起來比較危險，而這對他來說卻是最安全的。他早就練得一手攀樓的本領。此刻，夜幕已是低垂，屋裡並沒有任何燈光，他感到一切似乎順利，又有一筆錢財可以到手。他跳入的房間是個廚房，然後輕手輕腳地摸到另一個房間，藉著窗外的一點光亮，他開始翻箱倒櫃。忽然間，他聽到一陣鑰匙開門聲，接著房裡的燈又亮了，阿濤一下子退回廚房，心裡希望她只是回來取一件東西就走，可他卻不小心碰到什麼東西倒了下來。「是誰呀?!」她大叫一聲。阿濤一下子衝了出去，那女人又是一聲尖叫。「你是誰？……要幹什麼？」她驚恐地問道。「老實點，把身上的首飾和家裡的現金交出來，不然我就不客氣了。」他凶狠地說道。「好吧，好吧！……我全部給你，你不要傷害我！……」她哭泣道。「那你快點！」她一一照做，驚慌地抽泣。他從來沒有見過一個漂亮的女人會這個樣子，又止不住渾身血肉沸騰。「躺下！」他咄咄逼人。「你要幹什麼呀？」她退後了幾步。「快躺下！」他再次窮凶極惡地相逼。她無力地坐到了地上，而他上去把她的衣服一件件地拉開，忙了一陣，他平息了下來。正準備逃走，又一下想到她可能會認出住在附近的阿濤，於是，他又轉回身去，把她按在地上，掐住了她的脖子……

因為殺了人，他得連夜走得愈遠愈好。他知道，就連以前那種流浪的生活也過不下去了，他得去僻遠的地方，隱姓埋名做一個逃犯。於是，他去了北方的一座煤城，因為在那裡，只要不怕死，就可以找到一份收入還好的工作。

警方對屍體進行了驗查，並在屍體裡發現了精液。根據作案現場，警方推斷案犯應該熟悉受害者，沒有明顯的撬門痕跡。可此小姐雖是單身，社會關係比較複雜，又經常出入娛樂場所。由於頭緒繁多，於是警方分三路分頭展開調查：一是和她所有有關人員的線索，二是查找案犯時段周圍目擊證人，三是有前科的犯罪分子比對血型。很快，在排查了幾個嫌犯之後，線索就落到了阿峰身上。當他第三次被公安逮捕時，他根本不知道這次到底是為了什麼，警方興師動眾的規模遠遠超過以前。但在警方無休止的盤問中，使他隱隱感到發生了什麼事，他預感這次非同尋常，是一樁大案，可能設計謀殺。可謀殺又怎麼和自己扯上？就算是阿濤小偷小摸，以他的冷靜沉著，也不至於到殺人的地步。但警方的問話愈來愈直接，一切證據都對他很不利，他不得不保持沉默。沉默又意味著默認。很快案子結了，罪名是搶劫、強姦、殺人。這是人類最大的罪惡，一下子就統統被他包了。還有以前的前科，他想自己應該去死了。

他本來因生活太潦倒就打算自殺過，因為在這個時代自己只是行屍走肉，詩人本該就該被這個時代所戮嘛。況且，自己的死，還能挽回另一條生命，而且還是自己的孿生同胞，就像蘇格拉底那樣「無罪而死」，那不是很好嗎？

直到後來阿峰被押上刑場上，雖然他雙腳發軟，最後他還是對天長歎了一聲：「我是冤枉的！」可沒有人會相信他，相信一個慣犯，相信一個偷、姦、殺樣樣俱全的犯人。於是，他只有死路一條。二年之後，遠在北方煤礦工作的阿濤，因為那場礦難，他的生命也被奪走了。他也是警方的通緝犯，這樣，案宗終於可以了結。

給他們兄弟二人上墳的兩位悵悵老人，是他們的爺爺和奶奶，老人早已欲哭無淚。第二年，兩個老人也相繼而亡。

（六）

一對母女的悲劇：沒有比帥帥更纏綿的女人了，每次見到孫立民，帥帥便像女兒一般迎上去纏繞他，雙手摟著丈夫的脖子，要他親親，再抱抱。沒有辦法，因為是嬌妻，娶了她便負上了照顧她一輩子的責任，而這種責任是男人與生俱來的。因為帥帥表現得太像自己的一個女兒，孫立民甚至懷疑，那些表面上看上去一本正經的女人，回到家裡跟自己的老公是不是也會像女兒看見爹爹那樣，又吊脖子又索吻。也許有的女人是個天生的護士，在別人看來最令人生厭的照顧人的活兒她偏偏做得心安理得；有的女人是天生的女兒，時時刻刻要老公哄著、慣著，有的女人是天生的老娘，一天不教訓她的男人，似乎就少做了一件事。當然，孫立民以前在家他是長子，下面有個妹妹，他從小就遷就著比他小七八歲的妹妹，一直到他自己成家。現在他遇到了帥帥，還是要整天哄著喜歡「胡鬧」的小女人，這也許是他的命。帥帥在家排行第三，上面兩個都是姐姐，她的父母生了第一個女兒，便想要個兒子，結果第二個還是女兒，於是又生了第三個，結果還是女兒。她父母給最小的女兒取名帥帥，讓人感到這個名字有點男孩子氣。這三姐妹，別人見了，都會誇她們模樣俊俏。老大蓉蓉有一雙特大號的眼睛，外號就叫「大眼睛」，人見人愛。老二芳芳也是個標致的女孩，不過老二早熟，上初中就寫情書給男老師，弄得師母鬧到學校，芳芳因此也受到學校處分。老三帥帥，更是玲瓏可愛，兩個姐姐都大她好幾歲，從小在家最會鬧也最得寵。

當別人把帥帥介紹給孫立民時，他一眼就喜歡上了這個漂亮的女人。那年她幼教剛剛畢業，正準備做一個幼稚園老師。孫立民當時還暗自竊喜，想到將來如果和這個女人結婚生子，帶小孩不成問題了，有了專業的人才。帥帥似乎也對孫立民一見鍾情，雖然他看上去比自己老成許多，可她似乎生來就不太喜歡小帥哥模樣的男人，而孫立民已是而立之年，整整比帥帥大了十二歲，兩個人的生肖一樣都屬虎。孫立民風度翩翩，一派紳士的樣子，又自營律師事務所，所以也就不難地俘獲了帥帥的心。

雖然孫立民對帥帥一見傾心，但很快就發覺這個女孩子的「異常」：帥帥喜歡叫他「爸爸」，使他感覺自己對妻子的寵溺像是父愛。畢竟，帥帥從學校剛畢業，還沒有踏上社會，就和他相識相愛了。由於雙方的年齡差距，這種「父女」關係從他們剛相戀就建立起來了。雖然有點特別，卻又水乳交融。也許換一個老道的女人，孫立民還不習慣呢。有的女人天賦好，可是爭起利益來叫人望而生畏，這種事在事務所看得太多了。很快，他們形影不離，這樣的時光一段又一段。幾乎每條路、每個公園、每個娛樂場所，每個餐廳都留下了他們的足跡。不知不覺，光陰就過了二年，那年帥帥剛好二十歲，她嫁給了孫立民。兩個人變成了一家人以後，不久帥帥就懷孕了，當她告訴他她有了身孕時，孫立民似乎才突然感到這將對他意味著什麼。因為帥帥自己像個「女兒」，現在又多了一個女兒，這可如何是好？不過，孫立民又想著，等帥帥自己做了母親，也許一切就會改變，她會像所有的母親那樣，把全部的心思和愛投入到小孩子身上。孫立民希望到了那個時候，他才能成為一個真正的丈夫，而不是像現在那樣，不僅要白天哄著帥帥，連晚上她上個廁所，也要陪著。

帥帥的肚子一天天地大了起來，可慢慢地她變得愛哭，甚至後來一天要哭上好幾回，稍不順心或是稍有煩悶，她就會像小孩子一樣哭鬧。雖然孫立民心裡很不是滋味，但他又不敢向任何人訴說，怕被別人恥笑。於是，他只能儘量休假，帶帥帥到處遊山玩水。終於到了帥帥挺著太大的肚子難以行走時，他們才常常待在家裡。有一天，帥帥突然向孫立民說道：「老公，這輩子幸虧遇到了你，我知道你總是對我這樣百依百順，而我又總像一個小孩子一樣對你無理取鬧，你煩不煩？很煩，你不說我也知道。可是你又不知道，我從小在家最受寵，無論做錯了什麼事，父母總愛護著我，就算是我的錯，我也能輕意地賴在姐姐身上，讓她們替我受罰。現在我出嫁了，可是我的稟性還是沒有變，我還是那樣喜歡胡鬧，喜歡被人偏袒和寵愛。話要說回來，只有對一個人付出了全身心的愛，我才會這樣『無理取鬧』，不然的話，我一定是個冷美人，一座冰山而已。不過老公你放心，等肚子裡的寶寶出生後，我自己便成了母親，我一定不會再像一個女兒和爸爸那樣嬉鬧，讓我隨著性子胡鬧。我會做好一切，做一個好妻子，也做一個好母親。老公，你怎麼哭了？你可從來沒有在我面前哭過呀。親愛的，快過來呀，抱抱我。是的，我現在太重了，應該是我們太重了。一個人怎麼抱兩個人呀？老公，還有一件事要問你，如果有一天我和女兒都在哭，你先哄誰？你可一定要先哄我，記住了嗎？老公。」

孫立民被帥帥的一席話說得喜極而泣。是的，帥帥的肚子一天天脹大起來，可她自己還是個孩子呀，她還要人寵，要人呵護，自己一下子變成了媽媽，這可叫她如何是好？也沒有別的辦法，他只是想著就把她們當作一對女兒來養，姐姐是可以照顧妹妹的，只要她時常抱抱小孩子，只要她能哄小孩睡覺，那麼，一切不會有什麼問題。而且老是過著兩人世界的生活也會犯膩，如果家裡多了一個小女孩，雖然累點、吵點，可畢竟是一個完整的家啊。而且，自己也不願帥帥以後再到外面去工作，家裡有個孩子會讓她的生活不再無聊。自己每天工作回家，又是嬌妻又是女兒，他覺得自己也算是很幸運的。不久，孩子終於出生了，一個胖乎乎的女孩呱呱落地。孫立民欣喜萬分，抱著模樣酷似自己的新生嬰兒和帥帥一起回到了家。打量著剛剛出生的嬰兒，孫立民不由得想著：難道這個小東西就是自己的女兒嗎？真是不可思議，難道這就是我們這輩子註定的命運嗎？如果不是你，又會是誰呢？會是另一個跟你很相似的人，但絕對不是你。謝謝你來到了這個世界上和我們共度人生。從此，帥帥整天照看孩子，孫立民每天也是忙裡忙外，好在不久就找到了合適的保姆。小女兒除了吃奶，其他大部分時間是在睡覺。孫立民終於也可以安心地工作了，帥帥平時無所事事，閒著便到鄰居家打麻將，反正也不用買菜煮飯。孫立民只要一回家，便會先匆匆地去看上小寶寶一眼，然後才會顧及其他的一切事物，而帥帥總是迫不及待地要老公親親抱抱。

那天孫立民提早回家，便讓保姆自己去忙，自己便坐在沙發上抱著女兒逗她玩。此刻，帥帥正好也回來，孫立民只是和她招呼了一下，也沒有把女兒放下去迎上前擁抱她一下。帥帥頓覺一陣目眩，她感到被深深地刺傷了，帥帥卻因為丈夫的這種「反常」使她頓感地動山搖，她直感到世界上最寵愛自己的人變了心。她對著保姆失控地吼叫，讓她把孩子抱走，而自己卻一頭倒在孫立民的懷裡，向他撒嬌。哪知此刻孫立民也一反常態，說自己累了便要回臥室休息。帥帥腦子裡又一陣轟鳴，便情不自禁地遷怒於自己的女兒身上。從此，她的內心由嫉生恨，最終由恨生毒。帥帥居然想出了一個除掉自己女兒的想法，她想要回丈夫從前對自己的那份絕對寵愛，而這種情懷不能和任何人分享，哪怕是自己的親生女兒。

計畫不久就開始實施了，她先辭掉了保姆，每天中午飯後便自己出去打牌，讓女兒一個人睡在床上。那天孩子剛吃了奶便睡下了，沒想到帥帥居然用一根慢性導火線連上了一瓶汽油，然後點燃了導火線，又便照樣出去打牌。幾十分鐘後，有人衝進來叫道：「你家著火了！」這時，她才彷彿想起了自己的女兒，不顧一切地衝到家裡。火雖已被消防隊撲滅了，可小女孩也被活活地燒死在床上。

因為懷疑縱火，警方開始了周密的調查。調查的結果是由大量汽油助燃了火災。可縱火人又是誰呢？把女兒獨自留在床上睡覺而火災時帥帥又在和別人玩牌，這又會是誰在伺機仇殺呢？警方在取證時發現帥帥常常語無倫次和欲蓋彌彰的真相，在排除了因悲痛而引發的精神錯亂的情形後，縱火最大的嫌疑犯居然是帥帥。因為夫妻關係和睦警方難以查出凶手動機，最後還是一位女警員從帥帥的性格與表現中，得出的結論是「嫉殺」。

孫立民雖然自己也是個律師，經歷過無數個刑事案件，卻萬萬想不通在自己的家裡發生了這樣的一樁「奇案」，他後悔自己一直把帥帥當成自己的「女兒」來看待。面對被拘留的帥帥他吼叫道：「還我女兒！」便又狠狠地打了她一巴掌。而帥帥卻哭叫道：「你打我？你會打我？你怎麼會打我？……」

（七）

一個永遠的初戀的故事：尚川老人躺在床上有好幾個月了，自從他下樓不慎跌了一跤身上弄了骨折後，他心裡明白他再也爬不起來了，只能靠他的老伴喬氏天天伺候他。尚川老人雖然行動不便，可他的神志清醒，只是說話時口齒有些含糊不清。他心裡一直很惱怒自己會變成現在這個樣子，他想著自己在這個世界上消失以後，留下老伴一個人，然後每年清明節，她在自己的墳上燒一炷香，等以後老伴也走了，他們的墳相連著，然後每年再由他們的女兒上墳叩頭燒香，不知再到幾時，就再也沒有人為他上墳祭拜了。

誰也不會知道，尚川老人的心裡還惦記著一個女人，一個他年輕時愛過的女人。雖然那是五十年前的往事了，可在他心目中，她永遠是那個樣子：一個留著兩條短辮，一張純情而又清澈的臉。雖然光陰匆匆流失，可她的容貌總是依然清晰可見。每當他想起當年在車站告別的情形，他的心總是那麼地不平靜，甚至在夢中相會後，醒來會覺得心如刀割。終於，尚川老人在一個陽光明媚的上午，喬老太剛剛為他洗漱完畢，他卻一反常態拉住了她，吃力地說道：「在我離世之前，有件事還想讓你去做。」喬老太有點意外，卻說道：「什麼事，說吧。」心裡又琢磨著這個和自己生活了一輩子的男人，心裡頭又有什麼放心不下的事，無非是要說等他死後，讓我和女兒過，不然一個人會太寂寞。「我想請你幫我去找一個人，」尚川說道，「有個叫李海鳳的人，五十年前我們分別了，她一定還在天津。」喬老太沒有聽明白尚川老人的話，以為他在說什麼胡話，可看他的神情又不像神志不清的樣子，便又有些吃驚地問道：

「什麼李海鳳？什麼天津？你都病成這個樣子了，還想找誰？」「那年廠子從天津轉移到南昌，我就下來了，她還留在那兒。」尚川說得很明白，喬老太卻情緒激動起來：「都這把年紀了，又病成這個樣子，還提什麼五十年前的人？就算是當年你們相好過，那又怎麼樣？一切都早已事過境遷了。人家現在是死是活還不知道，就算是還活著，也早已成了別人家的奶奶，也由不得你再去打擾。還想讓我這個老太婆去什麼天津找她，說起來都讓人丟臉。你也不為我想想，我們共同生活了四十多年，難道她就這麼讓你忘不掉？唉，虧你說得出口，你也不想想自己是什麼年紀了，也不看看自己已經變成什麼樣子了，還要讓自己的老太婆為你去千里之外尋找什麼『海風、沙灘』？跟你過了一輩子，好像今天才知道你這個老頭子還會來這一手。」喬老太這些年來主要心思在照顧尚川老人，再苦再累也沒有抱怨過，可沒想到自己的老頭子雖然多年體弱多病，卻心裡還存著這般心事，她愈想愈生氣，愈想愈傷心。

見喬老太滿臉惱怒的樣子，尚川老人也不願再提這個要求了。本來他只是想在死前了結一個心願，而這個心願在心裡埋藏了一輩子。以前他還很健康時，也曾想去北方一趟，去看看自己工作過的舊廠子，去找海鳳，因為對那個地方對從前的海鳳他一直是夢繞魂牽。如果真的能夠再見上海鳳一面，敘述一下自己這些年來對她不盡的思念，既是不再出於愛慕，僅僅是一種懷舊的情感，共同敘述從前遙遠的歲月，那是一件多麼美好的事。可是由於忙碌，更是由於經濟上的原因，留在心裡多年的願望卻一直未能實現。可是如今他感到自己也許再也不能爬起來了，更不久於人世了，要想再實現這個願望，只有通過自己的老太婆了。可她卻一點也不能理解，只會像一個年輕女人那樣抱怨。如果她是這種態度，這輩子自己再也無法實現這個心願了。

雖然喬老太很是氣憤，可是慢慢地她回過神來，她想著這是老頭子人生的最後心願，又想著這輩子老頭子從來沒有做過對不起自己的事，他只是心存一份對過去美好情感的懷戀，而把一生的時光和自己相伴了，如果不幫他去實現這個願望，如果他真的走了，恐怕以後自己想起來也不好受。老太太不知道怎麼辦才好，於是便和女兒商量。

女兒聽了，也感到不可思議，便也抱怨道：「誰沒有在年輕時有過情感波折，怎麼可以事過這麼多年，再去打擾別人的生活？如果人人都像爸爸這樣，生活豈不亂了套？」喬老太說道：「女兒啊，這就是你爸爸不同於別人的地方，和他過了一輩子，我也是好像才剛剛瞭解他。不過，就算我們娘倆為他做一件善事，這樣他死後也能安息了。」

看到她母女倆忙著準備去北方，尚川老人總算可以安心了。雖然他明白畢竟時間相隔太久，也不知道以前工作過的廠子還在不在，更不知道海鳳有沒有換過工作地方或是移居其他城市。總之，雖然他滿懷希望，但也同時感到希望渺茫。不過無論如何，去了北方，總歸會有個什麼結果，哪怕是找不到她，也可以知道她離開了天津，到其他城市安家了。這樣，喬老太和她的女兒準備了一段時間後，便終於成行了。不過，她們心裡同樣一點底都沒有，就是到了那個廠子，又去找誰呢？又有誰會知道何尚川和李海鳳？當年的職工都早已退休了，現在只能希望有人認識海鳳，畢竟算時間的話，如果她是在廠裡做到退休，或許還有人知道她。

她們母女一下火車，找到了一家低檔的旅館，放下行李後，便按地址去找那個廠子。工廠倒是真的還在那裡，只是很難想像尚川老人年輕時就在這裡邊幹活。她們戰戰兢兢地走了進去，門衛馬上攔住了她們。老太太的女兒便告訴他，她爸爸從前在這廠裡工作，五十年前因備戰需要他和南遷的分廠一起下了南昌，現在她們來找有個叫李海鳳的阿姨。門衛聽罷跳了起來，頭上的帽子也差點掉下。「五十年前？開……開什麼玩笑？」「那你知不知道有個叫李海鳳的人？」「這……這個嘛，你們去找工廠保衛科，他們也許知道。」門衛見她們兩個從南方來的，一路風塵僕僕的樣子，便准她們進入。她們又忐忑不安地找到保衛科，推開門，走到一邊，便向人說道：「啊呀，對不起，我們是從老遠來的，想找一個叫李海鳳的人。」「李海鳳？李海鳳是誰？你們有誰認識她？」有個男人大聲地問起旁邊的幾個人。「李海鳳，早就退休了，去她家找吧。」一個年過半百的人說道。「請你們一定要幫忙，我們出來一次很不容易，幫我們查一下她的住址吧。」「她的住址我們不知道，不過，工資卡上有她的電話號碼，我們可以幫你問一下。」「謝謝，謝謝！」她們母女倆終於喜出望外，沒想到這麼順利就能在天津找到一個五十年沒有聯絡過的人。

她們母女一心想著要找到海鳳老人，可是當她們有了聯繫海鳳老人的電話號碼後，心情卻一下子重沉起來。掀開塵封了五十年的往事，這對於誰來說都是一個不可思議的可笑而又愚蠢的行為。喬老太的女兒終於硬著頭皮，去撥了那個電話號碼。接電話的人不是海鳳老人，而是她的丈夫。喬老太的女兒告訴他，說自己的母親和喬老太過去是廠裡的舊同事，她母親想和喬老太見見面，她母親姓何。

有一個姓何的女同事要見自己，海鳳老太怎麼也想不起是哪一年的哪一個同事。可是別人又知道她家的電話號碼和自己的名字，那個尋找她的人一定不會搞錯。可是到底又是誰呢？她百思不得其解。第二天，海鳳老人獨自去拜訪來尋找她的人。當她見到兩個陌生的像是母女的女人時，便對她們說道：「我就是李海鳳，你們是找我嗎？」眼前是一個戴著眼鏡雖然上了年紀卻依然顯得斯文的女人，喬老太太心裡又喜又酸，而她的女兒卻馬上開口道：「阿姨您好，真不好意思打擾您，我是何尚川的女兒，她是我媽媽。」「何尚川？」海鳳老人好像有點激動，卻馬上又轉口道，「何尚川是誰？我可不認識呀！」「我爸爸何尚川從前和您在同一個工廠工作，五十年前他隨分廠南遷到了南昌，您還繼續留在廠裡工作，不是嗎？」她女兒提醒她道。「唉，你們一定是搞錯了，我真的不認識有誰叫何尚川的同事，況且是那麼久的往事。」海鳳老人道，「對不起你們從那麼遠趕來，一定是搞錯了，也把我弄糊塗了。」就這樣，她們三人有緣相見，不過才幾分鐘的工夫，就結束了談話。

喬老太的女兒覺得明明她就是海鳳，為什麼她要又矢口否認認識她的父親？是她記不清了，還是自己的父親弄錯了？或是另有隱情？雖然喬老太女兒很失望，可喬老太卻告訴她，有了海鳳老太的電話號碼，讓她父親自己去和她談談吧。「可是她並不認識爸爸呀。」她女兒問道。「不會的，我感覺到了，雖然我也老了，但也能體諒她。都這把年歲了，在我們面前她一下子難以接受也是常情。不管怎麼樣，我們見到她了，也讓你媽媽看見了你爸爸年輕時的女朋友，也算是沒有白來。」喬老太說道。她女兒聽了，又向她母親問道：「媽媽呀，難道你年輕的時候就沒有這樣的故事嗎？」「傻孩子，說起來真是這樣，你媽媽和你爸爸是初戀，那個年代也許沒有浪漫愛情，也絕對不談什麼物質條件，相處了一段時間，有感情了，雙方就同意結婚了。記得結婚那時，你爸爸口袋裡只有幾十塊錢，請了幾個同事，放了幾盆瓜子和糖果，就算是辦了喜事了。那個時候也沒有覺得清貧，日子就這樣過了下來。」喬老太告訴她。

第二天一大早，電話鈴就不停地響了起來，打來電話的人正是昨天和她們見面的李海鳳，她們母女喜出望外，李海鳳告訴她們，她認識何尚川，只是年月太久，給忘了。她又說，她當年和尚川在同一車間工作，和他只是普通的同事關係，沒有戀愛關係。因為尚川不是本地人，所以她像姐姐照顧弟弟那樣關心他。後來他去了南昌，就再也沒有音訊了。

海鳳老人可以說是過了一輩子的平靜生活，尤其是在情感，忽然到了人生暮年，有人找上門來向她提及年輕時的情感往事，老人實在有點忌諱。不料，當她的丈夫瞭解了事情的原委，卻鼓勵自己的妻子和她們母女聯繫。誰沒有一段珍貴的往事回憶？為什麼要迴避呢？這是真實的生活，不會給美滿生活帶來瑕疵，只會讓生活富有生機。他還讓海鳳轉訊給她們母女，有機會帶尚川老人一起來天津遊玩。喬老太高興地一口答應，不過又說明了尚川的身體狀況，希望能有一張海鳳老人的全家福照片。

當尚川老人看到照片上的海鳳，雖然已經沒有了昔日的甜美，可是他感到神韻猶在，而這種感覺只有深愛過對方的人才能感知。他也很明白，難為了自己的喬老太。終於，他們夫婦和女兒一起，向海鳳家撥去了電話。

「喂，我是尚川啊，是海鳳嗎？……你過得好嗎？哦，我身體不好啊，不久前摔了一跤，可能再也爬不起來了，我就要告別人世了。……可是，我還不能忘記你，你身體怎麼樣？……很好，你還記得那年在車站你送我的情景嗎？……沒想到一別會是這麼多年，海鳳啊，我一直沒有忘記你！……」李海鳳老人靜靜地聽他傾訴，一聲也不響，她強忍著淚水，腦子裡出現了一個憨厚樸實的當年的年輕小夥子。

（八）

一個絕症患者的故事：科幻小說家曾經幻想過，人類的最後日子會是什麼樣，是瘋狂的混亂還是平靜地面對？當然，這一切的到來也許還非常遙遠。由於持續幾天的頭昏無力，王小傑不得不向總經理請假半天到醫院做身體檢查。他平時真是太忙碌了，公司的財務報表、利潤的贏虧、公司的風險投資評估、銀行的信貸，都是他做主管。況且，因為是國營大企業，政治上他也不能落後。從在大學裡，他就是一個活躍的學生幹部，到了國企，便積極入黨。二十五歲他就做上了公司財務總管，他實現的人生目標整整比別人提前了五至十年。自從他入黨以後，本來身心活潑的他，見了人似乎收斂了許多，不再像以前那樣在人面前隨便言笑，而是多了一份沉穩與理性。他現在是科級，他的目標是三十歲以前要升至處級，到那時，別人就不會再叫自己「小王」或是「王科長」，而是「處座」。「處座」以上的幹部公司備有專用的小轎車，有個座駕，所以才夠得上叫「座」。當然，以後做局長、廳長也是遲早的事。每每心裡展望未來，他就變得格外小心從事。尤其是在公司裡，絕不可以和那些「騷娘們」多搭訕，因為在那個時候，最容易讓人看出自己性格上的「輕浮」，這可是非常嚴重的後果。等有一天做了局長以後，身邊就會有漂亮的女祕書，不過，在這個自己努力起飛的時段，一切言行和表現，乃至生活作風，是至關重要的。雖然比別人似乎少了一點自由與樂趣，可心中的企盼和未來的前程使人充滿了克服一切「眼前利益」的力量。

可是天有不測風雲，誰能想到一個討厭而又熟知的病名和他的名字聯繫在一起——白血病，而且他被明確告知生存期很難超出一年。

在痛苦與絕望中，他知道自己所有的計畫都落空了，而且連小命都不保。他問自己：怎麼辦？這十萬分之一的機率讓他不幸碰上。以前總以為自己幸運，十萬分之一的幸運。他質問蒼天，既然要滅他，又何必生他？自己才二十五歲，大學畢業才三年，憑著自己的勤奮與努力，入了黨做了大公司財務主管，然而上天卻一下子變了初衷，就連自己生存的權利也被剝奪。經過了幾天苦苦的思索，他感到就這樣死太虧欠自己了，自己還沒有過上什麼好日子，以前的種種努力與壓制，都是為了將來的美好生活。現在，眼看生命就要走到盡頭，他想他一定要做點什麼，然後才能去死。

絕望之餘，王小傑並沒有把體檢結果報告給公司，因為他需要這個位子搞錢，他想搞很大一筆錢，供他吃、喝、玩、樂直到死期。有了這樣一個計畫，他反而覺得他有事可做了。他的目標是把所有能夠想到的享樂都要體驗，包括：吃山珍海味、喝名貴酒、包養美女、坐私人飛機、住賓館的總統套房等。身為大公司財務主管，這筆帳他很容易算出，年花費大概是八百萬左右。於是，他毫不手軟，把手伸向了公司的財務。沒有人會懷疑他會挪用公司的帳款去無盡地揮霍，人們只看見他臉色比平時更陰沉了，頭上還戴著一頂厚厚的帽子把頭裹得嚴嚴實實，加之他戴著一副近視眼鏡，所以他此刻的面目沒有人能夠看得清楚。可誰也不知道，他每天都在把公司的錢大把大把地用於個人享受，他幾乎在一個月內玩遍了城裡消費最昂貴的地方，哪裡消費高，他就去哪裡。他甚至打起了鄰居的一個小女孩的主意，他也明明知道，姦淫幼女是要被重判的，可他卻對此興奮不已。他終於找到了機會，把小女孩騙到家中，便實施了姦淫。小女孩嚇得臉色蒼白，卻不明白他到底是在幹什麼，可他狂奮不已，已不顧小女孩痛得亂叫，不顧一切地發洩了獸欲。正當他又在一家五星酒樓的總統套房裡和一個應招女郎打得火熱之際，幾個公安把他從床上拖下來後抓捕了他。他對自己所犯之罪惡也供認不諱。

他被押上了被告席，面對法官，當他看到牆上莊嚴的國徽，王小傑還是痛哭起來。他想他本可以面對國徽坐在人民大會堂裡，以一個地方領導人的身分坐在那裡開會，可是，如今他卻成了一個罪大惡極的犯人。雖然自己的命已是朝不保夕，但死了本該令人惋惜，留在人們心目中一個令人追思的形象，況且，父母雖然悲痛卻是體面地活著。現在變成了這樣，死了還要被人唾罵，而父母更要夾著尾巴做人。無論自己被判了多少期限，甚至死刑，也許等於跟沒判一樣，一張空紙而已。雖然如此，他心裡還是十分地痛苦，自己那麼年輕，一直努力向上，天卻要滅自己，自己才會變得如此瘋狂。難道就沒有人替自己想想？如果他也處在自己的處境，那麼那個人會怎麼做呢？難道他只會天天待在醫院裡，看著別的死去的人一個個地被抬出去，然後哭泣著向老天乞求，為什麼要對我這樣殘忍？我還年紀輕輕啊，能不能再給我一次生的機會？這只是何等的最基本的生存權利也被無情地剝奪了，自己能心平氣和嗎？當然要用盡所有的辦法讓自己最後的日子活得精彩，不管是合法還是不合法，不管是道德還是不道德。

法庭照樣宣判，他被押下去坐牢。在死亡面前，坐牢已經不算什麼。不過，身心的折磨比死更可怕，他的體力一天不如一天，又沒有合適的藥物。終於有一天，他感到渾身無力，心力又極其憔悴，於是，他就把床單做成繩帶，吊頸身亡。就在臨斷氣之時，他還想著有一群人在他的相前開追悼會，悼詞唸道：「王小傑，生於一九XX年X月X日，一九XX年X月X日去世，曾擔任財務科科長，一九XX年X月X日入黨，工作勤奮，是一名不可多得的青年才俊……。」

（九）

一個荒誕的愛情故事：大家愛把一線男主持稱「哥」，雖然稱哥，其實已是年近半百。可眼下最走紅的那檔節目主持人，雖然是條漢子，名字叫李紅。於是大家便稱他「紅哥」。「紅」字毫無疑問是個女兒名，影視劇裡叫「小紅」的丫鬟不勝枚舉，可叫大男人「紅哥」聽起來總有點彆扭，更有人戲稱他為「小紅哥哥」，可生活裡應該多為「小紅姐姐」。其實細想起來也不算什麼，東方人素有「男人女相」是貴人之說，名字最後用什麼「芳」、「紅」、「萍」字的男人古今不乏有做軍閥、部長和副主席的。這樣一來，叫他一聲「紅哥」也是尊稱和祈福了。

紅哥主持的那檔節目純是娛樂，不過也有請名人嘉賓做類似訪談的節目。做名人訪談這檔節目是很能體現主持人的智慧與技巧。慢慢地，本以為紅哥只能身著華麗服飾做些令人「不屑一顧」的節目的人也開始對他刮目相看了。當然，這樣喜愛他的人群從年齡層次上大大擴展了，每次紅哥做那檔能展示受訪者個人才藝的娛樂節目，最後照例要問來者未來人生規劃時，無論男女，幾乎無一不是大談自己的生活目標，然後表明自己會怎樣通過努力去實現。那天來了個河南小子，他展示了自己吹口哨的本領，口哨似乎人人都吹過，可他卻能吹出三個八度音，而且發聲清脆明亮，堪稱一絕。據他自己說他從小曲不離口，在路上、家裡、學校，一有機會就吹，多少年下來，才練得一口爐火純青的口哨聲。在節目最後，當紅哥微笑地問道他，今後有什麼打算之類的話，他居然出乎意料地說了一通大逆不道的話語：

「自己很小就從農村走出來了，做過送貨搬運工、修築鐵路工，工廠做鞋子、工地做油漆等等，每個工作都幹得累死累活，收入只夠勉強糊口，想要為家裡寄些錢也很難做到。我想，既然一樣是過窮日子，還不如什麼都不做，也免得自己受皮肉之苦。所以我非到了身無分文之時，我是不會去主動幹活的。」

「我很理解你的處境，其實很多的人都是從逆境裡走出來的，你應該去讀讀書，掌握了知識，就可以實現自己的奮鬥目標。」紅哥侃侃而談。

「沒錯，很多人是從逆境裡走出來的，只可惜走出來的人和沒有走出來的人所占的比例微乎甚微，至於讀書，有時吹口哨怕影響別人休息，我就讀書。什麼《老子》、《莊子》，我愈讀，愈覺得自己沒有出路。」受訪者回答道。

「好了，你還年輕，相信你會有很好的出路，謝謝。」紅哥最後說道。

做完了節目，紅哥開車回家了。紅哥在家裡從不抽煙，偶爾回家感到累了，喝點小酒而已。可這晚，不知為什麼，這個叫劉象的河南小子，他的才藝和他一番與眾不同的論調，卻深深地觸動了紅哥的哪根神經，連他的老婆徐姐也發現自己的老公今晚神情有些反常。

「當一個人長年地辛苦勞碌，生活只能糊糊口，又看不到什麼希望，放棄難道不是一種超脫嗎？」他似喃喃自語地向徐姐說道。

「你現在已是大牌主持人，為什麼會說出這等喪氣的話？」徐姐有些詫異地問道。

於是，紅哥把剛才做節目的事告訴了徐姐。

「你又何必為這事煩惱，節目做了就做了，何必把情緒帶回家裡？」徐姐　道。

「你不是也是河南人嗎？他是你的老鄉啊。」紅哥說道。

「據我老家人說省裡外出打工的有近二千萬，這是你一個做節目主持的能管得了的嗎？」徐姐反問道。

「老婆，我想在他身上打個賭，看看我這個主持人憑自己的影響力，能不能改變一個人的命運。」紅哥說道。

在李紅心目中產生了一個連他自己也不敢相信的藍圖，這件事如果做成了，他不僅成了一個大恩人，也導演了一部現實生活中像電影《百萬英鎊》那樣的故事。他把他的想法告訴了徐姐，他在以前做節目期間，認識了不少有來頭的人，他想在國土局局長面前為他介紹一個頭銜為新世紀地產開發公司的副總經理作為他未來的女婿，而在新世紀地產開發公司的總經理面前為他推薦一個有利可圖的國土局局長的未來女婿作為公司副總經理。把這個河南小子劉象作為這兩個大人物的誘餌，看看能不能演義一部現代的「人間喜劇」。看到徐姐聽得這樣著迷，李紅更加信心十足地開始了他的計畫。

他先找機會拜訪了高局長。

「高局長，您好，我知道您家有個才貌雙全的千金圓圓，我想，以小姐的尊貴，應該許配給一位既英俊，又才能卓越，並能讓小姐過上公主一般生活的郎君才行。」紅哥笑道。

「不瞞你說，想打我女兒主意的人太多了，可她還年輕，應當以學習為主，所以我不急於讓她搞對象。」高局長戴著一副眼鏡，亮亮的腦袋上蓋著幾縷頭髮，慢條斯理地說道。

「自古以來，一家有女百家求，上次為做一個公益節目正好碰到令愛，並給我留下了很深的印象，那天正好有個新世紀地產開發公司的那個副總經理也在，見了令愛並向我打聽，我並沒有告訴他令愛的真實身分，只是說有機會幫他聯絡一下。可那小子不僅儀表堂堂，而且英才年少，我覺得局長可以考慮一下。」哥紅解釋道。

聽到李紅這樣一番細說，高局長不免有點動心。身為國土局局長，開發公司的老總也見過不少，像新世紀這樣的龍頭，年紀輕輕能擔當副總的位置，絕對是精英中的精英。如果他將來成了自己的女婿，既是小輩又是下屬，更便於瞭解與掌握，便鬆了口。李紅見順利地遊說了高局長，便感到要夏總經理接納一位有利可圖的副總經理，應該是順理成章的事。當紅哥和夏總寒暄了幾句，便提出了他的要求。

「我們公司不缺這個職位啊。」夏總笑道，心懸狐疑。

夏總是一個幾乎從流浪漢開始在開發區慢慢發跡的地產大亨，年近五十，卻精力旺盛。

「可那位才貌雙全的命運寵兒，是國土局局長獨生女兒的未婚夫啊。」紅哥接著說道。

「啊，是高局長的女婿，那好說，好說，『東海缺少白玉床，龍王請來金陵王』。時下市道很差，投標風雲不測，沒想到此時此刻紅哥為我招來了『及時雨』。」夏總忽然又想起了什麼，又問道，「紅哥有什麼需要夏某出力的？」

「以後再說吧。」紅哥聽了，神祕地笑了笑。

李紅對自己的生活還是比較滿意的，他並不羨慕那些有錢的老總或是有權的大官，卻常為弱勢群體哀歎，並想著早在二千多年前，屈原就在《離騷》中寫下：「長歎息以掩涕兮，哀民生之多艱。」二千多年過去了，如果屈大人泉下有知，他又會作何種感歎？紅哥本想「興風作浪」一回，在生活中搞一個真實的輕喜劇，沒想到做起來竟會如此易如反掌，把一個普通的農民工推上了一個幾乎是「叱吒風雲」的臺階。那麼，他能不能勝任呢？如果事實被戳穿了，他又會不會以「詐騙罪」遭起訴呢？不過這一切倒真還得要看那小子的造化如何。紅哥又把劉象約到了電視臺，這回不是製作節目，而是一次密談。「記住，既要有堂吉訶德的勇氣，又要有諸葛亮的謀略。」紅哥激勵他道。確實他聽後喜極生畏，不過他很樂意去試一試，無論成敗，都從容不迫。

他接受了這個「使命」，應該說他還從來沒有去想過要去征服一個女性，因為他的現狀並不允許他這樣做。現在，他把自己看成一個「替身」，去為一個有權勢的人做一件順理成章的事。為了「以奇制勝」，第一次相會他就選了一個鄉村的農家飯莊。因為偏僻，晚上街市冷清。樓上只有他和圓圓兩個人對坐，顯得幽靜而又溫馨。此刻，窗外是幽幽明月，待他們喝到有點醉意，劉象走到樓下，面對曲徑流水，吹起了舒伯特的〈小夜曲〉。這曲調高圓圓並不陌生，可劉象吹出的口哨聲，技藝絕倫又淒婉動人，宛如仙女在迷霧中翩翩起舞。這哨聲似笛非笛，清脆婉轉，和夜色自然貼切。雖然高圓圓從小嬌生慣養，也見識過不少有成就的精英，不過，卻從來沒有遇見過像劉象這樣年少俊才而又古雅情致。他像一塊磁鐵那般牢牢地吸住了圓圓。可是，畢竟他的身分是虛擬的，他甚至幾次想告訴她，自己只是一個普通的農民工，甚至連一個普通的農民工也不如，只能算是一個無業遊民。雖然自己讀過不少書，可在別人眼裡，自己只是一個只會吹吹口哨的不務正業之徒。而自己以大公司副總經理的身分取悅於她，這樣的謊言又能持續多久呢？不過，他明白，自己和高圓圓的關係，是實現另一半計畫的保證，如果是在這個千金小姐身上需要一點手段，那麼，面對真正的夏總經理，他自己不再是一個替身，而是一個靠裙帶謀生的普通人，他必須做得「恭順而又沉著」。不久，夏總就安排他「面試」，夏總並沒有考他專業知識，而是好奇地問他怎麼會成為高家千金的對象。此時，劉象的表演欲又上來了，他謙和地問夏總，自己能不能到他的辦公室外，為他吹一首歌。夏總聽了有點愕然，不過還是欣然同意。劉象吹起了一首〈紅梅花開〉，他把曲調演藝得淋漓盡致，這首五十年代傳來的蘇聯老歌，對夏總這樣年紀的人有一種懷舊與親切感，而且其他的員工聽了也讚不絕口。正好順勢，夏總對員工們介紹道：「這是新上任的副總經理，並主管銷售。」從此，劉象不再是「替身」與虛擬的角色，而是一個長袖善舞的寵兒。

聰明的劉象拿了他的第一個月的工資，去購買了一瓶連他自己以前看都不敢看的名酒「路易十三」，恭恭敬敬地去拜訪恩人李紅。「其實，我李紅做這件事，比我做成名節目主持人更有意義。節目名主持並不難找，但是，誰又能像我這樣導演一部生活中的『人間喜劇』呢？一切看似人為，實是天意。將來我退休了，寫一本書，而自己這段做媒人的經歷，才是最精彩的一篇。」

（十）

幾個發生在村莊的故事，關於偷盜：村子裡時常有人會被公安局抓進去，而且有不少是在校的中小學生，被抓的原因是偷盜。在附近的幾個村落裡，就有不少盜竊組織，領頭的都是些小有名氣的，這些人手下都有一幫人，像門徒跟著教主那般，領頭的時常一呼百應，跟著他有吃有喝，還有錢花，更重要的是在外面混個女人回來也容易。那些老實巴交的村民，本來也是家家守著幾畝地，過著靠天吃飯的日子，可遇到了旱災或是水災，就沒有了收成，就連吃的東西也沒有了，於是，有人開始乞討為生。也有人不甘心做「叫花子」，又沒有別的路可走，於是就幹起了結幫偷盜的買賣。當然，幫裡的人受到打擊處理也是常事，不過只要在幫裡混久的人，進去幾個月甚至幾年也沒關係，家裡的人有外面的人照顧，就連他們的女人也是如此。如果有誰趁人之危對那女的動了念頭，犯人出獄後定會找他算帳。有時領頭的也被抓判了刑了，那閒置的女人也沒人敢動她，有時一閒竟要好幾年的工夫。

剛剛放出來的學生邱小虎很快就又回到了學校，當然也不會好好念書。就在他們班上，因犯偷盜而被公安機關打擊處理過的竟有半數。老師也很無奈，拿著一份微薄的收入艱難地度日。他明白，就算這些學生念完了小學或是初中，到了社會上也是閒人一個，既下不了地也進不了工廠，唯一的出路就是加入盜竊組織。這天，村裡的那些散兵游勇被領頭的邱貴紅集中起來，統一買好了車票，準備去某地流竄作案。到了那裡，他們先找到了一個住的場地，房子比較偏僻，不大會引起別人的注意。一大早，他們分成了三隊人馬出發：一隊是入室盜竊，另一隊去商場偷竊，還有一隊在鬧市區扒竊。到了夜歸的時辰，他們向頭交出了所有的贓物，頭在本子上把贓物一一記下，大家便圍坐在一起吃飯，並交流著白天所發生的種種事情。到了第二天天亮，新的一天又開始了，他們各自帶著自己的任務出發了。

在一次盜竊黃金首飾店鋪時，邱貴紅發現了女店主打烊時關門的習慣，她總是從最遠處的窗戶關起，逐個關到離門口最近的那扇，中間這有不到一分鐘的間隔。就是利用了這個時段，邱貴紅趁機溜進了店裡。當女主人關上了外面的捲簾門和店門時，便轉身回到自己的店後的休息室，這出乎他的意料，他本以為女店主關門後就會徑直離開店裡。面對一個陌生的男人突然出現在眼前，女店主慌了起來，而邱貴紅卻叫她交出保險箱的鑰匙。保險箱裡確實有幾十萬的現金，女店主在一陣慌亂後，又實在不想交出鑰匙。見她猶豫不決的樣子，邱貴紅便對她動手來。女店主一邊防衛一邊大叫，邱貴紅拔出匕首向女店主身上捅了數刀，女店主身受重傷，倒在血泊之中。邱貴紅很快取了一些珠寶首飾，便打開前門，又拉上捲門逃跑了。幸虧有人發現情況異常，報了警，女店主才撿回了一條性命。最後，案子破了，邱貴紅被判了十年的徒刑。

邱叔今年五十多歲了，由於身體原因他在家歇了兩年了，不過他的大兒子貴紅最近被判了刑，他的二兒子邱小虎還在上初中，太年輕不好帶隊，邱叔只好又親自出馬了。這次他們準備去南方的一座大城市撈一筆，出發前他算了一下人數，家裡和村裡的上上下下共有二十多人，都是些沾親帶故的。他買了車票，一隊人馬，男女婦孺群體出發了。除了花一筆錢買車票，出發的人群中身上都沒有什麼錢，不過他們並不擔心在大城市裡的花銷，只要有機會，在路上他們就開始行動了。在擁擠的候車大廳，別的乘客忙著運行李或是疲勞休息時，他們就像草原上的捕食動物，那雙飢渴的眼睛早已盯上了目標。把手伸進別人的口袋是最拿手的活，一個用手臂擋住別人的視角，並用身體擠壓對方，另一個就大膽地出手了。不用顧忌其他的人，就是被路人看到了，別人也會像沒事一樣置之不理。誰也不會去報警，更不會出面阻止。如果行竊的人在行竊時和對方發生了衝突，團夥幾個就會一起對抵抗者進行圍打，然後逃之夭夭。團夥中的孕婦帶著幾個女的光顧商場去了，進了商店後，有的挑東揀西的，分散店員的注意了，隨後見機行事。那些去逛商場的男人見機就索性往電梯裡搬大件，有一次還叫商場的工作人員一起搬貨，別人還誤以為他們是為店裡送貨的，大大方方地完成了盜竊東西的行動。至於入室盜竊的一般要先踩點，摸清了主人家人員出入的時間，才能撬門入室，這樣做功夫大、風險高，但收益自然也豐厚。也有不巧出事的時候，有時在行竊時被人發現難免和人打鬥，一旦鬧出人命，犯案的人被抓就會損兵折將。在一座城市裡逗留了一陣，團夥像游牧民族那樣，回到家鄉，分了帳款。

在村裡閒了一陣，邱叔臨出發前還為老四辦了一場婚禮。新娘也是同村的，雖然以前也有人為她說親的，有一戶人家還是做正經買賣的，可姑娘家一概拒絕。她跟著老四在外闖蕩江湖習慣了，而且她身上的金銀首飾還有漂亮的衣服全是老四弄來的，加之老四看起來模樣清秀，又挺能扒的，所以最終她就選擇嫁給了老四。

婚禮過後，這隊人馬就準備去另一個城市。考慮到南方風聲緊，而且去的人也多，這次，他們打算去中部的一個城市，那裡山青水秀，這幾年發展也快，只是方言難懂。為此，邱叔還特意找了鄰鎮一個以前在那一帶混過的人，讓他傳授方言，並瞭解那裡的人文和當地的風俗。做好了一切準備，選好了黃道吉日，就又浩浩蕩蕩地出發了。

關於騙婚：單身多年的寶強，經媒人介紹，在一個陽光明媚的上午，他在一個水庫和女方初次見面。為表重視，女方還一下子帶來了四個隨同。雖然寶強已是年近三十，可他從來沒有談過戀愛，初次和女方見面，對方又帶上了幾個親朋好友一同前來，寶強心裡直打顫。見面時，他也不敢多看對方一眼，不過他發現，那女人的秀美超出了自己的期望。見了時，女孩子表現得並不拘謹，而是落落大方的樣子，寶強卻顯得拘拘束束。說實話，他一眼就看上了對方，只是此時面對那些人，他真的不知如何是好。

按照當地風俗，張薇初次到寶強家登門造訪，媒人都會要求男方給女方見面禮。那天女方和她的父母加上其他四五個親戚一共來了七個人，寶強的家人當場拿出了九千六百元給女方父母，午飯後，又租車將來客送回。大約交往了半個月後，張薇主動要求把婚事定下來，並說寶強老實能吃苦。寶強心中倍感溫暖，心裡暗暗發誓，自己一定要努力賺錢，愛護她一輩子。寶強的父母拿出了幾乎所有的積蓄，湊足了六萬六千元作為給女方家的彩禮，隨後就開始籌備婚禮。寶強愈看愈不敢相信，自己能娶上張薇這樣面如花兒一般的新娘。

婚禮當日熱鬧非凡，新娘父母家人也都來參加喜宴，加上全村的親朋好友，人人都誇張薇長得靚麗，說寶強有「桃花運」，甚至有人在私底下議論，說他是「癩蛤蟆吃上了天鵝肉」。雖然見面禮、彩禮、結婚用品、喜宴等總共花費了十幾萬元，其中大多數都是寶強家人從親戚朋友那裡借來的。不過，就在結婚儀式舉行過後三天，妻子張薇卻悄然失蹤了。

寶強心急如焚，想到每次他要和妻子行房事時，她都以痛作為理由推託，寶強也不敢強行。不過，他還是弄不明白她為什麼要突然離家出走，而且連招呼也不打一個，他的心裡出現了一絲不祥的預感。由於張薇的手機一直處於關機狀態，寶強又匆匆趕到了張薇之前租住的房屋，可眼前的一切讓他覺得五雷轟頂，此時出租屋已經人去樓空。於是寶強心急如焚地向別人打聽到房東的電話，可是房東也聯繫不上張薇。寶強想到他的新婚妻子之前說過她在某某商場附近的一家婚紗店上班，他就憑著印象找到了這家婚紗店，但是店裡的人表示不認識他的妻子。從見面到結婚才一個多月的時間，而且相處的時間也不多，跟她家人也只見過三次面，也沒有留下任何的聯繫方式。該找的地方都找了，茫茫人海，妻子去了哪裡？會不會出了什麼意外？寶強愈想愈害怕，情急之下，他到轄區派出所報了案。民警想看一下他們雙方的結婚證，以便瞭解女方的戶口資訊，因而可以找尋她的家人，但寶強卻拿不出來。他們只是辦了婚禮，還沒有去辦結婚證。結婚沒有結婚證，新娘的身分證資訊也沒有，電話也聯繫不上，而且新婚才三天，新娘卻莫名其妙地失蹤了。民警感覺事有蹊蹺，便開始著手調查。就在這當口又有人來報案說，他的新娘也莫名失蹤了。短時間內，兩個新娘都失蹤了，民警判斷可能是一場婚騙。這個報新娘失蹤的叫王崢，二十八歲，據他講述，他的新娘叫張瑩，是不久前經人介紹相識的。張瑩及其家人在收了包括見面禮、彩禮共計八萬多元後，張瑩便同王崢結了婚，不過婚後沒幾天，新娘也莫名其妙地失蹤了。民警分析這兩起報案，受害人遭遇非常相似，受害人分別提供了婚慶錄影，雖然錄影上的新娘化了濃妝，經過反覆對比，確定這兩個新娘實際是同一個人，而且他們還發現這兩個婚禮舉行的時間只相差十天。在民警深入調查過程中，他們又陸續接到了幾起相似的報案，報案人都是被騙取了六到八萬多元不同金額的見面禮和彩禮，新娘在結婚幾天後就消失了，被騙人數已近達到六人。根據視頻，警方發現他們的新娘都是同一個女人。這些和這個女人結婚的男人，他們大都家境貧寒，長期找不到對象，好不容易有了一個結婚對象，就四處借錢才勉強湊夠彩禮錢和辦婚禮的費用。通過對比分析，民警確定在不同婚禮上多次出現的所謂新娘的父母、親戚、媒人等也都是找人假扮的。這些人在收取見面禮、彩禮、舉辦婚禮等一些關鍵場合都會粉墨登場。

民警很快鎖定了這幾個嫌疑人的主要活動區域，而且在一社區租房區的一個出租屋內發現了隱匿多日的嫌疑人董某，警方決定先跟蹤她，待時機成熟再一網打盡。在一天跟蹤的時候，警方發現董某到了一戶家裡，待了大概兩個小時，隨後董某和一個男人一起出來，兩人顯得很親密，他們還在一家店面裡，挑選了一些喜帖和喜糖，之後，又進了一家婚紗店。

偵察人員到這名男子所在的村子走訪，瞭解到要結婚的這戶人家，小夥子二十八歲，因父親癱瘓在床，家境困難，一直未婚。不久前，突然有個年輕女子經常出入他家，現在好像正準備結婚。經過連續幾天的跟蹤調查，掌握了董姓女子和團夥人員的活動軌跡，正在他們實施下一起婚騙行為時，警方展開了抓捕行動。

關於孩子：如果家裡沒有一個男孩，那麼在村裡人們就會當笑話講：「哈哈，他們家裡沒有男娃。」都說中國的城市像西方，中國的農村似非洲。許多農民的生計，可以說是幾十年、幾百年甚至上千年狀況沒有根本改變。微乎其微的收入，幾乎沒有消費的生活，貧困、赤貧。只有到了鎮中心，看起來倒像個小城。以前鎮裡就是鎮裡，幾十個村一個鄉鎮，除了鎮長辦公的地方像樣一些，其他的地方一樣簡陋和凌亂。不過現在鎮中心豎起了排排樓房，還有不少的商業街，看起來更像是城鄉結合部。說是農民又無地可種，說是市民又沒有戶口，令這裡的百姓處境非常地尷尬。吳景權在家排行老大，初中畢業後既不打工也不種地，不過他倒是喜歡畫畫寫寫。正好有個遠方親戚在鎮辦裡做事，他有幸到鎮辦裡混了個宣傳幹事。也因為工作積極，又頭腦機靈，景權不久便入了黨，成了一名名副其實的鎮幹部。作為鎮幹部，不久，就在鎮辦建的新樓裡，規劃給了他一套婚房。這樣，比起城裡的那些「裸婚族」或是借貸買了婚房的「蟻族」，景權的生活過得算是輕鬆自在多了。婚後，他的妻子崔曉曉不久就懷上了。在他們婚後不久，所有的人遇到曉曉，人們總是把目光關注在她的肚子有沒有變化。等到她的肚子大到一定程度，別人又開始根據她肚子的形狀判斷她懷的是男孩還是女孩。肚子圓圓的，看起來是個女孩的徵兆，於是景權開始煩惱起來：萬一曉曉真的懷的是一個女孩怎麼辦？自己不是絕後了嗎？好像自己人生奮鬥的一切再也沒有了意義。生了女孩後就不能再生了，不僅絕後，還會被人在背地裡笑話。他想到了墮胎，不過有人告訴他太遲了，這樣做曉曉可能會有生命的危險。到了生孩子那天，當護士告訴他，他的妻子產下了一名女嬰後，他對天長歎了一口氣，無力地回到了家中。「不行，必須要有一個兒子。」景權心裡暗自想著，又看到別人家的男孩，就算先生了個女兒，超生也生了一個兒子。

女嬰總是靜靜地睡在搖籃裡，景權端詳著她，一種憐愛之心油然而生，雖然看起來像個小怪物，可她畢竟是自己的親生女兒。既然她沒能變成一個男孩，在肚子裡長不出那條命根子，他想到了放棄。他很快便和妻子商議，想放棄女兒吉吉再生一個寶寶。曉曉死活不從，首先女兒是自己十月懷胎所生，是自己身體的一部分；其次就算再超生一個，也不一定就是男孩，況且，現在人們在地裡務農的愈來愈少，養兒或育女還不都是一樣！「不行，雖然我是個幹部，可人家照樣可以笑話我。」「那就再生一個，萬一又是女的，我可不管，也不能再生了，就這點收入，又怎麼過下去？」「不行，別人可以這樣做，我不可以，一胎政策是國策，對黨員幹部管得尤為嚴厲，人家超生一個，可以對他們搞經濟制裁，而我會因此丟掉官職，到頭來種地又沒有地，做工又做不上，全家不是死路一條？」

每當吉吉感冒發燒，曉曉就急得團團轉。或打針或掛水，家裡醫院二頭跑。景權雖然著急，卻在心裡唸叨：「煩死了，一命嗚呼算了。」他想，如果再生一個兒子，這輩子算是沒有白活。「多可愛的女孩子啊。」每當他把吉吉抱在手裡，遇到熟人別人便會這樣說道。景權聽後，先是笑笑，轉身就覺得，別人好像是在說：「你抱的是個女兒啊，又不是兒子。」雖然吉吉在一天天長大，可他的計畫並沒有變，而且他還給未來的兒子取名叫「瓜瓜」，寓意「頂呱呱」的生活。可事實上，在兒子來到人世前，女兒必須消失，這可不是一件容易的事。他想到要去製造一起車禍，或是河中溺水，或是一場火災。總之，是一場意外的災禍，要做得天衣無縫，否則，不僅自己身敗名裂，還要去坐牢。自己是國家公務員編制，將來還要去縣委任職，前途一片光明。可一想到吉吉死前掙扎的模樣，他怎麼也下不了手。不久，曉曉又懷孕了，而且妊娠反應較以往不同，這使景權興奮不已。眼看心願就要實現了，可阻力還在眼前。隨著時間的推移，他成了熱鍋上的螞蟻。終於有一天，他在女兒的藥品裡下了毒，吉吉吃後，躺在床上便靜靜地死去了，連一點掙扎也沒有。雖然他們夫婦傷心欲絕，向外人稱是小孩子得了肺炎而夭折。就這樣，吉吉被裝入了一隻小小的棺木入了土，永遠地躺在了地下。雖然曉曉對吉吉的死因有所懷疑，可她太愛她的丈夫了，曾因為生個兒子他不惜以離婚對她威脅。不久她的肚子一點點地挺了起來，他們化悲為喜。又幾個月過去了，看到曉曉挺著的肚子形狀是尖尖的，這下，景權終於如願以償了。

當瓜瓜來到了這個世上，前來賀喜的人絡繹不絕，家裡更是設宴大請賓客。失去了吉吉，換來了瓜瓜，這個祕密沒人知曉，以後也永遠不會有人知道。這年，由於工作出色在新一輪的候選提拔中吳景權順利地當上了副鎮長兼縣委委員，工資也隨之上調了一級，正是雙喜臨門。兒子瓜瓜一天天地長大，而且長得酷似景權，從小便進入了什麼明星幼稚園。等到了上學，還特意憑關係送到了縣城裡最好的小學，實在令旁人眼紅。就在瓜瓜上小學三年級那年，那天縣城裡發生了一起大案，有一個暴徒，據說是被單位辭退後一時無業，情感上又屢遭挫折，於是，他把發洩對象瞄準了無力反抗的小學生，而且是最好的小學，人稱貴族小學。一大早，暴徒就持刀進入學校，見了孩子就砍，不過幾分鐘時間，就死傷了幾十個小學生。在鎮裡的景權得知這個消息，他心裡一沉，這可是他兒子所在的那所小學，孩子怎麼樣了？會不會出事？一陣強烈不安的預感，他一口氣趕到了學校，緊張地打聽起來，兒子好像也在被害學生之中。他頓時癱倒了下來，最後一絲希望就是兒子能被醫院救治。可是，到了第二天，他的兒子就死了，他和妻子一下子就瘋掉了。等他妻子慢慢從昏迷中蘇醒過來，卻不見了丈夫，於是，在村裡人的幫助下，在一個離鎮上幾里遠的山坡上的山洞裡找到了他。他死活不肯下山，而且渾身污垢，也不言語。他妻子強忍悲痛，不得不每天上山給他的丈夫送飯。就這樣，一連好幾年，一點改變也沒有……

關於一個領導的報告：做個地方領導，經常忙開會，忙視察，忙做報告，除此之外，還要忙別人利用他的公權力謀點私利，譬如給朋友、熟人調動一下工作，給下屬解決一些生活困難。不過，領導也愛出出風頭，那天他就突發奇想，穿上一身嶄新的舊式軍裝，站在敞篷車裡，向四周的群眾高呼致意，那架勢堪比天安門廣場上的巡禮。當然，領導也愛吃愛喝，整天有部下和部門的負責人請他吃吃喝喝。有一次領導吃飽喝足了，帶著幾分醉意，禁不住拉著女服務員的手問長問短。人家女孩初來乍到，哪見過這陣勢，便被嚇跑了，於是領導的隨從就罵那個女孩子是「沒見過世面的臭丫頭」。

做領導的總會有「個人需求」，領導下面的人帶他去逍遙的場所，尤其是風月場所來了新的漂亮的妹子，都會讓領導先去嘗鮮。可領導還是不滿意，一看見路上有些姿色的女子，他便歎道：「生不逢時。」別人聽不明白領導的意思，以為領導有更大的野心想做更大的官。其實領導深諳「寧做雞頭，不做鳳尾」的道理。「要是能像以前當官的那樣，看見喜歡的就搶一個回去，那多帶勁。」領導說罷，身邊的隨從聽了都笑了起來。作為領導嘛，還得在外面題題字，以示儒雅。所以在家沒事幹也會動手練練字，磨磨墨，筆架上也倒掛上一排排毛筆，什麼狼毫的、豬毫的，讓人一見領導是個才藝型的，更令人敬畏三分。不過，在他收藏的這些毛筆，就有幾十支陰毛筆，這倒不是講笑話，他真有這種癖好，就像有人喜歡收藏女人的內衣褲。每次玩弄過一個女人，他會留下一撮陰毛，事後，把這些略有捲曲的陰毛，經過洗滌弄直，再自製成筆尖。他試用過幾支，雖然沒有什麼狼毫、豬毫的順，可感覺不錯，這種風韻也無人知曉，天下無二。對於「好色」這個詞，領導頗有異議，憑什麼喜歡吃喝的人叫「美食家」，喜歡遊山玩水的叫「旅行家」，可喜歡玩女人的人卻叫什麼「色鬼」、「好色之徒」，這不公平。孔大人說：「食色性也。」所以，也該有個風雅的名稱，譬如叫「品性家」、「行愛家」等之稱。反正，不能讓人聽了有貶義的感覺。

事實上鄉村裡的男人愈來愈少，好像都被當年抽壯丁似的抽走了。大多數有體力的男人都去了城裡，從事那些苦力活。一批又一批湧到了市區裡，他們沒日沒夜地幹活，多掙些錢。吃的是最簡單最便宜的食物，住的是鐵皮搭的屋子。屋內昏暗，又到處拉著電線，加之煙味、酒味和汗味，還有髒衣服的味道。他們什麼都能忍耐，沒有任何生活保障，也沒有什麼娛樂。當然有人會去洗腳店或是按摩店發洩一下性欲。不過，因為太不講衛生，不少人弄出性病，事態有點蔓延的趨勢。於是，城裡的居民頭痛了，先是怪他們隨處大小便，隨處搭危房，又說他們亂搞男女關係，傷風敗俗，傳播性病。於是，他們被人視為「弱勢群體」。媒體也關注起來，領導也很快瞭解了這些「具體問題」。就在一個長假的下午，組織了上萬名外來打工的到廣場上坐下，說領導要開會研究和解決他們的問題。

幾個領導坐在上面，面對成千上萬的人群，有一個領導開始講話了：

「親愛的鄉親們，農民工兄弟們，你們辛苦了。你們背井離鄉在外面常年從事打工，為這個城市的發展做出了很大的貢獻，我代表全市人民感謝你們。沒有你們的汗水，沒有你們的智慧與勤勞，就沒有這麼美好的城市。所以，你們是一支『工農子弟兵』，是沒有編制的『野戰軍』。因為在這裡，大多數來自四川，所以你們在歷史上將被記載為『新時代的川野』，也就是說你們是沒有冒著硝煙的四川野戰軍，你們同樣流血流汗。我今天來，我知道你們身強力壯，結了婚把妻兒留在了老家，沒有結婚的在都市裡搞對象也不容易。雖然，你們比以前戰爭年代的戰士強多了，至少你們可以吃上飯，吃好飯，還有錢寄回老家補貼家用。可是，你們也需要娛樂，當然也需要性生活，這是人之常情，是可以理解的。不過，如果你們不顧安全，去那些不三不四的地方做性交易，那麼，後果是很嚴重的。不僅擾亂治安、違法亂紀，更主要的是一旦染上性病，害己又害人，這樣會導致多少不幸和悲劇？有性要求，我不責怪你們，你們是男人，活生生的男人都有這種要求和衝動。但是，解決問題最好的方法就是我建議你們採用自慰，也就是手淫，這樣既簡便又安全奏效。你們的手可以用來創造財富，也可以用來自慰。再熬上幾年，等你們賺夠了錢，再回到自己的家鄉，或是團聚，或是娶親。總之，明天是美好的。為了美好的明天，我們一起努力奮鬥吧。最後，祝你們工作愉快，身體健康！」

臺下的人群早已議論紛紛，有說有笑。不過最後還是在領導報告結束時，報以最熱烈的掌聲。

關於古董：最近，據說就有愛國人士把當年在鴉片戰爭中，被英法聯軍弄去的屬於圓明園裡的什麼「猴頭」與「狗頭」的獸首銅像，用以千萬上億的錢高價拍回，使國寶回歸祖國，彷彿又使國人人心大快。要說在當今的中國，主權的事或是民生的事已經鬧得大家又煩又累，令人大快人心的事也不多了，除了衛星上天和在競技場偶奪金牌，剩下的也就是像這種流失海外多年的國寶又重新回歸，使人覺得彰顯了國威。再說，當下的藝術品市場，藝術珍品愈走愈俏，許多人為之瘋狂，於是，騙子就粉墨登場了，只是許多的受害者並不知情，還滿心歡喜。據說以前愛好收藏的乾隆皇帝也打過眼，誤把贗品當真蹟，愛不釋手，這便是古董的魅力。

牟總從農村出來，經過幾十年的打拚，他的產業涉及乳業、娛樂、運輸、餐飲等各大行業，是個風光的企業名人。近幾年他也涉入藝術品市場，正兒八經的收藏了不少的名畫和古董。正當他自感雄才大略又可叱吒風雲之際，由於「毒奶粉」事件在社會上的連鎖反應，他的資金鏈突然出現了短缺，需要注入大量的資本，他的上市公司不僅沒有錢分紅利，更沒有錢來還本，無奈之下，牟總不得不把他那些收藏的藝術珍品拍賣掉，以解燃眉之急。可幾千萬的拍賣價雖然比當初買下時整整翻了一翻，可還是化解不了眼前的危機，銀行又在不斷地催債，在這生死關頭，牟總的一個朋友幫他弄來了兩件能亂真的元代青花瓷仿品。可這畢竟是仿品，沒有哪個冤大頭會輕易花鉅資收藏。思來想去，他們覺得既然許多人的學歷可以造假，那麼，這古董的來歷同樣可以造假。他們很快就想到了以前為牟總收藏的那些古董做鑑定的幾個專業人士，牟總便以他近期收藏品做鑑定為名，宴請了他們。這些人的專業工作本來就是做古董研究與保護工作，隨著這些年來的人們對古董收藏的日趨瘋狂，這些本來整天躲在研究機構的人士也有了用武之地，他們就像走穴的藝人，到處接受邀請，四處為收藏者做古董的真偽鑑定以獲取相對的報酬。據說有些業內人士鑑定收費不菲，對待鑑物品稍稍看上一眼，像老中醫看病人一般，一把脈就知病因，於是鑑定者把對那些藏品的來歷與真偽大致說一通，幾分鐘時間而已，如同專科門診，一個接著一個。像這樣一個幾百元收費，一天下來可觀的收人也實在令人驚訝。

這天，牟總在一家高級酒樓大設賓宴，宴請了幾位業內人士都覺得可以信賴的知名鑑定家。大家在一起吃吃喝喝，也遲遲不見待鑑的古董，只聽到牟總在席間急切地向幾位鑑定家歎道：「近來因受毒奶粉事件的影響，整個乳製品行業盡失民心，經營日趨慘澹，就連企業的資金鏈也嚴重脫節，加之銀行的貸款催債，眼看自己經營的企業王國就要分崩離析了。現在唯一的救兵就剩這兩件元代青花瓷了，還望各位為拯救民族工業大義出發，為這兩件寶物做個鑑定，好用它們向銀行做低押品，貸得一筆款項，為企業輸血，以渡過這生死關頭。」隨後，牟總又向鑑定家各自派送紅包一個，裡面裝有鼓鼓的兩萬現金，鑑定的行家們自然心知肚明，接下來他們該做些什麼。待大家酒足飯飽後，牟總便將他們帶入一個休息廳，那裡陳列著兩件青花瓷被兩個厚厚的玻璃罩罩著，在大廳的聚光燈下青花瓷看起來現得格外地彌足珍貴。鑑賞家個個眯著醉眼，就從它們的器形、青料、紋飾、胎釉、造型、款式、工藝等方方面面大加讚賞，一陣熱鬧過後，這幾個專家就在自己的鑑定文本上簽上了他們的大名。

牟總如獲至寶，向銀行出示了元青花瓷的鑑定文本，加之牟總企業的知名度，銀行當即就又批下了好幾億的貸款資金。得到貸款的牟總並不就此作罷，很快，他就聯繫了一家知名的拍賣公司，將這兩件附有鑑定證書的元青花瓷上市拍賣。在拍賣會上，聽說是牟總的藏品，又經專家鑑定過，競拍者經過一番激烈的競價，最後藏品分別以二點二億和一點六億的天價被一個大公司的老總王某收藏。王某當然也不是什麼真正的收藏，古董好過股票，市場價格年年攀升，他的出手一方面是為了擺現，另一方面也是出於奇貨可居的心理。這下可樂壞了瀕於破產的牟總，有了這些救命的企業輸血資本，使他的公司起死回生。而王總自從從拍賣會上得到了那兩件寶物，他像是變了一個人，無論見了誰，也無論在什麼場合，一有機會就向人顯耀自己的那兩件青花瓷藏品。別人聽了，自然也對他的收藏成果大加讚賞，王總聽了總是在心裡覺得由衷地高興。

據說後來這兩件所謂的寶物又以更高的價格轉手了幾次，現在就是有人懷疑它們是贗品也沒人信了。這真真假假，假假真真，到底是誰說了算呢？

關於養生：為了養生，潘衛軍可謂是絞盡腦汁。現在，他的人生目標只有一個：長壽。自從他和原配離了婚，馬上就娶了一個比他小二十四歲的女人。他明白，按一般規律，在他死後，他的老婆還很年輕，說不定就會帶著他們的孩子和別的男人過了起來，這是他最為擔心的事。為了避免此類之事的發生，他現在唯一能做的就是使自己長生不老。除了工作以外，他經常去健身房鍛鍊，看著自己漸漸老去的身體，他必須堅持鍛鍊，才不會使自己的體型發胖走樣、皮囊繼續鬆弛下去。還有就是在飲食方面下功夫，以他現在的財力，吃些山珍海味自然不在話下，他更需要的食品也許是像鴨蛋、生蠔之類的東西，那裡邊有什麼鋅元素和硒元素，可以催生精液。聽說吃鴨血、豬血，對身體有好處，現在空氣品質差，吃豬血可以將體內的粉塵和有害的金屬微粒排泄出去，還可以防止惡性腫瘤的生長等好處。鴨血中含鐵量高，而且含有微量元素鈷，能防止貧血，還可以通便清腸。又聽說吃胎盤具溫腎、益精、補氣、養血之功效。還有童子尿，過濾後飲用，有清熱降火之功效，其礦物質比天然礦泉水還豐富。至於女人的經血，據說是最理想的養血之物，尤其適合男性。經血含鐵量高，並且富含鐵、鋅、銅、鈣、鉻等多種微量元素，屬低熱量、低脂肪、高蛋白食品，具有較高的食用和保健價值。它同樣能較好地清除人體內的粉塵和有害金屬微粒，堪稱人體污物的「清道夫」。據說第一次食用時，可能會覺得口感不太好，有些酸澀，較大的血腥味，但只要克服了這種不適應而堅持長時間食用，就會愛上它，無法自拔。如果直接食用，特點是新鮮溫潤，尤其是情人之間，可增加情趣和親密，而女性也會感覺非常好，而且更有自信，溫柔可人。

吃胎盤可以延年益壽，於是，他和幾個朋友就去赴什麼胎盤宴，有燉著吃的，有做餃子餡的，店家生意興隆。這下可樂壞了醫院的婦產科，每每就有飯店的人來訂購。那些生了孩子，產婦還未出院，誰知她們的嬰兒的胎盤已經上了酒家的餐桌。至於童子尿，醫藥公司便在就近的小學男廁所裡放些尿桶，定時派人來收集，然後經過提純處理，再售給那些認為可以養生的人喝。

只要見了潘衛軍，都說他看上去很年輕，至少要比他的實際年齡小十歲以上。他聽了很是高興，心想：這些都歸功於自己養生有方。有時心血來潮，他會和別人談一下自己的養生祕方。養生可分三個層次：其一是所謂的食補，包括膳食營養均衡，多吃蔬菜水果，少吃雞鴨魚肉。還要注意休息，定時做做運動。其二是體補，經常換女人做愛自然是少不了，尤其是年輕的女子；不過過了就會傷神，所以要有節制。除了身體上的陰陽調節外，情緒上也是如此，有機會經常和女孩子聊聊天、下下棋、做做遊戲，像《紅樓夢》裡的賈寶玉那樣，既好了心情，又交換了氣場，可謂一舉二得。還有定期讓女孩子做做按摩，在輕鬆的音樂伴奏下進行，滑了筋絡又滋補了營養。這其三便是修煉，小則做做瑜伽，大則修煉氣功，要在深山老林處，吸天地之精華，如此這般，定可活過百二十歲無疑，聽著無不嘖嘖稱讚。

最近世面上又掀起了喝母乳的養生風潮，當然是暴富者的遊戲；窮人嘛，喝杯奶茶就算不錯了。富人不能喝那玩藝，所謂奶茶，無非是用些香料、色素、粘稠劑加工而成。母乳既然是用來餵養新生嬰兒的，其營養價值絕非什麼牛奶、羊奶可比。其實喝上人乳，養生還在其次，這新鮮刺激的熱鬧勁才更吸引那些有權有勢者。潘衛軍還在一個高級會所舉辦了一場人乳宴，食客們一個個慕名而來。在一個宴會廳裡，等賓客都入座完畢，服務員開始上菜了。菜餚中不乏就有什麼用鯊魚翅做成的「魚翅」羹，用毒蛇、野雞和山貓肉煲成的「龍鳳虎」粥，還有什麼中華鱘魚、娃娃魚、穿山甲等應有盡有，可食客心裡最惦記的人乳大餐卻遲遲未上。「開始吧。」一個當官的終於等不及了，就對著潘衛軍說道。隨後，潘總向一個服務生示意了一下。緊接著，隨著門外一陣清脆的女人們的腳步聲，只見一個個上身赤裸的年輕漂亮的女子列隊走了進來。她們靠著牆邊排成了一隊，人數足有十來個，個個赤裸著上身，在燈光下，她們各自的乳房顯得尤為搶眼。她們身著內褲和一雙高跟皮鞋，面帶羞澀地向大家微笑著。

「大家請隨意，想喝奶的喝奶，想『吃人』的『吃人』。」潘衛君對著大家說道。

話音剛落，賓客們便爭先恐後地來到了自己想要的女人那裡。潘衛軍挑了一個看得比較順眼的女人，一把把她拉了過來，坐下後就撲在她的懷裡，如嬰兒般渴望地吮吸起來。那個女人也輕柔地用手臂挽住他的頭。他不停地用力吸著，那女人的乳頭被他貪婪地吮吸著，同時奶水也流入了他的喉嚨裡。他感到從未有過的興奮，他想像著自己只是一個嬰兒，和她的孩子一起共用這個女人的乳汁。此時，整個宴會廳裡好似育嬰堂，一個個大男人擁抱著各自的女人吮吸著她們的奶水。

潘衛軍一邊吮吸著，不斷地遐想著，同時他的雙手又不停地撫弄著這個女人豐滿的臀部。不一會兒，他把這個女人帶到了一個房裡，和她用身體親熱了起來。這女人當然明白他的來歷，只要盡心盡力，賺頭一定不菲。那女人和他完事後，還光著身子拉他一起跳舞，他感到非常地盡興，當下就付了五千元的小費，還要了這個女人的聯繫號碼，說有機會再約請她。

潘衛軍感到自己正是愈活愈年輕了，所有養生的方法都試過了，他想，今後不管市面上有什麼新花樣，他都要去體驗一下。

第 9 天

（一）

一個農民的無奈：衛青夫婦租住在一間簡陋的小屋內，他們是低保戶，平時衛青靠外出撿些破爛來貼補家用。每天晚飯後的時間，他們夫婦聊得最多的就是當地政府曾答應分給他們的一套近四十平米的樓房。那還是六年前的事情了，當初因為政府徵地，他們便從自己的平房裡遷了出去，等待新樓房造好後，就可以搬進去住。合同裡還寫明，建樓時間為一年左右，如果逾期，政府還會給額外的租房補貼。當時衛青夫婦還滿心歡喜，沒想到住了大半輩子又舊又破的平房，不久就可以住入高樓大廈了。可是過了一年又一年，盼了一年又一年，政府的承諾還是沒有兌現，他們夫婦似乎早已陷入了絕望。低保的錢，一半用來交房租，也得不到任何的其他補貼，於是，衛青不得不時常出去撿些破爛，才能勉強度日。不過最近他老是覺得雙腿無力，他還抱怨著人總是「人老腿先老」的規律。他的老婆長期患有糖尿病，也從來不去醫院就診，只是用撿來的香蕉皮和玉米鬚泡水喝，這是一個土方子，也不知道有多少功效。

眼下又快到新年了，雖然政府食言了，因為工程款不足，所建的高樓也早已停工了，不過和往年一樣，鄉鎮裡派來了幾個幹部，他們提著食油、拎著大米，來看望那些低保戶了。儘管衛青夫婦滿肚子的苦水，可對著送「溫暖」來的政府官員也不好多發牢騷，他們還是懷揣著感恩之情，向送貨的人表示了真摯的感謝。看到那一桶亮鋥鋥的食用油，還有一大袋米，衛青的老婆平時的怨氣好像都沒有了，她此時只想著要過一個好年。

「唉，大事情不幫著解決，我這輩子也不知道能不能般進我們的樓房。」衛青說道。

「我也是有這樣的擔心，可是人家大老遠送東西來了，又是大過年的，我也就不好意思再提了。」他老婆說道。

「他們也只是些跑跑腿的，就是跟他們提了也不管用。現在政府拿不出錢，開發商付不出工資，所以這事就擱著，只是苦了像我們這樣的人。對了，今天出去還得弄些新鮮的香蕉皮，那藥水用了好幾天了，要換新的了。」衛青說道。

「家裡的香也用完了，回來時也順便帶一包。現在也只有靠毛主席他老人家了，敬香時我要對著他的相片告訴他，現在那些官員自己有車有房，國家還要搞什麼『探月工程』，可就是不幫老百姓解決困難。」他老婆說道。

有一天衛青突然感到自己兩腳發麻，連站都站不穩，走路要扶著牆才行。由於腿痛難忍，他只能整天坐著或是躺著。他想，過幾天就會好的，也許是自己在外面撿東西的時候，腿上的肌肉或是韌帶受了傷。為了減少腿部和身體上的疼痛，他老婆每天為他做些簡單的按摩。好幾天過去了，衛青腿部的情況並沒有像他期望的那樣好起來，而且他驚訝地發現，自己腳趾頭的顏色開始變得發青，他立刻明白這是由於腿腳的血液不流暢所導致的。他的老婆患有糖尿病，所以她的雙腳看起來又黑又腫，這使她走起路來總是一瘸一瘸的。可是到了現在，衛青發現自己的情況看起來似乎更糟，他擔心會不會是自己的骨頭在壞死或是得了什麼肌肉萎縮症，如果真是這樣的話那可就慘了。這些年為了等到新房子，他和妻子在不斷的期盼和煎熬中，加之他妻子的糖尿病，這一切早已經使他心力交瘁了。他覺得隨著自己歲數的增加，體力也明顯不如從前了，自己的腳如果真的出了什麼問題，那自己還不如死了算了。

衛青的右腳開始愈來愈痛，到了後來就連強效鎮痛藥一天注射三次都不管用。而且，右腿上開始出現許多紫斑，而後變黑開始大面積潰爛、流膿、連腿骨都可以隱隱看到。由於潰爛的部位在不斷地向上蔓延，於是他有了截肢的想法。沒有錢去醫院，他就坐著輪椅去請求村診所裡的醫生幫他截肢。診所裡的醫生哪裡見過這種陣勢？他平常也只是幫人看些咳嗽、感冒之類的小病，去鄉鎮的藥店裡買些常用藥，回診所後再把藥拆開分成小包賣給別人而已。

「大夫，你看我這腳再不做截肢恐怕連命也保不住了。」衛青指著自己的腿向醫生說道。

「這截肢是個大手術，牽涉到動脈、靜脈，還有骨頭和麻醉等問題，所以要去大醫院做才行。」醫生向他解釋道。

「這個道理我懂，那可是要花一大筆錢的。我想讓你幫做截肢，也不用上麻醉，就這麼忍一忍就可以挺過去了，那《三國演義》裡，華佗不也就是幫關公這麼做的。你只要用一把鋸木條的手鋸，像鋸木板那樣，只須幾分鐘就可以解決問題了。如果流血不止，你只要把血管堵住就行了。」衛青說道。

「不行，不行，這可行不通，這可是人命關天的大手術，你還是要去醫院才行。」醫生說道。

衛青不得已，他只能獨自離開了診所，心想，這醫生怕出人命不敢做，怎麼辦呢？一路上，他想與其活著這樣受苦，還不如自己死了算了。他一路經過泥濘的小路，眺望遠方，那裡有許多的大山，山下是湍流的河水。這幾年山上變得愈來愈光禿禿，河裡的水也愈來愈渾濁了，只要山與山之間的鐵索還在，自己從小出入就滑過，現在是下一代人在繼續滑，說是要修路建橋，可喊了好多年就是沒有動靜，和自己的新房子一樣，是一種絕望的等待。聽說長江裡的長江豚也快要滅絕了，就讓自己和這長江裡的江豚一樣，做個自我了結吧。就在他尋死之際，在他的腦海裡忽然冒出了一個求生的念頭，他想到自己動手做截肢。

又是一個疼痛的不眠之夜，不過在夜裡他想好了，天亮以後，就把老婆打發出去買東西，然後就自己動手。他到底能不能完成這件事他心裡也沒有底，他也擔心自己做到一半因體力不支或是失血過多而不能完成，不過他想就是死也要去做。上午，他又看了看自己將被鋸掉的腿，那腿已經爛得像泡在水裡多日的香蕉皮，不過真的要動手了他還是感到非常地痛心，畢竟，自己從此就是一個缺胳膊少腿的殘疾人了。那樣子看起來就連自己也難以接受，就是自己自殺，多少還是一具全屍，不過事到如今也沒有別的選擇了。到了上午十時許，他按計畫把妻子打發出去後，就取了袋裡的一把鋼鋸，還有一把水果刀，再把毛巾纏在一把癢癢撓上咬在嘴裡，就在自己睡覺的床上動起了手。

雖然平時這隻腿腳時常麻木，可當鋸片真的一下子鋸到大腿的肉上時，鮮血很快就模糊了他的視線。他想一鼓作氣，就又連鋸了一會。當鋸條碰及他的大腿骨時，鑽心的刺痛使他難以持續下去。他深吸了幾口氣，迷迷糊糊又看了看鋸到一半的腿，然後緊咬牙關，又拚命地拉起鋸子。此時他的床上和地上，早已流滿了他的鮮血，他自己也不知道他最後是怎麼把自己的右腳從膝蓋上方鋸了下來。當他看著自己被鋸掉的腿腳掉在地上時，他才感到鬆了一口氣。他又突然發現自己滿嘴是血，還從嘴裡吐出了四顆牙齒。因為動脈有栓塞，在他截肢後並沒有造成大出血。衛青的壯舉震驚了村裡村外的人，人們紛紛佩服他驚人的勇氣和膽量。只是他還有一個願望，希望能安上一個假肢。他的女兒早早輟學在外地的鞋廠打工，老婆有糖尿病，心臟又不太好，家裡還有四畝農田需要耕種，如果沒有假肢，他就無法再站立起來。衛青的舉動很快就被村民傳開了，人們簡直不敢相信會發生這樣的事。在他鋸斷自己的腿以後的這段時間，每天都有村裡村外的人來拜訪他，非得聽他親口敘述一番，人們才算是滿足了自己的好奇心。當他向來者表達了自己的願望後，別人除了誇他勇敢和對他的遭遇表示同情外，卻什麼忙也幫不到。不過這件事情有一天突然傳到了縣長大人的耳朵裡，縣長有天帶著幾個官員也來看他了。當他瞭解到事情的原委後，就立即吩咐手下的人要安排衛青去醫院配上一隻假肢。衛青夫婦聽了，只感動得淚流滿面，口裡又不停地唸叨感謝政府、感謝黨之類的話。

衛青怎麼也不會想到自己的這個絕望的舉動會使他聞名遠近，而且縣長也親自來看望他，還為他免費做了一個假肢。縣長把這件事作為他惠民的善舉在媒體中大肆渲染：「如果沒有政府的幫助，他這輩子也裝不起那隻假肢。」

「他辛苦了大半輩子，連一隻假肢也裝不起，那他又該怨誰呢？」有一個媒體人反問道。

縣長頓時被問得啞口無言。

（二）

一個農民和他的兒子的故事：村口河灘的渡口邊擠滿了男女老幼，每兩個星期，就有人來帶他們渡河。他們每人交了三元錢的渡河費，就可以到河對岸鄉鎮了。這些人要去的是一個血站，那裡早已聚集了鄰村的不少村民，他們一個個排好了隊，手裡拿著早已填寫好的表格。有人還沒有進入獻血室，就把自己的袖口高高地捲起，只要一坐上抽血臺，那些鄉醫就取出一個大大的針管，對著那些人的手臂上的靜脈刺進去，那鮮紅的血漿就流入了針筒。隨後，抽血的人在被抽血的人的那張表格上蓋了一個章，這樣，被抽了大約六百毫升鮮血的人憑著那張蓋過章的表格，去另一個發放錢的房間領取一百二十元的營養費和八元錢的交通費。

領到了現金，張高麗大叔雖然感到自己的身體有點虛弱，可他心裡還是感到一種滿足。這手裡的一百多元錢放在口袋裡，一路上他不停地用手在自己的口袋外面摸索，他生怕這錢不小心會丟失掉，這可是他的血錢而不是汗錢；汗錢來得沒這麼容易，也沒怎麼快。他總想著自己在城裡讀大學的兒子，只有自己有錢供他的兒子讀書，他就感到心裡輕鬆。當他回到家裡時，他已經感到自己的身體有點支撐不住了。他現在的老婆什麼事也幹不了，是個弱智，是他前幾年在路上「撿」回來的老婆。那天他剛從山上砍柴回來，路上看到一個髒兮兮的女人，好像是個無家可歸的人，看她又傻裡傻氣的樣子，他就把她帶回了家，後來就成了自己的女人。為了防止她到處亂跑，每當他出門時，他就把她鎖在屋子裡。

為了補血，張高麗要喝大量的鹽水，他希望兩週以後再坐船到血站去換點錢回來。此時他想先燒點水，可水缸裡的水已經用完了，可他已經沒有氣力再到山下去挑水回來了。水桶很沉，有三四十斤的樣子，每次挑水來回要走好幾公里山路，以前自己的身體好，體力沒有問題，可現在不行了，長年的頻繁輸血使他的體力大不如從前了；尤其是腿部的力量明顯下降了，現在他只能每次挑十幾斤水，而且使他精疲力盡。

第二天上午，張高麗用昨天賣血的錢去村裡買了幾斤麵粉，回來後做了一鍋麵疙瘩，再放了一些自己從山上採來的野菜，就和他的傻老婆一起吃了起來。看到他的女人傻傻樣子，他也不免會想起他以前離家出走的妻子。他算了算，他妻子今年也有快四十歲了。時間也過得真快，從她出走到現在，一晃也有快二十年的時間了。當初她也是被一個人販子販來的，好像是四川人，兩年後她感到實在過不下去了，就和村裡別的販賣來的女人一樣，生完孩子後沒過多久，她就離家出走了。記得在生他們的孩子阿寶的那年，由於是在自己的家裡又是難產，當時家裡三四個女人忙作一團，而他的老婆在床上哭叫了整整一晚，生下了孩子後，她就昏死過去了。現在他們的孩子都已經上了大學了，是個漂亮的小夥子了。他算計著，自己再過兩年就超過年齡不能再去賣血了，那時自己的孩子大學也剛好念完了，他自己可以找工作做了，不用再負擔他的生活費了。他自己每月有低保費一百多元，他的女人因為沒有戶口，也就領不了這個錢。他想，沒有媳婦的時候整天想要一個媳婦，現在自己的生活反倒被這個傻女人拖累了。不能掙錢，又做不了家務，腦子又不好使，還要吃飯穿衣，唯一的好處就是晚上在床上可以發洩一下情欲，而且還不會跑掉。

吃了早飯後，張高麗幫他的女人擦了擦臉，又幫她把有些凌亂的頭髮梳理了一下，然後把門反鎖好，就獨自上山砍柴和順便挖些野菜去了。這已經是他多年的生活習慣了。他現在心裡唯一的安慰與期待就是自己的這個兒子了，他兒子不用像自己的祖祖輩輩那樣背朝青天面向黃土地受苦受累一輩子。而且一畝地一年的收成最多也才四五百元錢，家裡一共才不到兩畝地，就連勉強糊口都不夠。雖然他很想念自己的兒子，可是為了省路費，他上了大學後就沒有回來過。他知道自己的兒子不喜歡自己帶回來的這個女人，村裡的人一定笑話他的兒子了。在他背著柴禾準備下山的時候，他腳一滑重重地摔了一跤。看著手上流出來的血，他馬上用嘴巴吃了進去。他想，那也是錢啊，白白地流掉了多可惜。回家放下柴禾後，他就提著水桶去背水了。「張大叔啊，去裝水呢。」村裡的人向他招呼道。

「是啊，不過背不動了，只能少背一點。」他回答道。

「把那個傻女人看好了，小心別讓她跑了。」一個村民笑道。

「跑就跑吧，再撿一個回來。」他回敬道。

「哈哈哈哈……」村民們笑著走開了。

張高麗早已習慣了別人這樣笑話他，再說了，老婆被賣來後又跑掉的又不是只有他一家。除了上一輩的女人在村裡辛辛苦苦地挨著苦日子，那些被拐來的女人和村裡大多數年輕的女人，誰願意在這裡過這種苦日子？誰不願意到外面的花花世界過上好日子？當他看到車水馬龍的城市，他想自己的生活比起城裡人，這輩子也算是白活了。現在年輕力壯的人都外出打工掙錢，做什麼修鐵路、開石山、造房子，一年也能掙個好幾萬。自己年紀大了，身體又不是很好，還要照顧那個傻老婆，到外面找事做，這條路走不通。不過他相信自己的兒子將來一定能夠做個城裡人，將來找個體面的女人，過上幸福美滿的日子。

張高麗終於來到了一條河邊，當他正準備往桶裡灌水時，他突然發現水的顏色好像有點不大對，好像泛著紅色，而且還有一股怪味。他先是愣了一下，他懷疑是不是自己的眼睛看花了，因為自己經常輸血的關係，所以把河裡的水也當成血液了。不過他也早聽說了，自從在河上游段開了幾個什麼化工廠、造紙廠，這裡的水質就一年比一年差了，有時還散發著一種臭味，河面上還常常漂著死魚，這裡的水根本就不能再喝了。於是，他就提著水桶，到另外一個地方找乾淨的水去了。

在一個小樹林裡，他發現了一條小溪，於是他趕快把水桶裝滿，便背在背上，朝著回家的路走去。他想像著自己的孩子將來能夠和城裡人一樣，用水可以用自來水，燒火可以用煤氣，自己的孩子可以和一個體面的女人通過談戀愛而結婚，不用像自己那樣買一個拐來的女人，更不會在路邊去撿一個傻女人回來做老婆，永遠不用種地，更不會靠賣血來補貼家用。他邊走邊想，疲憊的身體一下子感到輕鬆了許多。

月底又要給他的兒子匯一筆錢過去，他手裡還缺些錢，兩週後再跟船到鄉鎮裡的血站賣一次血，加之每月低保的錢，缺的那部分再去向別人借一點就夠了。

「年紀大了，不能這樣老想著賣血，也要養好身體才是。」一個借錢給他的村民說道。

「唉，再過兩年等孩子畢業了就不再去了。身體確實不如從前了，再說到了那時人家也不要我的血了，超過賣血年齡了。血站的人說不能叫『賣血』，要叫『獻血』，所給的錢也不能叫『血價』，要說『營養費』。管它怎麼個叫法，有錢就行。」張高麗說道。

「不過聽說以後這買賣要停了，血庫裡的血太多沒地方存放了，輸血時弄不好還會得什麼傳染病的。」村民又道。

「是啊，我也聽說了，就是不賣血，喝了什麼被污染的河水，也會犯病的。有什麼辦法？只有自己小心點啦。」張高麗有些擔心地說道。

還是像以往那樣，當張高麗來到渡口，渡口邊早已聚集著不少的人。到了渡船靠岸後，張高麗就隨著人群擠上了船。下船後，他們就在血站外排隊登記領號。

「張高麗。」一個工作人員出來叫了一聲。

「來了。」應聲後他就進入了房間。

「聽說以後你們不再要血了，血漿太多了，沒地方儲存了是不是？」張高麗坐下後，便向輸血的人問道。

「誰說的？淨瞎說。」那女的一邊說著，一邊開始找血管扎針頭。

「這針頭好像是已經用過的，為什麼不用新的？」他突然有些不安地問道。

「沒事，都是健康人，用一次換一個有多浪費啊。」她解釋道。

他想再說什麼，可是來不及了，他的血已經在向針筒裡流。雖然有點擔心，不過他拿了一張蓋過圖章的單子，又去另一個房間領到了錢，心裡還是有一種快樂的感覺。

回到家後，湊足了要匯款的錢，他又去忙自己的事了。日子就這樣一天天地過著，每天除了種地，照樣上山砍柴和到幾里地外的河邊取水，空閒時照料他的傻女人，幫她梳理，餵她吃飯。他心中唯一的期望就是兒子將來有出息，做個城裡人。也許將來自己老了，還能靠上他過日子。不知不覺又是一年多的時光過去了，由於身體愈來愈不行了，他感到自己身體裡的血愈來愈少，就是喝大量的鹽水也不怎麼管用了。他準備到今年年底，自己就不再去血站賣血了，反正兒子也將要畢業了。就在他上次去了血站回來之後，有次他在路上走到半路就暈倒了，後來被送去醫院做檢查，居然查出肝硬化。他感到很絕望，不過他還是瞞著他的兒子，讓他可以專心讀書。事實上自從他兒子阿寶去城裡上了大學之後，他就再也沒有回來過，甚至連個電話也沒有，只有張高麗打電話給他時，他才隨便地搪塞幾句。

就像他父親期望的那樣，如今阿寶看起來確實像個城裡人了，而且還交了一個城裡的女朋友。不過他從來不向別人提及自己的家人，對於這個話題，他總是諱莫如深。好在那女的只知道他是農村戶口，其他的就什麼也不清楚了。他讀書不錯，還拿了獎學金，靠著家人寄來的生活費，加之平時在外做些零工，生活還算過得去。他也聽說自己的父親病了，而且還經常賣血，他只是託同鄉帶個口信，叫他父親好好養病，不用再給他寄生活費了。不過他自己並不想回去，他心裡實在無法面對自己那個病怏怏的父親和他身邊的那個傻女人。

不久，張高麗的病情就惡化了，並且很快發展成了肝癌。他躺在床上，身上的疼痛使他感到痛苦難忍，他不時地叫著阿寶的名字，希望他趕快回來，坐在自己的身邊陪自己說說話。等了一天又一天，阿寶還是沒有回來。村裡的人也看不過去了，就託了鄰村在同一所大學讀書的人，去當面叫他回去。那同鄉先是勸了他幾次，見他無動於衷就揚言要到學校領導那兒去告他。眼看自己家裡的事就要被暴露，阿寶卻一時對那個老鄉動了殺機，就在他再一次威脅阿寶時，阿寶竟然真的把一把早已準備好的刀子向他的胸口刺去。接著，阿寶又把那同鄉的屍體進行了解肢和拋屍。

幾天後阿寶就被逮捕了，在一審時就被判了死刑。在羈押期間，公安人員押著銬著手鐐與腳鐐的阿寶去見了躺在床上已經是奄奄一息的張高麗。

他知道了兒子的事，他多麼希望兒子不會被判死刑，他感到自己這一輩子活得很冤。當他迷迷糊糊看見自己的兒子被幾個監管人帶到他面前的時候，他睜大了眼睛又仔細地看了他一眼，他終於來看自己了，可是沒想到會是這種狀況下，他還是不明白阿寶為什麼要殺人。當阿寶走到他的面前並跪下哭泣的時候，張高麗含著淚水說道：

「要是我不去賣血供你讀書，你就不會去殺人了。」

「不要管我了，我對不起你，爸爸，你自己好好養病吧。」

「我快不行了，本來我還指望著你——」

「不要說了，爸爸，一切都晚了，我這就走了，你多多保重吧。」

看著兒子離去的背影，張高麗又一次昏了過去。過了兩天，他就在昏迷中死去了……

（三）

一個關於棄嬰的故事：廣西金田鎮之所以遐邇聞名，當然歸功於一百多年前在這裡洪秀全和馮雲山以「拜上天教」的名義發動的那場聲勢浩大的太平軍農民起義。太平軍頒發的《天朝田畝制度》使其贏得了廣大農民的擁護。同樣在金田鎮，回首到上世紀三十年代初，紅軍在這裡也鬧過「打土豪，分田地」的革命，同樣也贏得了廣大貧民的支持。現在沒有人再會去關心這樣的往事了，人們都活在當下，活在眼前。

前不久金田鎮因連日的強降雨，水庫一直囤積水位，後又放閘洩洪，沒有預警，導致下游金田等鎮，幾萬人受災，上千人被困，整個鎮子在幾分鐘內就被淹沒，損失巨大。後又有記者在報導時不報民眾所承受的巨大損失，卻大肆渲染軍民聯合抗洪救災的英勇事蹟，引發當地群眾極大憤怒。災民自發遊行，圍堵鎮政府，要求政府給出真相，報導真實災情。警方出動了幾十輛警車，大批特警與災民對峙，最後，警察開始使用催淚彈驅趕示威災民。

由於持續不斷的強降雨，桂平市裡的監獄裡積水也不斷上漲，監獄只得動員幾百個男女犯人，一起加入抗洪勞動。平時男女犯人東西各分兩地，從不交集。這天，桂珍珠在雨中，遠遠看見了她的前男友陳一航。她對著他望了一會兒，他也回看了她幾眼，就又走開了。他們一個是販毒進來，而另一個卻是因棄嬰罪而遭起訴入獄。他們分別已有近二年的時間，可他們沒想到雙雙都會在這裡服刑。陳一航已近中年，而桂珍珠才只有二十一歲。桂珍珠容貌姣好，在女犯人裡面的可算是最年輕漂亮的一個，就連那些男看守，見了她，也會多看她一眼。

桂珍珠上學時讀到了初中，和其他女孩子一樣，就無心上學了，整天和同學在外面東走西逛。到了初中畢業那年，她正準備外出打工，正巧市裡的藝校在招生，她和幾個同學就一起報了名，很快就被錄取了。除了有一張漂亮的臉蛋，她並沒有什麼才藝，她也不知道在藝校到底能學到什麼才藝，將來自己能不能真的找到一份像節目主持人或是唱歌、跳舞之類的職業，甚至有機會做個演員拍電影。她哪裡知道，藝校不是什麼電影學院，也不是什麼聲樂或是舞蹈學校，只是由幾個社會上的閒雜人員，他們看準了大批的無業青年，有的懷揣著藝術理想，於是他們就花點錢請幾個名義上顧問，再在和專業學校掛鉤的名義下，進行招生納財，自然也不配備什麼師資力量，也無辦學資質，就像模像樣地辦起了所謂的藝校。校舍是臨時租賃的，又從民間招來的幾個教員，有的會拉手風琴，有的會彈鋼琴，也有的是夜總會歌手，基本上也是屬於無業遊民一類。新生們在藝校上了沒幾個星期的課，學校就組織女學員去夜總會「實習」了。到了夜總會，女學員就在包房裡陪那些做生意的客人吃吃喝喝。桂珍珠開始很不情願，可工資還不錯，碰到大方的客人還有不少的小費。不久，她就開始和一個叫陳一航的男人約會，別人供她吃喝玩樂，她倒覺得還不錯，有吃有玩，還有錢賺。陳一航也不是什麼生意人，只是一個癮君子而已，平時吸毒，也會販毒。不久，和他在一起生活的桂珍珠也染上了毒癮。兩個沒有工作的人同居在一起，又吸毒，生活得非常潦倒。發現自己懷孕後，桂珍珠就勸陳一航去找工作做。由於沒有謀生的技能，工作又不好找，加之本身的懶惰，就這樣，陳一航靠著販賣一點毒品弄點小錢，和桂珍珠在一起過一天算一天。

陳一航在一次緝毒行動中被收監了，可桂珍珠的肚子卻一天天地大了起了。她想去醫院拿掉，一方面她也沒有錢支付醫院，同時也因為懷孕有好幾個月了，醫生說打胎會有生命危險，於是她只能看著自己的肚子一天天地大了起來。到了臨盆的時候，她才不得不住進了醫院。她躺在病床上，劇烈的疼痛使她的身體難以承受，她不停地呻吟，身邊沒有一個人理會她。只有一個護士過來看了看她，冷冷地對她說了一句：「不要叫，忍著點。」她也不理會，嘴裡一邊叫痛，一邊罵那個該死的男人。在她的心裡，令她更感到恐慌的是：孩子生出來後怎麼辦？自己拿什麼去撫養孩子？自己的生活都沒法保障，她不知道怎麼辦。她想如果自己的奶水不夠，就連買奶粉的錢也沒有，而且還有許多其他的花銷。雖然她心裡已經隱約感到這個將要出生的孩子將要和她一起面臨怎樣的生活困境，她想到了遺棄，她甚至希望自己生出來的是一個死胎，這樣她就不會再有後顧之憂了。在她痛苦的叫喊聲中，不僅僅是忍受身體上的劇烈疼痛，更是在為自己孩子不幸的命運哭泣。最後她產下了一名女嬰，她沒有一點做母親的喜悅，她早就想好了逃走的計畫。那天醫生查房時，就突然發現那個年輕的小產婦失蹤了。醫院也沒有辦法，不久就轉交到了市福利院。在那裡，棄嬰早已人滿為患，每年送到這裡先天畸形人數在增加。有不願撫養女嬰的父母，加之其他的原因被遺棄的，福利院壓力很大，可資金又不夠，到了實在沒有辦法的時候，他們也開始拒收了。

從醫院溜走以後，一時找不到工作，生活又沒有了著落，於是，她不得不又去了那家以前她「實習」過的夜總會上班。不久她又交上了一個比他歲數大許多的一個叫男李世安的男人，可他也是一個癮君子，同樣的生活又開始重複。不久她再次懷孕，因為上次的教訓，她想馬上去醫院做人流手術。由於她生得年輕漂亮，那男的想和她好好過，自己打算去做些小生意。可是他們一起忙了一陣，手上的錢很快就所剩無幾，生意卻一點著落也沒有。在走投無路之際，李世安再次冒險販毒，可很快就被捕入獄了。桂珍珠挺著大肚子不好在夜總會繼續上班，她的生活又沒有了著落。在家一個人苦苦撐了幾個月，最後去了一家醫院準備生孩子。不過這次和以往不同，醫院裡有個工作人員告訴她，說孩子生出來後有人要，還會支付給她五千元。就這樣，她再次忍著劇痛生下孩子後，她只看了一眼，覺得比以前的一個漂亮，很快，孩子就被人抱走了，她在病床上失聲痛哭起來。

不久，公安人員在查處一起在某超市的棄嬰案中，又牽涉到桂珍珠所生的孩子，最後她被以「販賣人口罪」遭起訴，隨後她被關進了監獄服刑。對於自己的命運，她不知道應該去怪誰，是不是那個所謂的「藝校」害了她，還是她所結識的兩個男人他們都吸毒？她本想要個孩子卻又兩次拋棄了親生嬰兒，最後又淪落到了監獄裡。

連續的大暴雨使監獄裡同樣犯起了水患，看著滿地的積水，她想順著流水游出去，去一個很遠很遠的地方，沒有人認識自己，在那裡，自己遇到一個好男人，輕輕鬆鬆地過下半輩子……

桂平市的洪水不久就退卻了，可是她卻被診斷出感染了愛滋病毒。出獄後，她一方面要去戒毒所，同時要進行愛滋病康復治療。她知道自己已經活不長了，她對什麼都不再抱任何希望了，只希望自己死得不會太痛苦。

（四）

一場大爆炸引發出的諸多事件：一大片綠油油的麥苗，夾雜著一些黃燦燦的油菜田，此時正值陽春三月，路邊綻放的桃花令人覺得心曠神怡。在農田的毗鄰處，是一座工業園區，園內有許多高高聳起的煙囪和聳立的儲蓄罐，還有建築物旁縱橫交錯的管道。自從工業園區開發以來，它的規模迅速擴大，占地也愈來愈多。

隨著工業園區的擴大和開發商的徵地，有的農戶被要求拆遷，拆遷的條件非常優越，政府按照農戶的居住面積，可以對等交換相應的商品房面積。一般農家都有五六百平方米的居住屋，這樣他們就可以拿到好幾套百平方米的商品房。因為長期實行計畫生育的關係，農村地區家庭的孩子也很少，所以一般人家除了自己的住房，還有幾套可以拿來出租，而且被徵地的農戶他們的戶口也從農村戶口變成了城鎮戶口。

被徵地拆遷的人家，一轉眼就成了暴發戶；他們家裡的孩子被人喻作「拆二代」，意為靠家裡的拆遷房一夜之間成了身價幾百萬、上千萬的富人。他們出門開豪車，時常出入高級消費場所，甚至有縣城裡的漂亮的女白領，也投入到「拆二代」的懷抱裡，而城市裡大多數年輕人則不得不拚命地工作做房奴。

開發商把高樓建成後，縣市委班子裡的人，也會理所當然地每人可以拿到一套。開發商建的樓盤愈多，領導的房產也就愈多。由於房價高企，城鎮的一般普通老百姓，絕大多數家庭只能靠幾代人的積蓄勉強湊夠一個首付就不錯了。

有個施工隊在建橋挖土時，突然發現一具孩子的屍體，他們慌了神，趕忙報警。那是一具三四歲小女孩的屍體，挖出來時，裸露的身體上粘滿了泥巴。經調查，原來是附近的一家醫院丟棄的，醫院為了省事，他們把無人領取的孩子的屍體就近就埋了。以前也有把嬰幼兒的屍體丟進垃圾桶的，後來被曝光後，醫院就採取了填埋的做法。至於這個小女孩的死因，經調查後公佈，是被她母親的男朋友失手打死的，後續的處理就沒有什麼人關心了。現在的醫院早已成了以盈利為目的機構，老百姓最承受不了的除了高企的房價，就是看病的昂貴費用。得了像癌症這樣的絕症，由於天價的醫療費，為了避免人財兩空，許多人選擇的是放棄治療。

因為屬於市政府管轄的貧困縣，為了經濟的發展，縣裡引進了有毒、危險、污染嚴重的化工企業，成立了化工園區。由於園區事故頻發，加之有毒物質容易對身體造成傷害，所以一線的工人基本上是來自陝西、四川、河南、安徽等貧困地區，許多家庭還是「低保戶」，他們可以領取每月二三百元的生活補助費。迫於生計，這些外來的務工人員，他們明明知道自己身處的工作環境，他們還是來了，因為別無選擇，況且，收入比其他的工作高。對於農村的人來說，賺錢養孩子、蓋房子、成年男性娶媳婦是頭等大事。事實上這些員工甚至附近的居民，成了癌症高發人群，掙來的錢，肯定是不夠用來治病的。當地的養殖戶靠漁業為生，沿途海灘就有四五千平方公里，由於園區化工廠林立，水質污染嚴重，當地人也不敢吃那些魚蝦了。

有人曾舉報園區裡的化工廠對環境的污染，執法人員一來，工廠就把污染嚴重的高爐空開，使煙囪裡的煙霧達標。並宴請來檢查的工作人員，如果查出污染、安全等問題，像苯罐區、甲醇罐區根本沒有緊急切斷閥等隱患，企業就發紅包、帶他們去按摩院消費等，這樣，所有的問題便還是問題。為了節省費用，所有的化學污染物進行就地掩埋。而有個長期舉報的人士，已被當地法院以「尋釁滋事罪」被關押在看守所。後來有人發現，當地種出來的糧食已經嚴重地重金屬超標。

在園區附近的幾所幼稚園沸沸揚揚傳出了許多匪夷所思的事件，有虐童的、讓幼兒吃安眠藥睡覺的、有幼兒遭性侵的、有被體罰等等事件紛紛被曝光。開始爆出有孩子不願去幼稚園，孩子會被老師打，有孩子身上會有傷痕。氣憤的家長到幼稚園告狀，後來事情鬧大了，被媒體曝光了，幼稚園以虐童的老師是「臨時工」為由遭園方解聘了事，處理的方式竟然和城管打人一樣，以「臨時工」為由解聘肇事者了事，難怪有市民嘲諷道：「當年日本人侵華，是日本臨時工幹的，和政府無關。」繼傳出虐童事件以後，另一所幼稚園爆出了有個女老師每天午飯後讓孩子吃安眠藥睡覺，然後自己去健身房健身二個小時，幼稚園看起來很安靜，孩子一個個睡得好好的。更有伙食房裡的男員工，經常在監視器死角的區域對幼女施行猥褻和性侵，有幼女說自己被光身子的大人在她們的屁股上打針，家長意識到那是對孩子進行性侵。憤怒的家長聯合起來到幼稚園討說法，處理的結果竟是一方面開除嫌疑人，同時又有幾個家長在誘惑和威逼下承認他們是在「造謠」。人們反問受害者家長，為什麼和幼稚園過不去，做這種對自己沒有任何好處的事？事實上，經營幼稚園的業主，都是有地方官員作為背景的，和學校、醫院、企業一樣，都是盈利機構，出了什麼亂子，官官相護、層層包庇也就不足為怪了，政府所需要的是向外界展示和諧社會、歲月靜好。

自從有了工業園區，縣城也跟著繁榮起來。新建的百貨大樓、賓館，還有各色商場、飯店、娛樂場、夜總會、按摩院也層出不窮。人們似乎忘了這裡昔日的貧困，大批的鄉鎮地區也開路建樓，成了城鄉結合部。每當夜幕降臨，這裡也初現都市的繁華。什麼「拆二代」、生意人、外來戶、公務員都在這裡吃喝玩樂。隨著刑事案件的頻發，縣公安局加大整治力度，他們還兼有「維穩」的任務，什麼應對群體突發事件、抗議的群眾、上訪的人員，都是他們管轄的範圍。看別人花天酒地，公安局的人也有他們的生財之道，他們會以「掃黃」的名義，對什麼夜總會、按摩院裡的嫖娼活動進行整治，嫖客罰款了事。妓女一般前門進，後門出，還可以固定拿到那些老闆的打賞費，這樣大家平安相處，城鎮裡一片繁榮祥和。

由於園區事故頻發，周邊的人們不僅呼吸著帶有刺鼻味的空氣，飲用著不安全的水，還要整天提心吊膽，說不定哪一天爆炸，弄得家毀人亡。在一個雪夜，有人突然聞到一股濃烈的氯氣味，懷疑是氯氣洩漏，化工廠可能要爆炸。聯想到三年前，由於爆炸造成八人死亡，五人受傷。事後當地官員派人晝夜巡邏，嚴防記者採訪報導。這次，周邊的居民聞訊後連夜往遠處轉移，到了第二天事態平息以後，那些匆忙撤離的人中，有人忘記了鎖門，結果家裡遭遇偷竊。事後，當地居民心裡的恐懼感並沒有消除，他們感到工廠是一顆定時炸彈，可當地的官員號召居民「不要怕」，並喊出「寧願被毒死，也不願窮死」的口號。可面對老百姓在田地裡焚燒秸稈，當地官員為了配合上層領導對減少空氣污染的指示，便派人在牆上刷有：「見煙就罰，見火就抓。」「焚燒秸稈，拘留罰款。」「對焚燒秸稈和污染環境的，依法給予拘留和罰款。」等標語。

市政府裡的官員，他們的頭等大事基本上就是招商引資，利用廉價的土地和勞動力增加財政收入，至於空氣污染、水質污染，雖然立了許多的法規，不過執行的力度從來也不見效，反正不影響政績。他們有許多的房產，還有大量的現金，當然，包養情婦、生私生子也是常態，反正有得是錢，還要想法子怎麼藏匿幾百甚至幾千公斤的紙幣。有的掘地三尺，有的祕密據點，有的藏匿海外。反正，他們把老婆、孩子往海外一放，在國外置豪宅、購豪車，招搖過市。在國內，他們被人稱作「裸官」，白天除了開會就是到處跑，晚上便是夜夜笙歌，包養歌星、明星、主持人也不在少數。上行下效，反正有中央大員也是這麼幹的。當然也有背運的官員，有的硬生生被失寵的情婦舉報，有的屬官場內鬥，最後下獄，還牽出一串情婦和好幾個私生子。有個落馬的市領導，落馬後他的情婦們一起遭調查，結果發現他和不同的女人生有六個私生子，經檢驗，竟有四個不是他的種。老百姓只是看個熱鬧，官場還是以前的官場。以前王朝時代的地方官，到了一個地方做官，在當地做些興建水利，秉持公正，人稱「父母官」，雖然貪贓枉法的也不少。可是到了現在，他們自詡「人民公僕」，以自己的「政績」為目標，個個與民爭利，窮奢極欲。

城鎮面積不斷地擴大，處處高樓林立，商業街上車水馬龍，農業人口也隨之不斷減少。由於缺乏有效的管理，除了空氣污染、水質污染，還有什麼毒食品、假疫苗，幼兒性侵，打壓維權人士、癌病高發等各種民生問題，但這一切並不影響招商引資，大力發展工業，尤其是化學工業的產業鏈。由於沒有煤炭、稀土等礦產可以開發，也沒有什麼製造業，只有傳統的農業、養殖業為主，加之勞動力的嚴重流失，所以很難擺脫長期的貧困。自從有了以化工工業為主的工業園區和城鎮裡的房地產開發，市縣裡的財源滾滾而來。在工業園區裡，尤其是化工原料的儲存與生產，污染氣體的排放和化工污染物的處理，都有嚴格的操作和處理標準，可對於違規違法的，整改從來不能真正落實，出了事故反正領導也不用擔責，死了幾個人也不是什麼大事，賠償一些撫恤金，對媒體使點恩惠給點「封口費」了事，再對維權的人打壓一下，什麼事都可以擺平。領導也好，商家也好，眼前的好處是白花花的銀子，有了錢就可以為所欲為、花天酒地。百姓的不滿和抗爭可以被壓制，警察可以暴力執法，官商可以勾結，可是他們不知道，沒有法規的繁榮，是假繁榮，只要時機一到，隱患所導致的大災難、大爆炸、大崩潰就不可避免。

一天下午三時許，園區內因為苯洩漏引發火災，繼而發生了爆炸，最後導致一場大爆炸，一瞬間火光沖天，濃煙滾滾，爆炸聲響徹雲霄。爆炸的威力是三顆美國的「炸彈之母」，約為三十二噸TNT炸藥，半徑五百米內的房屋全部被毀，約七十八萬平方米。炸坑直徑達一百多米，周邊幾十家企業的建築物跨塌，大批人員傷亡，由於爆炸所產生的巨大衝擊波，使五公里以外門窗也遭破壞，一公里以外的金屬捲簾門變形。後來據考察的情況報告：「整個廠區好像被推平了一樣，所有的管道、鋼架全部垮塌，一片狼藉。地上全是被炸得飛起來的土塊，連死者的屍體也無法找到。」據報導有人做過試驗，五十克左右TNT的手榴彈，爆炸後十米範圍內不會有活物，一噸的TNT放在地面上，能炸出三十七立方米的坑。

事發後，擁有數億線民的網路上卻出奇地安靜，沒人敢隨便發身亡消息，也沒人敢過問爆炸是否已造成環境污染問題，更沒人敢質疑政府是否有瀆職行為，只有新華社通稿、央視新聞報導他們想報導的內容。爆炸後第三天，市裡召開第二次新聞發佈會，會上通報說：事故已造成六十四人死亡，仍有二十八人失蹤，危重二十一人，重傷七十三人。除了人員傷亡，還有二千八百多戶房屋受損。這場相當於幾十噸TNT當量炸藥爆炸，並引發了三級地震的充滿有毒物質的化工廠爆炸之後，官方又說各項環境監測指標已處正常範圍之內，飲水未受影響。中國社會GDP可以造假，上市公司資料可以造假，重大事故的死亡人數也要造假，因為這關係到社會的繁榮與穩定。

此次爆炸當量和傷亡規模，僅次於造成一百六十五人死亡的天津大爆炸的巨大災難，卻看不到傷者狀況，聽不到現場描述，既沒有現場記者，也沒有調查追蹤，只有在國外訪問的最高領導人發來的一句批示和發佈會上幾個發言人的片刻默哀。可媒體每當報導他國災難時，卻做到全面詳實，好像是人家的媒體。對大爆炸事件的處理，最後只有一名副市長被替罪落馬，他在私底下歎道：「我以前每天提心吊膽地活著，表面上很風光，只要一場災難，就全部灰飛煙滅了，我的官位沒了，資產沒了，情婦和私生子沒了，自己孩子的前途也沒了……」

一個貧困縣脫貧致富的美夢，就這樣在一場大爆炸中破滅了。

（五）

一個屠宰者的命運：屠宰行裡有句俗語：「豬草包，羊好漢，牛的眼淚在眶裡轉。」意思是說屠宰時豬的嚎叫聲驚天動地，草包一個；羊卻一聲不響，夠得上是好漢；老牛則是滿眼充滿哀怨的淚水，似乎在訴說著委屈和無奈。

每個行當都有自己的祖師爺，做木工的有春秋的魯班，行醫的有唐朝的孫思邈，殺豬的尊崇從殺豬賣酒的後來成為三國蜀漢大將的張飛。屠夫張菲以殺豬為生，生得一雙豹子眼，又是一臉的大鬍子，外形酷似傳說中的張飛，外號「張飛二」。他殺豬的本領高超，殺豬時不用第二刀，他認為豬雖然是「菜貨」，只受一刀之苦，屠殺時要「一刀清」，即令其一刀致死，如果多殺一刀，豬就會多受一分罪，就算「造孽」。這和中國古時候的酷刑「凌遲」相反，受刑的犯人要被捆綁在刑臺上，行刑的人在犯人身上用刀把肉一小塊一小塊地割下，最後死去的犯人破腹掏胸，取出的心臟和肝臟等會被爆炒吃掉。中國人常說某某人該「千刀萬剮」，以此來詛咒最痛恨的人。

這天清早，張飛二騎著一輛三輪機動車，趕去一戶人家殺豬。到了豬圈裡，他就和幾個村民把餓了一天的一頭四百多公斤的母豬從圈裡拉出。豬也知道大禍臨頭，拚命地掙扎和嚎叫，不過牠還是掙脫不過四五個村民的前拉後推。到了豬圈外，母豬被幾個人按倒在地，先把牠的四肢捆綁起來，然後用力把牠抬到案臺上，豬頭伸出案臺，母豬不停地掙扎著被捆綁的四肢，連續地發出嚎叫聲。張飛二一條腿跪在地上，不停地拍打著豬的頸部的位置，然後左手按住豬的下巴，用力向後扳直使顯出咽喉部位，右手緊握一尺多長的尖刀，看準後把尖刀從喉部直捅進去扎到母豬的心臟，隨後將刀翻轉幾下再拔出來，血液立即隨刀口噴流而出，大部分流在頸部下面放好的大盆裡，豬頭會不停地搖動掙扎。張飛二在豬的腹部推壓，使膛內的豬血流淨，最後大約有四到五升的血液會被收集起來。

豬被殺死後，解開捆綁的繩索，將豬放進熱水鍋，然後迅速地翻轉，全身燙遍、燙透，趁熱分別將鬃毛採下，並用刮刨刮豬毛。刮毛後，豬被倒掛在木架上，準備開膛。開膛前用清水將豬身清洗一遍，邊洗邊用刮刀繼續刮乾淨豬毛。剖腹時從肛門處開刀，並要小心地避免割破豬腸胃，開至胸腔隔膜處，先將腸、胃、肝、腎等取出，然後繼續剖開胸腔，取出豬的心、肺等。等豬的五臟六腑被掏空以後，再繼續用清水沖洗豬腔，最後將豬身上的肉分門別類分割好，然後就可以開鍋進行各式烹飪了。

所有的豬雜包括豬的頭、腳、舌、尾、血、腸、胃、肺、心、肝、腎、等作為殺豬的報酬歸張飛二，殺完了豬，張飛二把豬雜分裝好，他也不敢多休息一會，把整理好的豬雜搬上他的機動三輪車，就飛快地運回去了。

他和他老婆在鎮裡開了一家賣豬雜的熟食店，店門口的櫥窗裡擺滿了各式各樣煮熟的豬雜，分擺在一個個托盤裡，裡面的菜色基本上呈醬色。店裡主要是外賣，有時也有堂吃的人。店後是廚房，廚房外有個空地，空地基本上用來洗滌和晾曬豬雜。見丈夫開著機動車回來，張嫂就忙吩咐他道：

「肥腸和豬頭肉賣完了，你先去做豬頭肉，我來洗場子。」

「我要先處理豬血，然後就做豬頭肉。」張飛二答應道。

說罷，張飛二從機動車上提取裝有豬血的容器，放在後廚的地上，又在血裡加了幾勺鹽並摻入一些淨水，就把豬血冷凍起來了準備做血豆腐。張嫂從機動車裡挑出大腸，然後放在地上，又準備了三個空盆，在盆裡注滿了水，拿了一個小凳子坐下就開始清洗腸子了。先要倒淨腸子裡的豬糞，在一個盆裡清洗後，就放到第二個盆裡，加上幾勺麵粉用手開始揉搓幾分鐘，隨後再放到第三個水盆再次清洗。清洗後的腸子，用刀切開大腸、小腸和腸頭，用作不同的用途，大腸最受人們喜愛。大腸切成段後，張飛二就開啟油鍋，然後將大腸乾炒一下，取出後先放置一邊，再用植物油爆薑和蒜末，隨後放些香蔥和辣椒碎，最後和腸子一起爆炒，加少許料酒、醬油後，圓圓的肥腸圈呈現出醬紅色，還有綠色的香蔥和紅色的辣椒碎，裝盤後即放入櫥窗裡售賣。此時，烤箱裡取出了烤熟的豬頭，張飛二把豬耳朵和豬頭肉切成片裝，然後裝盤放到櫥窗內。

張嫂在店裡忙著應酬客人，張飛二除了外出殺豬就做大廚，平時他出門殺豬，一出去就是好幾個小時。有個叫阿根的男人，四十多歲的樣子，還是單身，他喜歡吃豬雜，時常要一份十元錢左右的分量，然後再要上一杯白酒，就一個人坐在店裡獨自享用。那天上午，阿根要了十元錢肥腸，還有一杯白酒，張嫂裝好肥腸，便和一杯白酒一起端到了他的面前，又問道：

「要不要來點豬尾巴？很肥的，剛剛煮的。」

「那就給我來三元錢的豬尾巴。」阿根說道。

「好的，稍等一下。」張嫂說道。

看見張嫂進廚房了，阿根正邊吃邊喝著，不一會兒，就聽見張嫂「啊呀」一聲，阿根連忙放下碗筷，起身飛快地跑向廚房，只見張嫂用力握住受傷的手，鮮血順著手臂不停地流向地面。阿根嚇壞了，大聲叫道：

「怎麼啦？怎麼啦？」

「切到手上了，快送我去醫院。」張嫂驚慌地叫道。

「好，好，好！」阿根連忙說道。

見張嫂的手流血不止，阿根說著急忙用身上的衣服擦了擦張嫂手臂上的血，又跟著張嫂來到後院空地上的一輛腳踏三輪車旁，阿根把張嫂抱上車裡，就氣喘吁吁地騎上了三輪車。

「幸虧你在店裡，不然我真的不知道怎麼辦了。」張嫂忍痛說道。

「沒事，沒事，到了醫院縫幾針就好了。」阿根說道。

阿根拚命地踩著三輪車，他十分焦急，也心痛張嫂，並回味著剛才把張嫂抱上車的感覺。大約五六分鐘後，他們就到了醫院，看到張嫂渾身是血，停放好車，阿根又想把張嫂抱下車，張嫂很快自己已經雙腳落地，並用力站起了身體。進醫院掛了號，醫生就把張嫂帶入房內，並馬上認出她是鎮上賣豬雜的張嫂。看到她手上切口很深，醫生也嚇了一跳，連忙給傷口消毒，再用紗布止血，然後就開始縫針。

「手上沒有什麼脂肪，切開皮就見骨頭，以後切菜時一定要思想集中啊。」醫生邊縫邊道。

「是的，我一直是很小心的，這次有點大意了。」張嫂說道。

「回家起碼要休息一個星期，後天來複查一下。」醫生在張嫂的拇指關節處縫了五針，包紮後又吩咐道。

阿根騎著三輪車帶著張嫂回店，他從來沒有和一個女人這樣相處過，他甚至期望車上的女人就是自己的媳婦。想想自己窮，又沒本事掙錢，自己已經四十多了，這輩子恐怕也娶不上媳婦了。看著阿根的背影，張嫂說道：

「阿根，今天多虧有你，以後你來店裡吃東西，我一律給你打八折。」

「打折就不用了，幫我介紹一個女人做媳婦。」阿根玩笑地說道。

「現在娶個媳婦真的不容易，彩禮就得二三十萬，家裡還得有婚房，結婚前，男方要送給女方金項鍊、金耳環、金戒子，這叫『三金費』；出嫁那天女方到了男方的家門口，男方還得給女方一筆錢，叫『下車費』；下了車進門又得給女方一筆錢，然後女方才肯對著公婆叫爸媽，這叫『改口費』。」張嫂說道。

「看來我這輩子只能打『光棍』了。」阿根歎道。

回到店裡，張嫂給阿根包了幾包豬雜帶走。待他離開後，張嫂左手吊掛在胸前，用右手又開始幹活了。

自從阿根送張嫂去醫院以後，每次阿根來店裡吃豬雜，張嫂就會給他的分量多一些，而且服務態度殷勤周到，這一切張飛二也慢慢察覺到了。每次看到阿根在店裡，張飛二就感到心裡不爽。以前他從來不把阿根放在眼裡，只把他當成一個「廢人」，現在張飛二開始懷疑在他自己不在店裡時，這阿根一定會對自己的老婆動手動腳，於是每次只要他在店裡，他就會在阿根的面前走來走去。那天上午，張飛二正準備出門殺豬，看到阿根又來店裡，於是張飛二還故意提著殺豬刀，在廚房門口大聲和他老婆說話，看見阿根坐在桌旁，並沒有什麼異常的反應，不過張飛二還是有點心神不寧地出門了。

張飛二騎著那輛機動三輪車，走到半路，忽然想起了綁豬的繩子還沒拿，就掉頭回店了，不過他的心裡還是想著阿根還在店裡。雖然老婆是個正經人，這阿根這把年紀了，又討不起老婆，哪有見了別人的老婆不起歹念的？加之上次阿根送自己的老婆去醫院，他更有理由對自己的老婆放肆了。張飛二愈想愈有些氣急敗壞，便加大車速往店裡趕。

阿根此刻在店裡，一盆炒豬肝和幾兩白酒下肚後，他有點飄飄然了，本想叫張嫂加點菜，半晌不見回應，就提著空盤子走進了後廚，一邊要張嫂加點菜，一邊半醒半醉地說著糊話：

「我的人生不如豬，豬還值點錢，我他媽的一文不值。以後我死了，就把我餵豬算了，也省了棺材費。」

「好了，好了，吃飽了就早點回去吧。」張嫂打發道。

「我也沒地方去阿，還不如在這裡陪陪你。」阿根說道。

張飛二把機動車熄火停在不遠處，便快步進入後廚，正撞見阿根不懷好意的言語，便走到他的面前，狠狠地給了他一個巴掌。張飛二本來以為阿根會服軟，沒想到阿根藉著酒勁，順手抓起廚房裡的一把切菜刀，便向著張嫂揮舞起來。張飛二心裡一慌，忙抓起一把備用的刀，本能地對著阿根的喉嚨刺去。隨著張嫂一聲尖叫，阿根已經倒在了地上，鮮血從他的喉部湧出，隨即就抽搐身亡。張飛二幾乎看慣了流血的場面，不過這次流在地上的是人血。

警車和救護車相繼到來，阿根的屍體被直接送到了醫院的太平間，張飛二被警察拘捕入獄。張嫂關了店門，天天在家，見人就哭訴，都怪自己不小心切傷了手，才導致出了人命。眼看自己的丈夫性命不保，便籌錢四處託人，想找熟人向市法院審案的法官求情，以「正當防衛」的理由予以輕判，就算判個「無期徒刑」，也能保住丈夫的性命。最終託人託到了案件的主審法官，法官分析了案情，覺得有可能以「正當防衛」的理由予以輕判。聽到這個消息，張嫂也不敢怠慢，馬上湊足了二十萬元要當面致謝，主審法官推辭道，等案子了結後再收取「打點」費，並說明自己所獲沒有多少，上上下下也要「打點」不少人。

張嫂在探監時悄悄向張飛二透露了「內部消息」，張飛二聽了淚流滿面，覺得自己一時衝動殺了人，最對不起的是自己的老婆，並告誡老婆道，無論自己是死刑還是無期徒刑，希望她能找到一個好人家再嫁。張嫂啼哭道，她一定會努力掙錢，「打點」監獄裡的領導，使丈夫早日減刑出獄。

張飛二在獄中不到一個月的時間，就被抽血、驗尿、拍片體檢了兩次，他不明白這是為什麼，他平時身體狀況很好，什麼毛病也沒有。在第二次體檢後沒過幾天，他就被法庭以「故意殺人罪」判處死刑。這下張嫂急壞了，以為在中級法院的「打點」費不夠，便一面讓張飛二上訴，一面繼續抵押房產借錢，並託人帶信到省高院的主審官，如果她丈夫的案件駁回到市中級法院重審並改判「改判無期」，「打點」費四十萬。很快上訴就被駁回，並判定「維持原判」。

張嫂悲痛欲絕，可她哪裡知道，並不是她的「打點」不好，而是她丈夫在獄中的體檢，發現他血在配型中，他的好幾個指標都符合等待移植的病人：病人中有高官的肺移植，有富商的腎移植，還有出得起高價的心臟和肝臟的移植。法庭從這些器官移植費中所得到的回扣，要遠遠要高出張嫂的打點費。

在一個陰沉的天氣，張飛二被執行死刑。在行刑的地方，那裡早已停靠著好幾輛的救護車，還有一輛黑色的中型客車。在死刑一結束，張飛二的屍體就被抬入那輛黑色的中型客車，裡面有床位和許多的醫療器械，幾個做移植手術的外科醫生在車裡忙著為屍體開膛，在血淋淋的床上，張飛二的肺、腎、肝、心被一一摘下，然後放到各自的保溫盒裡做低溫保存，接著被發放到幾輛救護車上，裝有器官的救護車，又各自飛快地駛向指定的醫院。

張飛二肚子裡被掏空的內臟，被染紅的紗布填塞，然後草草把胸腔和腹部縫合，就被一輛等在那裡的殯儀館的車拉去了火葬場。

（六）

一場車禍發生後的故事：農村人喜歡放爆竹，「劈劈啪啪」的響聲可以壯大聲勢，似乎只有驚動了四周的人，方能宣洩心中的喜悅之情。張旺買了一大串炮竹，準備在藥家鑫槍斃那天用來慶賀。

張旺的媳婦被車撞倒時，她先是受了傷，而且傷勢並不嚴重，這本來是不幸之中的大幸，可是，藥家鑫發現自己開車撞了人後，先是本能地把車停靠在路邊，下車後，他看到被撞的女人衣衫襤褸，他想如果這個女人被送去醫院救治，那麼不僅要花一筆錢，而且以後還會跟著有沒完沒了的各種費用，於是他想掉頭就跑。而受傷的女人此時也不顧身上的陣痛，回頭緊盯著肇事車的車牌，她還忍痛從包裡取出紙筆，記下車號。藥家鑫見勢不妙，在他的心裡頓時升起了一股無名火，便從車內迅速取了一把防身小刀，又回過頭去衝向那個女的。見他提刀而來，倒在地上的女人感到大事不妙，想到他可能會殺人滅口，於是，她後悔自己剛才沒有裝死，還未等她開口求饒，那刀子就披頭蓋腦地向她刺去。她倒在了血泊之中，隨後藥家鑫慌忙逃離了現場。

雖然逃離了事故現場，可他還是清醒地認識到自己已經是一個殺人犯，倒在血泊中的那個女子的慘象卻深深地印在了他的腦海之中，他想，在死者的眼球的晶體中一定留下了他的影像，他感到非常害怕，不明白自己當時怎麼真的就這麼狠心，只是因為當時覺得留著她後患無窮。她倒在地上那令人毛骨悚然的眼神，好像是在說她這輩子的生活費有著落了，所以當時就動了殺機。他明白殺人是要償命的，萬一要是被抓住了，自己就會被押上刑場被槍斃。他不禁打了個寒顫，可是一切都已太晚了。為了逃避現實，他只能去睡覺，心想也許真的什麼事也沒有。

案發現場既發生了一起交通意外，同時又是一起殺人凶案，警方正在調查殺人的動機是仇殺、情殺還是搶劫殺人，一時凶案性質無法定性，案情進展緩慢。張旺也不相信自己妻子的遭遇是由什麼仇殺、情殺引起的，他覺得這分明是一起交通肇事逃逸事件，凶手想殺人滅口。想到妻子臨死前的慘狀，張旺想著一旦凶手被抓到，槍斃還是便宜了他，就是讓凶手五馬分屍或是下油鍋也不解心中之恨。

時間一天天地在過去，到了第三天，藥家鑫緊張的心理似乎有些緩解下來，他覺得事情應該可以瞞過去了。這幾天他整日精神恍惚，就連他父母也看出了情況的有些異常，他們只是擔心自己的孩子不要因為情場失意而耽誤了學業，他們哪裡會想到兒子已經是一個殺人凶犯？藥家鑫明白，出了這樣的事，就是自己的父母知道了真相，也是害了他們，他們的第一反應一定是要保住自己孩子的性命，哪怕是犯了所謂的包庇罪也在所不惜。可他也很清楚，警方也許正在步步向他逼近，到時候他的住宿將被警察重重包圍，自己將會在父母的眼皮地下被武裝警察帶走，這一走自己將永遠不會再踏入自己的家門，此前想把心愛的女人帶回家的願望也會終成泡影，從此，父母將在悲傷欲絕的境地中度過餘生。

每當聽到有人敲門，他的雙腳就會發軟，他害怕上門的就是警察。藥家鑫突然接到他母親打來的電話，說他的父親已被警方審查。事已至此，他知道大事不好，為了不連累父親，他向母親坦白了一切。他母親簡直不敢相信自己的耳朵，自己的孩子竟然會做出這樣不可思議的事情，但她很快意識道，只有馬上帶兒子去自首，兒子的性命也許可以保住。同時她也明白，一方面要有自首情節，另一方面，必須籌款向受害家屬賠償，並取得對方的諒解，兒子才可免去一死。她母親心急如焚地把他帶去了公安局，很快，他就被拘押了起來。

他現在最擔心的就是自己會被判死刑，並且很後悔當初的舉動。不過他想，自己當初就是想家裡少損失一些，才衝動地殺了那個女的，可如今損失會更大，弄不好自己的命也會搭進去。自己是個城裡人，又是個音樂學院的高材生，拿自己的命去換她的命，這個生意的本可是虧大了。他現在最大的心願就是可以回家，像以前那樣，隨意地回到家裡，然後坐到鋼琴前，彈一首蕭邦的〈F小調第二鋼琴協奏曲〉。對於自己的音樂表現力的提升，在整個音樂學院可謂無人企及，這是一種情感，也是一種天賦。

他向來有點狂妄，卻也很隨和，敏感而又多情，當然做事容易衝動。他覺得自己太倒楣了，那天滿懷喜悅地在趕去和情人約會的路上，就偏偏遇上了這個掃帚星，這也許是自己的命中一劫。現在能夠救自己性命的也只有父母親了，讓他們交出一筆錢款，就當她是被自己開車輾死，一條人命最多二三十萬元。那男的死了老婆，用這錢在鄉下肯定可以再取到一個年輕漂亮的。只是自己即使不被判死刑，也要在這牢籠裡至少待上二十年，到時自己也已四十出頭了，早已過了藝術表演的最佳期。他覺得自己真是倒楣透頂，本該的風風光光的人生，卻要在監獄裡虛度年華，父母也會很快老去，自己這輩子算是完了。

聽到嫌犯被抓的消息，張旺終於鬆下了一口氣。聽說行凶者還是一個在校的城裡大學生，張旺就更來氣了，他覺得這小子真是太欺負人了，根本就沒有把農村的人當人看；自己就是開車在路上不小心壓到一隻牲畜，也會下車看看傷勢如何，是否能夠把牠救活。這小子倒好，撞了人，為了逃避責任，就把一個活生生的人像殺一隻雞那樣給宰了，然後就一走了之。好像人家不是爹媽生的，人家也是有丈夫有孩子的呀。張旺想著現在自己老婆沒了，孩子的母親沒了，這往後的日子怎麼過？無論如何，也要判他死刑，才可稍解自己的心頭之恨，才可告慰死去的妻子。

聽律師講這小子可能會判死緩，張旺表示一千個不答應，不得已蘗家鑫的父母拿出了整整三十萬元，他們夫妻雙雙跪在張旺的面前，痛哭流涕，只要取得死者家屬的諒解，法庭就可以在量刑上酌情減輕。雖然張旺也有一絲惻隱之心，可是他想著只有讓那小子去死，才對得起自己的妻子，將來才可向自己的女兒有個交代。這樣想著，張旺還特意去集市買了一萬響的聯放的炮竹，他要在那小子的行刑之日點燃炮竹，讓死去的妻子也明白，那個殺死她的小子被槍斃了；而且他還是個獨生子，死後他家就斷子絕孫了，想到這裡張旺才感到心裡解恨。

幾個月的時間過去了，這件事早已弄得滿城風雨，受害者的家屬拒不接收賠償，非要置凶手死地不可。社會輿論也懇請法官網開一面，辯護者也隨著輿論的態勢聲稱事件實屬「激情殺人」，無殺人預謀，也無犯罪前科。譴責者聲稱殺人償命，罪犯的行為誠屬十惡不赦。最後，因為受害家屬的堅持，罪犯還是在一審中被判處死刑。在上訴期間，藥家鑫渴望求生的願望從極其強烈慢慢轉為到面對現實，他知道自己的死期就將來到，任何的努力和渴求都會是徒勞的。他明白自己所牽涉到的畢竟是殺人罪，就是換了自己，也不會去諒解一個殺了自己親人的人，他開始從心裡接受了現實，並為自己的行為感到懺悔。在夢裡，他看到了貝多芬的身影，在他短暫的人生中，他選擇了音樂，他不知道自己的前世是什麼，又為什麼要在現在的父母家裡出現和消亡，然後再回到自己應該去的地方去。只是連累了養育自己的這戶人家。

他的心已經離開了這個世界，他可以坦然地面對所發生的一切，他現在只是覺得生他養他的父母很可憐；還有自己的造孽，那個被自己殺害的人家也很可憐，人家好不容易投了胎，自己卻陰差陽錯地又把人家送去了另外一個世界，害得人家陰陽相隔。他也似乎明白了，當一個人真的面對死亡的時候，人的內心還是很強大的，唯一放心不下的只有自己的親人。

行刑的那天，藥家鑫最後見了他父母一面。他沒想到自己的人生竟會是這個下場，他曾經規劃過自己的人生，只是所有被送上斷頭臺的人都不會曾經想到有一天自己會是這種結局。他現在什麼也顧不上了，一個人連自己的性命都顧不上了，還會去在乎其他的任何事呢？他想自己如果在黃泉路上和那個被殺的女人相遇，自己一定會向她深深地道歉。他道別了父母，勸說他們就當沒生過自己，請他們節哀保重！

在張旺的後院，炮竹聲響個不停。張旺覺得，雖然自己的老婆死得冤，可那小子死得更慘，死前還飽受折磨，說起來自己也沒有吃太大的虧。自己要好好把女兒養大成人，不辜負和他死去的妻子夫妻一場。

（七）

一個女人和她的小狗的故事：李玫租住在一間公寓樓裡的底層房間，那天下班李玫剛剛走到家門口，就有一個青年男子攔住她的去路。來者核實了她的名字後，就對她拳腳相加，最後李玫被那個男子打倒在地，那男人又惡狠狠地對她叫囂道：

「把差評去掉，不然不會放過你。」

李玫這才恍然大悟，原來自己被打竟是因為在網上的那個差評。她前些日子確實在一家網店買了一款衣服，等她收到貨時，發現根本不是廣告上的那款，在退貨過程中，賣家不肯承擔運費，李玫一氣之下就給賣家點了個差評。賣方立刻要她消除差評，可李玫堅持賣方承擔運費才消除，於是對方就對她發出威脅。她本以為對方也就是網上說說狠話而已，也沒往心裡去，沒想到第二天就真有人找上門來，並對她施暴，還繼續逼她刪掉差評。回到家裡，出於人身安全考慮，她刪除了差評，心想，自己要是有個男人保護就好了。她很快報了警，警方做了筆錄，就再也沒有下文了。

李玫今年三十二歲了，還是單身，就連一個男朋友也沒有。有時她化好妝看看鏡中的自己，對自己的外表還是很滿意的，可就是不知道為什麼自己還沒有遇上能夠讓她一見就傾心的人。周圍的女同學女同事大都早已成家了，有的還有了小孩子。大約在十年前，她的家人就已經開始對她催婚了，可是愈催愈不順，好像得到了什麼魔咒。不過，她還是在心中有自己的那份渴望，相信冥冥之中一定會等到他，哪怕再等幾年。她嘗試過婚介，也在社交網站上徵過婚，可就是沒有令她心儀的男人出現。李玫覺得有的男人心智不夠成熟，有的男人對女方有不切實際的要求，有的男人令人缺乏安全感，有的男人根本就是活在自己的世界裡，她甚至有了抱獨身的想法。現在在家裡陪伴她的是一隻叫歡歡的柯基犬，小狗成了她生活不可缺少的伴侶，她心裡的煩悶也會向狗狗傾訴。可是真的禍不單行，在她被打事件之後不到一個月，心裡的陰影還沒有消除，李玫突然被她公司辭退了，理由是「試圖藏匿盜竊服裝未遂」。她心裡當然明白，這只是老闆的一個藉口，原因是公司老闆最近讓百餘名員工每天鑽一米高的「小門」進出，李玫有些不服氣，鑽了幾天後自行決定每天走正門，結果幾天後就被以「偷竊未遂」的理由遭到辭退。

事情的緣由是中秋節公司給每名員工發五十元過節費，老闆本來就是出了名的摳門，平時能省則省，就連一次性喝水的杯子也要員工重複使用。有些員工覺得平時加班加點地為公司工作，過節費給得太少了，所以他們就賭氣在下班後沒去老闆那裡領錢。事後蔡老闆覺得很沒面子，抱怨員工不懂感恩，於是一氣之下就想出了讓員工進門鑽洞的想法。不僅如此，老闆覺得有必要「殺雞儆猴」，最後就以「試圖藏匿盜竊服裝未遂」之名把不願受這種侮辱性懲罰的李玫給開除了。雖然大家知道那是「莫須有」的罪名，但其他的員工也不敢出聲，只能還是默默地從洞裡鑽進廠門口。待老闆消了氣之後，大家才又從大門裡進進出出。

時間轉眼又到了春節前夕，有些員工要準備返鄉探親了。這次蔡老闆以公司今年經濟效益不佳為由，不再給員工發過節費，卻又突發奇想，組織一次全體員工向老闆謝恩的儀式，就是要員工們磕頭謝恩。為了大張旗鼓地熱鬧一番，員工們首先在場地上編隊成方形，有人拉著條幅，還有人架起攝像機。謝恩儀式在嘈雜的音樂聲中開啟，一聲令下，員工們一個個跪地，然後就開始向蔡老闆磕頭，並高喊：

「感謝老闆，給我工作！」圍觀的人愈來愈多，蔡老闆著實得意了一番。蔡老闆感覺到了那種被人集體跪地磕頭的氣勢和無盡的榮耀，由於員工絕大多數為女性，眼看那些女員工向他跪拜的姿態，有一種她們全是後宮佳麗的感覺。此時蔡老闆覺得，做人到了這個份上，活在世上也別無他求了。

再說李玫被工廠開除後，她心有不甘，心想這個平時摳門的老闆，不領過節費不是省了他的錢嘛，卻又礙了他的面子。他自己要面子，好像別人就一點尊嚴也不要，竟然讓人從門洞裡進進出出。她覺得蔡老闆這樣做違背了合同，於是她向開發區勞動仲裁部門申請仲裁，不過她的申請很快就被駁回，她感到心灰意冷。沒有工作的日子，她只能每天在家裡上網，她的小狗歡歡和她寸步不離。有時候歡歡到處大小便，她心裡煩悶時她會打一下歡歡，不過看到牠一副可憐兮兮的樣子，李玫的怒氣也就消失了。那天上午不知怎麼的，歡歡居然獨自跑出去就再也找不到了，李玫發現後就急得發了瘋似的。狗狗是她唯一的伴侶和精神支柱，她一邊四處尋找，一邊哭著叫喊著狗狗的名字。她不敢想像如果自己找不回歡歡會是怎麼樣的後果，自己一直就孑然一身，為了一個點評被人追打，為了一點做人的尊嚴又丟了飯碗，現在又要面臨自己心愛的狗狗走失了。

一時不見了歡歡的蹤影，情急之下李玫又先回家列印了幾十份懸賞廣告，急急忙忙地在四處張貼。隨後李玫繼續在大街小巷裡到處搜尋，希望能發現歡歡的蹤影。她想一定是誰得到了歡歡，一看就知道牠是一隻比較名貴的柯基犬，沒準就自己把牠留了下來，她甚至想像此刻換了主人的歡歡會是怎樣的遭遇和心情。歡歡和李玫相處已經有一年了，大約還是在一年前，那時歡歡才幾個月大，由於在市郊的一個小鎮因滅狗行動，當地的衛生院、畜牧站、派出所和鎮政府組成的聯合打狗隊集中在某村村口，開始挨家挨戶撲殺疑似狂犬病狗。工作隊手持木棍、鐵器，見狗就打，許多狗由於被拴著鏈條，在棍棒下拚命掙脫、嚎叫。狗狗遭棍棒打擊後，又被手持長柄鐵鉗的人死死夾住頸部，然後掙扎地死去，現場十分慘烈。

畢竟是自家養的狗，平時像小孩一樣寶貝，一個小女孩偷偷地把歡歡藏在閣樓裡，並關照歡歡一定不能發出任何聲響，否則就會被活活打死。歡歡似乎聽懂了，牠早聽見了外面傳來的打狗的慘叫聲，並瑟瑟發抖。工作隊來到了家門口，小女孩一臉慌張，說自家沒有狗。工作隊不信，就闖入室內進行搜查。當一個工作人員走進歡歡藏匿的地方的時候，小女孩幾乎要昏厥過去。正在此刻，只聽見門外一陣騷亂，有工作隊的人此時在外和一個外出回來的村民發生衝突，那村民回到家中不見了自家養的狗，地上還有血跡，就知道自家的狗已被剷除，他一怒之下就和工作隊的人發生了爭執。

「你們這些畜生，狗也是一條命啊。」那村民怒不可遏。

「你才是個畜生，我們在消除狂犬病你懂嗎？鎮上已經有好幾個人死於這種病。」一個警察大聲說道。

「你們這樣家家搜捕，也不問個青紅皂白，見狗就殺，場面血腥，弄得大家人心惶惶，好像當年國民黨搜捕地下共產黨人似的。」村民又叫嚷道。

「你再這樣瞎嚷嚷就把你關起來。」工作隊說道。

搜查的人聞聲出門，就這樣歡歡躲過一劫，小女孩也好像經歷了一場死裡逃生的經過。打狗隊將村裡的狗撲殺完畢，他們用背簍扛著消毒粉、煤油、柴草和打死的狗，走在田間路上，來到了一個地方進行挖坑，將狗的屍體扔進坑中，澆上煤油進行焚燒、消毒和掩埋。為了不出意外，幾經轉手，歡歡最後落到了現在的主人李玫手裡。李玫對歡歡一見鍾情，雖然她自己手頭拮据，還是給狗狗吃好的、用好的，這樣歡歡從此就過上了城市生活。

李玫在外尋找了一天無果後，幾乎絕望地回到了家裡。沒有歡歡的陪伴，無名的孤獨令她幾近窒息。到了第二天下午，突然有人傳來一條消息，她頓時心裡一陣狂喜，急忙聯繫到那個自稱是吳女士的撿狗人。對方立刻發給了李玫住址，要她一手交錢一手領狗。李玫在懸賞啟事中提到酬金是一萬元，其實她根本沒有能力拿出這筆酬金，於是她要求吳女士先將狗還給她，以後再給酬金。

「沒錢我先幫你養著，最好轉點生活費過來，給狗餵好的吃。」吳女士提到。

「我現在失業了，等有了工作一定湊錢給你。」李玫回道。

「不要像哄小孩一樣哄我，告訴你，當我心情不好時，我忍不住會踢牠兩腳。」吳又回道。

「請你不要這樣殘忍，那是別人的心肝寶貝。」李玫有點傷心地回道。

「什麼殘忍？等我不再喜歡了，就會殺了牠。」吳女士這樣回道。

聽到這裡李玫再也忍不住了，她只希望歡歡儘快回到自己的身邊，她想馬上見到歡歡，並把牠要回來。於是在溝通無果的情形下，李玫決定上門討要。面對緊閉的大門，她似乎有一種不祥的預感。得知李玫上門討要，吳女士拒不開門。此刻房裡歡歡也感覺到了什麼，對著門口叫了幾聲，好像是在告訴自己的主人，牠又一次遇到了危險。聽到歡歡熟悉的叫聲，李玫更加心痛，急急地敲了一陣門後，又聽到歡歡在裡面叫了幾聲就沒有動靜了。李玫害怕自己的狗狗受到虐待，就想到了報警求助。她很快找到了就近的一個派出所，一個警員聽了她的哭訴後，就跟著她去了吳女士的家。一聽是警察上門了，吳女士又氣又急，情急之下，她竟然把狗狗從自家六樓的窗口拋下。當李玫隨一個警員進入室內，他們並沒有看見狗狗，不過地上有餵狗的食物。最後發現狗已從高空墜落，李玫發了瘋似的跑到樓下，看見躺在地上的歡歡摔成了重傷，她哭著把歡歡抱在心口。歡歡此時已經奄奄一息，在李玫的手中掙扎了一會，就斷氣了。李玫放聲大哭，她怎麼也想不到會是這樣的結局。聯想到自己近來的種種遭遇，她甚至想和她的狗寶寶一起去死，她不知道自己今後的日子將怎麼過……

（八）

一個有關救助的故事：有天黃昏，屈大叔路過長江大橋，他發現有個女人神情恍惚地待在橋頭，突然就撲通一聲跳入江裡。屈大叔見狀，便立即跳入水中把人救了起來。由於這次救人成功，他獲得了社區的表彰，於是屈大叔決定，自己每天要去橋上守候，凡有人想跳江自殺，他就去救助。做這樣的事是有風險的，他以前是個海軍，水性很好，雖然救人沒有什麼報酬，可屈大叔覺得救助自殺者是功德無量的。

自從梁自忠的女兒查出了患有白血病後，他一下子就精神崩潰了。他的妻子兩年前出車禍死了，還沒有從悲痛中走出來，女兒又患了絕症，要不是捨不得女兒，他真想一死了之。為了救治女兒，他開始四處借錢，不久，所打的借條就有厚厚的一疊。正因為女兒的病情需要整天有人照料，他根本沒有時間和精力再去工作。女兒能夠活下去是他唯一的生活信念，可是，這麼多的借條怎麼辦？時間一天一天地過去了，由於治療及時，他女兒的病情很快得到了控制，可是他卻無法面對那些債主，有的錢還是從朋友的朋友那裡借的。由於借錢時心情急切，當初說好半年之內還清的，眼看期限就要快到了，債主一個個討錢了，可他卻不得不有意躲避，有人緊追不捨。

「當初說好借半年的，我本來不想借這麼久，可是看在朋友的面上，再說救人要緊，就拿出自己的買房存款錢先借給你了。現在我急著換房，你看房價天天在漲，這錢你不能再拖了。」討債的人催道。

「女兒的病情才有了轉機，我才找到工作不久，再寬限幾個月吧。」梁自忠解釋道。

「唉，幾個月，我又不知要多付多少房錢，這損失怎麼算？」討債的人說道。

「我現在真的無能為力，不是我不想還，我是非常焦急的。每天累死累活，捨不得吃，又睡不好，如果你逼我，我只好去死。」梁自忠說急了。

此話一出，更惹怒了債主，他覺得姓梁的不但沒有還錢的意思，還以死來相要脅，便怒斥道：「如果你敢去死，這債務就免了，不然你就給我馬上還清，你自己看著辦吧。要不是看你女兒可憐，我早就教訓你了。」

討債的人撂下了狠話後，別人氣呼呼地走了。

梁自忠既傷心又覺得活著沒有臉面，他想著這麼多的債務自己根本就無力償還，也許自己死了，債主們才會放過自己。可是自己死了，女兒怎麼辦？送人吧，最好是送人。自己無法也無臉苟活下去，債主們每天逼債，自己也活著受罪，還是去天國見亡妻吧。當醫生告訴他，他的孩子康復得很好，過不了多久就可以出院了，他聽了心裡悲喜交加。女兒終於可以活下去了，雖然女兒的這一場病，讓他幾乎走上了絕路，不過為了自己的女兒而死，他感到死而無憾。

在一個風雨交加的日子，這天是他女兒出院，梁自忠走過大橋，想到欠了別人的那麼多債，又想到別人讓他去死，就免掉他的債務，於是，他全身濕漉漉的身體，向著大橋走去。此時，他想起了死去的妻子，他難過地哭了起來。他不斷看著橋面下，他感到，只要撲通一下，所有的債務就此終結，自己已經無臉再這樣活下去。他叫了一聲妻子的名字，就準備從橋上一躍而下。可此時他忽然覺得有人緊緊地拉住了他，他的身體一軟，就被人拽倒在地上。當他回過神來，他才意識到是有人阻止了他跳下去。他麻木地看了看他，一個陌生人，他不知道是感激還是憎恨。不過，在陌生人的勸說下，他跟著這個陌生人回到了他家。屈大叔拿出酒菜款待了他，梁自忠雖然感到一種人間的溫暖，可他還是回想著跳橋的一剎那，他感到要不是今天遇上了這個人，自己現在已經死在江裡了。他打了一陣寒顫，便喝起了屈大叔給他斟的酒。到底又救活了一個人，屈大叔心裡感到很寬慰，於是，他們就聊了起來。在這個救命恩人面前，梁自忠講述了自己的遭遇。

年僅八歲的萌萌被查出肝硬化，她小便也開始變得困難了。她母親胡氏一下慌了神，急忙打電話給她的丈夫，他們已經好一陣子沒有互相聯絡了。事實上，她的男人外出打工已有好幾個年頭了，開始還經常寄些錢回來，慢慢地他就不再和她聯繫了。她生活沒有了著落，靠守著家裡的幾畝地，艱難地過著日子。現在萌萌又得了這種病，情急之下，胡氏取出了家裡所有的一萬多元存款，又借了些錢，帶著女兒，四處求醫去了。一路顛簸來到省城，卻不見了隨身所帶的錢包，她一下子就軟了下來，她不知道自己該怎麼辦。丈夫的離棄，女兒的病症，加之錢包的被盜，其中沒有一個是她可以承受的。看著可憐的女兒，她想到了死，可也不能丟下女兒，於是，她想帶著女兒一起去死。當天傍晚，胡氏用繩子和女兒綁在一起，猶豫了片刻，就準備跳江自殺了。正當她們剛要跳下時，一雙有力的手把她們母女倆死命地抱住並拉了回來。

屈大叔照樣好言相勸，又把她們暫時安置在自己的家裡。事實上每過一段時間，就會有被救助的人住入他的家，他的妻子雖然抱怨，卻也沒有阻止他，畢竟，救人一命，勝造七級浮屠。萌萌的病情在一天天加重，而胡氏又整天精神恍惚，屈大叔開始為難起來。雖然他妻子表面沒有表示什麼，可他們自己的生活本來就不寬裕，他在煩惱之際，他甚至懷疑自己的行為是否真的可取——別人從死亡線上拉回來，卻讓別人遭受更多的苦難。如果換位思考，自己處在胡氏的境地，又會做出怎樣的人生選擇呢？更何況他的這種行為並沒有得到別人的理解，有的甚至說他多管閒事，更有人指責他違背自殺者的意願。不過，那天他忽然看到一隻受傷的小鳥奄奄一息地倒在地上，此時另一隻小鳥似乎正在激烈地救助牠，看到有人走過，牠飛跑了。接著，牠又飛了回來，繼續邊搧動著翅膀邊試圖喚醒對方。屈大叔感到了一絲安慰，他覺得自己應該堅持下去。

經過醫院的簡單治療，萌萌的病情似乎穩定了一些，胡氏的精神狀態也有了好轉。屈大叔又給了她們幾百元錢做路費回家。可他心裡明白，她們母女將面對怎樣的生活狀況。屈大叔不久自己也病了一場，他不斷地回想起他所救助過的人，每個被他救助過的人，他都記下了他們的名字和聯絡方式，可他從來沒有聯繫到任何他曾救助過的人，他甚至不敢去想他們，生怕他們生不如死。他甚至想改行做其他的事，絕不再去救助自殺的人，心力憔悴，再說也對不起自己的女人。他似乎想通了許多，他覺得自己應該改行，去從事公益事業或者植樹造林，這樣既為社會出了力，心裡也更安寧一些。他真的好久沒有再上大橋去了，可是有一天，他碰巧路過那裡，像是冥冥之中的安排，憑他的經驗，一眼就看出來有情況。於是，他再次警覺起來，緊緊地盯望者眼前。

此時，只見一個年輕的女子神情苦澀地在橋頭佇立著，她面向橋下，似乎在做最後的思想鬥爭。屈大叔小心謹慎地靠近了她，她和別的自殺者不同，她對周圍的環境很敏感，生怕有人靠近她。雖然屈大叔裝作什麼也沒看見，可他不敢離她太遠，萬一她翻過欄杆，再追過去就來不及了。他點了一支煙，又假裝不斷地看錶，好像在焦急地等人的樣子。他不敢正面看她，只能不時地偷看她，見周圍沒有什麼動靜，她開始吃力地攀爬起欄杆。屈大叔轉身一個疾步，把她從死亡線上拉了回來。她不斷地打屈大叔的臉，用力很大，他的臉上被打出了血，漸漸地她似乎也平靜了一點。她叫孟麗，是個在讀女研究生，長期的心情憂鬱使她感到厭世。瞭解了這些情況，屈大叔心裡想著這回可算救對了人，一個年輕的女研究生就這樣白白輕生豈不太可惜了！他懷疑過孟麗是為了情感問題而一時想不開，不過他這次信心滿滿，不會再像以往那樣救人後叫人心情沉重，甚至令人感到迷茫。

孟麗和屈大叔保持著聯繫，她向這個救命恩人不斷地述說自己的鬱悶，她感到自己沉溺於不快樂之中而不可自拔，彷彿只有結束自己的生命才能得以解脫。屈大叔勸她去看心理醫生，雖然她表面答應他，可在她心裡她在繼續尋找死亡的機會。有時過馬路時，她希望自己被車撞死；在過山路時，她希望自己一腳打滑掉入山谷之中。總之，她在等待時機使自己死去。那晚，宿舍裡空無一人，於是，孟麗取出了兩塊金磚，就這樣活生生地吞了下去。不久，她就疼痛難忍，在地上打起滾來。當有人發現她時，已為時過晚，就這樣，孟麗年紀輕輕就離世而去了。

當屈大叔瞭解到孟麗吞金自盡，他是澈底地崩潰了——要不是自己當初救了她，她就不會死得那麼痛苦，自己所謂的好心其實是置人於更加痛苦的深淵。不久，屈大叔就準備出家了，既然面對自殺者自己無能為力，那就做和尚超渡他們的亡靈吧。

屈大叔來到了一家寺廟，向住持說明了出家的緣由。住持寬慰了他一番，最終還是接受了他入門的要求，並為他取了法號：寂天。

屈大叔的老婆怎麼也不會想到自己的丈夫會走到這一步，本來去管那些自殺者的閒事已經令她頭疼不已，還有照顧那些被救者的費用已是令他們的生活陷入困境，最後弄到自己的男人精神崩潰，接著又執意拋棄家庭，只顧自己出家去了，這好端端一個家就這樣被毀了。她愈想愈不服氣，便找到寺廟住持述說自己的不幸遭遇。住持說她的丈夫一時鬱氣攻心，使他迴避現實，過不了多久，她的丈夫就會回家的。畢竟，塵緣未淨，寺廟只是暫時收留，等他慢慢平靜下來，就勸他回家，住持只讓她回家安心等候。

（九）

一個大媽的故事：祝大媽今年六十六歲了，她的身體還算不錯，除了血壓有點高，基本上就沒有什麼毛病了。她的精神很好，自從她退休後，就覺得整天閒著沒事幹，除了偶爾出去旅遊外，平時最大的樂趣就是去跳廣場舞。每當喇叭裡的樂聲一響，幾十個、上百個結隊的大媽手持舞扇就大張旗鼓地跳了起來。不過由於嘈雜的樂聲太擾民，居民們不斷提出抗議無效後，那些不堪忍受的居民就開始從樓上往樓下跳廣場舞的地方扔垃圾、潑污水，這樣鬧了一陣子，直到上級發下一文通知：

> 接北京市公安局通知，因「兩會」期間有重大政治保安工作，故在此期間，所有周邊公共場地不准停放車輛，不准聚集活動，高架一帶的窗戶不得打開，請務必遵守！
>
> 望各單位與個人諒解，予以配合。如不配合，後果自負！

廣場舞不能跳了，祝大媽有些沮喪，不過很快她就接到了一個通知，那是居委會發來的，要她在「兩會」期間，參加巡邏執勤，保障兩會期間的治安。祝大媽看了通知立刻去了居委會，居委會負責人見祝大媽來了，便聊起了相關事宜。

「我們的主要任務是配合公安機關維持社會治安，有關領導說了，兩會期間，尤其要防範那些『上訪人員』、『藏獨分子』等破壞分子製造事端，同時也要管制好在首都的其他外來的『低端人口』，讓他們在此期間該回老家的回老家，該分流的分流。相信大家一定會做好各方面的工作，配合公安人員，保證兩會期間不出任何狀況。」

「沒問題，我們都是老『紅衛兵』了，經過大風大浪的鍛鍊，對社會治安這一塊，一定會打起精神做好工作，保證兩會期間社會和諧安定。」祝大媽信心滿滿地說道。

領了紅袖章，祝大媽便滿懷喜悅地離開了。看了看手上那嶄新的紅袖章，上面印有「治安巡邏隊」幾個字，祝大媽心裡感到美滋滋的。雖然是義務巡邏，對治安也不會起什麼大作用，可她覺得，手臂上戴上了紅袖章，到處巡邏執勤，這威風勁就令人趾高氣揚。

她一路走著，沒有直接回家，看著大街小巷，感覺一切變化太大了，只有這天安門城樓沒有變。從自己離開中學，光陰整整流失了五十個年頭。自己老了，滿頭是白髮，紀念堂裡的毛主席一轉眼也離世四十年了，她不由得回想起自己從前的時光。那是五十年前的往事了，曾經和成千上萬的「紅衛兵」一起，穿著軍裝，戴著「紅衛兵」的紅袖章，在天安門城樓前，接受偉大領袖毛主席的檢閱。記得當時自己才十六歲，那激動人心的場面，那熱淚盈眶的高呼，那激情燃燒的歲月，如今也只有在自己的記憶裡存留著，因為，隨著時光的流逝，一切都在巨變，只有這手上的紅袖章沒有變，還是那麼鮮豔，那麼火紅。

到了十七歲那年，為了響應毛主席的號召，中學一畢業，全校的畢業生都離開了城市，去邊疆落戶了。出發的那天，她和幾個同學一起，穿著一身的軍裝，在學校的操場集合。為了表示對毛主席的熱愛，她們再一次戴上了「紅衛兵」的袖章，熱情洋溢地跳了「忠字舞」。然後在鑼鼓喧天的聲浪中，她們的胸前戴上了一朵大紅花，懷著建設祖國邊疆的理想，浩浩蕩蕩的學生隊伍，向北京車站出發了。這一年，全體畢業生一律下鄉到農村去，無一例外，其中就有如今成為國家的最高領導人的習總書記。記得當年流傳著這樣一句話：「一人紅，紅一點；大家紅，紅一片。」

到了農村，他們開始了起早貪黑務農的生活，整天割麥子、打草、餵牲口，吃的是「工分」糧，平均一人一天的「工分」是幾分錢，而當時的一隻雞蛋的價格是一毛錢左右。有人開始犯嘀咕了：「為什麼一個人一天的勞動收穫還不如一隻老母雞下的一隻蛋呢？」犯嘀咕的人很快受到了大家的批評，隊長認為這是對毛主席「上山下鄉」的指示不滿。當事人做了深刻的檢討後，才過了關。就這樣幾年的時間過去了，有門路的人有的走上了領導崗位，有的被保送上了大學，只有沒有門路的人還在農村耗著，他們的心中只有一個期盼，早日離開這裡，回城找一份工作。開始她不明白為什麼除了有門路的人可以回城，還有就是長得漂亮的女人；後來她也聽到了風聲，不少回城的漂亮女子，都被村支書和村長他們姦污過。那年她的母親因身體原因提早退休，讓在農村的女兒回城頂替，不過調令到了村支書哪裡，她被叫到了大隊辦公室。那天一大早，平時裡一本正經的村支書就請她吃了一碗蛋炒飯，又對她曉以利害，她沒有反抗地獻出了自己的身體，回去後哭了幾天幾夜，又大病一場，最後，她如願以償地回到了北京城，在一家紡織廠接替了她母親的工作崗位，那年她二十七歲，整整在農村荒廢了十年的青春。

回城後，有了一份工作，雖然是三班倒，工作很辛苦，一個月幾十元的工資要比在農村時的勞動記「工分」強多了，衛生條件也好多了，每個星期至少在公共浴室排隊可以洗一次澡，公共廁所雖然也很髒，不過比起農村的茅坑強多了，也不用在颳風下雨和烈日當頭的天氣下，戴著草帽割麥子、打草了。

她還是不明白為什麼毛主席老人家當初要把全部的學生下放到農村去，輿論還高調宣揚：「農村是一片廣闊的天地，到那裡可以大有作為。」多麼浪漫的詩一般的語言，卻荒廢了一代人的青春。不僅如此，為了早日回城，自己的身體也被玷污了，這也導致了她一生的污名。到了婚嫁的年齡，雖然沒有什麼錢，幾乎是一無所有，這是回城前最擔心的問題。在農村不一樣，似乎家家戶戶有一口飯吃就可以了，什麼生存問題都可以解決，解決的辦法就是置之不理。比如生病了，到公社衛生所買點常用藥，如果病情重一點，就索性不去理它了，是好是壞就聽天由命了。在城市不行，要有工作，要有最基本的收入。如今自己到了結婚的年齡，找個對象似乎也不難，經人介紹認識了一個三十多歲的男人，也是從農村回來，基本上也是一無所有，在一家工廠做會計，還算有點文化。雙方見了幾次面，就商榷婚事了。沒有住房，解決的辦法是在男方父母的十幾平米的老房子的閣樓裡，再騰出一塊地方做婚房，雖然擁擠不堪，比起沒有地方結婚的人家，已經算是幸運了。

結婚後的第二年就有了自己的孩子，不過到了孩子稍微長大一點，丈夫對她就很冷漠了，理由是他覺得孩子不是自己的血脈。男方的母親在給孩子洗澡時就覺得孩子瘦弱的體型不是他們家遺傳的樣子，孩子的父親聽了自己母親的言論，又聯想起結婚時自己的老婆早已是有過性經歷，於是他開始對自己的妻子很冷淡，但他也不道出原委。他們居然這樣生活了二十多年，到了他們的孩子長大成人了，忍無可忍的祝大媽終於有機會拿出了醫學報告，證明他們的孩子是她丈夫的親骨肉後，祝大媽和她的丈夫離婚了。離婚後他們還是住在同一個舊房子的樓上樓下，直到退休時因為老房子拆遷，她分配到了一間房子，退休後她就開始了單身生活。

她每天去晨練，經常和一幫大媽去跳廣場舞。隨著高樓愈建愈多，跳舞的地方就愈來愈少了，而且和居民的矛盾也愈來愈大，他們的活動也受到了許多的限制，這使祝大媽對那些樓上的居民心裡充滿了抱怨與怨恨。不過現在好了，這個街道裡的社區治安都歸他們管轄，對那些沒有嚴格遵守佈告條例的人可以嚴厲地教訓他們一番，甚至還可以對他們進行處罰。會議期間，他們在巡邏時突然發現有一個居民樓上的一戶人家居然沒有按規定關上窗戶，而是打開著，裡面還可以看見晾曬的衣服，於是他們像發現了敵情，巡邏的大媽們便上樓去敲那家的房門。

「我們發現你們家的窗戶開著，『兩會』期間上面規定不准開窗戶。」祝大媽對著一個婦人教訓道。

「哦，我幫主人家帶孩子，小孩子每天有許多衣服要洗，趁天氣好，就開了一點窗，開窗不犯法吧。」保姆說道。

「『兩會』期間這裡周邊不許開窗，連計程車也不例外，開窗就是犯法，馬上關上，不然就跟我們去派出所。」祝大媽嚴厲地說道。

「好吧，我馬上關上。不就是開個會嗎？弄得好像如臨大敵似的，我們不是和諧社會嗎？」保姆反譏道。

「和諧社會不等於沒有壞人搞事，懂嗎？」祝大媽又說道。

等保姆關好了窗，這幾個大媽才離開。

在「兩會」期間確實讓祝大媽威風了一陣，等過了會議期間，巡邏隊就要解散了。現在，祝大媽每天除了去公園晨練，其他的就沒有什麼事可以幹了，她感到很寂寞。她時常回想起從前的歲月，她還常在夢裡夢到毛主席接見他們的場景，還有她在農村度過的歲月。她覺得以前的理想不存在了，那是一場失敗的實踐，自己不僅為此獻出了青春，還犧牲了純潔的身體。現在自己老了，卻和自己的丈夫也因為這個原因而產了長年的猜忌和冷漠而最終導致分手。她沒有太怨恨她的前夫，覺得他也是一個可憐的人，到了這把年紀卻因為長年的誤會而毀了彼此的生活。當年從農村回來後，社會主義的優越性慢慢消失了，平均主義沒有了市場，以前的工廠紛紛倒閉，自己也不得不提前退休。

她不知道「兩會」到底產生了什麼結果，倒是坊間的流言傳出了不少的政協委員雷人的提案：

老百姓呼吸新鮮空氣要納稅。

未接受九年義務教育不能生孩子。

上網應該得到政府批准，咱是共產黨領導的社會主義國家，哪能說上網就上網。

讓拯救無望的患者自願選擇離世方式。

每個人的工資，必須有一筆錢捐慈善，就像納稅一樣。

孩子不滿十歲的夫妻不能協議離婚。

要提高農藥、化肥價格讓農民用不起，因為農民不願費力氣出去拾糞。

鐵路一票難求的根本原因在於鐵路票價太低。

不鼓勵農村孩子上大學，因為一旦農村孩子讀了大學，就不回自己家鄉了，回不去自己家鄉是一個悲劇。

房價上漲是因為老百姓錢太多了。

那天祝大媽午覺醒後，覺得有點心慌氣短，就出門到廣場上去走走。剛到廣場邊，高音喇叭就傳來了熟悉的歌曲，遠處看去，有一群人正在跳舞，她頓時心裡一陣喜悅，以為自己又有地方可以跳廣場舞了。等她走近一看，原來是一群男女大學生穿著軍裝，跳著當年他們跳過的「忠字舞」。她有點悲喜交加，她知道他們只是出於好玩，根本沒有什麼革命的理想，不過她還是從這幫年輕人的身上看到了當年自己的影子。不過歲月整整過了四十多年了，當年那些跳「忠字舞」的人，有的已經死了，有的已經得了各種各樣的疾病，自己還算幸運，基本上沒有什麼大毛病。她的腦子裡也閃現了一個念頭，自己召集一幫同年人，穿上軍裝，在廣場上一起跳舞，好像回到了從前的歲月，那該是多麼幸福的一件事啊。祝大媽心裡愈想愈激動，於是她回到了居委會，向居委會主任提出了自己的想法。沒想到主任和她一拍即合，支持並願意一起參加這樣的活動，畢竟她們都是當年的「紅衛兵」。

有個傍晚，祝大媽的女兒帶她去商場買保健品，她們好不容易有了一個路邊的停車空位。祝大媽下車後，無意中發現她們的車前車後停放著好幾輛車，車主卻都在車裡等人，更奇怪的是車後蓋上都放有各式各樣的飲料瓶，而且都放在醒目的位置。祝大媽看不明白，就好奇地問了一聲：

「他們這是幹什麼，一個個把飲料瓶這樣放在車後面？」

「他們是在等人，聽說那飲料瓶是暗號，是和女大學生做性交易的價碼，不同的飲料表示不同的價碼？」她女兒向她透露道。

「什麼，竟有這樣的事？以前好像也有聽說過，以為那只是笑話，沒想到還真有這樣的事。學校裡，公安局也不管一管？」祝大媽有些吃驚地問道。

「怎麼管得住？當官的哪個不貪不包『二奶』？現在女大學生也賣淫成風，還是師範大學呢。學校裡的教授也和女學生亂搞，被人稱作『叫獸』。」她的女兒說道。

「咳，師範大學的女學生都這樣，她們以後怎麼去教下一代啊？」祝大媽疑惑地問道。

「是啊，有什麼辦法？現在的社會就是這個樣子，笑貧不笑娼。」她女兒解釋道。

祝大媽回到家裡，她感到很是心煩意亂。她想以前人們沒吃沒穿也就這樣過來了，現在人們有吃有穿，社會上的人，上上下下都這麼墮落。自己一個小小的老百姓，也管不了這麼多，只希望自己的下一代好好做人。她還是惦記著組織一支歌舞隊，穿上從前的軍裝，在歌聲中翩翩起舞，使自己再回到從前的時光，那該有多好。

經過了一段時期的籌措，舞蹈隊的服裝和道具終於湊齊了，場地的問題也解決了。那天，祝大媽興高采烈地和和十幾個大媽身穿當年紅軍的制服，戴上紅袖章，在隆隆的歌聲中，跳起了廣場舞，還引來了許許多多的圍觀者。祝大媽跳著，彷彿自己真的回到了從前的歲月，想到了當年響應毛主席的號召，浩浩蕩蕩去農村的場景。突然她感到胸口一陣疼痛，隨後她就失去了知覺，一頭栽倒在了場地上。可惜祝大媽沒有被搶救過來，就這樣突然身亡了。

（十）

一個關於娘子軍的故事：每年的生日，徐奶奶就會換上一身灰藍色軍裝，還有軍式短褲、軍襪和軍鞋，加上頭上的八角軍帽。雖然徐奶奶年過八旬，可是，只要一換上軍裝，就依然顯得精神矍鑠。不難想像她當年在娘子軍軍營裡的英姿。徐奶奶最愛看電影舞劇《紅色娘子軍》，每每觀看，她就會止不住地掉淚，這是她當年的生活寫照。她從小就是一個孤兒，被財主收為家奴，在她十四歲那年，老爺要娶她為妾，她死活不從。在好心人的指點下，她投奔了當時在椰林寨的紅軍。她拿起了武器，換上了這套軍裝，成為了娘子軍的一員。在新中國成立後，她被視為紅軍戰士，享受著國家贍養的待遇。她一直和她的女兒過著平靜的生活，每每組織上會派人來接她，讓她去學校和工廠甚至部隊去做報告，講述當年的戰爭故事。每每在報告最後她總會向大家說道：「是前輩無數烈士用生命換來了新中國的解放，你們要繼承和發揚前輩的光榮傳統，為建設新中國做出自己的貢獻。」

徐奶奶帶著她的孫女伊伊一起生活，她明白，自己的女兒丟下孩子遠去，是為了更好的前途。畢竟，在這風光迤邐的寨子裡，要掙錢謀生就不行了。好在她女兒的工作城市離她並不遙遠，總是有機會回來看看她們。待伊伊長到七八歲的時候，徐奶奶就給她做了一套兒童娘子軍軍服。老人高興極了，彷彿又看見了小時候的自己。她喜愛《紅色娘子軍》裡的芭蕾舞，每次音樂響起，徐奶奶的內心就充滿了喜悅，雖然年紀大了，不能像以前那樣隨著樂曲跳舞，可是，她開始教孫女伊伊練習旋轉、跳躍、抬腿、仰身等基本動作，伊伊學得有模有樣。就這樣，在海南島的五指山下，在一片充滿椰林的山寨，祖孫倆相依地生活著。

到了伊伊十五六歲的時候，徐奶奶發現伊伊變得愛塗脂抹粉，而且有時凌晨才歸，這使徐奶奶很不放心。本來下午放學應該早早回家，徐奶奶追問她，伊伊說自己已經長大，應該獨立掙錢，不能靠父母養她一輩子，只是伊伊的穿著打扮實在叫人看不過去。後來事情愈發嚴重了，伊伊常常因嗜睡而曠課，而且眼圈總是黑乎乎的，又常常在夢裡見到有人在追打她。面對孫女身上發生的變化，徐奶奶十分著急，召回了伊伊的父母。看她整天失魂落魄的樣子，大人把她送入醫院治療了一陣，又查不出什麼症狀，便把伊伊帶回家中靜養，等她稍稍好轉一點，她父母又得離開她了。不久以後，伊伊又是那樣，整天昏昏沉沉，時常出現幻覺。

伊伊確實在一家賓館工作，這是縣城裡最大最好的一家賓館。可是，伊伊年紀輕輕，從事的卻是接客的服務。在那些女孩子中間，大多數是十五六歲的高中女生，有的是離家出走，有的是網吧上網，遇上了令人動心的帥哥型少年，於是他們一起交友玩耍，帥哥先誘騙她們吸毒上癮，待她們上癮之後，就逼她們接客還債。就這樣，一群高中女生不可自拔，整天在賓館忙著接客、吸毒，被人稱為「黃色娘子軍」。

每天伊伊一放課，就有司機在校門口等候，然後直接就把她帶到賓館接客。由於身心極度疲憊，她不想再這樣生活下去，讓男人與毒品毀了自己。於是她開始躲著他們，她很後悔自己落到這種地步，她決心重新回到學校，好好讀書，將來有一份正當的職業。可是，她很快被人跟蹤，又在偏僻處被人強行拉入車中，她被帶到一個空房間，那裡有四五個同齡女孩。隨後又進來了兩個很凶的惡漢，把她直接推倒在地，當眾被人強行脫下褲子，他們輪流打她、用鞭子抽她，還用酒瓶子捅她下體。她哭著、叫著，沒人敢出聲。她的下體開始流血，最後，她被獨自一個拋在空房裡「悔過」。她絕望了，她想自殺。她又開始吸食海洛英，到後來注射可卡因，由於交叉感染，終於，伊伊也染上了愛滋病。在一次警方的打擊行動中，伊伊和其他女孩子一起被解救出來。可是愛滋病沒有特效藥，她的身體在一天天地消瘦下去，她一邊去戒毒所戒毒，一邊在醫院接受治療。

徐奶奶並不明白什麼叫愛滋病，可後來她聽說那是一種性病，是絕症，徐奶奶老淚縱橫。她想舊社會也有賣春的女人，可那都是為了活命吃飯。解放後那年所有的妓女都參加了勞動改造，當年她還是一所教化所的負責人。那些妓女先被送到基層參加勞動改造，慢慢地再融入社會，過上自食其力的生活。可現在的女孩子為什麼要這樣做，是誰在殘害她們？自己以前在伊伊這個年紀參加了「娘子軍」，革命就是要解放人民，解放婦女和兒童。可解放了，為什麼如今還會有兒童與婦女受凌受辱？而且又是自己唯一孫女，又得了這種不光彩的病。看著滿面憔悴的伊伊，她想起了自己當年那段受盡欺凌的生活。那是在一場與土匪的戰鬥中，由於戰鬥失利，她也不幸被俘。那年她才十七歲，土匪頭子見她生得清秀，便把她帶回山裡做小姨太。她想到自己身為革命者，死也不從。土匪頭子就把她關起來，經常對她毒打，還不時地強姦她。為了保存自己，保存革命的力量，她只好表面裝著屈服，跟他過起了日子。不過，一直有人看著她，怕她逃跑。終於在兩年之後，她伺機逃跑了。由於逃跑，她身無分文，她只得一路乞討流浪了一年多，終於在江西省找到了組織。但由於離開部隊太久，組織上又有規定，掉隊的一年之內可歸隊，二年之內經審查才可歸隊，二年以上的自謀出路。可她千辛萬苦，為了回到部隊，她忍辱求生，又流浪乞討，面對組織的不再接納，她心灰意冷。直到解放前夕，她遇上已經當官的女性老戰友，在老同志的幫助下，她又恢復了她老紅軍的榮譽。

這年是徐奶奶九十歲生日，她早就準備好了一套新的娘子軍軍裝。可是，如今孫女得了這種「恥辱」的病，她感到實在沒臉。從此，徐奶奶再也沒有穿上那套軍裝，再也沒有去看舞劇《紅色娘子軍》，她只是默默地在心中詠吟電影裡的那段唱詞：

萬泉河水清又清，
我編斗笠送紅軍，
軍愛民來民擁軍，
軍民團結打敵人，打敵人。
……

第 10 天

（一）

一對兄妹的死之歌：每次去舅媽的家，我的心情都是沉重的。舅媽今年八十多歲了，一個人獨居在六層樓上的一個單元房裡，門外是道鐵門。在我看來，這不僅是一道防盜門，更是舅媽的內心與外界隔離的象徵。由於她總是面無表情，頭上披著長長的有點稀疏的白髮，讓人覺得她精神有點問題。自從舅舅去世之後，舅媽就一直這樣孤獨地生活著，她也不願與外界的任何人接觸，陪伴她的是一架舊鋼琴，還有五斗櫥上的三隻骨灰盒。看著這三隻並列放著的骨灰盒，我覺得這幾乎就是那個時代的寫照。左邊是舅舅的，他生前參加過「抗美援朝」志願軍，退役後在基層做幹部。中間是表哥的，他中學畢業時，為了響應毛主席的號召就去農村做「知青」，在他二十歲那年，在一次洪水中，他為了搶救國家財產而獻出了自己年輕的生命，死後他被表彰成英雄人物。右邊是表姐的，在文革中由於她質疑當時的政治運動，在獄中她堅持自己的信念，最後被當局以「反革命」罪將她處決了，那年她才二十六歲。那個荒誕的時代隨著時間的流逝被人們慢慢地遺忘了。我覺得，舅媽外表冷漠，卻有著一顆最強大的內心。

在表哥和表姐死後三十多年，隨著時代的發展，人們的觀念產生了巨大的變化。對於表哥和表姐的生平，輿論的傾向來個大轉頭。一直被人頌揚的表哥的行為，他當年只因為搶救被洪水沖走的木樁而獻出了自己年輕的生命，此時有人提出他死得不值，很傻，可在當時的政治環境中，人們所提倡的是這樣的口號：「國家的事情再小也是大事，個人的事再大也是小事。」表姐在「文革」風暴席捲整個中國，個人迷信、個人崇拜風行的時候，她質疑當局的極左思潮和帶來的災難，受盡百般折磨仍然不「悔改」，她視死如歸的氣概，如今她卻被人們視為解放思想的先驅、知識分子的良知，是「民族魂」。

在表哥與表姐死的時候，我還小，還搞不清楚到底發生了什麼事。面對他們的遺像，我默默地追憶起他們的往事。表哥出生於一九四九年，和共和國同歲。在表哥中學畢業那年，他就響應黨的號召，那時他充滿了革命的熱忱。他在紅色的宣紙上，寫下了去農村和邊疆的決心，表示到農村去，接受貧下中農再教育，並堅信，在農村這片廣闊的土地上，可大有作為。我想當年表哥去農村落戶的這種革命熱情，絲毫不比人們現在想出國的熱情差。當然，他為的是革命的理想，是集體主義一種表現。而我出國是為了個人的生活，實現自我價值。那年，表哥離開了上海時，我才剛剛記事。記得表哥當年身穿軍裝，胸前還戴著一朵大紅花，在很多人的擁簇下，人們敲鑼打鼓地為他和同去的人送行。在上海火車站，擠滿了送行的人群，那場景令人無比興奮。最後，表哥和同去的人一起上了火車，待火車啟動時，表哥不斷地向窗外的人群揮手示意，表哥的表情很自豪，好像宇航員出征那般。火車慢慢消失在月臺上，望著長長的鐵軌，只有我的外婆，她一個人很傷心，也許她知道，北方的冬天異常寒冷。那個年代通訊很不發達，接個電話要走出離家好幾百米的公用電話，而北方的農村就連公用電話也沒有。所以通訊只能通過書信來往，一封信的來去，通常需要一個月的時間。我不知道當年表哥給家裡寫過多少封信，不過，似乎每封信中，表哥都會提到「寒冷」與「飢餓」。可是家裡的人總是弄不明白，冬天，北方人不是可以在家裡的炕上取暖嗎？還有，春天播種，秋季也該有收穫呀。後來我才明白，那時在農村搞的是「人民公社」，無論收成好壞，都要向政府交公糧。收到的糧食，完成了國家的收購指標，那些官員才能保住官位。「人民公社」本來就沒有什麼效益，遇到災年，等待人們的只有挨餓和寒冷。可是，誰也不甘落後，幹活總是爭先恐後，哪怕是面對災害，也要積極面對。那年春季在一場大暴雨來襲時，堆在岸邊的許多原木被沖下了水，表哥見狀就去搶救，還沒有等他人站穩，表哥就和木材一起被沖入水中。

後來，我知道表哥出事了，他光榮地犧牲了。全家人都很悲痛，時常有上邊的領導來慰問舅舅、舅媽，還給他們頒發了許多獎狀，並追認表哥為革命烈士和中共黨員。我曾經還真的從心底裡為表哥自豪了一陣子，也許是因為失去了表哥的緣故，舅舅和舅媽就把全部的愛與希望都集中到了表姐身上。表姐比表哥小幾歲，在我的記憶中，表哥只是一個調皮的男孩子，胖乎乎的，頭腦也很簡單的那種。可表姐她從小就口齒伶俐，讀書成績優異，而且一直是學生幹部。可在舅媽的眼裡，表姐雖然優秀卻有點「不聽話」，因為她不只是服從，她有自己的想法。在小學時代，雖然她是學生幹部，可她和女班主任的關係有點緊張，這在一般的情況下是很難想像的，因為學生幹部總是最聽老師的話，表姐甚至敢在同學面前批評老師的某些做法，例如希望老師不要鼓勵學生為做好事而做好事，而是應該要有一顆自覺的心。雖然老師很生氣，可又拿她沒辦法。

因為聰明加上好學，她的學習成績不僅在班裡，就是在學校裡、區裡也是名列前茅。雖然是個女生，表姐從小性格倔強愛打抱不平。如果班上有女生遭男生欺負，她就會挺身出來阻止，甚至不惜和男生發生衝突。在不允許有個性的年代，太有個性往往會招致不幸，表姐便是這樣。中學畢業那年，表姐理所常然地考上了上海最好的一所大學，而且是新聞系。加之表哥的犧牲帶給她的光環，她很快在大學裡入了黨，並成為學生組織的活躍分子。表姐在讀大學時，正是社會上極左思潮氾濫的年代。可是，她總感到有什麼地方不對勁，她甚至覺得人不應該活在迷信權威的盲從中，人應該有自己的選擇和思想，有自身的自由。正是這種在當時「大逆不道」的想法，她招來了非議甚至被群體排斥。她開始彷徨、痛苦，甚至自殺。不過，當她再次站起來以後，她似乎意識到，自己的問題絕不是個人的問題，它關係到整個社會的價值觀乃至國家的前途。她開始了勇士一般的抗爭。外界愈是殘酷，她愈是鼓勵自己要堅定。因為向世俗的屈服，就是對自由的褻瀆，而自由是人類社會的核心價值。可是，表姐的思考與見解，引起了當局的恐慌。不久，她就被學校開除並送去勞動教改。

由於表姐不悔改的表現，最終她被判刑入獄。那時在上海市監獄關押了不少「反革命」分子，不過，在接受了幾年的改造生活以後，大部分都被釋放了，又回到了社會，成了沉默的羔羊。可表姐在她服刑期間，在被剝奪了筆與紙的情況下，她用竹籤、髮卡等物，千百次地戳破皮肉，在牆壁、襯衫和床單上，用血寫下了無數的文章與詩歌，反對奴役人的狀況，控訴不自由的生活，批判讓人流血的制度。由於她一貫拒不接受教育，書寫大量的反動血書，使她罪加一等。管教人員想盡對她進行折磨的辦法，把她雙手反銬，讓她無法書寫。他們罵她是「瘋子」，又擔心她的言語傳到外面，再給她戴上帶面具的頭盔，給她吃發黴的食物，有人還居然利用男犯人對她進行暴力與強暴，讓她精神崩潰。施暴者本是因犯強姦罪入獄，而此時卻可以因為他對表姐強暴而立功減刑。我不願意相信這是真實發生的事，後來聽當事人這樣描述，我痛苦地想著，還是讓表姐快快地死去吧。讓她靠寫血書來支撐自己的意志已令我感到窒息，用犯人對她實施強暴的折磨更叫我痛不欲生。為了防範，表姐不得不在戴著手銬的情況下梳頭、換衣，還要在上完廁所後把衣服和褲子用針線死死地縫住，據說那針線還是來自一名有良知的女獄警。

後來，表姐變得時而瘋狂時而平靜。由於長期的精神和肉體折磨，她的身體顯得非常地虛弱，而且長期失眠。那年，她的一個大學時的戀人在他服刑後去監獄看望表姐，條件是說服她悔悟並接受改造。當他見到表姐時，他著實暗自吃驚，表姐穿著一件髒兮兮的白襯衣，外面披著一件夾套，很是破舊，手裡抱著一個破布包。她頭髮很長，最明顯的是大約三分之一的頭髮全白了。她頭上頂著一塊手絹，上面是血寫的字——冤！當表姐看見曾經的戀人的出現，她嫣然一笑，此刻整個屋子裡的人都愣住了，因為從來沒見她這麼笑過。表姐對他說，萬一有一天自己死了，請他多多關照自己的父母，他們沒有了依靠。說完，她就哭了。離別時，表姐搜遍她的破布包，取出一件東西要送給他。當他定睛一看，原來是一隻用玻璃紙疊成的小船，白色的帆，鮮黃色的船身和桅杆，在陽光下熠熠生輝。他頓時想到了李白的詩句：「長風破浪會有時，直掛雲帆濟滄海。」

最後，表姐被改判死刑。據那位獄醫口中得知，她是在病床上被拖走的。來人喊道：「死不悔改的反革命，你的末日到了。」她被拖上一輛軍用小吉普，來到機場的一個跑道上。她被雙手反銬，口中塞著東西，他們向她腰後踢了一腳，她就跪倒了。此時，又走出另外兩個武裝人員，對著她開了一槍。當她倒下後又慢慢地強行爬了起來，於是，他們又向她開了兩槍。看到她躺下不再動彈時，又將她拖入另一輛吉普車，飛馳而去。第二天，又有一名警察來到舅媽的家，說他是公安局的，表姐已被槍決，讓她交付五分錢的子彈費。舅媽聽後，當場昏倒在地上。從此，舅媽的精神就有點失常。幸虧舅舅堅強地挺著，精心照顧舅媽。雖然他們的女兒被槍決了，可在他們心裡，他們還是很敬佩自己女兒的。

三十多年過去了，一切似乎煙消雲散。表哥的純真和熱情奉獻，我覺得他是一個為集體利益捐軀的好男兒，那個時代需要他這樣的人。而表姐經受了種種非人的磨難，寧死不屈。她是上帝的選民，她像基督那樣，以自己的蒙難，救贖世人。同樣，作為表哥、表姐的母親，舅媽應該是自豪的。在我心目中，表姐是思想的騎士、文字的皇后、自由的戰士、民族的靈魂。男人為之汗顏，專制者為之顫抖！

（二）

一個陪葬的故事：上午十點，張興平穿好了制服，就在他準備出門前，他忽然看到了桌上的那個飛機模型，於是他走過去拿起飛機模型，然後在沙發上坐了下來，他看著飛機模型陷入了沉思。隨後他又舉起了手裡的飛機模型，先做了一個平飛的動作，突然他將飛機模型的機頭朝下，垂直地向著地面的方向俯衝。當他聽到「噹」的響聲後，他鬆開了手，飛機模型倒在了桌面上。隨後，他仰頭靠在沙發上，閉著眼睛，一動不動地坐在那裡。

他感覺自己好像已經死了。其實他一直在思考有關生與死的問題，他想有的人二三十歲就暴斃了，有的人可以活到八九十歲，可早死和長壽真的有什麼區別嗎？如果時間不是以每分每秒計算，而是以每一百年作為一個單位，那麼短命和長壽就沒有什麼區別，況且一個人人死後好像從來就沒有存在過一樣。他感悟到人生無非是生老病死、為情所困和一生勞碌，每個人都逃脫不了這樣的命運。他想著有人因為各種原因觸犯法律而被判死刑，可他覺得在自己的身後，卻有著一雙無形的手把自己推向死亡。

自從他過了五十歲以後，他就開始計畫起自己退休以後的生活：一方面他覺得人生苦短，要儘量地享受生活，有時甚至有意放縱自己；另一方面他明白自己需要有一筆可觀的錢用來養老和醫療費用，以免自己將來得了什麼糖尿病、冠心病之類的慢性病，因為沒有足夠的錢而無法得到良好的醫治而使自己的身體飽受痛苦。可是眼看自己已經快到了退休離職的年齡了，他的這個儲蓄的目標並沒有達成。

自從有了疫情之後，他因職務變遷而遭降職，收入銳減，而且他投資在地產集團的錢也因樓市的低迷而泡了湯，這一系列的打擊使他產生了厭世的情緒。在封控時期，他目睹許多因嚴厲的管控而產生的人道悲劇，「大白」們的愚昧、冷漠和暴力使他對社會的野蠻程度產生了失望。以前他駕駛飛機升空的時候，他時常驚歎人類的智慧，可當他看到一片片籠罩著霧霾的天空也使他意識到人類的道德水準遠遠跟不上所取得的科技成果。他甚至感到如果人類有一天遭毀滅不是因為小行星撞地球或是新的冰河期，而恰恰是自身的道德敗壞，像P4這樣的實驗室本來是用來造福人類，可最終成了生化武器的發源地。

他抬起頭，慢慢睜開眼睛後，他看著那個飛機模型，覺得自己可以製造一個轟動世界的新聞，而且自己的名字也會在航空史上名垂青史。想到這裡，他又站了起來，拿出了一份自己早已寫好的遺書留給了他的妻子。雖然他和妻子的關係一直不是很好，而且他的孩子一直護著他的妻子，所以他對他們也沒有太多的留戀。當然遺書裡他只是感歎自己的厭世的情緒，他知道更深層的想法她也看不明白。

他提著行李箱上了一輛網約計程車，看到他身穿一身深藍色制服，司機就向他熱情招呼道：

「機長啊，終於恢復航班了，可疫情好像還在持續。」

「我不是機長，本來是，現在不是了。告訴你，全世界都在與病毒共存，只有中國動不動就封城，所謂『清零』。」張興平答道。

「噢，疫情都爆發兩年多了，現在還是發現有人『陽了』就立馬在樓下貼封條，基本上不管別人死活。有個媽媽抱著生病的孩子去醫院，樓下的大白就是不讓他們出行，有的老人餓死在家裡，還有無奈跳樓自殺的。」司機聊道。

「疫情並不可怕，病毒早已不是以前的病毒了，可怕的是愚昧和野蠻。當然，老百姓溫順好管，一頭獅子可以追一群牛，只因為牛群不會抵抗，所以他們永遠被任意捕殺。」張興平說道。

「戕害百姓沒有關係，如果執行上面的指示不到位就會丟烏紗帽，老百姓可憐啊，真的可憐啊！」司機感歎道。

「可憐之人必有可恨之處，有的人如果到了想自殺的地步，就先去殺幾個蠻橫的大白塹背不好嗎？比如司機可以開車撞警察，飛行員可以駕機撞政府大樓。與其做牛做馬地任人宰割，不如製造一個驚天大案，死得其所！」張興平侃侃而道。

「我一個小小的計程車司機，過一天算一天，也不能去想那麼多；不想還好，想多了反而不開心。你們開飛機的，見的世面多，想法也多，可在別人眼裡，你們的生活要比一般人好很多。」司機繼續聊道。

「有人為吃飯而活，有人為理想而活，不自由，毋寧死。本來像我這樣的人，也想平平安安地度過餘生，可這個社會太邪惡，沒有一點公平正義可言，所以要給他們一點顏色看看。小夥子，今天我搭上你的車也是緣分，我想讓你進民航局工作。」張興平說道。

「是嗎，你是民航局的領導？可你的思想也太前衛了。好，好，有機會在民航局工作，對我來說也算是出人頭地了，謝謝領導！」司機彷彿覺得天上掉餡餅了。

到了機場，他看到停機坪上一架架停留的飛機，他覺得看上去航站樓下的這片空地成了飛機的停屍房。不過他又想到，他將要駕駛的飛機和他的身體一樣，也許在還沒有成為屍體前就化為了灰燼，除非此時發生了地震或是其他自然災害導致飛機停飛，那麼也許一切可能改變。

差不多到了午餐的時間，他先去了航站樓裡的一家餐廳，他在一個角落坐下後，就點了一份套餐。不一會兒，他忽然看見和他當班的機長和幾個年輕的空姐有說有笑地走了進來，然後他們圍坐在一起。機長好像發現了他，就朝著他的方向看了他一眼，見他沒有什麼反應，就接著和坐在他身邊的幾個空姐繼續閒聊。張興平自顧自吃著午餐，瞥了他們一眼，看著他們嘻嘻哈哈的樣子，他想，自己不是機長反而是他，在一個弱肉強食的叢林社會，自己的命運好像一頭年老的雄獅：被年輕的雄獅奪走了領地之後，只能過起漂泊的日子，年老色衰的雄獅也不受任何雌獅的待見。由於體力大不如前，傾盡全力也無法制服水牛，只能靠搶其他捕食者的獵物，但是遇到鬣狗群麻煩就大了。英雄難敵遲暮，雄獅的晚年註定是悲劇的。

他默默地吃完了他的午餐，一個人顯得有點垂頭喪氣。不過當他想到價值十億的飛機是自己的陪葬品，而這些漂亮的空姐便是自己殉葬的女人時，他又看了他們一眼，在心裡冷笑了一下，便獨自離開了。

大約下午一時許，他坐到了副駕駛的位置上後，無意中對著儀錶上的玻璃反光看了自己一眼，他吃驚地發現自己居然露出了青面獠牙狀。他意識到自己可能產生了幻覺，他想難道此刻是自己顯現出魔鬼的真容，好像《西遊記》裡的假扮良女的白骨精？他定了定神，又覺得旁邊的機長也不是什麼火眼金睛的孫悟空，只不過是森林中一頭年輕的雄獅而已。當他從臆想中回到現實的時候，此時飛機已經在跑道上加速行駛了，不一會兒，飛機就離地起飛了。

飛機像往常一樣升空了，穿越了雲霧後，飛機就到了巡航高度的平流層。在經歷了不到半個小時的巡航飛行，機長說要上廁所就離開了駕駛艙，不過機長一直沒有回到駕駛艙。張興平隱隱聽到從駕駛艙外傳來了一個空姐的一陣浪笑，還有機長模糊的說話聲，他看了一下儀錶，此時的飛行高度是八千八百六十九公尺，然後他站起身用力關上了駕駛艙門。隨後，他將飛行高度改為三十公尺，飛機急速下降，以每分鐘二千六百二十九公尺的下墜。空管部門發現異常，便不斷呼叫，張興平沒有回應。飛機在不到二分鐘內下降了六千六百多公尺，至二千二百公尺，此刻，蜂鳴器響起，機長想要進入駕駛艙，但艙門已被鎖上。機長和其他機組人員意識到了危險，他們邊叫邊用重物砸門。由於砸門的聲音劇烈，張興平下意識地拉起了操縱桿，飛機在十五秒內上升了約四百公尺，飛機的速度先是下降了一下，但它接著又開始飆高。

飛機高速垂直向下俯衝，機上的所有人在慘叫，但張興平的呼吸非常穩定，他鎮定地帶著機上的所有的人直衝地面。最終飛機扎進佈滿竹林和香蕉樹的山坡，機頭以接近音速插入的深度從地表向下延伸二十多公尺，而大部分殘骸集中在撞擊點周圍半徑三十公尺，機上一百三十二人全數罹難。

（三）

一輛墜江的巴士：山城重慶，這個城市被崇山峻嶺所縈繞，不過如今這座西南重鎮不再是偏遠的山城，而是風光秀麗的大都市。毗鄰的高樓大廈有的在山峰上，有的在山腳下，公路從山腰中穿過。從山上的酒樓和店肆中，便可以俯視山下的道路、河川。這個城市裡的火鍋特別地道，猶如蘭州的拉麵、新疆的葡萄甚至是北京的烤鴨一般遐邇聞名。進入深秋以來，火鍋的生意又興隆起來。這是平凡的一天的開始，市井裡的人們都紛紛忙碌起來，可是在過江的大橋上，卻發生了一起重大交通事故：一輛行駛公車卻突然失控，在和一輛逆向行駛的小轎車碰撞後，又衝破橋邊的護欄，一滑溜地從橋上墜入江中。人們被這一幕驚呆了，他們意識到公車上的人將被橋下滔滔的江水所淹沒，人們都將被溺死，幾乎沒有生還的機會。出事的路段立刻被封鎖，人們對發生的慘劇一籌莫展。由於當局擔心這是一起故意的人為恐怖行為，就事先發佈了這是一個意外的交通事故。就在前幾天的一個上午，有一個男人為了洩憤，跑到了一家幼稚園，持刀進行大肆砍殺，以發洩對社會的不滿。在事件中，有的孩子耳朵被剁下，有的臉頰皮層整層脫落，還有一個女孩的眼睛被砍下一半。像這樣的類似事件，近幾年在全國各地發生了好幾起，從上海到陝西、湖北、廣西、江蘇等地，殘忍的事件引發人們的心理普遍產生了恐慌情緒……

女肇事者的告白：

糟了，糟了，這下真的沒救了，渾濁的江水正在快速湧入車內，像一艘沉船，根本無法逃生。我大概還能存活幾分鐘的時間，任何救援也不可能成功。車體已經千瘡百孔，等待的只有死亡。我感覺車體繼續在江水中下沉，積水已經浸滿了車廂，沒想到自己竟會在今天終於死去。以前每次從這橋上經過，心理就會發慌，擔心橋樑會突然坍塌，自己死於非命。這個該死的司機，就因為我給了他一個巴掌，以至於把全車的人和他一起同歸於盡嗎？這個該死的瘋子。幾年前市委書記給了他下屬的一個巴掌，結果他就跑去了美國領事館，和市委書記一起魚死網破。我開始並不想打他，我只不過乘過了站，就是讓他把車停一下，就一會兒工夫，也就只有幾秒鐘的時間。可這該死的司機就是不肯，還衝著我大聲嚷嚷。我有急事，急著想下車，他不但不幫一下，還兇神惡煞似的態度，我氣一上來，就迎了上去，禁不住在他臉上抽了一下。我發誓我是氣瘋才會打人的，沒想到這男人居然是個瘋子，他竟然採取了自殺的行為！好像對社會的不滿在這一刻間爆發了，帶著全車的人同歸於盡。在車下沉時他還想逃生，想從車窗裡鑽出去，他被我死死地拉住，想逃生沒門。江水已經淹沒了我的身體，並進入了我的喉嚨。我唯一放心不下的是我的寶貝兒子，他才剛剛成年，他以後的學費怎麼辦？還有母親，她又怎麼承受得了女兒墜江溺亡的事故？前夫一定看我的笑話了，我們曾經為了一些瑣事多少次爭吵，可他最終總是向我賠不是。不過他既不能掙錢，還要抽煙、賭博，甚至在外嫖娼，這樣的男人又有什麼用？想來想去還是一個人過比較好，孩子當然由我撫養。偶然也會遇到一個愛吹牛且多情的男人，說我一個人打理生意太辛苦，不如讓他來養我。男人們安的什麼心我心裡明白，女人的致命弱點就是相信愛情，哪個貪官包養的女人最終不是落得被嫌棄的下場？倒是一個看起來一事無成，也不怎麼討人喜歡的男人還能在一起「長治久安」。我獨自打理店鋪，雖然忙碌卻也充實。誰說女人一定要靠男人生活？一個人帶著孩子每天起早貪黑地辛苦工作，可沒有人和我吵架，也不用時常抱怨。夫妻之間結婚到了一定時期，就是天天看著噁心的對方過日子，還要天天打打鬧鬧，真的沒法過下去了。沒想到才清靜了沒多久，生意才有點起色，厄運突然降臨到我身上，我這個時運不濟的女人！我吐出了最後一口氣，我的身體已經完全被浸泡在水裡，像一具藥水中的遺體標本，這下我真的死定了，死定了……

男司機的怨言：

我他媽的這還是人活的世界嗎？每天起早貪黑辛苦地開著公車，這個月竟被乘客打了三回了。沒有答應這娘們無禮的要求，她居然當場撒潑，還搧我耳光！我一個堂堂正正的男人，難道就此甘休？小時候在學校被人欺凌也就算了，如今作為一個公交司機，動不動就被人咆哮與謾罵，幾乎每天都要受些鳥氣，甚至還會被人拳腳相加，沒有人會出來伸張正義，沒有人會出面阻止，大家只是看個熱鬧而已。難道我只是公園裡的一隻猴子？想被取樂就被取樂，遊客可以隨意地扔一塊石頭取樂！想沒想過我這是在執行公共服務，行為有嚴格的規章制度，哪能隨心所欲！有人為了圖自己的方便，就隨意地叫我服從他們的意願，稍不順心就拳腳相加。受了氣，挨了打，被人看耍猴似的，做人沒有臉面與尊嚴，像個洩了氣的皮球，被羞辱了，被人打了，還要帶著傷痛、忍氣吞聲地再打起十二分的精神繼續駕車。每到一站就立刻開門讓乘客上上下下，只要一言不和，就可能像城管打小販那樣被一頓暴打。天天辛勞地工作，還要擔心被打，世上哪有這樣的下賤的職業？這臭娘們現在好了，逼得我和她還有全車的人同歸於盡，雖然死得有點冤，也實在是忍無可忍，人總有爆發的一刻。就像和離婚的前妻，天天抱怨生活不如別人，每天嘮叨著誰家的男人炒股票賺了，哪個同事又買了什麼名牌包包，總是抱怨我沒本事弄錢。我一個開公交的，除了加班加點還能怎樣？掙來的工資全部上交，身上連買包煙的錢都沒有，可還是無休止地抱怨，我實在是忍受不了了，還是各過各的吧，有本事去傍個大款什麼的。所有離婚的原因就只有三個字：「受夠了」。是的，我實在是受夠了，拚命地工作掙錢，根本付不起什麼房貸，也看不起什麼毛病，還有孩子的學費也是繳納不起，勉強地過著，最後老婆還是氣急敗壞地走了。本想從此就這樣一個人隨便混日子吧，可每天還要受些鳥氣。既然你們不給我一點點做人的尊嚴，那麼你們的下場就是不得好死。

一個孩子的哭訴：

是的，我看見那個阿姨打了開車的叔叔，隨後那個叔叔就把車一個大轉彎，隨著「轟隆」一聲巨響，我就隨車一起墜入江中。車廂裡頓時一片昏暗，好像開進了一個黑暗的隧道，不過車廂裡還有一點微光，車體不斷地在進水和下沉。「爸—爸—媽—媽—」，我絕望地呼喚著，車廂裡的人群也在慘叫。「爸—爸—媽—媽—」，我就要被水淹死了，我永遠也再見不到你們了，「爸—爸—媽—媽—」，我愛你們！我知道爸爸媽媽就這樣突如其來地失去了他們的寶貝女兒，他們會怎樣地撕心裂肺地痛哭！我才十一歲，本來今天是去少年宮參加歌唱表演的。我彷彿看見了死去的自己，看見了爸爸媽媽痛不欲生的樣子。爸爸媽媽會一輩子這樣傷心下去的，從此他們只有在夢裡，才能見到我的音容笑貌；可一覺醒來，他們就會心如刀絞。我為什麼這樣倒楣，上天要這樣懲罰我的爸爸媽媽！爸爸媽媽，我死以後一定不要太傷心，我會想盡辦法，要麼變成你們身邊的一隻寵物，要麼變成一隻蝴蝶，常常飛在家裡的窗口，我會常常來看你們的。爸爸媽媽，我已經快被窒息了，我感到自己的身體浮出了江面，正在往家裡飛……

一個目擊者的譴責：

地獄裡的又一場鬧劇，我相信現在這個世道就是十八層地獄，沒有比它更惡、更慘的了。在一個既沒有信仰，也沒有道德底線、沒有法規的世界，無異於叢林世界，弱肉強食。統治集團一心維護專制體制，國家的財富由他們任意支配和揮霍，剩下的一小部分讓饑民去哄搶。為了得到自己的一點點蠅頭小利，每個人不得不窮凶極惡，因為只要殘存一點良知，就會遭到不公和打擊。所以人與人之間充滿了仇視與防範，不但沒有同情心、正義感，甚至失去了羞恥感。上上下下沒有一個人在幹正經事，最高統治者一心想著「黃袍加身」，大搞個人崇拜，不懂「普世價值」為何物；明明只有小學文化程度，卻要弄個博士頭銜來點綴門面，黨媒還要拋出他的什麼「經濟思想」、「外交思想」，還煞有介事地在全國高校成立什麼「習近平思想研究學院」，官員們除了貪腐就是頌揚賦予他們權力的最高統治者。官媒向來不是新聞的媒介，而是赤裸裸的黨報，內容只為取悅於最高領導人一個人。從前的皇帝死後才有一個謚號，什麼「聖德」、「光武」之類的，現在的統治者一個個迫不及待地給自己一個尊榮，什麼「思想」、「理論」、「代表」等一些牛頭不對馬嘴的封號，還要塞到黨章裡，死了以後還要被追認為什麼「偉大的無產階級革命家，忠誠的共產主義戰士」。如同把雞腳在菜譜上寫成「鳳爪」，說白了「無產階級」不就是「窮人」代名詞？革命不就是「造反」的藉口？「共產主義」自然是烏托邦的夢囈。明明是靠謊言和暴力起家，卻還要自詡為自己執政黨是「偉大、光榮、正確」，正是大言不慚，令人笑掉了牙。最後所謂的無產階級政黨成了搜刮民脂民膏的酷吏，變成了富可敵國的權貴資本家。有誰敢為民請命，維護公平正義、針砭時弊，便立刻下獄或是被關進公安部下屬的精神病院加以身體和精神折磨。百姓敢怒不敢言，又普遍沒有什麼真正的信仰，執政黨把編造出來的穢史用來教化民眾，什麼「一大會址」、「遵義會址」、「毛澤東故居」和各種各樣的所謂革命紀念館和偽造出來的英雄人物的事蹟成了中國人心中的朝拜聖地，宣揚重走的「長征」路無非是當年赤匪的逃亡路。所有虛構的紅色經典和階級鬥爭理論用來教化人民，分明是顛倒黑白，指鹿為馬。所有傳統倫理和美德都被打成了「封、資、修」的糟粕，所有的政敵也成了「反革命分子」被逮捕下獄，那些早已被打成「反革命」的人在倒臺前杜撰的革命戲劇和音樂依然被傳唱不止。整個社會政治運動頻發，煽動仇恨，沒有感恩和救贖的情懷，污濁的大地成了群魔亂舞的地獄。社會早已成了騙子橫行的瘋人院，人人都會鑽空子，到處是假貨、偽劣商品、學歷造假、科研造假、環境嚴重污染、道德淪喪，甚至活摘人體器官，還要用「強國夢」、「中國夢」來哄騙大眾。從來就沒有什麼科技創新，只有山寨和剽竊國外技術。以前搞「大躍進」餓死幾千萬人，現在到處是被嚴重污染的窮山惡水，到處過度開發，深深的礦井是礦工的墳墓，血汗工廠是勞工者的監獄，癌症高發。官員們吃的是特供產品，住的是高幹病房，百姓們吃的是地溝油、毒食品，用的是假藥。人身沒有任何權利的保障，政府想拆房就拆房，想抓人就抓人，要你生一胎就只能生一胎。國在山河破，上級縱容下級，下級魚肉百姓，百姓之間唯一的語言就是暴力，只要一言不和，就常常暴力相向。政府嚴格立法，人們普遍違法，司法部門選擇性執法，吃了被告再吃原告。警察、武警、協警、城管、糾察無處不在，為了打壓百姓，維穩的費用超過了國防的開支，社會的糜爛卻在天天惡化，到處充斥著暴力：暴力強拆，暴力驅除所謂低端人口，暴力打壓維權人士，暴力對待小商販，暴力對待司機。黎民百姓好似狂風暴雨中的樹枝，隨時遭遇不測。還要為黨歌功頌德，製造歌舞昇平的繁榮假象，提倡什麼民主、自由、平等、和諧「社會主義核心價值觀」；就如同一個蓬頭垢面、衣衫襤褸的乞丐，舉著衛生、時尚、美容的招牌招搖過市，實在令人啼笑皆非。統治者罔顧民不聊生的普羅大眾，卻要為面子到全世界大撒幣。總而言之，有這樣的爛政府就有這樣的暴民。這下差點把老子的命也搭上了，就差那麼一步之遙，那倆橫衝直撞過來的巴士差點要了老子的命。雖然早已厭倦了這個人間地獄般的社會，厭倦了社會上的女人，厭倦了自己的人生，如果自己也死於非命，不用自己動手就一了百了了，只可惜便宜了那些當官的，他們除了對上阿諛奉承，就只會收刮民脂民膏，貪污受賄，包養女人。中國的老百姓啊，只要能滿足一些吃穿享樂，什麼權利都可以不要，做工像奴役，做人像奴才。現代社會公民的基本特徵就是人格的獨立、思想之自由，人們的生活需要財富、榮耀和思考，而不是像黨媒宣傳的那樣，以「孝」的名義做一些磕頭、洗腳等令人噁心的舊習俗的示範，進而聽黨話、跟黨走。人們全然像在牲口棚裡的牲口，瘋子們還沾沾自喜地愛黨愛國，一會兒打砸日本車，一會兒抵制韓國貨，一會兒罵「美帝」，不把槍口對著萬惡的政府，卻成了暴政的捍衛者；他們又哪裡知道，就是那些鼓動人們反美、反西化的高官達人，他們的巨額財產和妻兒卻全都隱藏和隱居在美國和西方國家。但願這個吃人的政府有一天像這輛墜入江中的巴士，湮沒在歷史的滔滔江河裡……

一個長者的告慰：

哎喲喲，哎喲喲，到底發生了什麼事？才打了一會兒瞌睡，怎麼一下子「　」一聲公車像潛水艇一樣在水中遊蕩。自己是不是還在做夢？哎呀，有人在尖叫，不像是自己在做夢。哦，對了，自己剛才是在打瞌睡做夢，夢見自己在一家店裡正津津有味地吃著豬雜、喝著豬血湯。不過現在出事故了，所以就被驚醒了。不好了，真的出大事了，天也塌下來了。我感到渾身劇痛，好像有什麼東西壓在了我的身上。車裡黑壓壓地一片，卻到處是水，好像還有血跡，有人已經死了，我還有一口氣。是大橋又塌了，還是車翻入了水裡？是的，是車翻入了江河裡。剛才還隱隱聽見有人在吵架，這下可好，全車的人將全部葬身江河。唉，小不忍亂大謀，衝動是魔鬼啊。這個道理不知道講過多少次，怎麼就沒有聽得進去呢？啊呀呀，嗆死我了！如果社會風氣是中國人以前所提倡的「溫、良、恭、儉、讓」，這樣的事就不會發生。教訓啊，血的教訓啊！我死了不足為惜，但願這個社會改變一下社會風氣，我這條老命死了也就值了。兒啊，你是打撈隊的成員，希望你打撈起全車死者的屍體，讓他們有個遺體告別的儀式，把我的骨灰盒和你母親的安放在一起。兒子啊，好好做人，不要抱怨這個事件，更不要以此來抱怨整個社會，做人要學會隱忍，你爸爸做人就忍了一輩子。兒子，我不行了……

幾天以後，墜江的公車殘骸被徐徐打撈出來。在打撈的隊伍中，就有一個是那位遇難長者的兒子，看見他父親和其他死者一具具恐怖的屍體，想到遇難者死前的苦難掙扎，他悲痛欲絕，只是希望政府能出一筆補償金，可以緩解他妻子看病的醫療費。

（四）

一個潛伏者的故事：在楊家村裡的村民，大多數都姓楊。有一戶人家，男的叫楊坤，他的妻子叫楊燕，出生的小女孩叫楊陽。楊坤以前在外打工，自從他的妻子生了第一個孩子，為了照顧妻子和孩子，楊坤就在家裡務農和養豬，過著勉強維持生計的日子。隨著孩子一天天長大，他們夫婦從滿心歡喜到變得整天擔心焦慮起來。起先他們發現小女孩的頭長得很大，尤其是額頭部分，開始只是顯得有點大，長到後來一眼看上去就能看出小女孩的頭長成了畸形。於是他們夫婦帶著女兒去就醫，做了腦部檢查也查不出什麼問題，而且小女孩的智力好像也算是正常範圍。他們夫婦也沒有辦法，只是擔心這樣下去，以後楊陽長大了，如果還是這副模樣該怎麼辦，就算生理上一切正常，基本上也很難嫁出去了。

隨著楊陽慢慢長大，可她的頭部和身體比例失調的外形卻一點也沒有改變。村裡人基本上把楊陽看成是一個畸形兒，別人見了小女孩，就會情不自禁地把楊陽叫成「大頭娃娃」。他們夫婦也覺得羞愧，基本上不怎麼帶小女孩去公共場所，小女孩每天只能和家裡的狗和貓玩耍。他們夫婦打算再生一個，以彌補心中的這份缺憾。有一天他們突然發現楊陽居然尿紅了，著急之餘，他們產生了一種不祥的預感。雖然找不到女兒大頭的病因，可直覺告訴他們，女兒身上一定是出現了什麼問題，更像是吃了某種激素而引起的。因為他們在家裡養豬，他們懷疑小女孩是不是在豬圈裡誤食了豬飼料。於是，他們夫婦馬上帶著楊陽去市醫院做進一步的檢查。不過檢查的結果令他們夫婦大跌眼鏡，楊陽居然患有膀胱結石，而醫生告訴他們小孩子一般不會患有這種病，除非是誤食了某種容易產生結石的東西。

「會不會是小孩子誤食了豬飼料？飼料裡有抗生素、催膘劑什麼的。」楊坤急切地問道。
「看小女孩的頭形，倒像是用了激素的病人。至於尿結石，倒不像是激素引起的，更像是長期吃了什麼飲料之類的東西。」醫生解釋道。
「對了，小孩子一直吃那種叫什麼三鹿牌奶粉，會不會是奶粉問題？可三鹿是大品牌，我們平時捨不得吃好的，可奶粉是買的最貴的那種。」楊坤敘述道。
「如果是吃了劣質奶粉，對泌尿系統是會產生不良影響的，可品牌奶粉應該不會有問題。」醫生說道。
醫生開了一些擴張輸尿管和抗感染的藥物，還叮囑他們不要讓小孩子再喝奶粉了可以改喝米湯。雖然他們夫婦不再給孩子喝奶粉，可他們心裡的怨氣卻難以釋懷。平時家裡省吃儉用的，花錢買最貴的奶粉，居然讓孩子吃了變殘廢，還要不斷地花錢為孩子治病。正在他們苦於找不到證據的時候，小女孩的母親楊燕有個表妹，在她的孩子身上居然出現了同樣的問題：小孩子頭骨畸形，而且腎臟也有問題。為此，他們向三鹿投訴，但未有任何結果，於是他們轉向媒體。不久，媒體根據疾控中心所提供的資料，列出幾十家劣質奶粉黑名單，而楊陽吃的三鹿奶粉赫然出現在其中。不過接著三鹿乳業就召開新聞發佈會，聲稱三鹿奶粉生產工藝先進，選用優質奶源，品質優良，沒有任何品質問題。隨後，市裡的疾控中心也發表道歉聲明，市裡的工商局、衛生局，和消費者協會也紛紛為三鹿洗白。
投訴無門，楊坤整天在家裡悶悶不樂。那天他在豬圈裡，看見他養的那些豬，在吃了催膘飼料「四月肥」後，牠們的體重明顯增加。還有那頭以前不願交配的公豬不停地在一頭母豬的身後爬跨，努力地想進行交配，而那頭母豬以前對想進行交配的公豬進行攻擊；不過在給牠們的飼料裡加入了催情劑後，這種情況就發生了改變，牠們交配的次數明顯頻繁了許多，而且個個看起來腦滿肥腸的。看到這樣的場景，楊坤突然在心裡產生了一種想法，他決定要用這些給豬催膘和催情的飼料去餵三鹿乳業的領導層，讓他們吃了這些豬飼料以後，個個外表看起來豬頭豬腦的，而且身體裡的臟器也會嚴重受損。

楊坤每天從家裡出發，開著一輛摩托車去廠家看招聘廣告，廠家的規模不小，在有鐵柵欄的廠門口外，確實有個招工欄目牌，有招聘司機、流水線工人、保安等。不過這些他都沒有興趣，他的眼睛直愣愣地盯著清潔工，無須工作經驗。經過面試，楊坤很順利地成為了廠裡的一個清潔工。工作內容是打掃辦公室、食堂和廁所等，當然包括更換辦公室裡的桶裝飲用水。

在他工作了幾天以後，對廠裡的環境也熟悉了，在領導上班以前，他要打掃好辦公室，還要換好桶裝水和放好紙杯。這些活幹起來很容易，只是楊坤要做的就是在換桶裝水前，他要注入他事先準備好的那些飼料，然後再去幹那些他應該做的事。他堅持不斷地去做這樣的事，這個奶粉廠的管理層，都喝了這個帶有激素的飲用水。在以後的幾個月的時間裡，他發現董事長的臉變得又大又紅了，脖子也愈來愈粗了，而且眼睛腫脹，肚子隆起，活生生像豬圈裡的一頭發情的公豬。

有一次到了下班時間，楊坤打開了辦公室的門，突然發現董事長正在和一個女職員的身體壓在一起，他趕忙退出，讓他們繼續在裡面「交配」。他明白，這一定是催情劑的作用，這裡的男男女女一定處在一種欲火難忍的境地。其實這女職員並不年輕，甚至已經到了絕經的年齡，不過她吃了催情劑以後，渴望性愛。也許自己在家裡的老公早已經沒有了興趣碰她，於是她只能在辦公室裡主動向董事長求歡。雖然已經是年老色衰，可董事長欲火難熬，也就飢不擇食地和她幹了起來。

過了幾個月，這個女職員居然鬧起來家庭風波，原因是她有了妊娠反應，於是老公鬧著要和她離婚，而她只是拚命抵賴，說是誤食了某種有毒食品。最後她不得不在私下悄悄做了流產手術才算完事。可她怎麼也弄不明白自己，已經到了不能生育的年齡，怎麼突然對性有了需求，而且難以控制？做了流產以後，她的身體也愈發奇怪，本來已經停經，可又來了月經，而且一來半年也停不下來，去做婦科檢查，結論居然是像是服用了什麼增加雌性激素的藥物導致。

最後董事長也去市裡的醫院去做檢查，遇到的醫生也是以前給小女孩楊陽做檢查的那個醫生。結果檢查出來在他體內的三核激素：丙酸睪丸素、黃體酮、苯甲酸雄二醇嚴重超標。這種激素是給母豬催情刺激交配使用的，一般人們不會接觸到。

「會不會在你吃的飯菜裡有什麼問題，也有可能是在你吃的那些肉製品或是蔬菜裡用了什麼激素。」醫生疑慮地問道。

「你是說有人投毒？」廠長驚訝地問道。

「如果真是這樣，最好讓你的同事也來做個檢查。」醫生提醒道。

「好的，就這樣，醫生。」廠長說道。

一言驚醒夢中人，想到自己最近幾個月變得虛胖盜汗，生理反常，就連主動和他求歡的老女人也不例外。於是，他在廠裡可能接觸到污染源的地方進行排查。聽到了風聲，楊坤便辭了職，溜之大吉，可到底是哪裡出了問題，廠裡卻一直查不出來。

醫生開始覺得奇怪，像是有人投毒，可這病人是三鹿乳業的老闆。醫生突然想起了以前在他這裡就診的小女孩，他當時就懷疑是小孩子吃了有毒的奶粉所致；他聯想到也許有人吃了他們產生的毒奶粉，又沒有投訴的門道，於是那些受害者就用家裡養豬用的激素反過來加害那些乳製品廠家的人。醫生不得不感歎，這是一個互害的社會，可憐的小孩子一出生就成了受害者。醫生並沒有選擇報警，因為他更同情那些喝了毒奶粉而導致身體受害的嬰幼兒。

（五）

一個有關舉報的事件：一個中年男子被幾個人圍毆，直到被打的人連滾帶爬地蜷縮在路邊的一個角落裡一動不動，打人的人才收手離開。路人見狀後就撥打了救護車，被打的人被送到醫院後不久，宣告不治身亡。事發後，死者的家屬趕到了醫院，看到死者血跡斑斑的遺體，家屬傷心欲絕，悲憤中他們用手機拍照留下了證據，然後向市公安局舉報。

由於公安局遲遲沒有正式立案調查，死者的遺體一直在殯儀館保留著，死者的家屬幾次三番地到公安局要求立案調查，抓捕嫌疑人，可一直沒有回應。情急之下，死者的妻子穿上喪服，跪在公安局門外喊冤，引得路人圍觀。結果公安局以「尋釁滋事」罪將死者的妻子拘留起來，死者的女兒董小瓊聞訊後，立刻趕到公安局，把自己的母親接回了家。

董小瓊又氣又急，雖然她為父親的案子一直不被受理而感到萬分沮喪，可同樣令她感到悲憤的是她母親穿著喪服跪在公安局門前的行為。她不明白，在社會上，為什麼老百姓動不動就愛跪下。在影視劇中，看到從前的中國人，為了伸冤，就採取這種跪地攔轎喊冤的辦法；可如今，她看到因疫情而在受到封控的一個居民區，居委會給居民發放了一些食物後，就有幾家居民一起跪地磕頭，還寫了「感謝共產黨，感謝政府」的標語。在封控區，有人需要緊急出行遭到阻攔，被阻攔的人就立馬跪地乞求開恩放行。董小瓊極其鄙視這樣的行為，可她沒想到現在自己的母親居然也採取了同樣的方法。

董小瓊想到古有花木蘭替父從軍，為了替父伸冤，她想通過網上呼籲，引發社會的關注，這樣，她父親的案子的審理才能得以受理。於是，她鼓起勇氣，在網上哭訴著自己父親慘死的遭遇，並實名舉報有關涉案人員。幾天後，有人突然在外面敲門，董小瓊打開門後，一眼看到門外烏泱泱地擠著七八個穿著黑色制服、戴著口罩的警員，她心裡一慌，便問道：

「你們這是來幹什麼，是來抓人嗎？」

「你就是董小瓊嗎？」一個領頭的警察問道。

「是的。」董小瓊回答道。

看著門口站滿了警員，董小瓊覺得很可笑，為了對付一個像自己這樣的一個女人，居然要出動這麼多人來虛張聲勢。

「你犯事了，跟我們走。」領頭的警察繼續說道。

「我的女兒好好地待在家裡，又沒有出去過，什麼事也沒有犯過。」董小瓊的母親喊道。

「我犯了什麼罪，你們有逮捕令嗎？你們不可以隨隨便便就這樣抓人？——」董小瓊質問道。

董小瓊話沒說完，領頭的警員就和其他警員一擁而上，把她拽住。她母親驚恐地尖叫著，並拉著自己的女兒不肯放手，哭喊道：

「我丈夫已經被人打死，你們為什麼還要抓我的女兒？我也不要活啦——」

很快，董小瓊被押上警車，直接帶到公安局。隨後，警察沒收了她的手機，並刪除了手機裡有關的證據，然後再把手機還給她，並要求她寫下保證書，不再網上發佈維權信息。董小瓊看著這幫所謂的

「執法者」，卻每天幹著殘害百姓的違法的勾當。他們把那些敢於維權的人抓了，所有侵害百姓的事件就不了了之了。他們自稱「人民警察」，其實是他們上級領導的「家奴」而已，只是那些可憐的老百姓，受到冤屈時卻還要向這些「家奴」下跪。

在被強制關押了兩天之後，董小瓊擔心母親的安危，就不得不簽字保證放棄維權後，她就被釋放了。正當死者的家屬感到絕望之際，有天下午，董小瓊接到一個自稱叫李琪的警員用私人手機打給她的電話，說是要聊一聊有關她父親的案子。董小瓊放下電話，以為她在網上舉報的舉動也許引起了哪個領導的重視，所以才會有人主動打電話找她，處理有關她父親的命案。想到她父親的案子最終還是可以被立案調查了，在絕望中感到了一絲希望。

因為疫情突然爆發的緣故，董小瓊已經被要求隔離，獨自住進了她家附近的一家酒店的一個房間，她和來電的警員約在酒店的大堂裡見面。

在酒店在大堂裡一見到董小瓊，李琪就滿懷深情對她說道：

「董小姐，這些天讓你受委屈了。」

「是你啊，是真的嗎？你們開始對我父親的死亡立案調查了？」董小瓊一眼就認出了這個在她遭拘留期間審訊過她的警員。

「這裡人太多，說話不方便，還是去你的房間裡談吧。」李琪接著說道。

雖然董小瓊心裡有點顧慮，但也不能拒絕別人的合理要求，況且，他還是一個警員，談的是有關自己父親的案子，就立馬答應了。

到了房間裡，李琪坐在一張靠窗的椅子上，然後打開公事包，取出紙筆，像模像樣地和董小瓊談起她父親出事時的場景。

「在場的目擊者告訴我，他們把我的父親從飯店內打到店外，除了拳打腳踢，還用椅子、酒瓶擊打，最後被追打到柏油路上。我到醫院的時候，父親已經斷了氣，只是身上血跡斑斑。」董小瓊哭訴道。

「這種事情本來沒有人願意接手，你知道他們後面有靠山，所以才敢把人往死裡打。」李琪說道。看到董小瓊哭泣的樣子也楚楚動人，李琪就站了起來，走到董小瓊的身邊，對著她繼續說道：

「你要是我的女朋友的話，我就能替你的父親伸冤報仇。」

看著董小瓊邊抽泣邊擦著眼淚，李琪便伸出手去撫摸她，然後就冷不防地抱住她強吻。董小瓊掙扎著呼叫起來，然後就拿出手機要報警，李琪一把奪過手機，又攔住董小瓊的去路，接著李琪就撲通地跪在地上，開始搧自己的嘴巴，並苦苦哀求道：

「從一開始見到你就喜歡上了你，幹這份工作壓力很大，我有憂鬱症，你就放過我吧。」

董小瓊平時看慣了那些氣勢洶洶的警察，眼下李琪跪在地上向自己求饒，況且，也許他還真能夠幫到自己為她的父親伸冤，於是就放過了李琪。

當董小瓊隔離期結束回到家裡時，她簡直不敢相信自己的眼睛，家裡已是一片狼藉，她的母親也剛好隔離完回家，便氣憤地領著自己的女兒在家裡邊打量邊說道：

「這進來消殺的，這怎麼回事？把我床上的好幾千塊的蠶絲給扔了，床上的四件套五百八買的也給我扔了。然後這個窗簾，好幾千塊錢一套，一共三套也扔了。你看把羅馬杆拽到地上了，這是消殺呀還是抄家啊？這是怎麼回事啊？隔離回來家裡就被就弄成這樣，這也太粗暴了吧！還有好多東西都給扔了，有的我都想不起來了。大米給扔了，冰櫃裡的東西全給扔了，什麼都給扔了，我快遞來的東西，好幾套面膜化妝品，都還沒用，就都給扔了，電鍋內膽給扔了。這是什麼世道啊，這是……」

董小瓊心痛地跟著她母親看著，有一種家破人亡的感覺。她感到，這些大白的所作所為，和以前的紅衛兵以革命的名義到處去打砸搶沒有什麼區別；現在他們以防疫的名義，任意踐踏人權，官員們腐敗不作為，他們為了自己的官位，把所有的精力和財力都投入到不必要的防控之上，罔顧民生的痛苦。

當董小瓊想為她父親的案子繼續奔走的時候，她便主動聯繫了李琪，此時李琪對所發生的一切死不認帳。董小瓊為父伸冤不成，反遭民警猥褻。大白們擅自闖入她的家裡胡作非為。當她看到路上張貼的一張習近平的畫像，她感到厭惡透了，她看到一個無恥的政府統治著一群忍耐苦難的人民，人們卻還要為統治者歌功頌德。她憤怒之極，她就去買了一瓶墨水，然後回過頭去，她知道她這麼做會帶來什麼後果，不過她決意要去做。她想到了走向刑場的秋瑾，也想到了被處決的林昭，不過她沒有感到害怕，她明白，不是站著死就是跪著生。她打開了手裡的墨水瓶，她向著那幅習近平畫像走過去，心裡唸著那句千古絕句：「風蕭蕭兮易水寒，壯士一去兮不復還。」她對著習近平畫像潑了墨，然後從容離去。

很快，董小瓊被捕，公安局認為由於事態嚴重，她被直接關入精神病院。在所謂的精神病院，她也終於看到，在這裡關著那麼多警方送來的正常人，而家屬接不出去。在人們沒有犯法的情況下，警方可以讓任何一個人消失。

丈夫被人打死還未解決，現在女兒又出事了，董小瓊的母親來到關押她女兒的精神病院，要求接女兒回家。醫院的人告訴她，她女兒是「政治犯」，不能回家。於是她母親又跪在醫院門口，哭喊著要求帶女兒回家，最後，她的母親被看守人員強行驅趕離去——

（六）

一個關於疫情的故事：衛生站站長李奇總想著發財，他希望自己的衛生站能像醫院一樣，從給病人看病到配藥都能撈點錢。只是衛生站裡的規模小，醫療設備有限，又沒有處方權，來就醫的病人、老年人居多，無非是來量個血壓、測個血糖，順便配些什麼消炎藥、感冒藥之類的藥品，根本賺不到什麼錢。不像人家市裡的大醫院，隨便給那些病人做個化驗拍個片，就能賺不少的錢；如果再給病人開點藥，還能從藥房裡拿到回扣；如果是做個什麼大手術，那更能賺到一大筆錢。

那天市衛生局打來電話，說是為了清零疫情，衛生站必須配合衛生局的防疫部門，對當地的居民每天進行核酸檢測，對有資質的檢測人員，可以向衛生局領取防護服和檢測設備，每天額外補助四百元，電話裡說這是根據中央的指示開展的一項長期工作。

接過電話後，李奇的心裡立刻不平靜起來。他想，地方政府投入了大量的財力和人力，對疫情進行嚴控，建造了一批又一批的方艙醫院，兩年多來，可疫情最終還是沒有被消除。全國疫情此起彼伏，不過，對於衛生站來說，眼下出臺的清零政策應該是一個撈錢的機會。以他的社會經驗知道這裡面一定有貓膩，一個檢測人員補助四百元，上面給的數一定更多，按一個人一天六百元算，僅僅從他們衛生站裡的三個工作人員算，他們一天就從中賺了六百元。全市像這樣的衛生站有成千上百個，這是一筆巨大的利潤啊。他心裡開始盤算起來，招聘一個有資質的檢測員一天四百的補貼，一分也少不了，少給了會有麻煩。如果從外面招聘臨時工，這樣每月的工資由他定，這樣就可以省出很多的開支；而且聽上面的意思，檢測的工作是一項長期的任務。

衛生站管轄的居民區大約有一萬多戶人家近三萬人，李奇推算一下，一天做十二個小時，平均每個小時要做近二千五百個人，每分鐘就要完成四十個人次；就算一分鐘做一次檢測，也要四十個工作人員。那麼按照這個數字，衛生站每天可以領取大約一萬六千元，每年就有五六百萬的補貼收入。如果自己管控得好，一年的個人收入起碼也得一二百萬。李奇算了這筆帳，他的情緒開始沸騰起來，自己也終於有機會像醫院裡的院長那樣發財致富。李奇怕事有生變，便按照居民的人數，主動去市衛生局，用重金打點了防疫部門的有關人員後，便和衛生局簽訂了承包做核酸檢測的合同。衛生局倒也爽快，很快就發放了資金、防護服、檢測試劑等用品。

李奇很快一下子在社會上招聘了一批臨時工，然後給他們示範做採集鼻液和唾液樣本的工作。由於操作簡單，第二天，他們穿上白色的防護服，被分派到各個臨時檢查點做檢測。防疫人員包括醫務人員、警察、城管以及志願者，還有被私下招聘的臨時工，他們穿著統一的白色防護服，被人稱作「大白」。居民們每天紛紛來到檢測點，排起長隊等待檢測。在等待做檢測的隊伍裡，有人終於開始抱怨道：

「天天這樣人擠人地擁著做檢測，會引發交叉感染，還不如待在家裡更安全。」

人們紛紛表示贊同，並有人附和道：

「交叉感染對他們沒有害處，而且還有好處，他們每天做檢測有錢拿，倒楣的是居民。天天這樣被折騰，測出一個陽性就封樓，測出幾個就封社區。我們不能去上班，不要說供房供車，這樣下去連吃飯的錢也沒有了。」

在做檢測的過程中，一個中年男人對著一名檢測人員大聲說道：

「你這一個個地給人做檢測，連手套也不換一下，等你換了手套我再做。」

「做一個換一次手套，哪有那麼多手套可以換？再說了，排隊的人那麼多，我哪有時間做一次換一次？」檢測的回應道。

「正因為人多就更要注重防疫程序，要是有一個陽性的，會被你帶病毒的手套傳染給多少人？」中年男人繼續怒斥道。

「可我有對手套進行消毒啊！」檢測的爭辯道。

「我看你一連做了十來個人，沒有在手套上消過一次毒。」中年男人喊道，並堅持要做檢測的人換了手套再做檢測。

那個人覺得理虧，就勉強地換了一副橡膠手套，然後繼續做檢測。

隨著時間的延續，被封控的居民樓愈來愈多，一旦被查出有人陽性，那人就會被轉移到方艙醫院。由於人數激增，方艙醫院也人滿為患。到了後來，被查出陽性的人只能在家隔離，幾個大白就帶上木板，叮叮噹噹地把人家的家門釘死，然後一走了之。

張女士自檢出陽性，想自己在家休息幾天，這樣可以逃避被送入方艙醫院或是家門被封死。對於那些好幾天不出門做檢測的人，李奇發現以後，覺得這樣的人應該管制一下，如果大家都不出來做核酸檢查，就會影響衛生站的收益。於是他就打點派出所，把情況向派出所做了彙報。派出所的人拿了好處費，就帶著幾個城管，來到了張女士的家。

打開房門，一眼看見幾個穿著防護服的陌生人，張女士就對著他們有點驚慌失措地問道：

「你們要幹什麼？」

「你們家裡的人，為什麼好幾天不去做核酸檢測？是不是家裡有人陽了，故意隱瞞不報？」一個大白問道。

「前幾天我有點發燒，不過現在好了，明天我就去做核酸檢測。」女張女士解釋道。

「不行，現在你得跟我們走，直接去隔離。」一個大白指著女主人命令道，並強行進入。

「你們不可以闖入進來，你們這樣做是犯法的。」女張女士驚叫道。

幾個大白直接闖入拉人，張女士大聲驚叫，不一會兒，她就被這幾個大白押到了警車裡直接送入一家酒店進行隔離。酒店的每人每天隔離費是七百元，派出所送來的人可以從中提取二成的隔離費。

張女士無奈在酒店隔離了二週，期間沒有任何人來為她做檢測，等到她付了二週的費用一萬四千元，然後就被送入衛生站做檢測。令張女士萬萬沒想到是她被要求做肛檢，張女士極不情願。

「為什麼大家都做鼻咽拭子檢查，而要我做肛檢？」張女士質疑道。

「我也不想做，他們把從隔離後的人拉過來，說是有的病人鼻咽拭子檢測核酸轉陰後，肛拭子檢測仍持續呈陽性，這樣做可以有效降低假陰性概率，減少漏診。」李奇解釋道。

張女士聽後也沒有辦法，她不得不解開褲腰，上到一張床位，按照李奇的要求，她膝蓋和胸部朝下，翹起屁股，接著又把褲子拉到屁股下方。李奇用一根潮濕的小棉棒，放入醬紫色的肛門，然後旋轉拔出，再放入病毒保存液送檢。不過在做的過程中，從肛門的下方，還是暴露出部分的陰戶。

每天等待做核酸檢測的人群排成一條長龍，每做一次檢測需要等待兩三個小時，天天如此。凡是查出有陽性的患者，會被帶去方艙醫院，而患者居住的整幢樓就得被封控。由於不能出門，樓裡的居民只能在樓下購買居委會配置的菜，但價格要比市場高出好幾倍，居民叫苦不迭。由於不能出門，在家憋著，又沒有收入，還得買高價菜。有慢性病的病人也不例外，不僅食物短缺，也不能去醫院看病和去藥房買藥。長期的封控使人精神憂鬱，加之有人病魔纏身，到了實在承受不了了，索性從樓上一躍而下，一了百了。

每天都會積壓下大量待檢的樣本，檢驗所沒有辦法，為了完成指標，他們把大量待檢的樣本直接倒入垃圾箱，然後隨便取幾個樣本定為陽性。一旦被定位陽性的患者，直接就被拉去方艙醫院做隔離。有的樣本來自年幼的孩子，被弄成陽性的孩子不得不換上兒童款的防護服，和穿上防護服的大人一起被連夜被送入方艙醫院。

小孩子的母親不得不陪伴自己的孩子，一起被拉去簡陋的方艙醫院，然後就再也無人管問了。到了那裡才知道，所謂的方艙醫院，還不如難民營，倒是像船艙裡的五等艙，雖然每個人有一個床位，大家凌亂地集中在一個地方，沒有任何食物配置，也不見有任何醫務人員。已經到了深秋的季節，因為沒有熱水，自然也喝不上熱茶，如果想上個廁所，便要跑到幾十米開外的臨時公共場所，裡面更是又髒又臭。到了晚上，小孩子也受不了了，吵著要回家。雖然小孩子的母親苦不堪言，可最擔心的還是小孩子和自己被病毒感染。他們確信自己是陰性，可沒有人會理會他們，一切必須聽從別人的安排。

幾個月後，由於該支付給衛生站的經費遲遲沒有到帳，李奇預感到地方政府已經再無力繼續支撐這個無休止的龐大的財政開支，後來他接到上面的通知，做核酸要求自費。他開始拖欠手下工作人員的工資，有的人員因為拿不到工資就自動離職了，有的跑去建方艙醫院的地方找到了工作。雖然上面強調「清零」的政策不變，眼看核酸行業再也撈不到什麼油水了，李奇也琢磨著離開衛生站的工作，自己已經賺到了人生的第一桶金，他想著以後去做其他的什麼生意，反正他不想自己再像疫情爆發以前那樣，在衛生站裡做一個沒沒無聞的人。

由於輪回地反覆地進行封控，各地要求解封的抗議的浪潮也此起彼伏，現在衛生站也支持抗議的人群。李奇還通過關係私下解救在抗議中被遭拘留的熟人。大家希望政府早日解封，事實上大家知道在全世界其他地方都已經澈底開放了，只有在中國還在一味地執行所謂的「清零」政策，人們不知道要熬到哪天哪月。

有一天李奇突然接到市衛生局一個祕書打來的電話，他本能地以為上面有什麼新的指示，繼續貫徹和落實中央的「清零」政策，不過對方突然在電話裡告訴他：

「從明天開始，停止一切有關核酸檢測。」

「什麼?停止檢測，那陽性的人怎麼辦？」李奇聽著，先是愣了一下，他簡直不敢相信自己的耳朵。

「不用管，從明天開始澈底解封、開放，是省裡的指示，應該也是中央的指示。」祕書說道。

「怎麼這麼突然，一點預案都沒有？」李奇追問道。

「什麼預案?人家外國不都早已全面開放了嗎？」祕書回答道。

「可我們的國情不同啊……」李奇還是半信半疑。

「什麼不同?你難道不想執行上面的指示嗎？」祕書說道。

「我，我一個小小的衛生站哪敢不執行上面的指示?只是感到有點突然。再說了，我還要領錢給員工發工資，有的人因為領不到錢，已經離職了。」李奇想讓衛生局付錢給他。

「這個，我現在也沒有辦法，不過你不是也已經賺得盆滿缽滿了嗎?好了，就這樣，明天起不再進行做核酸檢測，全面解封。」祕書說罷就掛了電話。

李奇放下手裡的電話，他知道上面不會再給他發錢了，不過他還是不敢太相信持續了近三年的嚴厲防控，尤其是最後一年一再強調的「清零」政策，怎麼一夜之間就放棄了呢？他想人家國外放開和病毒共存是有科學依據的，絕大多數人要接種兩次以上的疫苗，疫苗有很高的保護效率，接種後患者中的重症和死亡率非常低，還要整合醫療資源、逐步地放寬，中國怎麼能從嚴防死守到一下子全面解封？雖然要求解封是老百姓的訴求，可中國的疫苗保護效率低，有基礎病的群體比例相當地高，這樣突然毫無準備地放開，後果不堪設想。不過他轉念一想，到時絕大多數死的都是些老弱體病的，這對政府部門捉襟見肘的財政也未必是件壞事，只是衛生站從此斷了財路。

李奇突然產生了一種令他自己也感到震驚的想法：如果死亡人數陡然上升，火葬場就發財。三年前武漢疫情初次爆發的場景他還是歷歷在目，當時的殯儀館，死者的家屬天天排長隊領取骨灰。他覺得衛生站應該為此做準備，於是，他決定訂購兩臺用於焚燒醫療垃圾和動物屍體的移動火化爐，在衛生院的後院建一個臨時火葬場。

果不其然，隨著對疫情管控的澈底放開，感染人數成幾何式增長。首先是醫院人滿為患，缺醫少藥，接著就是死亡人數劇增。接著，殯儀館屍滿為患，夜以繼日不停地加班加點進行焚燒，等待火化的遺體不管性別，每兩具屍體共同存放在一格存屍櫃，對遺體火化的處理時間從七天延遲到一個月，死者的遺體不得不放長時間的存放在醫院裡的太平間。有的病人死在家裡，卻沒有地方可以安置，只能留在家裡，但時間一久屍體就會腐爛，死者家屬就得自行找門路，最後到了實在沒有辦法，有的死者家屬只能在自家樓下的停車場，自行對死者的遺體進行焚燒。

衛生站裡也堆滿了遺體，李奇招了好幾個臨時工不分晝夜地為遺體火化，火化的費用也一路飆升，從幾千元漲到幾萬元，還是滿足不了需求。看著焚屍爐冒出的濃濃黑煙，李奇覺得疫情爆發以來，從做核酸檢測到焚燒遺體，自己也終於發了一筆橫財，他覺得自己現在的收入，也不比那些大醫院的院長少，在醫療行業，他也終於可以「笑傲江湖」了。

（七）

一個愛唱紅歌的反共者：費揚聽著小提琴曲〈紅太陽的光輝把爐臺照亮〉，他的心情就不知覺地亢奮起來。其實這是一首由頌歌改編而成的小提琴曲，現在基本上被人們看作是紅色經典之一。這熟悉的旋律似乎總是能夠打開他的心扉，或者說是一種塵封已久的情感被這首樂曲重新點燃。在那個歲月，人們的物質生活不能與現在同日而語，不過那個時代講政治，雖然在生活上物質的供應極其貧乏，可人們的熱情卻無比高漲，唱頌歌、詠毛澤東詩詞、看「樣板戲」，偶爾加之開個「批鬥會」，這些活動幾乎占據了人們全部的日常生活的熱情。

隨著樂曲的從悠揚轉入慷慨激昂，費揚的情緒也被帶動起來，尤其當視屏中的畫面上出現毛澤東當年在他身邊的官員陪同下，興致勃勃地在那家鋼鐵廠的一個爐臺前的場景，煉鋼爐裡飛濺著火花。這是所謂新中國成立不久，在中國的最大的一個鋼鐵廠。煉鋼不僅僅是一種生產力的表現，也體現出新中國的欣欣向榮，還有超越西方資本主義的願望。費揚一邊跟著樂曲哼唱著，一邊止不住淚流滿面，他看到了當年偉大領袖的風采。雖然他沒有看見當年也在這家鋼鐵廠工作的父親的影子，可這些歷史的畫面，已經在鋼鐵廠對那段往事的追憶卻成了他和家人永遠的激動的情懷。況且，令他對這家大型鋼鐵廠有著另外一層特殊眷戀，是由於在上個世紀八十年代初，他邂逅並且墜入愛河的女子也是這家鋼鐵廠食堂裡的一個技校生。這種種情懷的糾葛，使他的情感和這首曲子永遠地被捆綁在一起，令他陷入一種無法自拔的對往事的追憶和隱痛。

隨著樂曲，費揚深情地唱道：

我戰鬥在金色的爐臺上
這裡是毛主席到過的地方
親切的教導時刻在耳邊迴響
革命的豪情激蕩在我的胸膛
千噸礦山化鐵水
萬噸鋼材運四方
汗水伴著鋼花飛舞
紅心隨著祖國歌唱
鞍鋼憲法放光芒
萬里征途不迷航
我戰鬥在金色的爐臺上
這裡是毛主席到過的地方
毛主席呀毛主席

你的光輝把爐臺照亮
毛主席呀毛主席
我永遠跟你前進跟你前進
百煉成鋼

隨著樂曲的結束，費揚擦掉了他臉上淚水，回到了現實。眼下外面還處在疫情的封控期間，只要發現有人是「陽性」，如果染疫者暫時無法送入方艙醫院，染疫者家裡的大門就會被「大白」封死，而且整幢樓裡的居民也不可以出行。費揚住的那幢樓也遭管控，他也只能整天待在家裡，不過時間久了，他在家裡實在憋不住了，於是，在一個晴朗的早上，他戴好口罩，就下樓去了。見四周沒有一個人，他就在一個比較隱蔽的角落裡，伸展著自己的身體。突然有一個「大白」向他走來，掀開他的口罩見，對著他破口大罵道：

「誰讓你出來的，操你媽，趕快回去。」

「好好，對不起。」費揚轉身就走。

「你他媽對不起誰了？下次再見到你，就直接把你帶走。」「大白」惡狠狠地說道。

「我對不起大家，對不起。」費揚對著蠻橫的「大白」作揖道歉道。他不敢得罪他，因為在這非常時期，「大白」們擁有絕對的權力。

費揚回到家裡，悶悶不樂，於是他回到客廳，泡了一杯茶，坐下看電視。此時電視裡的一個頻道正好播放著所謂經典歌曲，由一個年事已高的蒙古族歌唱家唱著〈讚歌〉，這是首傳唱了半個多世紀的歌曲，也是他本人在六十年代創作和演唱的，如今它早已成為家喻戶曉的經典老歌。

從草原來到天安門廣場
高舉金杯把讚歌唱
感謝偉大的共產黨
毛主席恩情深似海洋

英雄的祖國屹立在東方
像初生的太陽光芒萬丈
各民族兄弟歡聚在一起
慶祝我們的翻身解放

這熟悉的曲調使費揚的身心感到愉悅，他放開歌喉縱情歌唱。此時，他的心情也已經從剛才的鬱悶中變得釋懷。他想那個小子利用一身「大白」的身分對別人氣勢洶洶，這只不過是小人一時的得志，不必與他計較，當年的韓信大將軍也遭受過小人的胯下之辱。等到疫情過去了，這些張牙舞爪的「大白」，就會立即成為一堆狗屎。

費揚住的這幢樓管控期結束以後，大白不再上門做檢測，他必須每天去檢測亭核酸檢測，雖然結果都是「陰性」，但也出不了他居住的社區。只有「大白」們整天在外面走來走去，他們整天忙著給人做核酸檢測、帶人去方艙醫院、搞零時隔離帶封路、給封控區的居民取配置食物、阻止人們的出行，哪怕是需要就醫的老人和病人。

這天上午，費揚做完檢測，突然看見在一個人在橋段上掛出了白布紅字的橫幅：

不要核酸要吃飯，不要封控要自由，不要謊言要尊嚴，不要文革要改革，不要領袖要選票，不做奴才做公民。

在另一個橫幅上則寫著：

罷工、罷課、罷免獨裁國賊習近平。

不一會兒，橋下圍觀的人多了起來，很快就看見有「大白」抓人並忙著撤下橫幅。費揚被眼前的一幕驚呆了，他沒想到在那些被視作待宰的羊羔中，還是有不畏強暴的英雄。他知道，很多人以為封控是必要的，任何人道災難是可以被忽視的，中國需要習近平這樣的「強者」，只有很少的人能夠像在橋上拉橫幅的人這樣的認知。如同民國初年袁世凱復辟帝制，當時人們普遍的認知是中國需要一個皇帝，否則整個社會群龍無首。

雖然費揚在家裡藏有毛澤東的畫像，並時常縱情歌唱所謂的「紅歌」，不過他清楚中華人民共和國在建國長達三十年的太平建設時期，毛澤東先後發動了五十多場政治運動，無數條人命被安上「現行反革命」罪行，無須審訊就直接槍決。毛澤東執政三十多年，從不想著法制治國，而是運動治國，使得千百萬人無辜慘死。費揚希望儘快結束共產黨一黨專制，他明白毛澤東崇尚《資治通鑑》，以權術治國是小智慧，而蔣經國使中華民國走上了「民主、憲政」的道路才是大智慧。他希望中國走向南韓和日本式的政治制度，而不是北韓金家王朝的國體。當在中國的大地出現「六月雪」，他的內心期待國內的局勢會出現變化，在天安門廣場驚現黑天鵝時，他希望這個王朝會遭受重創。他覺得自己像是一個民國初年的舊文人，雖然支持革命派主張共和，可頭上卻始終留著象徵著臣服舊王朝辮子。

有一天，當費揚到了樓下，看到在附近的一幢被封鎖的樓下擠著人群，他們和那些「大白」形成了對峙的架勢。因為封控，道路上佈滿了障礙物，就連樓下的大門也被焊死。聽說有幢樓發生火災，由於逃生的大門被封死，居民無法及時逃生，消防車也無法進入火災現場，樓裡的幾十個居民被燒死。在壓抑和恐怖心理的驅使下，樓裡的居民終於忍無可忍地站出來，要求解封。面對嚴防死守的「大白」，居民們高唱起〈國歌〉，以此對毫無人心的表示抗議。

起來
不願做奴隸的人們
把我們的血肉，築成我們新的長城
中華民族到了最危險的時刻
每個人被迫發出最後的吼聲
起來，起來，起來

我們萬眾一心，冒著敵人的炮火
前進
冒著敵人的炮火
前進，前進，前進，前進

居民們情緒高昂，繼續唱起了〈國際歌〉，費揚也情不自禁地在路旁一起合唱道：

起來，飢寒交迫的奴隸
起來，全世界受苦的人
滿腔的熱血已經沸騰
要為真理而鬥爭
舊世界打個落花流水
奴隸們起來，起來
不要說我們一無所有
我們要做天下的主人
這是最後的鬥爭，團結起來到明天
英特納雄耐爾就一定要實現
這是最後的鬥爭，團結起來到明天

英特納雄耐爾就一定要實現

……

最後，「大白」們把幾個領頭的人強行帶入警車，並驅散了所有抗議的人群，一個「大白」對著費揚吼道：

「老實點，不然把你送進方艙醫院。」

「我是陰性，有『綠碼』。」費揚回答道。

「是『陰』是『陽』我說了算。」那個人對著他喊道。

「憑啥？」費揚說道。

「跟我走，不走就去方艙，走不走？」那個人威脅道。

無奈，費揚跟著這個「大白」上了一輛警車被帶走。不過到了第二天，費揚突然被釋放了，所有的檢測站被遺棄，所有在方艙醫院隔離的病人，也被驅趕離開。一夜之間，嚴厲的「清零」政策，在毫無預告和準備的情況之下，全面放開。

在坐地鐵回家的路上，費揚忽然看見一個年輕女子，她的長相和自己的當年初戀的女人有幾分相似，雖然那個少女如今已經變成了一個老婦人，可費揚還是抑制不住自己那種戀戀不忘的情懷，回想著從前在廠區外一起相依偎的場景。他想著如果再相逢，和她一起去看一部當年流行的「樣板戲」，共同回憶那些曾經的歲月。

出了地鐵站，費揚走到了一段空曠的路段上，他又不由自主地唱起了人們耳熟能詳的歌曲〈太陽最紅毛主席最親〉：

太陽最紅
毛主席最親
您的光輝思想永遠照我心
春風最暖
毛主席最親
您的光輝思想永遠指航程
您的功績比天高
您的恩情比海深
心中的太陽永不落
您永遠和我們心連心啊
是您砸碎了鐵鎖鏈囉
奴隸翻身做主人
是您驅散了雲和霧啊
陽光普照大地換新春
是您開出了幸福泉囉
千秋萬代流不盡

是您開闢的金光道啊
我們堅定不移向前進
太陽最紅
毛主席最親
您的光輝思想永照我心
春風最暖
毛主席最親
您的光輝思想永遠指航程

（八）

一個為投奔自由世界而殞命的故事：農場裡的人都知道，到了海外就能過上好日子，可是在這裡，人們想出去，除了偷渡沒有其他的門路。經常有人聯繫蛇頭，商討有關偷渡的事情，不過關鍵還是要有一筆錢，大約在兩萬美元左右。周家的人常年靠種地和養殖為生，過著辛勞而又簡樸的生活。他們家育有兩女一兒，最小的兒子周超，從小聰慧過人，也是全家的希望。周超今年才滿十四歲，周家的人已經開始商議起讓他偷渡出去的事。雖然他們根本拿不出這筆偷渡需要的費用，但小孩的父親周強有個堂兄弟，幾年前也是靠蛇頭偷渡去了英國，現在已經準備把在中國的妻子也接出去；他在英國做中餐外賣，寄錢回來家裡蓋了大房子，如今在農場裡的人看起來他已經出人頭地。周強從堂嫂那裡也終於借到一筆錢，然後再從其他親朋好友那裡東借西湊，最終也湊夠了這筆偷渡的費用。

有了錢也只是第一步，誰都知道要偷渡成功，還要經過許多的關卡，而且每道關卡都要冒風險。首先要從水路到第三國，海上同樣充滿了不確定因素，除了邊防海警，還有天氣、海浪甚至海盜等因素，以前也有人因為海浪的因素而葬身大海。雖然充滿了不確定的風險，可人們還是千方百計地要偷渡出去。到了臨出發前幾天，周超的母親整天哭哭啼啼，她不放心也捨不得自己唯一的兒子，小小年紀就要面臨這樣的風險。周超反倒寬慰他母親說道：

「古時候有個叫武照的女孩，年齡和我一般大，被召入宮，離家時她母親也是啼啼哭哭的，最後她當了女皇，就是後來的武則天。」

臨行的前一天，周家的人一起去媽祖廟祭拜，保佑周超平安無事。第二天清早，一艘坐著三十一個人的漁船，在蛇頭的帶領下，駛向了茫茫大海。船上的每一個人，幾乎都賭上了全部的身家性命，他們中，年齡最大的近五十歲，年齡最小的就是周超十四歲，船上儲備了大約一週的食品、淡水和藥品。

此刻，海面上風平浪靜，他們大約要經過三四天的連續航行，才能到達預定的地方。可他們最擔心就是遇到颱風和巨浪，如果船隻在巨浪中傾覆，整船的人就可能葬身魚腹。但是，他們的心裡都有一個強烈的願望，就是風險再大也要搏一搏，如果到了歐洲，他們就可以徹底改變自己的命運，甚至能夠賺到大錢出人頭地。隨著漁船上的發動機發出「噠噠」的響聲，漁船慢慢地離開了海岸線，來到了一望無際的大海。

中午過後，天氣變突然轉陰，隨即就颳起了海風，漁船在海裡開始不停地晃動，船上有人開始暈船而嘔吐。年齡最小的周超臉色蒼白，不停地嘔吐，到了他實在受不了的時候，他開始哭叫著要回家。他的叫聲有點淒慘，後來他的嗓音變得嘶啞。他不停地邊喊邊掙扎著，他的腦袋幾乎痛得要炸裂開來，最後他跑到甲板上想往海裡跳。蛇頭見勢不妙，就一把把他拽回到船艙裡，然後把船艙鎖死。

整個晚上風浪一直很大，有好幾個人都吃不消了，恐懼籠罩著他們，因為他們知道，還有很長的路要行駛，而且巨大的風浪可能隨時使漁船傾沒在海水裡。到了第二天拂曉的時候，漁船終於靠上了一個小島，待到風浪減退的時候，漁船繼續在大海裡行駛。

漁船在風浪中行駛了整整四天三夜後，終於到達了馬來半島海域，忽然間有一艘小船向漁船靠攏，待兩艘船一起靠岸後，船上的人下了岸，然後擠在一輛卡車裡，他們被帶到了岸上的一個小島上的隱蔽處，在那裡有個臨時的落腳點。蛇頭向那個人付了一筆錢，然後就自己離開了。在這裡，他們被告知銷毀身上所有的證件，然後他們各自拿到了一本屬於自己的假護照。

在小島上，他們整天無所事事地等待著，這裡是他們的第一個目的地，下一個就是坐飛機去塞爾維亞，然後通過陸路經匈牙利、奧地利、法國，接著從比利時搭船抵達最終的目的地英國。雖然小島上叢林密佈，風景美麗，可每個人都不安地等待著早點離開這裡。在島上等待了整整七天之後，終於有人帶他們坐船離開小島，然後直接去了吉隆玻機場。

登機以後，他們似乎放下了心，看到繁華的機場和形形色色的外國人，他們覺得自己已經身處另一個世界了，只要飛機一起飛，基本上這次冒險就算成功了。見到那些機上的塞爾維亞的美麗空姐，雖然他們聽不懂任何外語，可他們覺得自己彷彿看到了仙女，更引起了他們對西方世界的嚮往。他們甚至開始討論起到了英國以後的生活，雖然他們知道，到了英國也只能靠打黑工償還偷渡款項，由於語言不通，只能從事繁重的體力活，而且收入相對也少。

經過了十幾小時的長途飛行，飛機到了目的地以後，他們並沒有像期望的那樣直接就可以去英國。下了飛機以後，他們就得跟著當地的一個來接應他們的人，他們一路躲藏，最後到了荷蘭。他們隨後被送入郊外的一間大屋子內，在那裡已經有許多抵達的中國人，不過他們大都來自福建省。他們幾乎像監獄裡的囚犯一樣，上百個人集中在一個非常有限的地方，他們中有中年人，有年輕人，也有未成年人，他們在這裡每天就是吃吃睡睡，等待安排。

時間一天一天地過去，一個星期接著又是一個星期，他們每天焦急地等待著，然後每天最終都是失落。大約兩個月後，終於有人來通知：「今晚走。」

大家準備好自己的行李，心情緊張而激動，他們知道，離開最後的目的地只有一步之遙了。到了晚上，他們搭車到了比利時的一個港口。凌晨時分，他們分批悄悄地爬進停放在那裡的一輛冷藏貨車後面的貨櫃內，然後就被反鎖在裡面。冷藏貨車可以躲避警方紅外熱成像儀的檢查，貨車進入集裝箱輪船轉運往英國。

冷藏車貨櫃內的溫度在零下二十五度，很快車裡的人就受不了，車裡的人開始敲打喊叫，不過他們的身體很快就被凍僵了。在微弱的手機的燈光下，他們已經無法動彈，他們一個接著一個地倒下，最後藏在冷藏櫃裡的人全部被凍死。

周超的家人天天在家裡心急如焚等待消息，就在前一天他們收到的消息說再過一天就可以到達英國了，家裡人買好了貢品，等待收到他到達英國的消息後，就去天皇廟祭拜。

周超發送了最後一條手機短信：「爸爸媽媽，我的異國之行失敗了，我快死了，不能呼吸了。」

家裡人看到手機裡的信息，他們簡直不敢相信自己的眼睛，他們頓時急得發了瘋，急切地不停地發消息給周超，可是，他們再也沒有收到任何的回覆。在絕望中他們還是不相信，周超真的會發生這樣的意外。情急之下，周強立刻通知他在英國的堂兄弟周聰。周聰收到信息，心裡一震，明白大事不好，便十萬火急地向當地的警方求助。由於資訊模糊，當警方最終發現貨車時，車廂冷藏櫃裡的人在裡面已經有十五個小時了。貨櫃門一打開，警方便看到數十具屍體堆疊，貨櫃內門把與牆面滿是血手印，死者生前曾奮力拍打試圖逃生。

最終，周超家人收到周聰發來的消息是車上的三十一個人全部死去。一家人得知消息後，哭得死去活來。他們後悔一家人傾家蕩產地讓小小年紀的周超跟著別人去冒這樣的險，最終使家裡唯一的兒子命喪黃泉。

在絕望與悲痛中，周超的母親帶著兩個未成年的女兒，在她兒子離開時的一條公路上，慟哭著為她的兒子燒紙錢，希望兒子在黃泉路上平安無事……

（九）

一個平民的列傳：中國的城市外表看上去像西方，林立的高樓大廈，川流不息的人流和車輛，時尚的店面，充斥著各色各樣的外國名牌。當然更有外人看不到的一面，城市的每個角落裡分散著各種閒雜人員，包括順手牽羊的、撿垃圾的、小偷小販、行騙的、流竄作案的、拉皮條的、拐賣婦女兒童的，當然也有四處可見的警察和城管，還有隨意亂穿馬路的路人、隨地吐痰和扔垃圾的路人、路邊的環衛工人、為瑣事爭吵的人，甚至光天化日之下欺凌女人的男人，胡亂執法的治安人員等等這些，就像身體上的膿瘡，被外部光鮮亮麗的衣服所遮掩。

一到中國的農村，馬上令人感覺像是到了非洲，到處坑坑窪窪，樹木雜草叢生，還有貧瘠的地貌。成千上百戶人家以村為單位，從前是族長、鄉紳管理，有一套宗法制度，有自己祖宗的祠堂，人們以血脈相連。現在是村委會管，由村長、村支書等人組成的村委會管，什麼都管，像什麼計畫生育、治安、低保戶指標、鄰里糾紛、上訪人員，還有什麼修路建橋、土地租賃、開設工廠等等。作為一村之長的村長，是村裡最有權有勢的，當然還有村支書也不例外，他們和村委會一起，是當地利益的最大獲得者。

在中國從上至下所有的政府官員都是由上至下委任的，只有到了農村的最基層，村長是村民們選出來的。王坪村三年一屆的村長選舉又開啟了，王平村的村長向來有權有勢，村裡的公章和公款，都由村長王慶革的前妻和前妻的妹妹把持，村治保主任也由村長的外甥擔任。選舉前村民要到村委領取印製好的選票，選票上印有村長的名字，領票的村民同時還可以從村裡的公款中以中秋節發節日補助費的名義領取一百元現金。到了投票那天，村長怕節外生枝，尤其是擔心那些拿了錢的人同時又在暗地裡拿別的候選人的錢，村長的兒子和他們的團夥成員在每個選舉點，對每個投票的村民錄影，並警告他們「好好地選」。最後，村長王慶革如願以償地連任了下一任村長。

連任後的村長馬上就向村民強制徵地，他要開沙廠，城鎮裡的房地產火爆，沙石之類的原材料很賺錢。一般的村民守著幾畝地艱難地度日，家裡的青壯勞動力早去了城鎮打工。村民汪秀珠一家的兩個孩子還小，丈夫又因車禍死亡，她拒絕了村長向她徵地的要求，她想留住自家的耕地，等孩子大了讓孩子自己選擇是留在農村還是落戶城鎮。由於她堅持不肯被徵地，村長就派人開始在她的耕地四周挖坑，坑裡還滲出地下水形成水池。到了夏天，汪秀珠的兒子張戈戈在池邊玩水，不慎墜入水裡，幸好被人及時發現送院搶救，才保住了性命。汪秀珠為此花掉了幾千元的錢，她愈想愈氣，就向村長要求賠償醫療費，村長沒有理會她。從此，她和村長的積怨就愈來愈深。

那天汪秀珠接她的兩個孩子從學校回家，路上正遇到村長的二兒子王富軍騎著摩托車從他們的身邊駛過，路邊有積水，王富軍開過時他也沒有減速，濺起的泥水潑到了他們的身上，她兒子張戈戈的臉上也沾有泥水。事後，王富軍又一溜煙地開走了。汪秀珠一怒之下，就帶著她的兩個孩子一起鬧到了村長的家裡。村長以為汪秀珠是找藉口來滋事的，就對她訓斥起來。汪秀珠見村長如此態度，一瞬間就一頭撞向村長，並拚命撕咬起來。村長的二兒子王富軍見汪秀珠耍潑，就在路邊柴禾堆裡撿了一根粗樹枝，回頭一下打在了汪秀珠的太陽穴上，被打暈後的汪秀珠突然倒地，她頭上、臉上、鼻子全是血，血流在地上一大堆。姐弟倆趴在他母親的身上拚命地喊著，汪秀珠想說什麼，她用勁說話時，從鼻子和嘴巴裡頓時噴出血來，她看著自己的孩子，流著淚，斷了氣。年僅十三歲的張戈戈哭叫道：「媽媽，媽媽，我要為你報仇！」

當警方趕到現場後，帶走了村長和他的兩個兒子。汪秀珠被送至醫院後就被告知已經身亡，張戈戈和他的姐姐怎麼也接受不了他們的母親突然離世的事實。幾天後，法醫就來醫院驗屍，有村民帶著他們姐弟一起來到現場，張戈戈看到法醫把他母親的頭皮切開，然後用鋸把頭骨切開，這場景深深地印在了張戈戈幼小的心靈中，從此以後，他變得沉默寡言了。

本來一家四口人，由於張家的父親幾年前死於一場車禍，現在孩子們的母親又死於非命。村長一家向來飛揚跋扈，在村裡巧取豪奪，控制了當地的山沙、林木等資源，壟斷了村裡的米業買賣、修路和建築行業，並侵吞國家撥發的扶貧款。有村民向鎮政府反映問題，但始終沒有回音。如今村裡出了一起命案，為了保全二兒子不被重判，村長不得不讓他不滿十七歲的小兒子王立軍頂罪，這樣可以獲得輕判。

因為母親的突然離世，剛滿十六歲的張戈戈的姐姐守孝兩個月後，就不得不離開弟弟自己去城鎮打工，張戈戈只能寄養在他的伯父家裡。他幾乎每晚都做噩夢，有時夢見他母親被打得遍體鱗傷，有時夢見他的母親還活著，甚至親口答應要為她報仇。幾個月後法院的判決書就下來了，王立軍被判有期徒刑七年。明明是村長的二兒子王富軍幹的，現在法院卻判村長的三兒子七年的有期徒刑。張氏姐弟雖然還不懂什麼法律，可他明白村長家有權有勢，法院一定站在他們一邊。復仇的種子已經埋在了張戈戈童年的心裡，他想將來自己長大了，由自己親手來收拾他們。

又過了三年，張戈戈勉強讀完了初中。次年，他就去他姐姐打工的城市做工了。他姐姐在一家餐廳做服務員，他跟著姐姐男朋友一起做裝修。時間又過了兩年，那年過了年就有人到村裡來招兵，張戈戈如願以償，去遙遠的新疆服役，當了一名邊防兵。他志願當兵的目的很簡單，就是練出一身的本領為母報仇。他知道他將要面對的對手比他強大，要完成報仇的任務，要有過人的武藝。將來一個人可能同時面對幾個身體比他高大的人，弄不好報仇不成，自己反倒先被捕入獄。他算了算，自己現在十八歲，村長年齡四十八歲，他的大兒子王校軍三十歲，二兒子王富軍二十八歲，頂替服刑的三兒子王立軍二十二歲。不過十年甚至二十年後，到那時他正是年富力強，加之自己練就的一身本領，要同時應對他們幾個並不困難。在部隊苦練之餘，他還同時看了許多有關刺殺的中外歷史事件，有戰國的荊軻刺秦王、民國女性施劍翹刺殺軍閥孫傳芳、軍統刺殺漢奸汪精衛、革命黨人徐錫麟刺殺安徽巡撫恩銘、德國的刺殺希特勒、日本的刺殺伊騰博文等等，他需要等待，更需要時機。

當張戈戈再次回到久別的家鄉時，那年他已經是二十五歲了。這幾年他先是入伍當兵，由於他在部隊的各項考核優等，復員後他被分配到了一個縣公安局做了一名刑警，刑警的工作主要是縣裡配合其他公安人員破案，一般是命案。當他帶著案犯指認殺人現場時，他感到自己不久也會像某個犯人一樣，身穿囚服，手上和腳上都有鐐銬，在警員的押送下，指認殺人現場，他的心裡會忍不住微微一顫。但是想到仇人一個個倒在血泊之中的場景，他又感到一種欣慰。自己本來有一個不錯的人生，刑警的工作可以一直幹下去。自己也可以找一個心愛的女人，可以結婚生子，有一個可以好好生活的家。可是現在他不可能做到，他的生命最多只能到三十歲左右就會終結，然後他的骨灰就會被埋入黃土，和他父母的墓地連在一起，這就是現實。至於人生有沒有來世他不想去考慮，只是自己這輩子的命運，就因為村長一家的緣故被鑄成了這樣。面對久違的家鄉，他感到熟悉而又陌生，他靜悄悄地回到了家，家裡的一切還是老樣子，姐姐看上去老了很多。聽說村長早已當上了市人大代表，是用錢買來的；他的大兒子也當了一名副鄉長；當年替罪坐牢的小兒子被提前保釋，現在也在自家名下的一個建築公司做董事長，並娶妻生了孩子；那個本該被判重刑的二兒子早已離開了本地搬遷到某個大城市去了。張戈戈來到了他父母的墳前，他哭著對他的母親發誓道：「媽媽，我永遠不會忘記你出事的那一天。我經常在夢裡見到你，我一定會把他們一家老少送進墳墓。」

張戈戈早就不想再繼續做一名刑警，他沒想到在一個普通的縣城裡，每年就有好幾起命案，而他最不願意的就是在眾目睽睽之下，帶著犯人指認現場，每一場這樣的經歷，都會對他造成心理的嚴重傷害。還有就是什麼鎮壓維權人士，明明是社會上的受害者，最後卻有人會被逮捕入獄，甚至連維權的復員老兵，局長一聲令下，也得把他們抓起來受審。就連關在監獄裡的犯人，也要分個三六九等，有權有勢的，只要行賄，就可以以各種名義減刑。普通的平民，想抓就被抓，有人因為揭露事實真相也可以被判刑入獄。

辭職以後，張戈戈去了一家裝潢公司打工，大約過了半年的時間，他就開始計畫自己的行動了。他的腦海裡總是想著荊軻刺秦王的場景，他為荊軻感到惋惜，他想他應該像徐錫麟刺殺恩銘那樣讓他一命嗚呼，他想他不能連施劍翹一個為父復仇的女子都不如。雖然他面對的是幾個人，甚至是一群人，他相信他現在殺他們已經不僅僅是在為他母親一個人報仇。村長一家利用家族勢力，幾乎壟斷周邊的所有行業，建築、交通運輸、林業、酒店、娛樂業等。他們還養了一些打手，打手擁有土製槍械和刀具等，在爭利過程中打壓、坑害過不少人，甚至姦淫婦女。因為他們和當地的政府和公安有利益上的關係，人們對他們敢怒不敢言。張戈戈想如果自己除掉了村長一家，他相信許多人會拍手叫好。

到了春節前夕，張戈戈終於等來了機會，他趁王家人上山祭祖時，他就在隱蔽處等候。在王家人的返途中，他突然從埋伏地衝出來，對著村長的小兒子王立軍就是一刀。村長的大兒子王校軍見勢不妙拔腿就跑，張戈戈立馬追上，又對著他的胸前連連刺去，接著又回過頭去衝向倒在地上的王立軍。他的家人極力讓他住手，又害怕他傷及其他人，有人哭叫著救命。張戈戈又趕到先前回家的村長王慶革家裡，見人就直撲上去一陣亂刺，見村長倒在地上口鼻流血，張戈戈感到終於能讓這個惡霸和他的兒子死在了自己的手下。可惜沒有殺掉他的二兒子王富軍，當年是他打死了自己的母親。村長的老婆早已嚇癱在地上，他叫她不要怕，事情和她無關。

事發後張戈戈就被捕入獄，不久他就被武警、公安帶到殺人現場指認。他身穿囚服，手腳都有鐐銬，他的體形明顯地要比周圍的人瘦小，這是他預料的場景。法院公開開庭審理並當庭宣判，法庭以故意殺人罪判張戈戈死刑。聽到判決，她姐姐突然在法庭上一聲驚呼「我要上訴」。此時，早已準備赴死的張戈戈心裡還是一顫，他忽然覺得自己的姐姐又要面臨痛失親人的絕望與悲痛。在他的腦海裡，同時出現了許多畫面：他母親臨死前的場景，他殺死村長時村長老婆被嚇癱的景象，還有追殺村長的兩個兒子時，他們的妻兒在一旁悲痛欲絕的慘叫聲。雖然村長一家的男人多行不義，長期仗勢欺人，可一個個家庭在他的刀下破碎，也使他感到，如果法律公正一點，如果不是這樣的人治社會，這樣的悲劇是可以避免的。他還是堅信，作為一個兒子，自己做了應該做的事。

張戈戈的案例引發了人們廣泛的議論，雖然有人抨擊在人治社會，在司法不公的社會，這樣的極端手段就不會停止。更有仇視貪官污吏和民間黑勢力的人，仿造《史記》中為帝王將相等寫的列傳，為張戈戈寫下了〈張戈戈列傳〉：

張戈戈者，漢中人也。戈戈幼年失父，年十餘歲，目睹寡母喪於村霸王氏二子之手。王氏父子橫行鄉里，勾連有司，掉包三子替罪，羈押數日後無罪開釋。戈戈時年方幼，憶留侯先祖隱忍計，不動聲色。越明年，戈戈年十八，入行伍以報國。一說有入邊軍驃騎營者，勤習武技。後又轉入衙差，又數年，返鄉為雜役，不娶。

丁酉年除夕，時母喪母十載有餘。戈戈早起上山祭母畢，返家午食已。午正三刻，挾利刃，遇王氏子二，暴起捅之。殺王氏三子，追殺王氏長子於渠，遂殺王氏於堂，時王氏媼、婦、幼具在堂，無傷。王氏長子因移居外省得以身免。以仇人血祭母後，次日，自首於官府，事白於天下，天下震驚。

蓋除夕日暴起復仇者，有史以來張戈戈第一人矣！孝子復仇，不傷無辜，知身後事，不婚免累家人，是為仁；手刃仇家，不苟且偷生，慨然自首，是為義；年除夕，先祭母而後殺仇，是為禮；知世間法無望雪冤，轉求自然法同態復仇之義理，入行伍學殺人技，遂擇機尋時，一日提刀，成就夙願，是為智；守護隱衷，吞淚止語，暗許諾言，凡十幾年，志不稍移，終成大孝之人，是為信。

戈戈行事，有血性，真男兒，仿春秋戰國人物，古風猶存，可為榜樣！稗史氏曰：張戈戈者，入伍報國是為忠，為母復仇是為孝，不傷無辜是為仁，投案自首是為義，忍而成事是為智，手刃仇人是為勇，立志十載是為信。斯人自聶政、荊軻、要離以來未嘗見矣。吾華夏五千年之血性，今猶存於秦川漢中之地矣！為斯記，以壯之！

（十）

一個有關最後的早餐的故事：北京市福田公墓，地處京郊西山風景區，因距福田寺不遠，故取名福田公墓。這座占地一百三十餘畝的公墓裡葬有不少的社會名流：有清朝最後的攝政王載灃、近代著名國學大師王國維等，也有歷來政治運動中製造的冤魂；不過毛澤東的遺孀江青在獄中自殺也被安葬在這裡，她曾經製造過許多的冤魂，現在那些冤魂和她的鬼魂在這裡也成了冤家路窄了。最近又有一個被處決的年輕人也被安葬在了這裡，他就是幾年前不甘公安欺凌，持利刃單身闖入上海閘北公安分局刺死、刺傷多名警官的北京青年王佳。在墓園裡，只有王佳的墓上安裝有兩個攝像頭以便當局監控。不過更稀奇的就是在故宮後面的煤山上有棵被稱為「歪脖子」的樹旁，最近也安裝了兩個攝像頭，事情的起因是有人在這棵樹上掛了一袋包子。誰都知道，這裡是明朝的最後一個皇帝崇禎上吊自殺的地方，人們在這裡掛包子應該有警示當局的意圖。先前媒體為了宣傳黨的總書記排隊買包子吃的親民形象，後來老百姓就戲稱他為「習包子」。

三年前，在七月的第一個上午，王佳坐在上海的一家麥當勞的餐廳裡，咀嚼著漢堡包，看著牆上的鐘錶，時間是十點差十分。他心裡明白這是他人生中最後的一次早餐，再過一會兒，他就會自殺，不過在這之前他要完成一個計畫，一個殺警察的計畫。他想過了，他要闖入不遠處的那幢公安大樓，也許可以殺他十個、八個，至少要殺三個以上，然後就自殺。他無心顧及店裡人來人往的人群，他想，到了明天這裡還是這個樣子，不過人們會議論昨天的殺人事件，也許新聞裡也會不停地播出這條新聞。自己並不想成為新聞人物，許多人看了新聞，會認為自己是「人渣」，就像當年革命黨人刺殺滿清官員那樣，被捕後會以「逆賊」的稱呼被斬。他突然看見一個中年婦女有點步履蹣跚地走著，樣子有點像他的母親，他感到一陣心酸，他想自己是不是應該放棄這個殺警察的計畫。雖然他們的嘴臉可惡，可母親從來膽小怕事，而且向來逆來順受，獨自一個人千辛萬苦地把他養大成人，現在是他贍養她的時候，可自己因為嚥不下這口氣，卻要和他們同歸於盡。自己如果放棄了這個計畫，他們照樣每天吃吃喝喝，草率公務，老百姓有冤無處伸，讓他們這樣活著正是太便宜他們了。此刻，在他的腦海裡，忽然想起了革命黨人彭家珍用炸彈和滿清官員良弼同歸於盡的場景；這是他在一部電視劇裡看見過的故事，沒想到自己如今卻要效仿他去刺殺警察。

他離開了速食店，用手摸了摸口袋裡的那把尖刀，朝著區公安局大樓走去。對於這幢樓他並不陌生，就在幾個星期前，他被幾個警員押上一輛警車，然後就被帶到這裡。他被帶到一個房間後，有個警員要他交代他偷竊自行車的經過，於是王佳拿了紙筆，字跡潦草地陳述了他騎的自行車的來歷；見房裡沒有人，他寫完了就趴在桌子上開始休息。大約過了半個小時，又進來了兩個警員，坐在了他的對面，其中一個年長一點的看了看王佳寫的內容，就不耐煩起來，口氣生硬地說道：

「叫你寫交代材料，你卻那麼不老實，你有完沒完呢？我們很忙，趕快再寫一份，老實交代，爭取從寬處理。」

「我沒有偷車，是我從別人手裡買來的，你們可以去調查的。」王佳申辯道。

「到這裡來的人，一開始都是嘴硬的，不過最後都是認罪的。既然你進來了，就得老老實實，我們不會冤枉任何人的。」一個年輕的警員說道。

「我沒有罪，所以無法認罪。」王佳堅持道。

令他沒想到的是接下來他被帶到了另一個房間，有人命令他坐「老虎凳」。警員認為，當他支撐不住了，就自然會坦白交代了。王佳沒有聽從那個警員的指令，接著兩個警員對他一頓暴打，他被打得鼻青眼腫，還被打掉了一顆門牙，鮮血流了一嘴，王佳才不得不承認自己的「罪狀」，並寫下了「犯罪過程」。他同時也產生了報復的念頭，心想大不了和這些狗娘養的同歸於盡。

他明白了，公安人員就是這樣執法的，怪不得到處都是「訪民」，因為得不到公正合理的對待，所以他們沒有司法的途徑，所以他們要向帝制時代的王朝那樣，去京城告狀。他曾在清朝維新派譚嗣同《仁學》中讀道：「二千年來之政，秦政也，皆大盜也；二千年來之學，荀學也，皆鄉愿也。惟大盜利用鄉愿，惟鄉愿工媚大盜。」

他平時喜歡看書、上網，尤其喜歡看歷史題材的書籍。他開始慢慢發現，歷史上的人物，那些被寫成反派的，其實並沒有這麼糟糕，相反，那些被極力頌揚的人物，其實並沒有那麼高尚。說袁世凱是什麼「竊國大盜」，蔣介石是什麼「人民公敵」，那些只不過是一種黨文化的口吻。他感到如今的現實生活，比歷史上任何時期都要糟糕。以前政治上專制，雖然經濟落後，但基本上沒有什麼貪官，搞的也是平均主義。如今，資本和專制集權的結合，使極少數權貴侵占了整個民族的生存血脈，把本來國有的採礦、石油、鋼鐵、電力等國企統統歸為己有，而且把公共權力私有化、政治暴力合法化、政府行為黑社會化、國家軍隊私人化。廣大民眾卻承受著政治高壓、經濟高壓，生存環境遭到嚴重破壞，教育、醫療、養老等沒有一點保障，國民素質普遍低劣，道德敗壞，到處充斥著騙子和假冒偽劣產品，餐桌上用的是「地溝油」，就連嬰兒的奶粉也不能倖免。學術界剽竊成風，黨員幹部帶頭貪污腐化，廣大民眾不同程度地民不聊生。農村地區的孩子因為交不起學費而上不了大學，就連所謂的小學義務制教育，也因為交通問題、經濟問題等原因而成了一句空話。農村有一半以上的農民一輩子沒有去醫院看過病，就連城鎮裡也因為沒有錢而看不起病，即使看上的也是被亂收費，導致醫患關係緊張，更有舉牌賣兒賣女或賣自己籌醫療費為家人治病的。老百姓更是有冤無處訴，只能通過「上訪」維權，結果許多人被逮捕並直接送入精神病院，進行進一步的精神和肉體摧殘。對於批評政府的知識分子，他們以「煽動顛覆國家罪」予以逮捕。王佳讀過陳獨秀當年在法庭上的抗辯書，當年國民黨當局逮捕了陳獨秀，蔣介石電令謂陳獨秀危害民國罪，應交法庭審判以重司法尊嚴。公訴書說道：「陳獨秀在法律點上，主張打倒民國政府，和無產階級專政是一樣的目的，都是共產，都是危害民國。」並指控陳獨秀「危害民國」及「叛國」之罪。對此，陳獨秀在法庭上據理抗辯：「我只承認反對國民黨和民國政府，卻不承認危害民國，因為政府並非國家，反對政府，並非危害國家。國者何？土地、人民、主權之總和也。若謂反對政府即為『危害民國』，此種邏輯，難免為世人所恥笑。孫中山、黃興曾反對滿清政府和袁世凱，而後者曾斥孫、黃為國賊，豈篤論乎？故認為反政府即為叛國，則孫、黃已兩次叛國矣！荒謬絕倫之見也。」

王佳曾在網上流覽到：毛澤東早在上世紀四十年代在延安時曾經描述過未來的國家：一沒有貪官

污吏，二沒有土豪劣紳，三沒有賭博，四沒有娼妓，五沒有小老婆，六沒有叫花子，七沒有結黨營私之徒，八沒有萎靡不振之風，九沒有人吃摩擦飯（內戰飯），十沒有人發國難財。而這些如今在社會上愈演愈烈。當官的無官不貪，包養情婦，生私生子，與民爭利。為什麼呢？他想，一黨專制下，立法、司法與行政三權合一，遊戲規則的制定者就是監督者，許多法律都出自於政府自利的目的，沒有正義、平等可言，只有強權壓制迫使民眾遵守。美國前總統羅斯福為國民提出了「四大自由」：言論自由、信仰自由、免於貧困的自由、免於恐懼的自由。而中國人，除了歌功頌德就是號召大家學習黨代會的文件，鼓吹西方文明的核心價值不適合中國。

受《老殘遊記》、《二十年目睹之怪現狀》等著作的影響，王佳更加不能容忍社會上的種種弊端。他得知對於當今社會，連相對忠厚老實的前黨魁毛澤東的接班人華國鋒也看不下去而辭退了共產黨。他偷偷讀過南共前領袖吉拉斯在《新階級》裡的宣判：他們（共產黨）將留下「人類歷史上最可恥的篇章」。

對於幾個星期前被警員暴力執法所發生的事，他感到，有些委屈如果要一輩子背在身上，那我寧願犯法。於是，他籌畫起刺殺警員的行動。到了七月一日那天上午，黨媒正在加強力度地宣傳和諧盛世和人民的美好生活，他吃過了人生的最後一頓麥當勞早餐，離開了速食店，直接向公安分局走去。

他先在區分公安局正門西側三米左右的花壇處投擲了五個自製的汽油瓶。在汽油瓶燃燒後，正門處的保安前往救火，王佳利用保安離崗之際，通過大樓的服務通道進入大樓。進入大樓後，首先對大樓內的保安顧氏進行襲擊。此時顧氏正在接聽電話，王佳用單刃刀柄用力敲擊其頭部，顧氏當場昏死過去。接著在大廳過道遇見了倪氏，他先聽到了聲響，走近一看有人向他撲來，他腿一軟，避之不及，王佳衝上前就給了他一刀致命。隨後他推門進入一個值班室，見到方氏，直衝過去，方見勢不妙，本能地想拿起椅子對抗。不過王佳手疾眼快，對著他的胸部猛刺過去，他扶著胸口，倒下不久就也死了。王佳此時殺紅了眼，沒想到殺人這麼容易，而且還是警員。他緊接著又推開了一扇門，見那人正在打瞌睡，王走上前，對著張氏的背後猛刺了幾刀，隨後他就倒在了地上，血流不止而死去。王佳出來後，就直闖另一扇關著的門，門被反鎖著，裡面的李氏知道外面出了事，便立刻將門鎖上打電話求救。王佳一腳就把那扇木門踢開，李氏見了王佳，便開口哀求饒命，並說自己和別的警員不同，專做為民除害之事。王正猶豫著，忽然聽到外面有人要衝進來，於是他一手鉤住李氏，並將他刺死。事後，他拔腿就跑，在逃跑過程中，分別在電梯口和消防走廊行刺了等電梯的徐氏和王氏和李氏，最後又在一間辦公室門口攻擊吳氏。吳氏帶傷呼叫同事，王佳也緊跟其後，想結果了他。緊接著又有幾個警員同時衝入，王佳揮刀抗拒，最後他們用辦公椅將王佳頂在牆角，並搶下凶器，隨後將其銬上，並帶離了現場。

不過，此時早已亂作一團的警局死的死、傷的傷，到處是血跡斑斑。以前在案發現場的慘劇竟然在警局發生了，他們感到恐懼與迷茫，終於有亡命之徒對他們下手了！以前只有處理過鬧事的病人家屬在醫院刺殺醫生的，也有在執法過程中對城管進行暴力行為的，也有對司法不公產生的行刺法官的，像這樣有預謀地對警員自殺式的行刺還是頭一回，他們感到了自身的危機。在這場對警員的行刺案中，一共被刺死六個警員，刺傷五個，事後弄得輿論一片譁然，而人們對這個行動拍手叫好的也不在少數，更有人叫他「王大俠」、「現代荊軻」、「反抗共產暴政的義士」等等。

這些年公安保安工作升級了，政府動用了防暴警察、特警、武警、公安、城管等力量進行所謂的「維穩」，同時大規模進行封網、鎮壓、逮捕等舉措，每年「維穩」經費甚至超過了國防開支。每逢開什麼「黨代會」、「首腦會」的保安工作也做到了滴水不漏，如臨大敵。雖然百姓是生活在恐懼之下，不過執法的人也感到了從來未有過的危機，就連老百姓買把菜刀也要實行「實名制」。在中央高層中，他們早就做好了轉移財產，並把自己的子女送往歐美國家，他們一面宣揚繁華盛世，一面感到前所未有的危機並做好了政權更迭的心理準備。

國家圖書館出版品預行編目

新十日談 / 盛約翰著. -- 臺北市 : 獵海人,
2023.07
面； 公分
ISBN 978-626-97445-2-7(上冊 : 平裝). --
ISBN 978-626-97445-3-4(下冊 : 平裝)

857.63 112012008

新十日談—下

作　　者／盛約翰
出版策劃／獵海人
製作銷售／秀威資訊科技股份有限公司
114 台北市內湖區瑞光路76巷69號2樓
電話：+886-2-2796-3638
傳真：+886-2-2796-1377
網路訂購／秀威書店：https://store.showwe.tw
博客來網路書店：https://www.books.com.tw
三民網路書店：https://www.m.sanmin.com.tw
讀冊生活：https://www.taaze.tw

出版日期／2023年7月
定　　價／420元